『겐지이야기源氏物語 병풍도』

도쿠가와 이에야스

德川家康

3부 천하통일

25 에도와 오사카

德川家康

도쿠가와 이에야스

3부 천하통일

25 에도와 오사카

야마오카 소하치 대하소설

이길진 옮김

솔

『도쿠가와 이에야스』를 바로 읽기 위해

1. 본문 중 °표시가 된 용어는 용어 사전에서 풀이하였다.
2. 본문 중 •표시가 된 용어는 용어 사전 외에 부록 및 지도 등에서 설명하였다(다른 권 포함).
3. 인명과 지명은 원음 표기를 원칙으로 하며, 된소리를 피하고 거센소리로 표기하였다. 단 도쿠가와와 도요토미만은 원음과 차이가 있지만 일반인에게 익숙한 이름이기에 외래어 표기법에 따랐다. 장음은 생략하였다.
4. 인명, 지명 및 고유명사는 처음 나올 때 원어를 병기함을 원칙으로 하였으며, 강과 산, 고개, 골짜기 등과 같은 지명 역시 현지 음대로 강=카와(가와), 산=야마(잔, 산), 고개=사카(자카), 골짜기=타니(다니) 등으로 표기하였다.
5. 성과 이름 중간에 나오는 것은 대부분 관직명과 서열을 나타내는 것인데, 그 당시의 관습에 따라 이름과 혼용하여 쓰이는 경우도 있다. 각 관청 및 관직에 대해서는 부록에서 설명하였다.
   ex) 히라테 나카츠카사노타유 마사히데 → 히라테 마사히데(이름) + 나카츠카사노타유(나카츠카사의 장관), 아마노 아키노카미 카게츠라 → 아마노 카게츠라(이름) + 아키노카미(아키 지방의 장관)
6. 시간과 도량형은 에도 시대에 쓰던 것을 그대로 따랐으며, 역시 부록에서 설명하였다.

차례

《 에도 부근 주요 지도 》

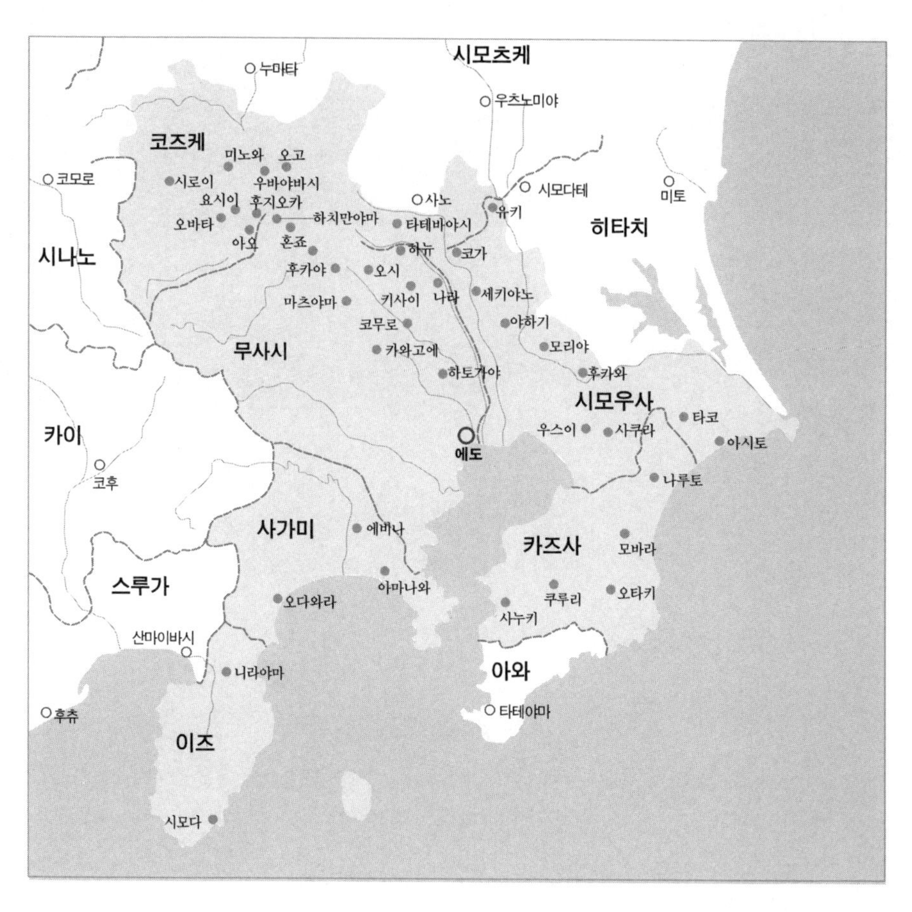

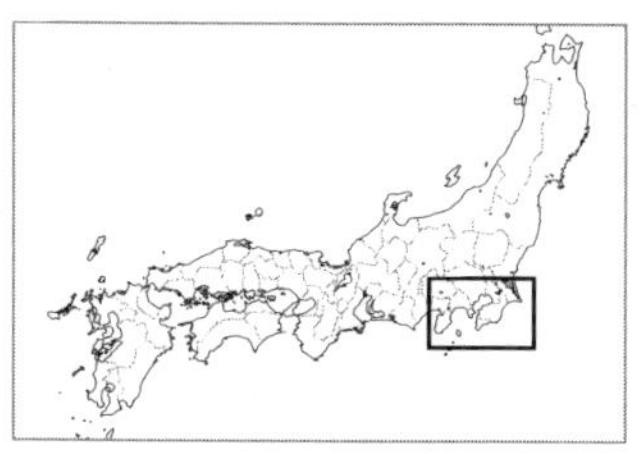

지역 경계선

강

육지에 이는 파도

1

나루세 마사나리成瀨正成는 이튿날 아침 일찍 태연한 얼굴로 30석짜리 배의 승객이 되었다. 좀더 기다리면 챠야茶屋의 배도 떠나고 스미노쿠라角倉의 배도 떠난다. 그러나 일부러 그는 아무도 얼굴을 아는 사람이 없는 30석짜리 배를 택했다.

대동한 이는 젊은이 한 사람. 승객은 거의 상인으로 보였고 배가 떠나기 전부터 한가롭게 세상 이야기를 늘어놓고 있었다. 마사나리는 이러한 분위기에서 다시 한 번 이에야스家康•의 존재를 재평가해보고 싶었다.

마사나리는 이에야스가 새삼스럽게 무서웠다. 이에야스의 눈은 언제나 자신의 마음속을 꿰뚫어보고 있었다. 무엇을 생각하고 있는지, 무슨 불평을 품고 있는지, 무엇을 감탄하고 있는지, 이 모든 것을 거의 정확하게 간파하고 있었다. 따라서 부담 없이 무슨 말을 해도 좋을 것이었으나 사실은 그 반대가 되어버렸다.

'주군 앞에서는 꼼짝도 할 수 없다……'

최면에 걸린 것처럼 굳어지기만 했다.

생각해보면 자신도 이제는 사카이堺 부교奉行°다. 사카이 부교라면 쇼시다이所司代°와 더불어 쿄토京都 일대에서는 요직 중의 요직이었다. 세상에서는 마사나리도 제법 유능한 인물로 통했다. 그런데도 이에야스로부터 무슨 말을 들을 때마다 자신도 모르게 흠칫흠칫 놀라게 되니 스스로도 여간 안타깝지 않았다.

'어째서 이렇게 두려워하게 되었을까……?'

새삼스럽게 반문해보면 반드시 두려워하는 것만도 아니라는 생각이 들기도 했다. 마음속에서는 늘—

'주군은 나를 키워준 사람.'

이런 생각을 가지고 있었으며, 잠시 만나지 않으면 몹시 그리워지기까지 하니 이상하기만 하다. 다른 사람이 이에야스의 험담이라도 하면 그는 용서할 수 없는 심정이 될 것이었다.

'기묘해. 정말 기묘한 관계야……'

그래서 이 서민적인 객선에서 이에야스의 인기……를 알아보고 싶었던 것인지도 모른다.

"무사님, 이 자리가 좋을 것 같군요."

마사나리가 배에 오르자 고물 쪽에 타고 있던 한 여자가 비위 좋게 자신의 옆자리를 내주었다.

"고맙소, 그럼 실례합니다."

"수행원은 한 사람인가요?"

"그렇소. 자네는 거기 있게."

젊은이에게 손으로 지시하고 여자 옆에 앉았다.

"몰래 하는 여행이시군요."

여자는 작은 소리로 말하고 생긋 웃었다. 웃는 모습이 꽤나 요염해 보였다. 스물대여섯쯤 되었을 듯. 당연히 이에 물을 들였을 나이인데도 눈썹도 그대로이고 이도 새하얗다.

"바쁘시겠어요, 토요쿠니豊國 신사 제례준비로."

마사나리는 움찔 놀라 새삼스럽게 여자를 바라보았다. 아는 사람은 아니었다. 전혀 기억이 없었다.

"그쪽도 제례용 물건을 사러 가는 길이오?"

마사나리는 태연히 말했다.

"아닙니다. 저는 잠깐 오사카大坂에 들렀다가 사카이에 가려고 해요. 먼 곳에 가야 하기 때문에 그 전에 친척을 찾아보려고요."

"허어, 상당히 멀리 가는 모양이군요."

"예. 어쩌면 도깨비가 나올지도 모르는 곳이에요. 쥰토쿠인順德院° 님이 귀양가신 사도가시마佐渡ヶ島로 가요."

"사도가시마……?"

"예. 도깨비가 나올지도 모르는 곳이었지만, 지금은 황금이 마구 쏟아져나온다고 해요."

여자는 혼아미 코에츠本阿彌光悅•의 외사촌 동생 오코於こう•였다.

2

"사도의 금광이라면 나도 소문을 들어 알고 있소. 그렇더라도 여자의 몸으로 사도가시마라니 묘한 곳에 가시는군."

마사나리가 다시 여자를 쳐다보았다.

"저 자신도 놀라고 있어요. 용케 그런 곳에 갈 생각이 들었다고."

"누군가 가족이 그곳에 부임합니까?"

"호호호……"

여자는 비로소 소매로 입을 가리고 얼굴이 빨개졌다.

"아아, 거기 있는 관리에게 출가하시는군."

"역시 그렇게 보이나요? 실은 그렇긴 하지만……"

"그렇다면 축하해야 할 일이오. 지금은 상당히 번창한 모양이니 별로 적적하지는 않을 거요."

이미 배는 8할 정도의 사람을 태우고 움직이기 시작했다.

아직 이른 아침, 여자는 양산을 무릎 곁에 놓고 있었다. 그 양산은 최근 유행하고 있는 남만南蠻° 비단으로 만든 귀한 물건…… 사카이에 친척이라도 없다면 좀처럼 구할 수 없는 것이었다.

"사카이의 친척이란 누군가요?"

"나야 쇼안納屋蕉庵…… 아니, 지금은 대가 바뀌어 야노자에몬彌之左衛門 님…… 하지만 그 밖에도 한 군데 더 볼일이 있어요."

"아, 그런가요."

"무사님은 사카이도 잘 아시나요?"

"그렇소. 오사카에 볼일이 좀 있어 이 작은 배를 탔지만, 실은 사카이에 살고 있소."

여자는 다시 한 번 요염하게 웃었다.

"그러면 지금 부교 님도 알고 계시나요?"

나루세 마사나리는 움찔 놀라며 상대를 바라보았다. 알고 있으면서도 시치미를 떼는 얼굴은 아니었다. 정말 자기를 몰라보고 말을 걸어온 얼굴이었다.

"그야…… 알고 있는…… 정도가 아닐지도 몰라요."

"그렇다면 혹시 관리……?"

"그건 그렇고, 부교에게 무슨 볼일이라도 있소?"

"남편의…… 저어, 남편의 편지를 가지고 가는 길이에요."

"남편의…… 그럼, 남편은 어떤 분이오?"

"아실지 모릅니다만, 오쿠보 이와미노카미大久保石見守라 합니다."

"오쿠보 나가야스大久保長安• 님……"

"알고 계신가요?"

"아니, 이름만은 익히 알고 있소. 허허, 그대가 오쿠보 님의……"

"어머, 그렇게 바라보시면 부끄러워요. 그 부교 님은 친절하신 분인지 어떤지……"

"글쎄요, 아마 친절한 편이겠지요."

"그렇다면 안심이 되는군요. 그분에게 부탁해 여러 가지 준비할 것이 있어요. 그동안 저는 다시 쿄토로 돌아가 그곳에서 어쩌면 마지막이 될지 모르는 토요쿠니 신사 제례를 천천히 구경하려고 해요."

"그렇소…… 그 토요쿠니 신사의 제례 말인데……"

다행히 화제가 바뀌었기 때문에 마사나리는 안도했다.

3

"쿄토에서는 이번 제례에 상하를 불문하고 크게 힘을 기울이는 것 같더군요."

마사나리는 상대가 곧 자기를 찾아오리라는 생각에 우습기도 하고 조심스럽기도 했으며 동시에 흥미도 느끼면서 말했다.

이 여자는 누구의 딸일까? 아니, 그보다 오쿠보 나가야스가 어떤 연줄로 이 여자에게 손을 뻗친 것일까?

정실이 아닌 것만은 확실하다. 그의 정실은 타케다武田의 유신遺臣 출신으로 하치오지八王子 진지에 있다. 그녀 역시 젊고 갓 아이를 낳았다는 소문을 들었다.

젊어 보이나 나가야스의 나이도 이제는 예순이 다 되었을 터. 그런데도 아직 여색을 좋아하는 것은 젊었을 때 계속 욕망을 억눌러왔기 때문이라고, 그 자신이 칸토關東 다이칸代官° 이나 타다츠구伊奈忠次에게 말했다고 한다……

어쨌든 세상의 쓴맛 단맛을 다 겪은 나가야스가 사도에 데려갈 생각을 한 여자라면 분명 예사롭지 않을 터. 광산 개발 이익금을 할당받는 나가야스는 광산을 개발하려면 두 가지 방법밖에 없다고 말하고 있다. 그 하나는 도둑, 노름꾼 따위의 죄인을 강제로 작업하게 하는 것, 또 하나는 '여자'를 살게 하는 것이었다.

시가지 형성에는 성을 중심으로 한 성읍城邑, 사찰 문전 마을, 그리고 항구 마을 세 가지가 있다. 이와 아울러 여자가 살 수 있는 광산촌이 형성되지 않으면 평화로운 시대의 번영이란 없다. 그 광산촌 건설은 사업상 자기가 이룰 수밖에 없다고 나가야스는 주장하고 있었다. 이러한 나가야스가 사도에서 지낼 아내로 이 여자를 택했다면, 이 여자 또한 시가지를 만드는 토대로 삼을 속셈이 아닐까.

여자는 이렇게 생각하고 있는 마사나리 앞에서 자못 세련되게 교태를 부렸다.

"모든 것이 다 쇼군將軍° 님 힘입니다."

갑자기 화제를 이에야스에게로 돌렸다.

"쇼군 님이 도량이 좁은 분이었다면 토요쿠니 신사 제례는 어림도 없다고 쿄토 사람들은 쇼군 님 은혜와 기량을 우러러보고 있어요."

"그런가요?"

"그러나 세상에는 엉뚱한 소문도 나돌고 있어요."

"엉뚱한…… 소문이라니?"

"오사카의 생모님이 황금을 주체하지 못하고 여러 신사와 사찰에 시주하신다고요."

"그와 반대되는 소문도 있는 모양이던데…… 쇼군 님이 오사카 황금이 염려되어 마구 낭비하게 한다는."

여자는 자못 우습다는 듯이 말했다.

"호호호…… 쿄토 사람들은 그런 일에는 걱정도 하지 않아요. 쿄토에서 우려하는 것은 오사카의 생모님이 쇼군 님을 저주해 모든 신불에게 축원한다……는 소문이에요. 만일 그런 일이 있다면 그야말로……"

여자는 제법 유식한 체하며 여기까지 말하고 생긋 웃어 보였다.

"그러나 곧 그런 소문도 불안도 사라질 거예요. 쇼군 님은 상인들과 쇼시다이에게 번창하라고 격려하고 계시니까요."

이에야스와 아주 가까운 사이처럼 말해 그만 마사나리도 웃음을 터뜨리고 말았다.

4

배는 아침 바람을 받으며 점점 속력을 냈다.

'이 여자는 칸토 편이다……'

마사나리는 이런 생각을 하며 씁쓸히 웃었다. 오쿠보 나가야스가 점찍은 여자. 오사카 편일 리가 없지 않은가……

점점 햇살이 뜨거워졌다. 여자는 비단양산을 폈다. 배 안이 환해지고, 모든 시선이 저절로 오코에게 쏠렸다.

마사나리가 입을 다물고 이번에는 옆에 있던 기술자 차림의 남자가 오코에게 말을 걸어왔다.

"아직은 이런저런 소문이 완전히 사라지지는 않을 것 같군요."

"어머, 이런저런 소문……이라면?"

"예를 들면 쇼군 님이 지나치게 인기정책을 쓰신다고 분개하는 사람이 오사카 쪽에 있다는 이야기지요."

"호호호……"

오코는 다시 큰 소리로 웃었다.

"그런 사람은 어디에나 있게 마련이에요."

"설마 하고는 있지만 제례행렬에 뛰어들어 난동을 부리는 일이 생기면 큰일이라고……"

"그런 것을 걱정하는 사람도 있나요?"

"그야, 전혀 없다고는 할 수 없지요."

"호호호…… 안심하세요. 그런 일도 모르실 분이 아니에요, 쇼시다이 님은."

"물론 한편에서는 그렇게 말하기도 합니다마는."

"비록 그런 난폭한 무리가 나온다 해도, 쇼시다이 님에게는 그 이상의 대비가 있으니까요."

이때부터 나루세 마사나리는 화제에서 벗어나 눈을 감았다.

'쇼시다이 이타쿠라 카츠시게板倉勝重를 알고 있는지 모른다……'

그렇다면, 이 이상 잡담을 주고받으면 이름을 밝혀야 할 수도 있다.

'이 정도에서 끝내자. 어차피 사카이에서 보게 될 테니……'

마사나리는 눈을 감았다. 곧 그의 생각은 지금 가려고 하는 오사카 성으로 날아갔다.

예의를 차려 카타기리片桐 형제에게 면회를 알선해달라고 할 필요는 없다. 차라리 세키가하라關ヶ原 진중에서 알게 된 오노 하루나가大野治長를 찾아가 생모에게 인사할 수 있게 부탁하는 것이 어떨지……

아니, 그것도 좀 꺼림칙하다. 요즈음 생모와 하루나가를 둘러싼 염문이 지나칠 만큼 노골적이다. 이쪽에는 그럴 생각이 없어도, 하루나가와 생모가 두 사람의 소문이 사실인지 여부를 탐지하러 왔구나…… 이런 눈으로 자신을 대한다면 도리어 긁어 부스럼……

그렇다고 센히메千姬• 측근을 통한다면 더더욱 거북스럽고, 히데요리秀賴•에게 인사하러 왔다고 하면 너무 속이 들여다보인다.

'그렇다. 우라쿠사이 님이 좋겠다. 그분을 통하는 것이 가장 제례에 대해 말하기 쉽겠다……'

오다 우라쿠사이織田有樂齋•는 생모의 외숙부다. 우라쿠사이는 풍류객임을 자처하며 종종 사카이에도 찾아오곤 했다. 우라쿠사이에게 제례에 대한 지혜를 빌리러 왔습니다……고 말하고 동시에 생모에게도 문안을 올리면서—

"생모님께서도 무언가 좋은 지혜를."

이렇게 운을 떼면 전혀 부자연스럽지 않다. 그렇다, 우라쿠사이를 찾아가야지……

배에서는 아직도 잡담이 한창 계속되고 있었다. 그러나 찾아갈 곳을 정한 마사나리는 어느 틈에 꾸벅꾸벅 졸기 시작했다.

5

오사카에 배가 도착했다. 마사나리는 오코에게 가벼운 목례를 하고 얼른 배에서 내렸다.

오코 쪽에서도 별로 마사나리에게 관심을 보이지 않았다. 계속 하녀를 재촉하고 있었다.

"좋아, 가마로 가겠어."

마사나리는 동행하는 젊은이에게 이르고, 아직 정오도 되지 않은 해의 위치를 확인하고는 가마에 올랐다.

오다 우라쿠사이는 현재 오사카 서쪽 성 한 구석에 거처를 마련하고 다인茶人 못지않게 유유자적하고 있었다. 히데요리나 요도淀 부인•이 부르면 나갔으나 그렇지 않으면 좀처럼 얼굴을 내밀지 않는다고 그 자신은 말하고 있었다.

"지금 찾아가면 낮잠을 잘 때인지도 모르겠어……"

오사카 쪽에서는 항상 도쿠가와德川 가문을 의식하고 잔뜩 긴장하고 있었다. 그러나 우라쿠사이는 이미 그 모든 것을 초월해 있었다. 많은 인생 경험이 어느 틈에 그를 '매일매일이 좋은 날' 식의 무사안일을 즐기는 은둔자로 만들어버렸는지 모른다.

그런 만큼 세상을 보는 눈도 공평하고 또한 냉철하기도 했다.

"내 생애에 잘못이 있었다면 두 가지 있었지."

사카이의 소쿤宗薫이 베푼 다회에서 만났을 때 그는 남의 일처럼 마사나리에게 말한 일이 있다.

"그 하나는 챠챠茶茶의 뒷바라지를 타이코太閤° 님에게 맡긴 것. 그리고 또 하나는 챠챠가 미망인이 되었을 때 곧 나이다이진內大臣°(이에야스)의 것으로 정해놓지 않은 일."

나루세 마사나리로서는 그 술회의 의미를 알 것도 같았으나 알 수 없는 점도 있었다. 그래서 일부러 시치미를 떼고 캐물었다. 그의 물음에 우라쿠는 깜짝 놀랄 말을 했다. 실은 우라쿠도 조카딸인 요도 부인이 여간 사랑스럽지 않았다고.

"외숙부와 조카딸 사이…… 그런 사정으로 망설이고 있는 동안 타이코에게 선수를 빼앗기고 말았지. 첫번째 잘못이었어……"

그 잘못……이란 말의 뜻은 잘 알 수 없었다. 그런데 다음과 같은 그의 술회는 그만 마사나리를 소스라치게 놀라게 했다.

"타이코 유언대로 혹이 달린 채 나이다이진에게 떠맡기는 것이 좋다고 생각해서 말일세, 실은 내가 권해 서쪽 성에 몰래 들여보냈어."

"예? 몰래 들여보내다니, 누구를……?"

"그야 요도 부인이지."

우라쿠는 태연한 얼굴로, 그때 서쪽 성에 있던 이에야스가 틀림없이 한 번은 요도 부인에게 손을 댔다고 했다.

당시 이에야스에게는 새로운 소실 오카메お亀 부인이 있어 요도 부인을 별로 탐탁하게 여기지 않았다. 한 번만으로 이 이야기는 무산되고 말았다. 이것이 우라쿠로서는 두고두고 후회되는 일이라고……

"나이다이진 쪽에서 한 번 맛보고 싫다고 한 것인지, 요도 부인이 그런 남자는 싫다고 했는지는 말할 필요도 알 필요도 없어. 다만 그것이 사태를 까다롭게 만든 원인이 되었다는 말일세."

우라쿠는 이렇게 말한 뒤, 일단 관계를 맺었던 남녀 문제만큼 처리하기 곤란한 것도 없다고 했다. 한 번만의 관계로 끝낸 것이 그 후 요도 부인으로 하여금 여봐란듯이 난행을 일삼게 한 원인이 되었다고 우라쿠는 보고 있었다.

그 서쪽 성문 앞에 가마가 도착했다. 여기서 내리면 마사나리는 이미 문지기들에게도 충분히 얼굴이 알려진 유명한 사카이의 부교였다.

6

마사나리가 찾아갔을 때 우라쿠는 아직 낮잠을 자기 전이라고 하면서 바로 거실로 맞아들였다.

"그런데, 무슨 일이 생겼나?"

마사나리가 들어갔을 때 곧바로 우라쿠는 담배합을 내놓고 노려보는 듯한 눈으로 웃었다.

"요즘 오사카에는 신경을 건드리는 소문만 나돌고 있다니까."

"그런가요, 저는 오히려 그 반대라고 생각합니다마는."

"우선 어린아이가 어린아이를 만들었다고 하더군."

"아, 그것은…… 하지만 후시미伏見에서는 아무렇지도 않게 생각하는 것 같습니다."

"의심이란 이름의 귀신은 남의 마음에만 살고 있는 게 아니라 자기 마음속에도 살고 있어. 두번짼 에도江戶에 사내아이가 태어났어."

"주군도 매우 기뻐하고 계십니다."

"그 일은 오사카에 나쁜 추억을 떠올리게 해."

"나쁜 추억……?"

"그래. 타이코는 도련님이 태어난 뒤부터 앞의 결정을 번복하고 무자비한 귀신으로 변했지. 칸파쿠關白°를 그처럼 함정에 빠뜨려 죽게 만든 일 말이야. 요도 부인은 인간이란 그처럼 핏줄 때문에 미치는가 싶어 인생관까지 바뀌고 말았어. 그런 점에서 볼 때 에도에서 도련님이 탄생한 것은 히데타다秀忠 님이나 쇼군 님을 미치게 할 만한 사건이라고 받아들일 수도 있어."

"과연, 그렇겠습니다."

"게다가 이번 토요쿠니 신사의 제례, 이것이 남만인 쪽 선교사들을 큰 의혹으로 몰아넣었어."

"남만인 쪽 선교사를……?"

"그래."

우라쿠는 자기 앞의 담배합을 당겨 한 대 피워물었다.

"쇼군 님 측근에는 홍모인紅毛人°(네덜란드 인) 쪽 아담스인가 하는 자가 꼭 달라붙어 있지 않은가. 이대로 두면 남만인이 일본에서 쫓겨날 우려가 있다고 생각하기 시작한 거야. 그럴 경우 히데요리 님을 내세워 홍모인 세력과 일전을 불사한다……고까지는 생각지 않겠지만, 이곳을 거점으로 에도를 견제할 수 있을 정도의 지혜는 짜낼 수 있겠지. 그렇게 되면 토요쿠니 신사의 제례는 천하의 눈을 속이기 위한 모략. 이런 소문을 은밀히 신자들에게 퍼뜨리면…… 지금 오사카 성에는 그것을 진실로 믿을 만큼 아녀자들뿐이니까……"

마사나리는 눈을 빛내면서 감탄했다. 이 소문은 그 언젠가의, 하룻

밤뿐인 사건에 국한된 일이 아니다. 그 꼬리는 홍모인과 남만인의 속임수에 뿌리박고 있다.

"무슨 일에나 쇼군 님은 생각이 깊으셔. 우선 토요쿠니 신사 제례로 천하에 인심을 베푼 다음, 쇼군 후계자는 히데타다, 히데타다 다음에는 이번에 태어난 타케치요竹千代 님…… 천하를 확실하게 자기 가문의 것으로 삼을 속셈. 그 마음을 모르고 토요쿠니 신사 행사를 죽은 남편, 죽은 아버지 제례로 믿는 생모와 도련님은 가엾어……"

"우라쿠 님."

"왜 그러나?"

"그럼, 정말로 그렇게까지 오사카 공기가 험악해져 있습니까?"

"하하하……"

우라쿠는 웃었다.

"그렇게 되면 큰일이라는 말일세. 그런데 그 싹이 보이기 시작했네. 반쯤……까지는 아니지만, 아녀자들 사이에서는 그 남만인 선교사들의 의혹이 지하수처럼……"

7

마사나리는 똑바로 우라쿠를 쳐다보았다. 그의 말이 진실이라면 마사나리가 요도 부인 앞에 얼굴을 보이는 것이 도리어 역효과이기 쉽다. 그렇더라도 이에야스는 그렇게 하는 것이 좋다고 여겨 은근히 마사나리에게 명했을 정도이다.

"괜히 나 혼자 많은 말을 했군. 이제 자네 용건을 말하게."

마사나리는 잠자코 담뱃대에 담배를 재우기 시작했다.

"왜 그러나? 말하기 거북할 정도로 어려운 일이라면 이 우라쿠로는 도움이 안 될지도 몰라."

"그럼, 솔직히 털어놓겠습니다."

"도움이 될 수 있는 용건……이라고 판단했다면 말하게."

"예. 솔직한 의견을 듣고 싶습니다. 실은 이번 제례에 대해 마음에 걸리는 일이 한 가지 있습니다."

"아마 그럴 테지."

"오사카에 아까 말씀하신 것 같은 의심이 있어, 제례 당일에 방해하려는 자가 있다고 합니다."

"으음, 있을지도 모르지."

"그렇다면 기다렸다가 그런 자들을 일거에 제거하고 더불어 토요쿠니 신사까지 파괴하려는 자가…… 실은 도쿠가와 가문 내부에도 생길지 모릅니다."

우라쿠는 가볍게 미소를 띤 채 고개를 끄덕였다.

"어떤가, 도쿠가와 가문에는 쿄토에서 제례를 거행하도록 하고 그동안 단숨에 오사카에 쳐들어간다, 그리고 이유불문하고 도요토미豊臣 가문을 때려부순다…… 이러한 결단을 가진 인물은 없나?"

"뭐……뭐라고 하셨습니까?"

"나는 말일세, 기량은 떨어지지만 소켄總見 공(노부나가信長)의 동생. 생각하는 것만은 그렇게 할 수 있어. 아니, 형이라면 분명히 그렇게 했을 것이야. 그러면 일본은 순식간에 평정되지. 난세의 불씨가 꺼지게 되니까 말일세."

"농담이 아닙니다! 어찌 그런 난폭한 짓을……"

"할 수 없다면 화근은 남아 있을 수밖에. 화근이 남아 있으면 서서히 말려죽이는 전략…… 그때마다 불가피하게 풍파가 생길 거야."

마사나리는 당황하며 손을 들어 제지했다.

"아직 저는 상의하려는 말이 남았습니다."

"아 참, 이거 미안하게 됐네. 그럼, 제례 때 오사카를 습격하지 않는다면 어떻게 하겠다는 말인가?"

"어떻게 할 것인가…… 그것을 우라쿠 님에게 여쭈려고 합니다."

"아, 나라면 내버려두겠어."

우라쿠는 내뱉듯이 말하고 다시 싸늘하게 웃으면서 말했다.

"이렇게 하면 좋다……는 것은 알지만 하지 않겠다…… 쇼군 님은 그게 인내인 줄 알고 있어. 아니, 인정仁政이라 생각하고 있는지도 몰라. 그렇게 되면 인仁 따위와는 거리가 먼 평범한 우리들은 될 대로 되었을 때 발버둥을 친다…… 그 밖에 달리 방법이 없어."

마사나리는 비로소 오다 우라쿠사이라는 인물의 본심을 엿본 듯한 느낌이 들었다.

'의논하러 찾아올 만한 인물이 아니었다……'

이 사람의 마음속에는 싸늘한 허무밖에 없는 모양이라고 생각했을 때 우라쿠가 말했다.

"어떤가, 차라리 지금 한 말을 그대로 요도 부인에게 하면?"

8

마사나리는 다시 눈이 휘둥그레져 우라쿠를 바라보았다.

'과연 허무에는 허무의 좋은 점이 있구나.'

요도 부인의 비위를 맞추려고 왔기 때문에 그만 생각이 막히고 말았는데, 차라리 진실을 털어놓고 부딪힐 마음만 가지면 전혀 다른 국면이 열릴지도 몰랐다.

"자네 걱정을 깨끗이 씻어줄 수 있는 두 사람이 있어……"

"……"

"한 분은 요도 부인…… 나머지 한 분은 쇼군 님이야."

"……"

"거짓말도 하나의 수단, 나 같으면 쇼군의 밀사라고 하면서 요도 부인에게 면회를 청하겠네."

"거짓말도 하나의 수단……?"

"그래. 이런 세상에 그럴 듯한 거짓말 하나도 하지 못한다면 살기 어려워."

"그럼, 생모님을 뵙고?"

"쇼군 님이 직접 이렇게 말했다고…… 아니, 또 하나 사소한 거짓말을 곁들이는 거야. 여자들이 좋아할 만한 거짓말을."

"그것은 또…… 어떤 거짓말입니까?"

"쇼군 님이 생모님을 사모하고 있다……고 슬쩍 미끼를 던지는 거야. 여자란 자기에게 반했다고 하면 고양이라도 좋아하게 마련이야."

"으음."

"쇼군 님은 사태가 험악해져 사모하고 계신 요도 부인의 신변에 누가 미친다면 큰일이라 여겨 저를 은밀히 보내셨습니다. 도쿠가와 가문의 가신家臣들은 쇼군 님이 강력히 제지할 것이나 오사카 쪽은 생모님이 제지해주십시오…… 흐흐흐, 생각해보면 방법이란 있게 마련. 그렇지 않은가, 부교 님?"

마사나리는 반은 놀라고 반은 감탄하며 우라쿠를 다시 보았다.

"어떤가, 나도 과연 소켄 공의 아우답다고 생각지 않나? 훌륭한 지혜가 나왔으니까."

"그러나 저로서는 그런 거짓말을 능숙하게 할 재주가 없습니다."

"그럼, 지혜를 빌려준 나더러 그 말을 하라는 말인가?"

"저는 모시고 가서 자못 그럴 듯한 표정만 짓고 있겠습니다."

"허허 참, 놀라운 연극을 해야겠군. 그렇다면 나도 한 가지 조건을 제시하겠네."

"조건 말씀입니까?"

"그래. 지혜를 빌려준 탓에 나는 자네 앞에서 위신이 깎였으니까."

"지당하신 말씀입니다."

"우라쿠란 놈은 점잖은 풍류객을 가장하면서도 실은 못된 지혜를 가진 자……라는 경멸은 평생 자네 마음에서 떠나지 않을 거야."

"그렇습니다……"

"이것 보게, 너무 솔직하게 맞장구를 치는 게 아니야. 조금은 비위를 맞추어도 좋은 거야."

"아니, 예…… 틀림없이 감탄은 하고 있습니다."

"이젠 늦었어. 자, 조건을 말하겠네. 자네는 소쿤에게 선사받은 쵸지로長次郎 찻잔을 가지고 있겠지. 그 찻잔을 내게 준다면 같이 가겠네. 시간이 갈수록 명품이 될 훌륭한 찻잔이야."

"드리겠습니다. 그 대신 생모님 앞에서…… 잘 부탁 드리겠습니다."

마사나리는 선뜻 대답했다.

요도淀의 작은 수레

1

나루세 마사나리로서는 오다 우라쿠사이의 사고방식에 결코 감탄할 수 없었다. 왠지 모르게 믿음이 가지 않는 허무의 냄새가 짙게 풍기고 있었다. 그러나 이 경우 그에게 매달리지 않고는 이에야스의 의사를 요도 부인에게 전할 방법이 있을 것 같지 않았다.

'그 정도로 사람을 깔보는 우라쿠니 어떻게 잘 해주겠지……'

만약의 경우 마사나리는 자신의 특징인 의리와 성실성을 내세워 마음을 터놓고 솔직하게 이야기해도 좋다고 생각했다.

"그럼, 낮잠은 그만두고 대신 쵸지로 찻잔이나 하나 벌기로 할까."

우라쿠는 어디까지가 농담이고 어디까지가 진담인지 알 수 없는 장난스러운 말투로 말하고 옷을 갈아입었다. 그 옷은 화려한 카타기누肩衣°와 푸른 비단으로 만든 하카마袴°, 요즘 다인들 사이에서 유행하는 짧은 것이었다.

나루세 마사나리는 잠자코 그 뒤를 따라 나섰다.

본성 내전은 여전히 요도 부인의 구역과 센히메의 구역으로 나누어져 있었다. 센히메가 있는 쪽은 조용했으나 요도 부인이 있는 쪽에서는 피리소리가 들려왔다. 누군가 연습을 하는 모양인지 같은 음률을 두 개의 피리가 교대로 불고 있었다.

"안내를 청하지 않아도 될까요?"

"나만은 특별하네."

우라쿠사이는 거침없이 복도로 들어가 생모의 거실 앞에 섰다.

"여봐라, 게 누구 없느냐? 우라쿠가 왔다고 전하여라."

"예."

옆방에서 대답하면서 나온 것은 말쑥하게 차려입은 젊은 무사였다.

그 젊은 무사에게 우라쿠사이는 눈짓으로 안내를 부탁했다.

"미망인이란 좋은 것이야."

그리고는 다시 마사나리를 돌아보았다.

"타이코 생전에는 이 부근에서 남자가 얼씬거리면 당장 목이 달아났지. 그런데 지금은 남자 여자 가리지 않아."

우라쿠사이는 성큼성큼 거실 문 앞으로 가서 안으로부터 문이 열리기를 기다렸다.

"이렇게 찌는 날씨에 문을 닫고 있는 걸 보니, 낮잠을 자는 모양이군. 같은 낮잠이라도 편안한 낮잠이 있는 한편 괴로운 낮잠도 있어. 마음속에 업화業火를 품은 채 잔다면 꿈도 즐거운 게 못 되지."

말끝이 서글픈 어조로 변해 마사나리의 마음을 찔렀다.

안에서 문이 열렸다. 문이 열리자 정원을 향한 입구 쪽에서 서늘한 바람이 불어왔다.

"마침 낮잠 시간인 줄은 알고 있으나 후시미에서 밀사……가 왔기에 함께 왔소. 사람을 물리쳤으면……"

요도 부인은 정말 잠을 자려고 했던 듯, 흰 모시 적삼 위에 감청색 얇은 겉옷을 걸치고, 그 밑에는 꽃무늬를 수놓은 화려한 차림이었는데 눈꺼풀이 약간 처지고 나른해 보였다.

"오오, 나루세 님…… 그렇지요?"

"예. 사카이의 부교, 나루세 마사나리입니다."

"쇼군께서 직접 보내시다니…… 무슨 일일까? 자, 가까이 오세요."

그 말이 끝나기도 전에 우라쿠사이가 얼른 요도 부인 앞으로 가서 거침없이 앉았다.

"별로 딱딱한 이야기도 아니니 이쪽으로 가까이 오게, 마사나리."

2

마사나리가 시키는 대로 앞으로 나앉고 있을 때 이미 우라쿠는 넉살좋게 비위를 맞추고 있었다.

"쇼군 님은 후시미에서 하루에 한 번씩은 생모에 대한 말씀을 하신다고 하는군. 역시 마음에 두고 계시는 탓이겠지."

"어머, 하루에 한 번…… 어떤 이야기가 나올까요?"

"그야 말할 나위도 없지. 남자들의 화제란 늘 그런 것이니까……"

그리고는 마사나리에게 시선을 옮겼다.

"마사나리, 은밀한 이야기도 이야기지만, 보는 바와 같이 생모는 더욱 건강해지셨어. 이 점에 대해선 안심하시도록 말씀 드리고…… 그런데 쇼군 님으로부터의 은밀한 이야기 말인데."

"우라쿠 님, 잠깐만."

"아니, 왜?"

"우라쿠 님은 사자가 아니지 않아요? 마사나리 님 말씀에 방해가 되겠어요."

"하하하…… 이거 꾸중을 듣게 되는군. 옳은 말이야. 사자는 우라쿠가 아니라 나루세 님…… 그러나 나루세 님도 여러모로 걱정이 많아 은밀히 이쪽 사정을 이 늙은이에게 묻더군. 그래서 이 늙은이는 용건의 내용도 쇼군이 걱정하는 사정도 모두 잘 알게 되었기 때문에."

"가만히 계세요."

"예."

우라쿠는 꾸벅 고개를 숙이고 말했다.

"그러면 나루세 님에게 직접 듣도록. 어쨌든 쇼군은 오사카 쪽 젊은 무사들 중에 토요쿠니 신사 제례를 은밀히 방해하려는 자가 있다……는 말을 듣고 특히 침통하게 여기신다고 하더군."

나루세 마사나리는 놀라기보다 어이가 없었다.

가만 있으라는 요도 부인의 말에 점잖게 대답하면서도 우라쿠는 생각나는 대로 멋대로 지껄이고 있었다.

마사나리는 젊은 시절의 우라쿠는 잘 알지 못했다. 그러나저러나 사람을 깔보는 그의 이런 태도는 어디서 나온 것일까……?

'상대는 고작 여자에 불과하다……'

요도 부인에 대한 멸시일까 무시일까? 아니면, 자기 조카인 요도 부인에게 되도록 실수를 하지 않게 하려는 배려에서일까……?

요도 부인의 눈썹이 치켜올라갔다. 그녀의 눈에 순간적으로 변한 마사나리의 표정이 우라쿠의 참견을 싫어하는 것으로 비쳤는지 모른다.

"무례하시군요, 우라쿠 님. 나는 마사나리 님 말을 들으려 해요."

마사나리도 더 이상 잠자코 있을 수 없었다.

"우라쿠 님 말씀대로 엉뚱한 소문을 들으시고 주군께서는 몹시 걱정하고 계십니다."

요도 부인은 흘끗 우라쿠를 일별하고 나서 마사나리에게 녹아들듯한 웃음을 보냈다.

"그런 소문이라면 나도 들어 알고 있어요."

"그러면 성안에도 그런 소문이……?"

"소문이 날 법도 하지요."

이렇게 말하고 다시 요염한 눈빛이 되었다.

"그 소문을 낸 장본인이 여기 있으니까요."

"아니! 그 장본인이……?"

"그래요, 장본인 오다 우라쿠가 말이에요…… 마사나리 님은 그런 것도 모르고 맨 먼저 그 장본인과 의논을 한 거예요. 호호호……"

마사나리는 깜짝 놀라 눈이 휘둥그레지며 우라쿠를 돌아보았다. 우라쿠는 열심히 자기 귀를 긁고 있었다.

3

"우라쿠 님, 뭐라 말씀 좀 하세요. 마사나리 님이 놀라고 있는데."

"흐흐흐."

우라쿠는 웃었다.

"이래서 오사카의 생모님은 다루기가 어렵다니까. 그 엉뚱한 소문을 낸 것은 내가 아니라 실은 생모님 자신이야."

고개를 저으면서 말하고 귀에서 손을 뗐다.

"그래서 내가 말했지 않은가. 이 소동을 그치게 할 수 있는 사람은 생모님말고는 달리 없다고."

마사나리는 얼떨떨해 두 사람의 얼굴을 번갈아 바라보았다. 두 사람 모두 이상하게도 엷은 웃음을 띠고 있어 그는 자기도 모르는 사이에 묻지 않을 수 없었다.

"그게 사실입니까, 생모님?"

"호호호……"

다시 요도 부인이 소리내어 웃었다.

"우라쿠 님은 염치가 없어요. 자기 입장이 불리해지면 곧 나에게 덮어씌우거든요."

"그럼, 그런 소문을 퍼뜨린 장본인은……?"

"글쎄요, 나라고 여겨지면 그렇게 생각해도 좋고, 우라쿠 님이라 생각하고 싶으면 그것도 좋아요."

"이것 참, 황송합니다. 그렇다면 하잘것없는 농담…… 주군이 걱정하실 정도의 것도 못 되는군요."

"마사나리 님!"

"예."

"누가 걱정하실 정도의 일이 안 된다고 했나요?"

"그러나 이것은 하잘것없는……"

"농담이 아니에요. 그것이야말로 오사카 미망인이 걱정하다 못해 짜낸 소문이에요."

"예……?"

"쇼군 님이 천하님의 칠 주기를 해주신다, 의리 있는 분이다, 정의가 두터운 분이다…… 이 성에는 센히메의 시녀들을 비롯해 도련님의 전각과 부엌 구석구석에까지 소문이 났어요."

"……"

"그래서 내가 말했어요. 그처럼 한 가지 면만 보고 판단하면 세상의 웃음거리가 될 것이라고. 쇼군이 아녀자의 성이라 우습게 여기고 세상을 홀리는 수단인지도 모른다, 우선 세상에 쇼군이 얼마나 의리가 굳고 정의에 두터운 분인가를 보여주고 나서 그 뒤에 잘못을 감출 작정인지도 모르지 않느냐고…… 물론 농담이었어요. 그런데 어떻게 되었는지 아세요? 내가 그런 농담을 했더니, 그렇다! 너무 어수룩했다고, 이번에는 제례 때 쳐들어가자는 자까지 나온 거예요."

마사나리는 눈도 깜박이지 않고 요도 부인을 응시했다. 요도 부인의 말에도 우라쿠의 말 이상으로 수상한 느낌이 있었다.

이쪽에서 정면으로 맞서면—

"그것은 농담……"

이렇게 말하며 슬쩍 피할 것도 같고, 농담이라 생각하기에는 너무나 가시 돋친 말이었다.

"알겠나요, 마사나리 님? 일이란 농담으로 시작했다가도 그 농담이 당장이라도 불을 뿜는 진실이 될지도 모르는 거예요. 히데요리 님이 열여섯 살이 되어 돌아가신 천하님 뒤를 이을 때까지는 불가피한 분위기라고 나는 봐요. 그러니 양가 가신은 이 점을 깊이 가슴에 새겨두고 일을 처리해야 할 거예요. 그렇지요, 우라쿠 님?"

우라쿠는 계속 귀를 만지면서 못 들은 체했다.

4

마사나리는 보기 좋게 우롱당했다고 생각했다.

그가 걱정하고 찾아온 제례 당일의 소요에 대해 요도 부인도 우라쿠도 모두 알고 있었다는 것은 이미 의심할 여지가 없었다. 더구나 우라쿠는 뻔뻔스럽게도 쵸지로 찻잔을 걸자는 둥 시치미를 떼면서 자기를 요도 부인 앞으로 데려왔다. 너무 말이 많다고 생각했더니 그것은 요도 부인에게 하고 싶은 말을 시키기 위한 내통이었던 듯.

'이렇게 나온다면 나도 생각이 있다.'

원래 소동은 한쪽에서만 일어나는 게 아니다. 소동에는 반드시 상대가 있게 마련.

'그것 큰일이군요. 이쪽에서는 가볍게 생각하고 계시는 모양이지만 그 소문을 듣고 도쿠가와 가문의 하타모토旗本°들은 격앙하여, 그렇다면 차라리 오사카로 쳐들어가자……고 떠들어대고 있으니까요.'

이렇게 말하면 일단 우라쿠나 요도 부인도 새파랗게 질릴 것……이라고 생각했을 때 우라쿠는 귀를 만지던 손을 멈추고 마사나리에게 돌아앉았다.

"들었겠지, 나루세 님. 이 점이 여간 까다롭지 않아."

"이 점이라니요?"

"도무지 할 일이 없어. 이 성 안에 있는 사람은 생모건 도련님이건, 카타기리이건 오노건, 또 나도 할 일이 없으니 쓸데없는 망상을 하며 여기에 살을 붙이고 있지. 왜 속담에도 있지 않소, 소인은 한가하면 옳지 못한 짓을 한다고. 하하하…… 다 그렇고 그런 것이라는 점을 잘 명심해두어야 해."

마사나리는 또다시 말문이 막히고 말았다.

요도 부인이 서슴없이 교태를 부리며 그 뒤를 이었다. 그야말로 웃음과 행동 하나하나가 끈적끈적 달라붙는 듯한 교태를 발산하는 요즘의 요도 부인이었다.

"마사나리 님, 그대를 괴롭히는 일은 이제 그만두겠어요. 아니, 그대의 성실한 인품을 잘 알기 때문에 둘이서 그렇게 말해보았을 뿐이에요. 용서하세요."

"아니…… 별로 그런 것은."

"안심하시도록 쇼군께도 말씀 드려주세요. 실은 젊은 쪽에서 소동을 일으키려는 자가 전혀 없었던 것은 아니에요. 그자들은 내가 엄히 제지했어요. 그렇지요, 우라쿠 님?"

우라쿠는 히죽 웃었다.

"너무 쉽게 믿어선 안 되네, 마사나리."

"어머, 그게 무슨 소리예요, 우라쿠 님?"

마사나리보다도 요도 부인이 따지고 들었다.

우라쿠는 잠시 낯을 찌푸렸다.

"섭섭하게도 생모님은 자기 마음을 모르고 있어. 마음이 가라앉을 때는 참으로 영리하고 덕이 높은 현부…… 신경이 곤두서서 망상의 세계로 뛰어들면 손을 댈 수 없는 악귀가 돼. 그런 양면을 지닌 생모님…… 이를 모르고 쉽게 좋은 분이라 생각하면 큰 실수의 원인이 되지. 인생의 어려움은 이런 데 있지. 그렇지 않은가, 나루세 님?"

나루세 마사나리는 완전히 사고의 능력이 굳어버린 듯했다.

5

오다 우라쿠가 예사 인물이 아니라는 사실은 알고 있었다. 이 사람의 멍에, 곧 노부나가의 친동생이라는 무거운 짐이 그를 비뚤어지게 하고 염세적인 허무의 세계에 뛰어들게 했다……고 마사나리는 해석하고 있었다. 그런데 그러한 그의 척도만으로는 잴 수 없는 인물인 듯.

마사나리에게도 자못 대담한 말을 했으나 우라쿠는 요도 부인에게도 전혀 아첨 같은 것은 하지 않았다.

"어쨌든 미망인의 세계와 천하를 다스리는 자의 세계는 너무 달라, 비교할 수도 없을 만큼."

우라쿠는 또다시 그 막무가내인 어조로 말했다.

"한쪽에서 왜 저자는 평화로운 세상의 고마움을 모를까…… 마음을 태우고 있을 때, 한쪽에서는 내 남편은 어째서 일찍 죽었을까…… 하고 독수공방을 원망하고 있어."

"우라쿠 님!"

"말리지 말아요, 생모님. 나오는 오줌은 모두 누지 않으면 몸에 해로운 법. 그래서 쇼군 측근에 있는 자는 여간 조심하지 않으면 안 되지…… 알겠나, 만약 오사카에서 일이 일어난다고 하면, 그건 쇼군이나 천하 일과는 관계없는 데서 일어날 거야."

"관계가 없는 데서……?"

마사나리는 진지하게 우라쿠의 말에 귀를 기울일 작정이었다.

농담을 하며 슬쩍 피해가면서도 우라쿠는 실은 그 나름대로 무언가 치열하게 격투를 하고 있었다.

"그래, 관계가 없는 데서…… 지금 쇼군은 어떻게 하면 평화로운 시대의 고마움을 전국에 침투시키느냐로 고심하고 있어. 그 때문에 유교 같은 것을 널리 펴려 하고 있지. 일본에서 살인밖에 모르는 인간들을 모두 성인군자로 개조하여 전란의 싹을 뿌리뽑으려는 그는 굉장한 공상가야."

"으음."

"과연 인간이 모두 성현의 길을 받드는 성인이 될 수 있을지…… 하하하…… 아니, 결코 비웃는 게 아니야. 꿈 없이는 새로운 세상을 만들 수 없으니까. 내 형 소켄 공은 어떻게든 천하에 무武를 펴려고 염원했지. 타이코는 그 뒤를 이어 어떤 일이 있어도 일본을 통일하려고 고심했어. 이 일을 마무리해야 할 쇼군으로서는 그건 당연한 꿈일지도 몰라. 그런데 실제로는 평화를 기뻐하는 자만 있지는 않아. 십중팔구는 기뻐하겠지만 기뻐하지 않는 자도 약간은 있어."

"평화를 기뻐하지 않는 자가……?"

"그래…… 모처럼 천하에 야심을 펴려고 군사를 양성해 몇 군데 영지를 소유할 수 있는 데까지는 부지런히 인생을 걸어왔다. 그런데 쇼군이 그 앞을 가로막고 그 이상 더 커지면 안 된다고 야심과 희망을 봉쇄해버렸어. 하하하…… 동에는 다테伊達와 우에스기上杉, 서에는 모리毛利와 쿠로다黒田, 시마즈島津 등…… 어쩔 수 없이 머리는 숙이고 있지만 마음속으로 원하는 것은 천하대란, 난세의 확대일세. 그래서 에도와 오사카…… 아니 쇼군과 미망인이라는 표현이 더 적절하겠지만, 사이는 미묘하게 되어갈 수밖에 없어. 일본인을 모두 성현으로 만들겠다는 사람이 아녀자를 죽였다면 그야말로 후세에까지 웃음거리. 하하하…… 안 그런가, 마사나리 님?"

6

나루세 마사나리는 가슴을 비수로 찔린 듯한 기분이었다.

과연 우라쿠의 말이 옳았다. 유교로써 백성 교육의 틀을 바로잡으려는 이에야스가 부녀자의 성을 습격하여 그들을 학살했다…… 그렇다면 이에야스는 노부나가와 히데요시秀吉 두 사람의 공적을 짓밟은 폭군이었다고 역사에 기록될 것이다.

'그렇다면…… 이 비뚤어진 염세주의자는 어떻게 해야 한다고 말하려는 것일까……?'

마사나리의 눈이 무섭게 빛나기 시작했다.

"쇼군과 요도 부인 사이에는 천하의 대란을 바라는 이리떼들이 끼여 있다. 따라서 쇼군은 요도 부인에 대해 화낼 수 없다……고 요도 부인 쪽에서 쉽게 생각한다면 그야말로 큰일이지."

우라쿠사이는 요도 부인을 노려보았다. 마사나리가 섬뜩할 만큼 날카로운 어조였다. 그러나 요도 부인은 눈을 내리깐 채 말없이 그 날카로운 말을 듣고만 있었다.

'이분도 진지하게 듣고 있다……'

그런 생각과 함께 마사나리는 저도 모르게 가슴이 뜨거워졌다.

"알겠나, 마사나리…… 요도 부인 쪽에서 이 모든 상황을 깨닫고 쉽게 생각하지 않았다 해도 쇼군과 미망인의 갈등은 비교할 수도 없어. 한쪽은 큰 꿈, 한쪽은 사소한 신변 문제…… 여기에 측근이나 하타모토의 오해가 끼여들면 당장 그 틈을 노리고 뛰어드는 것은 아까 말한 이리떼들. 마사나리, 나는 이렇게 했으면 좋지 않을까 해. 무슨 일이 생기면 곧 쇼군과 요도 부인이 만나 이야기할 수 있도록 주선하는 것이야…… 그렇게 한다면 쇼군도 원래 요도 부인은 좋아했으므로 결코 큰 파멸의 상처는 되지 않을 거야."

우라쿠는 여기까지 말하고는 다시 어조를 싹 바꾸었다.

"……이런 형편. 이번 토요쿠니 신사 제례는 온갖 꿈과 생각이 섞여 있지만 쇼군이 생모를 기쁘게 해주려는 마음도 있다……고 마사나리 님이 알리러 온 것이겠지. 물론 도쿠가와 가문에서도 분개하고 있는 하타모토들은 충분히 납득시켜야 할 거야, 그렇지, 나루세 님?"

마사나리는 더 이상 할말이 없었다. 우라쿠가 이토록 진지하게, 더구나 양자의 입장을 잘 생각해 중재해주리라고는 생각지도 못했다.

"옳으신 말씀, 참으로 그……그렇습니다."

우라쿠는 다시 말을 바꾸었다.

"어떤가, 역시 쵸지로 찻잔 한 개쯤의 값어치는 있겠지?"

마사나리는 당황해하며 요도 부인 쪽을 보았다. 요도 부인은 고개를 옆으로 돌리고 손으로 눈두덩을 가만히 누르고 있었다. 그녀의 마음에도 무언가 스며드는 것이 있었던 듯.

마사나리는 얼른 무릎에 시선을 떨구고 왈칵 가슴에 치미는 동정심으로 온몸이 굳어졌다.

'생모님 역시 불행한 분이다……'

"알고 있어요, 마사나리 님…… 참, 모처럼 그대가 찾아주었으니 술을 내오겠어요. 우라쿠 님, 도련님도 오라고 하세요……"

그리고는 온몸으로 한숨을 쉬면서 웃어 보였다.

7

우라쿠가 말한 대로 요도 부인과 이에야스 사이에 선을 넘어선 어떤 관계가 있었는지 마사나리로서는 확인할 도리가 없는 일. 그러나 지금 앞에서 눈물을 보이고 있는 요염한 여자가 이에야스를 증오하거나 저주하지 않는다는 것만은 확인할 수 있었다. 그런데도 불구하고 마사나리의 마음이 개운치 않은 것은 무엇 때문일까……?

요도 부인이 농담조로 슬쩍 내비친—

"도련님이 열여섯 살이 되었을 때……"

이 한마디 때문인지도 모른다.

'요도 부인은 정말 히데요리가 열여섯 살이 되었을 때는 천하가 다시 도요토미 가문으로 돌아올 줄 알고 있는 것일까……?'

그럴 리가 없다……고 마사나리는 생각했다. 앞을 내다볼 줄 아는 우라쿠가 곁에 있는데, 그런 착각을 그대로 내버려둘 리 없었다.

히데요시는 조정의 관례에 따라 칸파쿠 다죠다이진太政大臣°으로 정치를 했으나 이에야스는 세이이타이쇼군征夷大將軍°으로서 무인정치의 선례를 남겨놓았다. 조정의 이름으로 허락된 새로운 무인정치는, 말하자면 세키가하라 전투 후의 정치 체제 그 자체에 큰 변혁이 있었다는 의미이다. 이제 도요토미 가문은 무사가 아니라 섭정攝政이나 칸파쿠 가문과 동격인 공경公卿으로 격상되었다.

그렇게 하지 않으면 우라쿠가 말했듯이 아직 야심을 버리지 못한 난세의 이리떼들을 제압할 수 없고 동시에 도요토미 가문의 안전 또한 기대할 수 없다.

일본이 다시 난세가 된다 하더라도 과녁이 되는 것은 도쿠가와 가문이지 도요토미 가문은 아니다. 도요토미 가문은 일본에 공경이 존재하는 한 전쟁 밖에서 황실과 함께 존속할 수 있는 길이 열려 있다.

마사나리는 그것이 이에야스와 히데요시 사이에—

"능력에 맞도록 대우한다."

이러한 내용으로 이루어진 두 영웅의 약속에 이에야스가 바친 성의라고 믿고 있었다.

'그렇다, 양가의 가신들은 이를 명심하여 그 성의가 서로 통하도록 노력하지 않으면……'

이때 히데요리를 부르러 갔던 우라쿠가 상을 나르는 시녀들과 함께 돌아왔다.

"도련님은 지금 승마를 하고 있더군."

측근에서 떠나지 않던 오쿠라大藏 부인과 아에바饗庭 부인은 모습을 나타내지 않고, 시녀들은 모두 마사나리에게는 낯선 사람뿐이었다.

"도련님에게는 내가 나중에 적당히 말하도록 하지. 어쨌든 말썽 없이 토요쿠니 신사 제례를 거행하게 되었으니 경사로운 일이야."

우라쿠는 이렇게 말하고 거침없이 요도 부인과 마사나리 사이에 자리잡았다.

"생모님, 잔을."

그리고는 재촉하여 마사나리에게 잔을 건네게 했다.

"거듭 잘 부탁하네. 마사나리 님, 수고가 많았소."

"예, 감사합니다. 그럼 잔을 받겠습니다."

감정의 응어리를 날려버리듯 잔을 들었을 때였다.

복도에서 요란한 발소리가 들렸다.

"어머님!"

날카로운 목소리가 마사나리의 어깨 너머로 울려왔다.

"우라쿠, 후시미에서 온 사자를 어째서 나와 만나게 하지 않아요?"

히데요리였다. 마사나리는 돌아앉으려 했으나 시녀가 아직 술 주전자를 들고 있었다.

우라쿠가 반쯤 익살맞은 어조로 반격했다.
"무슨 말씀을. 승마 중이라기에 알리지 않았는데."
"누……누가 그런 거짓말을 했소?"

8

"거짓말……?"
우라쿠가 반문했다.
"그럼, 사카에榮가 착각했나? 나는 사카에에게 들었는데……"
사카에의 말이 나오자 마사나리도 그만 눈을 크게 뜨고 잔을 놓았다. 사카에는 챠야 시로지로茶屋四郎次郎의 충고에 따라 히데요리를 곁에서 모시게 된 오미츠於みつ라는 것을 마사나리도 알고 있었다. 히데요리는 약간 뜻밖이라는 듯.
"뭐, 사카에가 그렇게 말했다고요?"
"그래요."
"으음, 사카에가 말했다면 어쩔 수 없지만."
순순히 고개를 끄덕이고 성큼성큼 들어왔다. 요도 부인은 못마땅한 표정으로 자기 왼쪽에 요와 사방침을 나란히 놓게 했다. 아마도 이들 모자는 지금껏 응어리진 감정을 버리지 못하고 있는 모양이었다.
마사나리는 얼른 자세를 가다듬고 히데요리에게 인사했다.
"나루세 마사나리, 문안 드리러 왔다가 이렇게 술을 대접받고 있습니다."
그 뒤를 오다 우라쿠가 받았다.
"도련님, 이번 기일에는 전대미문의 규모로 토요쿠니 신사의 제례를 거행한다고 합니다."

"뭐, 토요쿠니 신사 제례…… 그럼, 제주祭主는 누구요, 어머님이요 아니면 이 히데요리요?"

"그렇지 않아요. 이번 제례는 돌아가신 전하의 은덕으로 평화로운 세상이 왔다고 기뻐하는 상인들…… 제주 같은 것은 없어요."

"그렇군. 나는 또 여러 사찰과 신사 보수 때처럼 이 히데요리가 제주인 줄 알았지. 그렇다면 귀찮아. 세상에서는 이 히데요리가 칸토를 저주하는 속셈으로 무턱대고 여러 사찰과 신사에 기부한다고……"

"하하하……"

참다못해 압도하는 듯한 웃음으로 말을 가로막으면서, 이때만은 무서운 기세를 보이며 우라쿠의 눈이 요도 부인과 마사나리의 얼굴을 번갈아 바라보았다.

"그렇지 않소, 나루세 님? 가령 그런 소문이 있었다 해도 이번 제례로 사라져버릴 거요. 이번 제례는 그런 유치한 게 아니오. 쿄토 부근 상인 몇 십만을 중심으로 무사도 공경도, 백성도 기술자도, 승려도 천주교도도 없소. 우리나라가 시작된 이래 처음인 큰 제례."

"예, 그렇습니다. 남만인에서 흑인에 이르기까지 모두 안심하고 구경할 수 있는 평화스런 제례로 하겠다고 쇼시다이도 들떠 있어요."

"그래, 그렇다면 좋소. 자, 히데요리도 사자에게 잔을 내리겠소. 으음, 그토록 화려한 상인들의 제례란 말이로군……"

히데요리는 이렇게 말하고 얼른 잔을 끌어당기면서 비로소 소년다운 얼굴로 돌아갔다. 아마 그 자신도 이 제례를 보고 싶어진 듯.

마사나리는 안도했다.

요도 부인이 아직 히데요리에게 말을 하려 하지 않는 것이 조금 마음에 걸리기는 했다. 그러나 이 모자에게 특별히 이에야스를 저주한다거나 깊이 원망하려는 감정이 있는 것 같지는 않았다. 그렇다면 토요쿠니 신사의 제례는 반드시 양자의 마음을 가까워지게 할 것이다.

'이 정도면 됐어…… 이만하면 훌륭한 제례가 될 것이다.'

"자, 가까이 와서 이 잔을……"

"예, 감사히 받겠습니다……"

무릎걸음으로 다가가 히데요리의 잔을 받으면서 마사나리는 다시 한 번 살짝 요도 부인의 기색을 살폈다.

차갑기만 하던 요도 부인의 얼굴에도 어느 틈에 부드러운 미소가 떠오르고 있었다……

외눈박이 용

1

아사쿠사淺草 궁문 밖 스미다가와隅田川에 있는 마츠다이라 타다테루松平忠輝의 광대한 저택. 이 저택은 원래 오쿠보 나가야스가 부지를 골라 세웠는데, 처음 시공할 때와 비교하면 그 구조나 저택 안 건물 등이 세 배 이상으로 늘어나 있다. 궁문 안에서라면 아무래도 할당된 부지가 작을 수밖에 없었다. 그러나 이곳은 칸토 8주의 세공미가 배로 실려오는 강변. 지금에 와서는 지리적으로 교통이 편리하다는 면에서도, 과연 나가야스의 안목이 높았다고 제후들로부터 선망을 받는 아주 좋은 장소가 되었다.

그 저택에 타다테루의 싯세이執政°로 있는 오쿠보 나가야스가 사흘 전부터 와 있었다.

요즘 나가야스는 눈코 뜰 새 없이 바빴다. 이와미石見 광산에서 나라奈良 사형장으로, 신슈信州에 있는 타다테루 영지에서 공사 중인 제방에 대한 지시를 내리고, 다시 하치오지 진지에서 에도로 나왔다.

나가야스가 에도에 왔을 때 이에야스는 이미 후시미에서 돌아온 뒤였다. 이번에 나가야스는 타다테루와 다테 마사무네伊達政宗•의 큰딸과의 혼담을 확정짓고 이에 따른 여러 가지 행사를 마치고 사도로 떠날 예정이었다.

나가야스가 이틀 전에 이 저택에 오고 나서 바로 뒤를 이어 쿄토에서 기묘한 행렬이 들이닥쳤다. 그가 사도에 데려갈 여자들의 행렬이었다. 그 일행은 쿄토에서 지어 입었는지 아주 화려한 옷차림이어서 이 고장 사람들을 깜짝 놀라게 했다.

사람들은 처음에는 벌써 타다테루의 신부가 온 것이 아닌가 수군거렸다. 그러나 오슈奥州와는 방향이 반대쪽임을 깨닫고 이번에는 쿄토에서 크게 인기를 끌었다는 온나가부키女歌舞伎° 배우들을 부른 것이라는 소문이 났다.

나가야스는 자신의 거처도 저택 안에 세워놓았다. 그래서 60여 명에 달하는 여자들이 머무르는 데도 어려움이 없었다. 이들 여자의 감독은 말할 나위도 없이 오코, 여기서는 오코를 아내라고 하지 않았다. 주인 타다테루에게는 광산에 일하러 가는 불쌍한 기녀들이라고 했다.

나가야스는 앞으로 이틀 안에 혼수를 갖추고, 사흘 후 마츠다이라 가문을 대표하여 그 혼수를 다테 가문으로 보내야 한다. 그는 오늘도 아침부터 흰 명주, 모직물, 능직 비단 등이 쌓인 큰방에서 왔다갔다하며 포장을 지시하고 있었다.

이때 역시 신슈 영지에서 온 중신 하나이 토토우미노카미 요시나리花井遠江守吉成가 들어와 나가야스의 귀에 무어라 속삭였다. 하나이 토토우미노카미는 챠아茶阿 부인이 전 남편과의 사이에서 낳은 딸의 남편이었다.

"뭐, 다테 님이 오셨다고?"

나가야스는 상대와는 달리 당황한 목소리로 물었다.

"그렇소, 은밀히 왔기 때문에 비밀을 지켜달라고."

"어째서 다테 님이 또 그런 경솔한 일을."

"소텔•인가 하는 신부가 세운 병원을 살짝 구경하러 오셨다고."

"어쨌든 신중하지가 못해요! 도리 없지. 내가 마중 나가야 되겠군."

나가야스는 곤혹스러운 얼굴로 부리나케 현관으로 나갔다.

2

"반갑습니다, 무츠노카미陸奧守 님……"

현관으로 나간 나가야스는 갑자기 태도를 바꾸어 웃는 얼굴로, 아직도 밖에 서서 주위를 둘러보고 있는 마사무네에게 머리를 숙였다.

"쉿!"

마사무네는 그를 제지하면서 다시 서너 걸음 현관에서 물러났다.

비밀스럽게 왔으니 이름을 부르지 말라는 의미인 듯. 그러고 보니 수행원도 세 사람뿐, 약간 떨어져서 무릎도 꿇지 않고 서 있었다.

나가야스는 눈치를 채고 음성을 낮추었다.

"아무튼 잠시 들어가시지요."

"방해가 되지 않을까?"

"너무 뜻밖이라 놀랐습니다마는, 일부러 오셨는데 잠시 휴식도 않으신다면 저로서는 예의가 아닙니다."

"그런가, 그럼 나라는 말은 하지 말고."

"예. 알고 있습니다."

나가야스는 앞장서서 현관으로 들어갔다. 아마도 가마는 문 밖에 두고 온 듯. 마사무네는 두건 속에서 세 가신에게 기다리라고 눈짓하고 나가야스의 뒤를 따랐다.

"하나이 토토우미노카미 말로는 소텔의 아사쿠사 병원을 보시러 오셨다고 하던데요?"

"그래. 이와미노카미, 자식이란 귀여운 것이야."

"예…… 예."

객실에서 마주앉았을 때 과연 다테 마사무네에게서는 남을 압도하는 중량감이 느껴졌다. 아니, 중량감만 아니라 두건 안에서 빛나는 외눈이 가슴을 찌르는 듯한 날카로움마저 풍기고 있었다.

"실은 이번에 출가할 딸이 열성적인 천주교도여서."

"그 말씀은 쇼군에게 들어 이미 알고 있습니다."

"쇼군께서도 신앙에 대해서는 깊은 이해가 계시므로 과히 걱정은 하지 않으나, 때때로 딸이 가신들에게 교리를 들으라고 청하는 일이 있지나 않을까 해서."

"그래서 소텔의 인품을 보시려고 오셨군요."

"그렇다네. 어쨌든 사위는 쇼군 님의 아드님 아니신가. 아무나 이 저택에 출입시킬 수는 없지."

"예. 그런데, 소텔이라는 자는 마음에 드셨습니까?"

"그게 말일세."

마사무네는 잠시 말을 끊고 나직이 웃었다.

"자네도 알다시피 이 마사무네는 눈이 하나야."

"그 무슨 농담의 말씀을…… 그 하나의 눈빛이 일본의 절반을 떨게 하고 있습니다."

"아니, 농담이 아니야. 그가 일본인이라면 내 눈이 통용되겠지만 상대는 눈빛도 털빛도 다른 남만인일세."

"그렇기는 합니다마는……"

"그래서 자네가 한번 소텔을 만나 시험해주었으면 해. 나에게는 그를 달아볼 저울이 없어."

이때 시동이 차를 가져왔기 때문에 잠시 대화가 중단되었다.

용건은 뻔한 것. 소텔을 마사무네의 맏딸 고로하치히메五郎八姫에게 접근시켜도 좋을 것인지 판단해달라는 용건이었다……

시동이 물러간 뒤 마사무네는 묘한 말을 꺼냈다.

"그들에게는 관습인지 몰라도, 소텔은 나에게 황금빛 머리의 미녀 한 사람을 바치겠다는 거야."

3

"뭐라고 하셨습니까? 소텔이 황금빛 머리의 미녀를 헌상……?"

반문하고 나서 나가야스는 싱긋 웃었다. 소텔이라면 능히 그런 일을 할 수 있다는 생각 때문이었다.

"그래. 그 말이 일반 상인의 입에서 나왔다면 놀랄 것도 없겠지. 소텔은 적어도 성직자가 아닌가. 그런 사람이 미녀를 바치겠다고 하니, 그 속셈을 알 수 없어. 이 마사무네가 그런 호색가로 보이나?"

"하하하……"

나가야스는 거침없이 소리내어 웃었다.

"무츠노카미 님, 그 해석이 잘못되었습니다."

"그렇겠지. 나도 무엇에 홀린 듯한 기분이 들어, 그 일에 대해서는 가신을 통해 나중에 대답하겠다……고 말을 피했네."

"하하하……"

나가야스는 다시 웃었다.

"무츠노카미 님 별명은 용이십니다."

"얼버무릴 생각은 아예 하지도 말게. 용은 용이지만 외눈박이일세."

"아닙니다. 남만인은 용을 동양의 신비스러운 영물이라 하여 무척 두려워하고 있습니다."

"그럴지는 모르지만……"

"말하자면 용은 그 영특한 힘으로 상대의 마음 따위는 구석구석까지 꿰뚫어봅니다."

"으음……"

"그래서 소텔도 처음 대면부터 법복 같은 것은 벗어던지고 벌거벗은 자기 모습을 보여드렸다……고 받아들여야 할 일이 아닐까요?"

나가야스의 말에 마사무네의 외눈이 바쁘게 깜박거렸다. 무엇인가 마음에 짚이는 게 있었던지 이번에는 갑자기 화제를 바꾸었다.

"쿄토 토요쿠니 신사 제례에도 자네 지혜가 작용했다고 하더군."

"무츠노카미 님, 말씀을 돌리지 마십시오."

"아니, 돌리는 게 아니야. 소텔이 성대한 제례를 보고 일본 천하도 이것으로 마무리되었다……고 은근히 말하고 있어서 하는 말일세."

"그렇다면 알겠습니다. 소텔은 아사쿠사 병원을 세울 때 주군이 기부하시겠다는 제의도 사양했다고 합니다."

"으음."

"절대로 쇼군 님에게 폐를 끼쳐서는 안 된다, 어디까지나 자력으로 병원을 경영해, 아직 쇼군 님 손이 미치지 않는 가난한 사람들을 치료하는 일로 선정善政을 돕겠다…… 신에게 봉사하는 자의 의무라고 했다고 합니다."

"그 말은 나도 들었네."

"주군에게 한 말은 참으로 성자 중의 성자, 신과 같은 마음씨……에서 나온 생각 아닙니까. 바로 그 소텔이 무츠노카미 님에게 미녀 한 사람을 헌상하겠다……고. 하하하, 어떻습니까. 이쯤 되면 소텔도 놀라운 영물인 것 같습니다."

마사무네는 외눈을 번들거리며 나직이 쓴웃음을 지었다.

"그렇다면 소텔은 나에게 매달릴 작정으로 미끼를 던졌을까?"

"예. 소텔로서는 여간 의지하고 싶지 않을 것입니다. 이대로 가면 미우라 안진三浦按針에게 당하고 만다, 아니, 안진의 고국인 이기리스(영국)나 오란다(네덜란드)에 지고 만다. 그래서 누구에게 미인계를 써서 쇼군을 움직일까 하고…… 영물도 이 대목에 이르러서는 필사적이라 할 수 있지 않을까…… 생각합니다마는."

4

나가야스도 날카로웠으나 받아들이는 마사무네의 태도도 민감했다.

"허허허……"

나가야스의 말이 끝나기가 무섭게 마사무네는 배를 끌어안고 웃었다.

"나가야스, 자네도 훌륭한 영물인 모양일세."

"황송합니다."

"으음, 소텔의 적이 미우라 안진이란 말이지?"

"예. 그 배후인 이기리스와 오란다, 곧 남만인과 홍모인의 싸움이 서서히 에도에서도 시작된 듯합니다."

"어떤가, 자네가 쇼군이라면 이 문제를 어떻게 다루겠나?"

"무츠노카미 님, 겁나는 비유는 마십시오. 이 나가야스가 쇼군이라면…… 그런 가정은 아무리 비유라고는 하나 너무 황송합니다."

"그러기에 영물이라는 게야. 소텔 쪽에서 성직의 옷을 벗어던지고 미끼를 던져오는데, 이쪽에서는 그대로 허식을 걸치고 있다면 패하게 될 것일세."

"하하하…… 지당하신 말씀입니다. 그러하다면 무츠노카미 님, 제 의견을 말씀 드릴까요?"

"암, 그래야지. 자네는 언제나 내일을 내다보는 사나이니까."

"무츠노카미 님, 이 일본은 남만인이나 홍모인의 눈에는 불가사의한 나라로 보이는 것 같습니다."

"으음."

"옛날 카마쿠라鎌倉 시대° 말엽에 원元나라에 왔던 마르코 폴로라는 남만인이 자기 나라에 돌아가서도 일본을 널리 선전했다 합니다."

"마르코 폴로라는 자가 말이지?"

"예. 그의 여행기에 동방의 황금나라 지팡구……라 씌어 있는데, 그것이 바로 일본입니다."

"지팡구…… 지팡구…… 어쩐지 개구리 울음소리 같군."

"아니, 개구리가 아니라 문제는 황금의 나라. 그들은 일본 어디에 황금으로 이루어진 섬이 있다고 굳게 믿고……"

"자네는 그 말을 누구에게 들었나?"

"소텔은 아니고, 다른 천주교도에게 들었습니다."

"그렇다면 사도가 바로 그 섬이란 말인가?"

"당치도 않습니다. 그런 섬 같은 것은 없습니다."

나가야스는 내뱉듯이 말했다.

"그들의 능란한 수법입니다. 마르코 폴로라는 자가 지체 높은 성직자나 왕의 부탁을 받고 거짓말을 하지 않았나 생각합니다."

"허어, 틀림없는 영물이로군."

"미개지에 선교사를 보내 그 땅에 마구 종교를 퍼뜨리려면 우선 배를 타고 그곳에 가는 자가 많아야 합니다."

"당연히…… 그렇겠지."

"그래서 황금 섬이 있다고 소문을 퍼뜨립니다. 그렇게 하면 혈기왕성한 욕심쟁이들이 서로 그 섬을 손에 넣으려고 속속 밀려오게 됩니다."

"과연 묘한 착안이로군."

"이로써 성직자는 종교를 퍼뜨릴 발판을 얻고, 왕은 영토를 넓히는 계기로 이용할 수 있습니다. 그들의 이 황당한 거짓이 퍼져 있는 한 일본은 더욱 어렵지요. 그래서 이 오쿠보 나가야스는 그들의 허를 찌를 생각입니다."

갑자기 마사무네가 큰 소리로 웃기 시작했다.

5

상대방 면전에서 크게 웃는 태도는 예의를 벗어난 일이었다. 그러나 오쿠보 나가야스는 노하지 않았다.

다테 마사무네는 서슴없이 웃고 나서 말했다.

"그런 말이 나오리라 생각했네. 오쿠보 나가야스의 본성은 뿌리깊은 반골叛骨, 반드시 허를 찌르고 싶겠지."

나가야스는 그 말을 듣고 도리어 안심했다는 듯—

"무츠노카미 님 자신을 가리켜 하시는 말씀 같습니다."

이렇게 말하며 무릎걸음으로 한발 다가앉았다.

"남만인, 홍모인들이 다투어가며 황금 섬을 노리고…… 속속 오는데, 그런 섬은 없다……고 솔직히 털어놓는다면, 마르코 폴로에게 미안한 노릇이지요."

"그래, 옳은 말이야."

"모처럼 마르코 폴로가 뿌린 먹이를 보고 물고기 떼가 모여드는데, 낚아올리는 어부가 있다 해서 나쁠 것은 없습니다……"

"으음, 나쁠 것은 없다는 말이지. 그래서 오쿠보 나가야스라는 어부는 어떤 낚싯대를 준비하겠는가?"

"무츠노카미 님, 너무 성급하게 앞지르지 마십시오. 모처럼의 좋은 어장을 무츠노카미 님께 빼앗기게 될 것 같습니다."

마사무네는 다시 상체를 흔들며 웃었다.

"과연, 오쿠보 영물님답군. 그러나 생각보다는 신경이 가는 것 같아. 좋아, 그럼 잠자코 자네가 하는 말을 듣기로 하겠네."

"그렇게 말씀하시니 매정하게 숨길 수도 없군요. 저는 사도가시마를 그 황금 섬으로 만들까 합니다."

"역시 그렇군."

"실은 이제부터 그곳에 두 가지 유형의 사람을 보내놓고 남만인에게 선전하려고 합니다."

"허어, 두 가지 유형의 사람……을 말이지."

"예. 그 하나는 절대로 없어서는 안 될 선녀들…… 나머지 하나는 이와는 전혀 다른 흉악범들입니다."

문득 나가야스는 무엇을 생각했는지 잔뜩 이마에 주름을 잡았다.

"이런 계획을 세웠다 해서 이 나가야스를 아주 잔인한 놈……이라고는 생각지 마십시오. 죄인들 중에도 여러 종류가 있어서……"

마사무네가 고개를 저으면서 나가야스의 말을 가로막았다.

"변명은 그만두게. 그런 외딴 섬에 가면 아무리 악인이라도 체념하고 일을 하게 될 것이야."

"그렇게 생각하시는 것은 큰 잘못입니다. 악인이란 절대로 그런 정도로는 체념하지 않습니다. 악에 물들면 헤어나지 못합니다…… 반드시 섬에서 탈출하려고 잇따라 소동을 일으킬 겁니다. 그 소동으로 결국 세계에 그 이름이 알려지게 됩니다……"

"과연 보통사람으로는 상상도 못할 생각이로군. 설마 그 단계에서 그치려는 것은 아니겠지. 그렇게 세계에 선전한 다음에는 어떻게 하려 하는가?"

"하하하…… 역시 무츠노카미 님은 서두르시는군요. 황금 섬의 황금은 무진장…… 그 무진장한 황금을 자본으로 세계와 교역…… 아니,

전 세계의 선원들과 상인들을 황금 섬의 위력으로 눌러 재조직하는 것이 어떨까요?"

"으음."

이번에는 마사무네가 진정으로 신음했다.

"무츠노카미 님, 홍모인은 동인도 회사라는 것을 통해 인도에서 이쪽으로 손을 뻗쳐오고 있다고 합니다. 일본인이 뒤떨어져도 좋다……고는 할 수 없겠지요."

6

다테 마사무네는 부르르 몸이 떨려옴을 누르지 못했다. 어려서부터 전쟁터를 누비면서 때때로 느꼈던 전율과는 전혀 다른 떨림이었다. 어쩌면 이 허약해 보이는 사루가쿠猿樂° 배우 출신의 사나이에게 압도당한 '사나이의 공포' 였는지도 모른다.

세상에는 갖가지 유형의 인간이 있다. 지금까지 다테 마사무네의 투지를 가장 강하게 자극한 사람은 도요토미 타이코였다. 타이코는 마사무네를 애송이 취급하며 처음부터 그를 압박하려 했다. 그러나 그는 타이코의 언동에서 진심으로 두려움을 느낀 일은 없었다.

'이 떠버리 같으니라고……'

이러한 반발을 조용히 마음속에 간직하고 있었다.

이에야스는 그 반대였다.

'이 사나이는 얼마나 교활한 인간인가.'

이런 생각으로 만나는 동안 이에야스에 대한 반감과 투지는 어느 틈에 사라지고—

'성자를 가장한 모조품인지도 모른다.'

이런 기분이 대신했다. 따라서 아직 마사무네는 타이코나 이에야스에 대해 진심으로 두려워한 일도 없고 심복한 기억도 없다.

'기회나 틈이 없기 때문에 치지 못했을 뿐.'

지금이라도 기회만 있으면 치고 싶은 생각이었다. 그러한 생각이 나쁘다거나 악이라고는 생각지 않았다. 다테 마사무네의 눈에 틈을 보일 만한 상대라면 언젠가 누군가에게 당할 것은 불을 보듯 뻔한 일. 누군가에게 당할 자를 마사무네가 먼저 쳐서 안 된다는 이유는 없다. 따라서 아직 천하를 손에 넣지 못했다뿐, 자기가 천하인보다 기량이 떨어진다고는 생각해본 일이 없는 마사무네였다.

타이코도 이에야스도 오십보백보.

'인간의 한계는 뻔하다……'

늘 이렇게 생각했고, 마음이 통하는 근신에게도 터놓고 말하는 마사무네였다. 그러나 오늘 오쿠보 나가야스에게서 들은 이야기의 규모는 완전히 그를 압도했다.

처음에 그는 나가야스의 기량을 별로 인정하지 않았다. 이에야스가 과감하게 그를 등용하는 것을 보고 이에야스도 아첨꾼을 가까이하게 되었구나 하고 속으로는 그 늙음을 비웃었다.

'노련한 무사는 마음에 드는 말만 하지는 않을 테니까……'

하지만 그러한 것이 이유는 아니었던 듯.

오쿠보 나가야스는 엄청나게 큰 꿈을 품고 살고 있었다. 유럽에 나돌고 있는 황금 섬의 전설을 이용하여 세계 무역을 단숨에 지배하겠다……고. 그런 꿈을 꾼 자는 지금까지 아무도 없었다.

이에야스나 마사무네가 크게 생각한 그 대상은 '천하'라는 일본의 지배영역을 벗어나지 못했다.

'그런데도 이 나가야스 녀석은……'

아니, 나가야스의 기량과 생각을 꿰뚫어보고 있는 이에야스라면, 자기와 이에야스의 기량은 아이와 어른의 차이…… 이것이 외눈박이 용, 다테 마사무네가 전율하는 원인이었다.

"으음, 과연."

마사무네는 다시 한 번 깊은 신음을 되풀이했다.

7

"나가야스, 이제 자네의 꿈은 알았네. 그러나 이 이야기를 신중하기만 한 쇼군 님이 과연 받아들일지……"

마사무네가 정신을 차리고 속을 떠보니 나가야스는 온몸으로 웃었다. 그야말로 자신감의 절정이라고나 할 천진스러운 표정이었다.

"무츠노카미 님, 좋은 일에는 쓸데없는 망설임이 필요하지 않습니다. 우선 교역이 신중하지 못하다……는 생각은 잘못입니다. 남만인, 홍모인을 상대로 하는 싸움이라면 주군도 찬성하시지 않을 것입니다. 그러나 주군은 교역으로 나라의 부를 증진시킨다……는 방침을 세우고 계십니다. 저는 그 방침에 따라 이정표를 만들겠습니다."

"그렇다면 벌써 착수했다는 말인가?"

"하하하…… 이미 양쪽 모두."

"그럼, 죄수들도……?"

"예. 쇼군도, 츄조中將° 님도…… 아니, 다이나곤大納言 님도 이의가 없으십니다."

"그러니까 선녀들도 이미 섬으로 보냈나?"

"하하하…… 과연 예리하십니다. 그 선녀들은 지금 이 저택에 묵고 있습니다. 원하신다면 보여드리고 싶습니다마는."

"으음."

마사무네는 다시 탄성을 질렀다.

"그럼, 이미 자네의 꿈은 착착 실행에 옮겨지고 있군."

"예. 주군의 지시로 벌써 배도 만들고 있습니다."

"오백 석짜리인가, 일천 석짜리인가?"

"무츠노카미 님…… 그런 말씀을 하시면 시대에 뒤떨어지십니다."

"뭣이…… 뭣이 뒤떨어진다는 말인가."

"오백 석짜리, 일천 석짜리…… 그런 것은 겨우 일본에서나 통용됩니다. 세계의 바다로 진출하는 배는 톤이라고 합니다. 오백 톤이라거나 칠백 톤이라거나. 돛대의 수와 돛을 펴는 방법도 남만인 홍모인의 배에서 장점을 취하여 새로운 일본형으로 완성하지 않고는 세계의 바다를 제압할 수 없습니다."

"그러면…… 그런 배도 준비하고 있다는 말인가?"

"예. 진작부터."

"장소는?"

"말씀 드릴 수 없습니다. 장차 완성되면 이 아사쿠사가와淺草川에 회항시켜 주군이 보시게 됩니다마는 그때……"

말하다 말고 오쿠보 나가야스는 갑자기 표정을 굳혔다. 무언가 놀라운 생각을 떠올린 듯. 눈을 크게 뜨고 마사무네의 빛나는 외눈을 똑바로 응시했다.

"왜 그러나, 나가야스?"

"무츠노카미 님……"

"무엇이 목에 걸렸나?"

"예, 걸렸습니다. 중대한 일입니다."

"답답하구나. 어서 말하여라."

"무츠노카미 님은 소중한 타다테루 님의 장인, 과감하게 말씀 드리겠습니다. 만약 무츠노카미 님도 그 새로운 배를 원하신다면 소텔이 헌납하려는 미녀를 받으십시오. 아니, 목적은 미녀가 아닙니다. 배를 만들 목수입니다. 소텔에게 명하여 목수를 손에 넣는다…… 그렇습니다. 안진 이외에 그 일을 할 수 있는 자는 소텔뿐입니다!"

8

"뭣이, 소텔에게 서양식 배를 만들게 한다고……?"

다테 마사무네의 표정도 순식간에 굳어졌다. 그러나 잠시뿐…… 다음에는 한층 더 정체를 알 수 없는 요기 서린 무표정을 되찾고 있었다. 오쿠보 나가야스는 아직 그 순간적인 변화를 깨닫지 못하고 있었다. 그 정도로 그는 자기도취에 빠져 있었다.

"아니, 소텔 자신은 배를 만들지 못합니다. 그러나 그에게는 필요하다면 모든 것을 모을 힘이 있습니다. 의사든 미녀든 목수든……"

"흥."

"아마도 소텔은 일본에 있는 천주교도의 운명을 한 몸에 짊어지고 왔을 것입니다. 좀더 확대하여 말씀 드린다면 에스파냐의 왕도, 멕시코와 루손(필리핀)의 총독도…… 아니, 로마 교황까지도 움직일 힘이 있는지 모릅니다!"

"나가야스!"

마사무네는 처음으로 상대에게 냉수를 끼얹는 듯 날카로운 어조로 말을 가로막았다.

"나는 자네를 잘못 보았어."

"예? 그……그게 무슨 말씀입니까. 저는 소중한 타다테루 님의 장인이시라……"

"또 그 소리인가…… 자네는 이 마사무네를 함정에 빠뜨리려 하고 있어. 이 마사무네는 자네의 꼬드김에 넘어갈 만큼 헛된 야심은 가지지 않았어."

"아니, 그게 무슨 말씀입니까?"

"시치미떼지 마라. 지금 자네는 무어라 했나. 소텔을 움직여 배를 만들라…… 내가 선불리 그 수법에 놀아난다면 어떻게 되겠나. 쇼군은 중립적인 입장에서 신교 나라 쪽의 미우라 안진을 의논상대로 택하고 계시다…… 그런 때 안진에게 적의를 품은 소텔을 내게 접근시켜 구교 나라와 결탁하여 배를 만들기 시작한다면 도대체 쇼군 님과의 관계는 어떻게 되겠는가?"

"아……"

"다테 마사무네란 놈은 아직도 나와 겨룰 작정, 당치도 않은 자와 혼사를 맺었다고. 고로하치히메의 신상에도 누가 미칠 터……"

마사무네는 외눈을 크게 부릅떴다.

"나가야스!"

"예…… 옛."

"자네는 어느 발칙한 놈의 지시로 쇼군과 나 사이를 갈라놓으려고 작정했군."

나가야스의 얼굴에서 핏기가 싹 가셨다.

"나는 소텔을 고로하치히메에게 접근시켜도 될지 상의하려고 일부러 자네에게 들렀을 뿐이야. 그런데도 자네는 나를 모함하려 했어…… 아니, 누구에게 지시받았는지는 물을 필요도 없겠지. 일부러 들른 내가 잘못이었어. 그러나 이 일은 결코 작은, 그냥 넘겨버릴 일이 아니야. 쇼군 님의 흉중에 만일 오해라도 생긴다면 그야말로 평화로운 세상을 이룩하는 데 지장이 될 것이야. 자네가 오늘 나에게 한 말은 그대로 쇼군 님께 전하겠다. 자, 그럼."

이렇게 말하고 벌떡 일어나 그대로 거친 걸음으로 복도로 나갔다.

나가야스는 뜻하지 않은 일을 당하여 당장에는 일어날 수도 없었다. 아니, 일어나서 만류할 생각도 떠오르지 못할 정도…… 그 정도로 의외인 마사무네의 태도변화였다.

9

"오쿠보 님, 어찌된 일입니까? 무츠노카미 님이 낯빛을 바꾸고 돌아가셨는데……"

하나이 토토우미노카미가 황급히 객실로 뛰어들어오면서 다급하게 물었다.

"말씀이 길어지실 것 같아…… 식사를 준비시켰습니다마는."

그때까지도 나가야스는 망연자실하여 대답도 못했다.

"그냥 돌아가시게 해서 괜찮을까요?"

"……"

"무슨 일로 기분이 상하셨는지."

"……"

"멧돼지…… 마치 상처를 입은 멧돼지처럼 순식간에 현관으로 나가셨는데……"

갑자기 나가야스가 요란하게 웃음을 터뜨렸다.

"와하하하…… 그래, 이제 알았어."

"무엇을…… 무엇을 알았다는 것입니까?"

"하하하. 과연 어김없는 외눈박이 용. 역시 눈 한 개가 모자라."

하나이 토토우미노카미는 영문을 모르겠다는 듯이 혀를 찼다. 그러나 나가야스는 아직도 거리낌없이 웃어댔다.

"이 나가야스를 어린아이로 취급했어…… 밴댕이 속 같은 작은 용이야. 아니, 어떤 경우에도 자기 속을 드러내지 못하는 그 역시 광대에 지나지 않아."

"오쿠보 님…… 이대로 두어도 괜찮겠습니까?"

"와하하하…… 이대로 두면 곤란한 것은 그쪽이야. 무츠노카미가 쇼군 님 앞에 나가 그대로 말하면 기량을 인정받는 것은 오히려 이쪽…… 주군은 쓴웃음을 지으실 뿐이겠지…… 그렇다고 이대로 내버려둘 수는 없겠어."

"그……그렇습니다."

"이렇게 바쁜 중에 도와주러 가야 한단 말인가. 애를 먹이는 외눈박이 용이라니까."

"도대체 무슨 이야기로 그렇게……"

"아니 별것 아니야. 이리 출가할 고로하치히메에게 선교사 소텔을 접근시켜도 되겠느냐……는 상의였는데, 소텔의 정체를 말씀 드렸더니 깜짝 놀라 그만 자기 쪽에서 달아나셨을 뿐이야."

하나이 토토우미노카미는 고개를 갸웃하고 생각했다. 그러나 그 이상 더 묻지는 않았다.

"선물을 하나 준비해주게. 참, 사카이에서 보낸 샤봉(비누)이 좋겠어. 그것으로 세수를 해서 세상을 다시 보게 만들어야지."

"그럼, 곧 준비시키겠습니다."

"그렇게 해주게."

토토우미노카미가 서둘러 나간 뒤 나가야스는 허공을 노려보며 생각에 잠겼다.

마사무네의 급격한 태도변화에 처음에는 무척 놀랐다. 그러나 곰곰 생각해보면 자신이 한 말이 좀 엇나갔는지도 모른다.

마사무네가 가장 두려워하는 것은 이에야스에게 의심받는 일. 그것을 알면서도 소텔을 이용해 배를 만들라고 하다니, 농담으로 받아들이지 않는다면 얼마든지 경계할 수 있는 말이었다.

'저 외눈박이 녀석, 내가 첩자라도 되는 줄 아는 모양이야.'

역시 이 오해는 풀어야만 했다. 나가야스는 씁쓸히 웃으면서 자리에서 일어났다.

10

나가야스에게는 아직껏 전쟁만을 입신출세의 기회로 여기는 무장들의 고루한 사고방식은 가소롭기 짝이 없는 시대착오적인 것이었다. 따라서 그는 다테 마사무네에게 그런 생각이 있었다 해도 문제로 삼지 않았을 것이다.

무장과 다이묘大名°들이 걸핏하면 입에 올리는 '영지에서 거두는 세공歲貢' 같은 것은 머지않아 경제의 중심에서 떨어져나갈 터. 전성 시대에 도요토미 타이코는 거두어들이는 세공미가 200만 5,719석. 이에야스는 타이코에 비해 더 많았다. 분로쿠文祿 2년(1593) 기록에 240만 2,000석으로 되어 있다.

그 후의 새로운 농지 개발로 240만 석이 280만 석으로 늘고, 정확하게 사공육민四公六民°으로 거두어들인다고 하면 실수입은 112만 석에 지나지 않는다. 이를 황금으로 환산하면 고작 6, 7만 냥. 이 정도로 한 나라의 재정을 충당할 수 있을 리 없다.

10만 석이나 15만 석 다이묘들로서, 논밭을 갈 줄밖에 모른다면 처음부터 백성을 다스릴 능력이 없는 금치산자라 해도 과언이 아니었다. 도요토미 타이코의 재력과 권력을 지탱시킨 것은 분명히 광산으로부터의 수입이었다.

케이쵸慶長 3년(1598) 타이코가 죽던 해, 도요토미 가문의 광산수입은 전국 20개소로부터 얻은 황금 3만 3,978냥 1돈 1푼 6리. 은은 한 장에 39돈쭝인 것이 7만 9,415장이었다.

이들 광산 중에서 이와미, 타지마但馬, 사도, 에치고越後 등 4개 광산은 쇼군의 소유로, 나가야스가 관리하고 있다. 이들 4개 광산 외에 이즈伊豆의 나와지繩地 광산을 합하면 타이코 장부에 기록되었을 무렵의 세 배는 충분히 웃도는 규모였다. 이를 5배나 10배로 늘리고, 다시 전국의 지하자원을 찾아내며, 여기에 교역을 통해 얻는 이익을 더하여 일본 전체의 발전을 기하려는 나가야스였다.

이미 나가야스는 다테 마사무네 같은 사람은 꿈도 꾸지 못하는 큰 광산촌을 이즈의 나와지에 건설하고 있었다. 물론 아직은 증축 중이지만 근처 백성들은 '나와지의 8,000채'라 부르며 광산 일꾼들이 살 거리의 번화함에 놀라고 있었다.

8,000채에 달하는 광부들의 공동주택에는 지금 한 채에 10명 이상이 살면서 일하고 있었다. 그래서 인구는 10만을 넘고, 그 중앙에 오쿠보 나가야스의 저택이 우뚝 솟아 사방을 내려다보고 있었다.

에치고 우에다上田 마을에 있는 옛 우에스기 가문의 은광만 해도 지금은 3만에 가까운 사람들이 살고, 이와미, 타지마 역시 인구 10만에 육박하고 있었다. 나가야스는 이번에는 사도의 아이카와相川에 광산촌을 만들려 하고 있었다. 이쪽은 인구 30만. 만약 지팡구 섬 전설에 매료되어 은밀히 배를 몰고 오는 자가 있다면—

"오오, 여기야말로 황금 섬!"

보는 즉시 간담을 서늘하게 만들 정도로 훌륭한 거리를 조성하려 하고 있었다. 이러한 깜짝 놀랄 만한 계획이 고작 1만 5,000이나 2만의 무사를 거느리고 자만하는 다이묘 따위에게 우습게 여겨진다면 말도 안 되는 일이었다.

"이렇게 된 이상 무츠노카미에게 내가 하는 일이 얼마나 웅대한 계획인지 반드시 알려주고야 말겠다."

선물이 준비되었을 때 나가야스는 마사무네가 집으로 돌아갈 즈음하여 히비야日比谷 궁문 밖에 있는 다테의 저택으로 향했다.

11

당시 다테의 저택은 별로 호화롭지 않았다.

원래 제후들을 위해 에도에 저택을 마련해달라고 이에야스에게 청한 것은 토도 타카토라藤堂高虎와 다테 마사무네였다. 이에야스는 처음에는 이를 받아들이지 않았다.

"오사카에 각자의 저택이 있지 않은가. 그런데도 에도에 집을 갖는다는 것은 공연한 낭비라고 보는데 어떻게 생각하는가?"

물론 이는 액면대로 받아들여서는 안 될 이에야스의 조심성이었다. 그러한 그의 마음을 너무도 잘 아는 두 사람이었으므로 재삼 탄원하는 형식을 취하여 허락을 받았다.

지금의 소토사쿠라다外櫻田에서 유라쿠쵸有樂町, 야에스쵸八重洲町, 에이라쿠쵸永樂町 부근에 대지를 할당받았다. 다테 마사무네는 청원했던 당사자여서 약간 규모가 작아 카토 키요마사加藤淸正나 쿠로다 나가마사黑田長政 등의 크고 화려한 저택에 비하면 검소했다.

카토 키요마사는 소토사쿠라다 벤케이보리辨慶堀와 쿠이치가이몬喰違い門(키오이사카紀尾井坂) 안 두 곳에 저택을 가지고 있었다. 쿠이치가이몬 저택에는 다다미疊° 1,000장이 깔리는 넓은 방이 있었는데, 방안을 상중하 3단으로 나누어 금박을 하고, 창 난간에는 도라지 모양 조각, 장지문 손잡이도 칠보로 만든 도라지 모양 조각으로 장식했으며, 중방은 삼중…… 그야말로 보는 사람의 넋을 빼는 구조였다. 물론 이러한 호화로움은, 자기는 도요토미의 가신으로, 무장으로서는 쇼군의 지휘 아래 있지만 도쿠가와 가문의 가신이 아니라는 위풍을 나타내기 위한 것이었다.

오쿠보 나가야스도 실은 이 다이묘들의 주택가 한 군데에 마츠다이라 타다테루의 저택을 위한 부지만은 확보해두었다. 그러나 아직 착공은 하지 않았다. 제후들의 저택이 모두 완성된 후 그들을 모두 깜짝 놀라게 할 건물을 지어줄 생각이었다.

전쟁 후 몇 년 만에 평화가 찾아와 놀랍게도 훌륭한 건물들이 들어서기 시작했다.

'다테의 저택은 너무 초라하다……'

히비야 궁문 밖에 있는 다테 저택의 지붕을 올려다보면서 나가야스는 느긋한 표정으로 큰 현관으로 들어섰다.

"마츠다이라 타다테루의 가신 오쿠보 나가야스, 무츠노카미 님에게 인사를 드리러 왔으니 안내를 바랍니다."

대기실에 나타난 젊은 무사는 아무 말도 묻지 않고 공손히 머리를 숙이며 그를 맞았다.

"어서 들어오십시오."

마사무네는 나가야스가 찾아오리라 짐작하고 지시해두었던 것 같다. 나가야스는 빙긋이 웃고 객실로 들어갔다. 수행원 하나가 선물인 샤봉을 받쳐들고 따라왔다.

"남만에서 들어온 샤봉이라는 비누인데, 요즘에는 남자들도 쌀겨 대신 이 비누로 세수하여 피부를 보호하고 있어서 무츠노카미 님에게 헌상하려고 합니다."

샤봉 묶음을 선반 위에 올려놓은 뒤 나가야스를 맞은 젊은이가 다시 공손하게 대답했다.

"감사합니다…… 그럼, 주군께 전하겠으니 직접 말씀하십시오."

가볍게 두 번 손뼉을 쳤다. 그와 함께 안으로 통하는 문이 활짝 열렸다. 거기에는 이미 상이 차려져 있었다.

정면에 마사무네가 혼자 앉아 술을 마시고 있었다.

12

"나가야스, 생각보다 늦었군. 자, 술이 준비되어 있네. 한잔 하세."

마사무네는 자신의 아량을 보여줄 생각이었겠으나 나가야스에게는 그야말로 어린애 속임수 같은 유치한 도전으로 보였다.

"실은 방해를 드릴 생각은 없었습니다마는, 저희 주군 저택 부지에 잠시 볼일이 있기 때문에……"

"어쨌든 좋아, 서로 바쁜 몸이니 잔을 들면서 이야기하세."

"알겠습니다. 그럼, 실례하겠습니다."

"아까는 내가 언성을 너무 높였어. 이제 그런 일은 잊어버리게."

나가야스는 히죽히죽 웃으면서 잔을 들고 시중을 들러 온 시녀의 용모를 어루만지듯이 바라보았다.

"결코 본심은 아니시다…… 알고 있어 놀란 체했을 뿐입니다."

"그럴 테지. 그런 점에서 자네는 연기자니까."

"아닙니다. 주역이신 무츠노카미 님에 비하면 저는 언제나 조역…… 주역을 살리려니 힘이 듭니다."

"그럴 테지. 나는 외눈이기는 해도 용이니까."

"그리고 두 눈을 가진 용의 장인이십니다."

"뭐, 사위가 두 눈을 가진 용이라고?"

"아직 모르시는군요."

"흥, 나는 사위 같은 건 아무래도 좋아. 다만 쇼군 가문의 아들이기만 하면 돼. 그 정도는 자네도 잘 알고 있을 텐데."

"아닙니다. 저는 그런 것은 전혀 모릅니다. 다만 제가 알고 있는 것은 무츠노카미 님의 기질뿐입니다."

이번에는 마사무네가 빙긋이 웃었다.

"그런가, 내 기질을 꿰뚫어보고 있는 건가?"

"예. 타이코 따위는 별것 아니다…… 생각하시는 분이 무엇 때문에 쇼군에게 심복하겠습니까. 세태를 원망하고 계실 것입니다."

"흥, 안다는 말이지…… 자네가 알고 있다면 좀더 신중해야겠군."

"예. 그럼 한잔 더 들겠습니다. 저도 안도했습니다. 비록 연극이라 해도 고로하치히메 님과의 혼사에 영향이 미칠 말씀을 하신다면 조역의 입장이 곤란해집니다."

"나가야스."

"예, 무츠노카미 님."

"자네는 타케다, 호죠北條, 오다, 도요토미 등 여러 사람의 흥망성쇠를 보아온 사나이야. 어떨까, 이 외눈박이 용의 운명은?"

"그보다 이 나가야스는 고로하치히메 님에게 소텔을 접근시켜도 좋을지 그것부터 먼저 결정하셨으면 합니다."

"접근시키느냐의 여부에 따라 운명이 바뀐다는 말이군."

"무츠노카미 님, 사람에게는 누구나 장난감이 필요합니다."

"으음."

"용의 그림을 보십시오. 모두 구슬을 거머쥐고 있습니다. 그렇게 하지 않으면 좋지 못한 장난을 합니다. 황송합니다마는 지금 외눈박이 용께서는 그 구슬을 손에서 놓친 듯. 아니, 새로 좋은 구슬을 얻지 못하시면 어쩌나 하고 조역인 저까지도 안절부절못하고 있습니다."

나가야스가 진지한 어조로 말했다. 마사무네는 뱃속 깊숙한 곳에서 올라오는 듯한 묘한 소리로 쿡쿡 웃었다.

13

마사무네에게는 오쿠보 나가야스 역시 예사롭지 않은 고약한 버릇을 가진 용으로 보였다. 이 용은 난세에는 힘이 딸려 날뛸 수 없었다. 그가 타고난 것은 '무력'이 아니라 이질적인 재능. 그러다가 태평 시대가 되어 갑자기 자기 세상이라도 만난 듯한 기분인 듯. 다만 방심할 수 없는 것은, 이 장난꾸러기 용이 아무래도 다테 마사무네의 기질을 속속들이 꿰뚫어보고 있는 듯하다는 점이었다.

그 안목뿐이라면 별로 문제될 것도 없었다. 그런데 이 녀석은 마사무네가 이에야스에게 심복할 사나이가 아니라고 태연하게 단정하고 있었다. 그런 말을 예사로 할 수 있는 인물은, 마사무네가 알고 있는 한 쿠로다 죠스이黑田如水 정도였다.

'무엄한 뱃심을 가지고 있어.'

이런 생각으로 괘씸하기도 하고 더 믿음직스럽게도 느껴졌다.

"나가야스, 나는 고로하치히메의 혼사 때문에 자네를 알게 된 것을 기쁘게 생각하네."

"하하하…… 그런 말씀을 들을 수 있기에 저도 이렇게 기뻐하기도 하고 걱정도 하고 있습니다."

"놀라운 말을 하는군. 걱정도 하다니…… 무슨 뜻인가?"

"아까 말씀 드렸습니다. 구슬을 쥐여드리지 않으면 이 용은 쇼군 가문에 먹구름을 불러들일지도 모르기 때문에."

"나가야스, 나는 자네를 꾸짖지는 않겠어."

"그렇다고 믿기 때문에 말씀 드릴 수 있습니다."

"꾸짖지는 않겠지만, 그 말을 다른 데서는 취중이라도 해선 안 돼."

나가야스는 일부러 목을 길게 빼고 손으로 베는 시늉을 했다.

"소중한 주인의 장인, 이 나가야스도 분별력은 있습니다."

"그래…… 그럴 테지. 그렇지 않다면 나도 고로하치히메를 보낼 수가 없지. 그런데 나가야스, 자네가 만일 나에게 구슬을 갖게 한다면 어떤 구슬을 택하겠나?"

나가야스는 이미 넉 잔째 술을 마시고 있었다. 마시면 취하고…… 취하면 거칠어진다. 이를 잘 알면서도 마시고 있었다. 한 번은 마사무네와 정면대결을 할 작정이었기 때문이다.

나가야스의 정면대결은 칼로 하지 않는다. 술을 마시고 자기 몸 그대로 거짓 없는 벌거숭이로 상대 가슴에 부딪친다. 대번에 승부가 나는 모래판 씨름. 이와 같이 벌거벗은 마음과 마음을 부딪혀 상대를 알고 나를 알게 한다…… 이것이 나가야스 식 정면대결이다.

"실은 일부러 묻지 않으셔도 오늘 말씀 드리려고 했습니다."

"허어, 그렇다면 벌써 나의 장난감으로 쥐어줄 구슬까지 자네는 준비해놓았다는 말인가?"

"그렇습니다…… 쇼군은 현재 왼쪽도 오른쪽도 없는, 신교도 구교도 없는…… 모두가 하나라는 경지에서 교역에 나서려 하십니다."

"그래서?"

"그런데 곁에 두신 것은 미우라 안진뿐입니다."

나가야스는 서서히 자신의 장기인 언변을 풀어놓기 시작했다.

14

마사무네의 외눈이 저도 모르게 무서운 빛을 띠어갔다.

'이 녀석이 좀 취한 모양이다.'

일부러 취한 체하는 것이 나가야스 식 비법인 줄은 아직 마사무네도 깨닫지 못했다.

"쇼군이 어떤 쪽도 아니라고 생각하신다 해도 측근에 미우라 안진 한 사람만 있으면 구교 쪽, 남만인 쪽이 안심하지 못합니다."

"으음."

"쇼군도 구슬을 쥐고 계시지만 그 구슬은 하나뿐입니다."

"허어."

"저는 또 하나의 구슬을 무츠노카미 님에게 쥐어드리고 싶습니다."

"잠깐, 나가야스. 자네는 또 온당치 못한 말을 하고 있군. 두 용이 구슬을 두고 다툰다면 이는 천하 대란이 되지 않느냐?"

"하하하…… 그렇게 생각하신다면 어째서 안색을 바꾸고 일어나시지 않습니까?"

"고얀 것, 여기는 내 집이야."

"무츠노카미 님, 구슬이 둘이고 용이 둘…… 두 용이 구슬을 두고 다투어야 한다고, 어째서 그렇게 좁은 생각을 하십니까?"

"또 시작됐군, 자네의 궤변이."

"그렇습니다. 궤변이라면 궤변이라 할 수 있으나 술에 취해 영감이 떠올랐다……고도 할 수 있지 않겠습니까. 무릇 세상은 음양이라는 두 구슬의 조화로 이루어져 있습니다."

"흥."

"태양과 달은 결코 싸우지 않습니다. 쇼군은 이기리스와 오란다의 홍모 구슬을 쥐시고, 무츠노카미 님은 에스파냐와 포르투갈의 남만 구슬을 쥐신다…… 이때 두 용이 내부에서 굳게 손을 잡아야만 진정으로 세계의 바다를 제패할 수 있다……고는 생각지 않으십니까?"

"잠깐, 나가야스!"

마사무네는 황급히 손을 쳐들었다.

"자네 말을 약간은 이해하겠네."

"하하하…… 그러시겠지요. 이 나가야스는 전략은 모르지만 평화로운 세상에 돛을 다는 방법은 알고 있다고 자부합니다."

"그렇다면 쇼군 님과 잘 상의하여 소텔을 가까이하라……고 자네는 말하는 것이겠지?"

"여부가 있겠습니까. 각각의 용이 구슬을 거머쥐고 부지런히 나라의 국부를 쌓아나간다. 세상에서는 전쟁만 생각하기 쉬우나 두 용이 다투지 않고 서로 화합하면 두 배, 세 배의 힘이 납니다. 이것이 새로운 세상의 사고방식이 아닐까 합니다."

마사무네는 나직이 신음했다. 특별히 감탄한 것은 아니었다. 그러나 나가야스의 말을 통해 생활방식에 하나의 큰 암시를 받은 것만은 사실이었다. 지금 마사무네는 무력으로 이에야스에 대항할 만한 힘은 없었다. 그러나 이에야스와 타협하는 형식으로 2대 세력의 하나로 교역권을 얻을 수는 있을지 모른다.

이때 또다시 나가야스의 호언장담이 시원스럽게 날아왔다.

"어떻습니까. 쇼군의 아드님인 타다테루 님 장인께서 쇼군과 굳게 손잡고 남만 쪽을 억제한다…… 그러면 누구 눈에도 다테 무츠노카미 님은 천하의 부쇼군副將軍으로 보이지 않겠습니까, 흐흐흐……"

15

마사무네는 나가야스의 호언장담을 가볍게 받아들였다.

"알았네, 잘 알았어."

"아시겠습니까?"

"나가야스, 자네는 역시 평범한 인물이 아닐세. 쇼군께서 수석 다이칸으로 삼으시고 일본의 금광을 맡기신 이유를 이제야 알았네."

"황송합니다. 그렇게 칭찬해주시니 몸둘 바를 모르겠습니다."

"그렇지 않아. 오늘날 자네만한 기량을 가진 사람도 흔치 않아. 사위는 좋은 싯세이를 두었어."

마사무네는 성큼 일어나 직접 술병을 들고 나가야스에게 다가왔다.

"흐흐흐……"

나가야스는 다시 웃었다. 그의 신경은 이처럼 속 들여다보이게 부추기는 것을 깨닫지 못할 만큼 둔하지 않았다. 마사무네 역시 그 정도로 사람의 마음을 모를 만큼 어리석지 않았다.

"자네는 내가 속이 들여다보이게 비위를 맞추고 있다고 생각하나?"

"당……당치도 않습니다. 손수 술을 따라주시다니 이 오쿠보 나가야스에게는 평생의 추억이 되겠습니다."

나가야스가 시치미를 떼고 잔을 받았다.

"물러가거라."

마사무네는 작은 소리로 시녀들을 물리쳤다.

"나가야스, 나는 구원을 받았네."

"허어……"

"잘 꿰뚫어보았어. 나는 조금 전까지 너무 늦게 세상에 태어났다고 생각했었네."

"하하하…… 그렇지 않으셨다면 타이코나 소켄 공과 천하를 다투었을 텐데요."

"그래. 그런데도 쇼군 밑에서 날개를 접고 일생을 마쳐야 하는가 하고 말일세."

연기는 마사무네 쪽이 역시 한 수 위였다. 마사무네의 목소리는 침착한 여운으로 나가야스의 가슴을 찌르고 있었다.

"이러한 나에게 자네는 하나의 구슬을 던져주었네."

"그……그 말씀은 진심이십니까?"

"아니, 어떻게 받아들이건 자네 자유일세. 다만 내 기쁨만을 말하면 그만이니까. 나는 기뻐! 내가 살아갈 길을…… 지루하지 않게 끝나도록 살아갈 길을 자네의 말로 찾은 것 같네."

나가야스는 눈을 크게 뜨고 마사무네를 쳐다보았다. 마사무네 정도나 되는 인물이 이렇게까지 솔직히 고백하리라고는 생각지 못했다.

"나는 지금 이상한 생각이 들어. 고로하치히메가 내게는 눈에 넣어도 아프지 않을 만큼 귀여운 자식이야. 쇼군의 아들에게 출가시키라는 말이 나왔을 때 비애와 분한 생각으로 가슴이 메어지는 것 같았어. 마사무네도 역시 귀여운 자식을 인질로 보내고 살아야 할 만큼 무력하게 생애를 끝내야 하는가 하고 말일세…… 그런데 오늘 자네 말로 위치가 확 바뀌었네. 세상은 이미 전쟁으로 영지를 빼앗고 있을 때가 아니야. 자네 말처럼 세계로 눈을 돌려 국부를 쌓아나가야 할 때…… 그 절반을 내가 맡는다…… 고로하치히메의 혼인은 그 길잡이야."

나가야스는 갑자기 잔을 놓고 마사무네 앞에 머리를 조아리면서 뚝뚝 눈물을 떨구었다. 자기가 한 말에 대한 반응이 너무나 커 스스로 감동하여 울음을 터뜨리는 나가야스였다.

사도佐渡의 꿈

1

오코는 나가야스가 무엇을 하고 있는지 대략 알고 있었다. 그녀는 지금 타다테루의 에도 저택의 한 방에서 눈앞에 한 장의 그림지도를 펼쳐놓고 열심히 눈과 손가락으로 좇고 있었다. 그러면서 마음속으로는 나가야스의 행선지가 다테 저택임을 알고, 거기서 술을 대접받으며 기분 내키는 대로 호언장담하고 있는 모습까지 상상하고 있었다.

나가야스에게 몸을 맡기고부터 오코는—

'이 사람은 나를 위한 이성異性이다.'

이렇게 생각하게 되었다.

유별나게 엄격한 '부부' 라거나 타오르는 연정에 몸을 불사르는 대상임을 말하는 게 아니었다. 그런 의미에서 오코의 결론은 명쾌 그 자체였다. 신불이 세상에 남자와 여자를 만들었다는 것은, 카이아와세貝合わせ° 놀이처럼 어딘가에 가장 잘 맞는 상대가 있다는 뜻. 그 놀이의 한쪽이 오코 자신, 다른 쪽이 나가야스라는 생각이었다. 우선 나가야스는 보통 사나이와는 달리 잠시도 가만히 있을 수 없는 장난꾸러기 같은 기

인, 오코도 그에 지지 않는 '별난 여자' 였다.

오코는 일단 하이야灰屋에게 출가했으나, 그 '남편' 은 도저히 믿음이 가지 않는 어린아이 같은 존재였다. 어린아이란 귀여워하면 응석만 부리고 내버려두면 울어댄다. 그리고 자기 의사가 통하지 않으면 어눌한 소리로 어른, 곧 시아버지나 시어머니에게 일러바친다.

'젠장, 시집가는 게 고작 아이나 보는 것이었던가.'

이렇게 생각하면서도 어쨌든 참으려 했다. 그런데 그러는 동안 먼저 남편 쪽에서 나가라고 했다. 물론 그로써 오코는 아이 보는 신세에서 해방되었다.

나가야스와의 경우는 좀 달랐다. 무엇보다 나가야스는 방심하지 못할 악동 같은 기질의 남자였다. 특별히 지혜가 있다거나 덕이 있다고는 생각되지 않았으나 어쨌든 자신을 지루하게는 만들지 않았다. 우선 나가야스와 동침하고 나서 오코는 비로소 남녀관계의 미묘함을 알았다. 정말 카이아와세 놀이처럼 완벽하게 교합되는 점이 있었다. 더구나 기질도 성격도 맞는다면 그 이상 더 무엇이 필요하겠는가……

명칭 따위는 부부이건 남녀이건 문제가 아니었다. 신불이 만나게 해주려던 사람들이 만나게 되었으니, 만난 동안에 울어도 보고 웃어도 보고 싸움도 해보고 싶은 기분이었다.

'지금쯤 술에 취해 무츠노카미 님을 난처하게 하고 있을 것이다.'

나가야스에 대해 이런 생각을 하며 오코는 앞으로 가게 될 사도가시마와 성대하게 치러진 교토의 토요쿠니 신사 제례에 대한 추억을 머릿속에 떠올렸다.

나가야스는 사도가시마를 마르코 폴로가 말한 지팡구의 황금 섬으로 만들겠다고 한다. 황금 섬에는 황금 섬에 알맞은 미녀들이 있어야 한다. 원래 이 섬은 예로부터 많은 귀족이 귀양갔던 섬이므로 미인의 인맥은 풍부하다. 그러나 변경에 있는 외딴 섬이어서 그 후에는 주목을 받지 못하고 있다. 그래서 쿄토에서 한 무리의 미녀를 데리고 가서 빛을 내게 한다……는 것이 나가야스의 복안이었다. 그러나 물론 오코는 그의 말을 그대로 믿을 만큼 어수룩하지는 않았다.

2

오코는 애초부터 오쿠보 나가야스의 정숙한 아내가 될 생각은 없었다. 다만 그의 꿈에 편승하여 사도가시마에 가서 자기도 꿈을 펼쳐보고 싶을 뿐이었다.

오코가 나가야스를 카이아와세 놀이의 한쪽 조개껍질이라 생각하는 것처럼 나가야스도 오코를 놓아줄 수 없다고 생각하고 있을까? 어쨌든 나가야스는 각지를 돌아다녀야 할 입장이므로 1년에 한두 번밖에는 사도가시마에 오지 않을 것이다.

'그게 좋은 거야……'

오코는 그렇게 생각하고 있었다.

사도가시마는 에치고의 거친 바다 너머 멀리 떨어져 있고, 그림지도 위에 붉은 점선으로 본토와의 선편이 셋 그어져 있었다. 가장 북쪽의 것은 시나노가와信濃川 어귀에 있는 니가타新瀉 포구와 연결되고, 중앙의 점선은 이즈모자키出雲崎, 그리고 남쪽의 점선은 카가加賀의 끝인 노토能登에 이어져 있었다.

그림지도가 정확하다면 이즈모자키가 가장 가깝고 노토가 가장 먼데, 오코는 가장 먼 이 노토에 손톱으로 자국을 냈다.

"얘, 노토노카미能登守. 네 고향에서 쿄토까지는 얼마나 되더냐?"

오코는 조금 떨어진 곳에서 심심한 듯 카와치河內 출신 하녀와 실뜨기놀이를 하고 있는 기녀에게 말을 걸었다.

"자세히는 모르지만, 카가에서 에치젠越前으로 나와 산을 넘어 오미近江로 가면 열흘 정도……라고 들었습니다."

"아니, 열흘씩이나……"

노토노카미라고 불린 여자는 대답하면서 오코 옆으로 다가와 앉았다. 그리고는 그림지도 위로 머리를 가져갔다.

"어째서 그런 걸 물으세요?"

"호호호…… 비밀을 지키겠다고 약속하면 말해주겠어."

"오코 님은 여주인, 누설할 리가 없지요."

"호호호…… 그럼, 말해줄까. 나는 사도에 가면 큰 배를 만들어 가끔 쿄토에 돌아가보려고 해."

"어머, 쿄토에……"

"쉿, 주인은 사도에는 오래 머무르지 않아. 주인이 길을 떠나면 배웅하고 나서 다른 길로 몰래 쿄토에 돌아가 있는 거야. 호호…… 그리고 주인이 쿄토에 왔을 때 오코와 똑같은 여자가 거기서 기다리고 있는 거야. 어때, 재미있지?"

"어머!"

노토노카미는 깜짝 놀라 숨을 죽였다.

"그럴 때마다 너희들 중 누군가를 데려가겠어. 오랫동안 섬에서 살다보면 지루할 테니까."

"그러면, 쿄토에서 주인님 행동을 감시하시는 건가요?"

"그런…… 하찮은 질투와는 달라. 쿄토에서 주인을 깜짝 놀라게 하고, 그런 뒤 시치미를 떼고 사도에 돌아와 다시 맞이하는 거야. 말하자면 한 사람의 주인을 두 사람이나 세 사람으로 대해주는 거지."

갑자기 노토노카미는 목을 움츠리고 혓바닥을 날름 내밀었다가 허리가 끊어질 듯이 웃기 시작했다.

"호호호…… 그럼 쿄토에서 만나실 때는 다른 분으로 만나시겠군요…… 정말 재미있네요."

그러나 오코는 이때 벌써 시무룩한 표정으로 사도의 카네야마마치金山町, 아이카와相川에서 남쪽 끝인 오기小木 포구까지 손톱으로 자국을 내고 있었다.

이때 오쿠보 나가야스가 기분 좋은 얼굴로 돌아왔다.

3

"이봐 오코, 무얼 보고 있었어?"

나가야스는 몸을 내던지듯이 앉아 사방침 너머로 오코 앞에 있는 그림지도를 들여다보았다. 오코는 시선도 돌리지 않았다.

"좋은 것을……"

"이건 사도의 그림지도가 아닌가?"

"얼른 보면 그렇게 보이겠지요."

"얼른 보지 않아도 사도는 사도야."

"배는 이즈모자키에서 떠난다고 하셨지요?"

"그래. 그보다도 오코, 재미있게 됐어."

"저도 점점 재미있게 되었어요."

"내 말을 들어봐. 무츠노카미가 내 계략에 감쪽같이 넘어갔어."

"마치, 저처럼 말이군요……"

"그래…… 지금 아사쿠사 마장에 남만의 병원을 짓고 있는 소텔이라는 선교사로부터 금발의 미인을 헌납받기로 했어."

"금발……?"

비로소 오코는 그림지도에서 손을 떼었다.

"그게 무슨 뜻이에요?"

"눈빛, 털빛이 다른 미인 말이야. 표면적으로는 시녀지만, 아무튼 총애하도록 만들어놓고 왔다니까."

"흥."

오코는 흥미 없다는 듯 시선을 돌리려 했다. 이렇게 하면 나가야스가 오히려 몸이 단다는 사실을 잘 알고 있는 오코의 수법이었다.

"아니, 전혀 놀라지 않는군. 아사노淺野 님도 유키結城 님도 부지런히 유곽에 드나들고 있어 모두 남만창南蠻瘡(성병)에 걸린 모양이야. 카토 히고노카미加藤肥後守 님까지 그렇다는 소문이 있어. 좌우간 전쟁이 없어졌기 때문에 공격할 상대도 달라졌어. 이게 바로 시대의 흐름이지. 그런데 금발 벽안의 미녀를 애첩으로 둔 사람은 유감스럽게도 아직 일본에는 없어."

"진심일까요, 무츠노카미 님은?"

"바로 그 점이야. 무슨 일이든 다테 일족은 사치를 좋아하는 광대까지 흉내내려 하거든. 그 선봉을 무츠노카미 님이 서도록 하는 거야. 그런데 문제는 그 후 일이지. 흐흐흐……"

"그 후…… 어떻게 되는데요?"

"우선 그 말을 듣고 깜짝 놀라실 분은 쇼군 님…… 경우에 따라서는 쇼군 님도 갖고 싶다고 하실지 몰라."

오코는 싸늘하게 나가야스를 노려보고 말없이 고개를 저었다.

"아니, 인간은 모두 같아. 매일 같은 식사만 하면 싫증이 나게 마련이지. 그렇다고 색다른 것을 먹고 나서 중독……이 되는 일도 없지는 않지만 말이야."

"중독이 되면 어떻게 되나요?"

"그때부터 소텔과 무츠노카미의 힘겨루기가 시작되지. 아니, 그전에 무츠노카미가 어떻게 해서 소텔과 접촉하게 되었는지 그 자초지종을 쇼군 님께 말할 때가 볼만 할 거야."

"어째서인가요?"

"소텔은 남만 계통의 구교 선교사, 쇼군 님이 총애하는 안진은 홍모 계통의 신교도. 양쪽 조국이 원수가 되어 싸우고 있다는 것은 쇼군 님도 잘 알고 계시니까."

오코가 내뱉듯이 말했다.

"그런 일이라면 대수로운 게 아니네요. 우선 힘겨루기가 되지 않아요. 지혜의 정도가 너무 차이나니까요."

4

"지혜의 정도가…… 어떻게 차이나지?"

나가야스는 겨우 이야기에 말려든 오코에게 목소리를 높였다.

"소텔의 지혜로는 무츠노카미를 홀릴 수 없다고 생각하나?"

"아니 미끼가 좋지 않다는 거예요. 눈빛, 털빛이 다른 미녀…… 사람들의 눈에 너무 잘 띄어 무츠노카미 쪽은 어떨지 모르나 소텔은 홀리기가 어렵게 될 거예요."

"하하하……"

나가야스는 술내를 풍기면서 말했다.

"오코의 지혜도 바닥이 보이는군. 그 예상은 크게 잘못됐어. 알겠나, 소텔이 남만인 미인을 무츠노카미에게 밀어붙인다……"

"그 말은 이미 들었어요."

"그 남만 미인이 심한 가슴앓이를 하고 있어서 말이야."

"어머, 남만 미인도 가슴앓이를 하나요?"

"가령 앓고 있다면 말이야. 그런데 남만 병이라 일본 한약漢藥으로는 고치지 못해. 그렇게 되면 도리 없이 소텔의 병원에 도움을 청하러

가야 할 것 아닌가. 소텔은 남만 의사 부르길리요인가 하는 자를 데리고 한밤중에도 찾아갈 수 있게 돼. 어때, 한밤에 가슴앓이로 괴로워하는 남만 미녀, 이를 둘러싸고 소곤거리는 사람들…… 이야기가 재미있게 될 것 아닌가."

오코는 비로소 진지한 얼굴로 나가야스를 돌아보았다.

나가야스가 무엇을 생각하고 있는지 모를 만큼 둔감한 오코는 아니었다. 오코는 나가야스의 장난이 무서운 방향으로 발전할 것 같은 예감이 들었다. 나가야스는 이에야스가 윌리엄 아담스, 곧 미우라 안진을 가까이하여 유럽의 지식을 굶주린 듯이 흡수하려는 사실을 알고 다테 마사무네를 선동하고 온 게 분명했다.

"쇼군이 이기리스 쪽을 택한다면 무츠노카미 님은 에스파냐와 손을 잡으십시오. 양쪽 지혜를 모두 받아들여 일본의 웅비를 도모하는 것이 나라를 위해……"

이런 말을 하면서 쌍방의 수확을 자기가 이용할 생각.

그런 마음이어서 처음에는 섣불리—

"다테 무츠노카미가 내 계략에 감쪽같이 넘어갔어."

이런 말이 자랑스러운 듯이 입에서 튀어나왔다.

이건 위험한 불장난이다. 사촌오빠 코에츠도 종종 말해왔다. 다테 마사무네는 보통 지략을 가진 장수가 아니라고…… 나가야스가 방심하고 접근하다가는 그 술수에 넘어가 꼼짝도 못할 함정에 빠질 것만 같아 걱정스러웠다.

"나가야스 님, 이미 홀렸다고는 생각지 않으세요?"

"뭐, 내가……? 하하하…… 소텔에게 말이야?"

"아니, 다테 님에게."

"농담하지 마라. 홀리게 하고 온 것은 바로 나야. 어쨌든 나는 고로하치히메를 맡게 되는 유리한 입장에 있어. 같은 신통력이라면 내가 훨씬 더 조건이 좋아."

자신만만하게 큰 소리로 말하는 나가야스에게 오코는 깊이 생각에 잠긴 표정으로 무슨 말인가를 하려다가 당황하며 입을 다물었다. 어느 틈에 주위의 기녀들이 귀를 기울이고 있었기 때문이다.

5

여자의 감정이란 미묘했다. 조금 전까지만 해도 오코는 자못 자랑스러운 듯이 자기 지혜를 뽐내고 있는 나가야스를 혼내줄 생각이었다. 그런데 나가야스가 자기 힘도 잘 알지 못하고 다테 마사무네에게 야유의 손을 뻗었음을 알고는 갑자기 생각이 변했다.

'두 사람의 승부에서는 나가야스가 당하지 못할 것이다……'

나가야스가 가여워 감싸주고 싶어졌다.

'이 사람은 호랑이 수염을 건드리며 즐기고 있다.'

즐기는 쪽은 눈치채지 못하지만 호랑이는 언제 입을 벌릴지 모른다. 일단 입을 벌리면 그때 팔 하나가 잘려나가는 것은 나가야스 쪽.

"자, 이야기는 그만 하고 침소로 가세요. 너무 음성이 커서 모두 놀라고 있어요."

"기다려. 아직 재미있는 이야기가 남아 있어."

"그 이야기라면 침소에서……"

오코가 억지로 손을 잡아 일으켰다.

"와하하하…… 질투를 하는군. 모두들 잘 보아두어라. 오코는 나를 그대들과는 같이 있게 하고 싶지 않은 모양이야."

나가야스는 비틀거리면서 복도로 끌려나갔다.

침소는 그곳에서 두 간 안쪽 복도 끝에 있었다. 이미 저택 안은 고요해지고 공사를 위해 파헤쳐놓은 정원의 흙냄새가 코를 찔렀다.

"주인님."

"왜 그래, 어째서 나를 억지로 끌고 나왔어?"

"내일 소텔을 찾아가실 생각이겠지요?"

"허어, 그걸 눈치채고 있다니 오코란 여우도 방심치 못하겠는걸."

"찾아가면 안 된다……고는 하지 않겠어요. 그러나 조심하세요."

"하하하…… 걱정할 것 없어. 나는 소텔에게 언질을 주기 위해 가는 게 아니야. 내가 이용하러 가는 거야."

"바로 그 이용……이 위험한 거예요. 세상에는 이용하려다 도리어 이용당한 예가 얼마든지 있어요."

침소에 쓰러질 듯이 들어간 뒤 오코는 억지로 나가야스의 옷을 벗겼다. 하카마 자락 여기저기에 술을 흘린 자국이 있었다.

"정신 차리세요."

중심을 잡지 못하는 몸에 흰 명주 잠옷을 걸쳐주면서 오코는 점점 더 자신을 알 수 없게 되었다. 상대가 정신없이 취하면 취할수록 어머니처럼 애정인지 책임감인지 모를 감정에 가슴이 부풀어올랐다.

"소텔은 미우라 안진과 일전을 벌일 작정으로 에도에 왔다는 소문이에요."

"와하하하…… 걱정 말라고 했지 않아. 나는 말이지, 미인뿐만 아니라 부르길리요라는 의사까지 데리고 올 소텔이기 때문에 혹시 그쪽 광산기사도 데려오지 않을까 알아보러 갈 뿐이야."

"자, 이 소매에 팔을 넣으세요."

"그대는 몰라. 멕시코에는 수은으로 제련하는 방법이 있다고 하더군. 나는 그것이 알고 싶어! 그것을 알면 지금보다 세 배, 다섯 배의 은을 얻을 수 있어."

잠옷에 팔을 꿰어주자 나가야스는 그대로 푹 침구에 쓰러졌다.

6

나가야스는 곧 코를 골기 시작했다.

두 팔을 잠옷 소매에 꿴 채 내버려진 허수아비처럼 다리를 쭉 뻗고 입을 벌린 나가야스의 잠자는 모습은 하루 종일 놀기에 지쳐 곤하게 잠든 개구쟁이의 모습 바로 그것이었다. 전쟁터를 누빈 무사에게서도, 점잖은 상점주인에게서도 찾아볼 수 없는 고약한 잠버릇이었으나, 묘하게도 거기에는 대담한 안도감이 넘치고 있었다.

'나만큼 쓸모 있는 인간을 누가 해치려 하겠는가……'

온몸으로 이렇게 선언하는 듯한 자신감에 넘친 모습이었다.

오코는 묵묵히 그 모습을 물끄러미 바라보다가 이윽고 손을 뻗쳐 그 얼굴을 꼬집었다. 멋을 부리는 사람이라 깨끗이 수염을 깎고 있었다. 그런 만큼 얼굴의 살을 꼬집자 모양 좋은 입술이 묘하게 일그러져 갯장어를 연상케 했다. 얼굴의 가죽 두께는 그 이상일 것이라 생각하면서 오코는 얼굴을 손끝으로 꾹꾹 눌러보았다. 마음을 놓고 있기 때문인지 코고는 소리는 여전히 일정했다. 오코는 손을 떼고 이번에는 그 옆에 누워 얼굴을 비벼보았다.

'찔러 죽이려면 언제든지 찌를 수 있다……'

아니, 독살을 생각했건 암살을 계획했건 나가야스는 마음놓고 오코 곁에서 잠들 터.

'나만은 아닐 거야……'

솔직히 말해서 오코도 처음에는 찡하고 가슴이 아플 때가 있었다.

어느 여자에게도 배신당하지 않는다는 건방진 자신감을 가지고 있다……는 느낌, 그렇다면 오코의 패배였다. 아무리 잘 만들어진 카이아와세 놀이의 조개껍질이라도 떨어졌을 때는 하나가 아니다. 저쪽에서 이쪽을 찾도록 만드는 여자의 지혜를 가지고 싶었다.

이번에는 얼굴에 뺨을 댄 채 상대의 커다란 오른쪽 귀를 만지작거렸다. 귀라는 이름의 반은 부드럽고 반은 딱딱한 버섯을 인간은 어째서 얼굴에 달고 있는 것일까.

'자기에게 유리한 것만 듣고 기억해두기 위해서일 것이다……'

그렇다면 지금부터 자신의 존재를 상대의 몸 구석구석에까지 새겨넣는 편이 좋을지도 모른다. 오코는 몸을 일으켜 나가야스의 귀에 입을 가져갔다. 그리고 뜨거운 입김을 세게 불어넣었다.

"으으으……"

나가야스는 몸을 비틀며 잠시 귀를 긁고 나서 작은 소리로—

"오코, 알고 있어."

잠꼬대처럼 속삭이면서 다리를 감고 다시 잠들었다.

오코는 혼자서 킬킬 웃기 시작했다.

나가야스 쪽에서는 오코를 손에 맞는 장난감이라 생각할지도 모른다. 그러나 오코로서도 나가야스는 아무리 가지고 놀아도 싫증나지 않는 육체의 굴곡을 갖춘 장난감이었다. 장난을 하다가 이윽고 오코도 잠이 들었다. 두 사람 사이에 그 이상의 관계가 이루어진 것은 나가야스의 술과 잠이 깨고 나서였다.

7

나가야스가 오코를 사도에 데려가려 한 것은 나가야스 나름의 꿈이 있었기 때문이다. 그는 자기가 아니면 누구도 못할 일을 하려 했다. 곧 그는 그 섬의 금은을 캐냄으로써 섬 전체를 이 세상에 둘도 없는 극락으로 만들어 전세계 사람들을 깜짝 놀라게 해주고 싶었다.

당시 광산은 청부제로 운영되었다. 가령 1,000냥을 캐내면 800냥은 상납하고 나머지 200냥은 경비로 삼거나, 750냥을 상납하고 250냥을 경비로 삼거나 했다…… 물론 금은의 함유량이나 그때까지의 산출량을 기초로 그 비율을 정하는데, 그 기준은 과거의 실적이었다. 따라서 발굴방법이나 제련기술에 혁신적인 발전이 있다면 나가야스가 자유롭게 쓸 수 있는 금은의 폭도 획기적으로 늘어난다.

지금까지 은을 가려내는 방법은 납을 이용한 배소법焙燒法뿐이었다. 나가야스는 배소법에 코슈에서 하는 방법을 가미하고 다시 아말감 법을 멕시코에서 배워 이용하려 하고 있었다. 흔히 '수은법'이라 일컫는 수은을 이용한 혼홍법混汞法으로, 물로 씻어 광물의 가루를 채취하고 아말감을 남겨 증류하는 방법이었다. 이 방법이 성공하면 일본 제일의 금은 소유자는 쇼군 이에야스가 아니라 실은 오쿠보 나가야스가 될지도 모른다.

바쿠후幕府°에 상납한 금은은 나라를 위해 써야 하는 데 비해, 앞으로 산출량은 누구도 계산할 수 없게 되고, 그 양의 2할 내지 2할 5부까지는 나가야스가 자유롭게 사용할 수 있게 된다. 1,000냥 산출액을 10배인 1만 냥으로 증가시키고 800냥 상납액을 3,000냥으로 늘려준다면, 이에야스의 수입은 2,200냥이 늘어나고, 나가야스의 수입은 7,000냥으로 증가한다.

나가야스는 결코 악인이 아니었다. 따라서 이처럼 방대한 비율로 개인의 욕심을 채울 생각은 없었다. 그러나 만약 그렇게 되면 보물의 산을 가진 사도가시마를 금은으로 장식하는 것쯤은 쉬운 일이었다.

사도가 육지가 아니라 거친 바다 너머에 떨어져 있는 섬이라는 점에 그 매력이 있었다. 이러한 나가야스의 꿈을 이해하지 못하고 누군가 심하게 그를 비난하기라도 한다면 나가야스는 주저 없이 이 섬에서 농성하며 황금을 이용하여 방위군을 양성하면 될 터였다……

나가야스가 이런 꿈을 꾸고 있다는 사실은 오코도 잘 알고 있었다.

잘 알고 있다기보다 술에 취해 때때로 입밖에 내는 나가야스의 호언장담을 듣고 저절로 알게 되었다.

오코가 보통여자였다면 그 꿈을 전혀 이해하지 못한 채 끝나거나 아니면 깜짝 놀라 떨어져나가거나 둘 중의 하나였을지도 모른다. 그러나 오코는 그 어느 쪽도 아니었다. 나가야스의 꿈 위에 그녀 나름의 큰 꿈을 덧씌웠다. 곧 나가야스를 귀여운 일벌로 만들고 사도가시마에 군림하며, 일본의 첫 여왕인 스이코推古°나 미우라 안진이 입버릇처럼 말하는 엘리자베스 여왕처럼 거친 사나이들을 부리려는 것이었으니, 그 꿈도 결코 작지 않았다.

'여왕벌은 일벌에 반하면 안 된다……'

반하면 안 되지만 동시에 배척해서도 안 된다. 카이아와세 놀이의 한쪽 조개껍질임을 상대의 심신에 깊이 새겨넣어야 하기 때문에 오코가 동침하는 것도 그 심리적 조건이 그리 단순하지만은 않았다.

8

나가야스의 꿈과 오코의 꿈은 밤이 샐 무렵 장엄한 포옹으로 들어갔다. 물론 나가야스는 정복자를 자처했고, 오코는 일벌을 위로해주는 셈이었다.

나가야스는 지금까지 1,000명에 달하는 여성을 정복해왔다고 호언장담하고는 했다. 그러나 오코 앞에서는 전혀 맥을 못 추는 한 마리의 수펄이었다.

정말 꿀벌의 세계에서는 수펄이 일벌을 겸하는 일이 없다. 따라서 먹이가 떨어졌을 때 수펄이 맨 먼저 여왕벌 곁에서 쫓겨나 굶어죽게 된다. 그런데 인간인 경우는 좋은 일벌이 그대로 좋은 수펄로 통하는 점이 재미있다……고 오코는 생각하고 있었다.

나가야스의 말을 빌리면, 오코 같은 여성이 나타나게 된 것도 노부나가 상경 이후 쿄토에 평화의 뿌리가 내려진 뒤부터이고, 그 공적은 오로지 타이코와 이에야스에게 있다고, 그러니 감사해야 한다고.

오코로서는 그런 것은 아무래도 좋았다. 어쨌든 인간에게는 속박으로부터 자기를 해방시켜 좀더 자유로울 수 있는 힘이 주어졌을 터. 그런 점에서 나가야스는 비교적 앞서 있었다. 그렇다고 그에게 정복되고 그의 발 밑에 꿇어앉아 봉사해야 할 이유는 전혀 없었다.

'일벌은 일을 시켜야만 한다……'

일을 시키려면 언제나 대등한 것 이상…… 나가야스 쪽에서 보는 오코는 아주 진귀하고 신선한 향기를 내뿜는 선명한 빛깔의 꽃이어야만 했다. 그래서 꽃은 생각한다……

나가야스가 임지인 사도를 떠나면 오코 역시 재빨리 쿄토로 돌아간다. 돌아가기 위해 당장 준비해야 하는 것이 배. 나가야스는 지금 서양식 범선에 큰 흥미를 가지고 있으나 오코가 생각하는 배는 그런 것이 아니었다.

바다가 무섭고 배가 두렵게 여겨지는 것은 어째서일까. 거친 바다가 배를 삼켜버리기 때문이 아닐까. 그렇다면 가라앉는다는 것을 전제로 하여 처음부터 가라앉아도 달릴 수 있는 배를 만들면 어떨까? 바다가 잔잔할 때는 돛대나 노로 달리고, 일단 폭풍우의 습격을 받으면 먼저 몸을 가라앉히고 항해한다……

이렇게 절대 안전한 배를 만들어 쿄토로 돌아가 나가야스가 다른 여자와 동침하고 있을 때 그 여자와 얼른 바꾸어 들어간다. 잠이 깨면 나가야스는 그야말로 꿈속에서 다시 꿈을 꾸는 심정일 터. 그리고 서둘러 사도에 돌아오면 사도에도 역시 요염한 오코가 웃고 있다…… 도중에 발각된다면, 이 배야말로 금은을 절대로 바다에 가라앉히지 않도록 여왕벌의 지혜로 만들어둔 내조의 배라고 자랑해 보인다. 다시 말하면 항상 오코는 나가야스보다 한발 앞서 걷겠다는 것이다.

오코는 그러한 꿈을 나가야스의 애무에 의탁하면서 다시 두번째로 잠이 들었다. 그런데 그 꿈에는 또 하나의 다른 꿈이 있었다. 다름 아니라 사도가시마 자체의 꿈이었다.

9

『진다이키神代紀』에 따르면 사도가시마는 오야시마大八洲°가 생길 당시에는 사도노시마佐渡の洲라고 했다. 『숏키續紀』°에 따르면 텐표天平 15년(743)에 정식으로 사도노쿠니佐渡の國로 개칭되었다.

텐쇼天正 시대의 측량으로는 1만 2,000석. 하모치羽茂, 사와타雜太, 카모賀茂 3개 군郡으로 나뉘어 있고, 문제의 금광은 중앙의 사와타에 있다. 이 금광은 킨포쿠金北 산맥 남쪽 끄트머리로 키타자와가와北澤川와 더불어 아주 바다에 가까이 다붙어 있다.

광산거리는 이미 그때부터 아이카와라 불리며 우에스기 가문에서 금을 파기 시작했는데 그때는 별로 산출량이 많지 않았다…… 물론 노다지가 쏟아진다고 하면 도요토미 타이코가 노릴 것이기 때문에 일부러 축소하여 선전했으리라고 오코는 생각했다.

세키가하라 전투 후 우에스기 가문의 녹봉을 깎을 때 이에야스의 소유가 되었다. 이에야스의 수중에 들어오자 산출량이 부쩍 늘어났다. 그래서 세상에서는──

"하늘도 쇼군의 덕을 칭송하여 올해(케이쵸 6년, 1601)부터 황금이 많이 나온다."

이런 소문이 돌고 있었다. 그런 말을 퍼뜨린 것은 물론 나가야스.

사도가시마 자체는 지금도 가난했다. 고작 1만 2,000석 경작지밖에 없는 유배지였던 곳, 나가야스가 계속 사람들을 들여오고 있어 그 가난함은 더욱 심해졌다.

해변의 주민은 가난한 반농반어半農半漁의 살림이었다. 이들 중에서 광부로 뽑혀가는 사람이 많아지면서 사면이 바다이면서도 생선까지 부족하여 곤란을 겪고 있었다. 그래서 나가야스는 아이카와와 키타에비스北狄 사이에 있는 히메즈姬津 근처에, 이와미에서 어민이주를 추진하고 있었다.

이렇듯 동해의 거친 파도 속에 조용히 고독을 즐기고 있던 사도가시마를 나가야스가 무리하게 개발하여 그 허리에 구멍을 뚫고 황금을 토해내게 하고 있었다. 물론 섬 주민들은 이 나가야스의 개발을 별로 달가워하지 않았다.

외지에서 온갖 사람들이 들어오면 제일 먼저 균형을 잃는 것이 남녀의 성 균형이다. 에도 역시 이 때문에 어려움을 겪고 있으나 요즘의 사도가시마는 에도와는 비교도 되지 않았다. 아이카와에서 일하는 광산일꾼이 하모치 근처까지 여자를 찾아나섰다가 농부의 아내를 납치해 살해했다는 등의 끔찍한 사건도 일어나고 있었다.

오쿠보 나가야스는 그런 말은 결코 오코에게 하지 않았다. 황금의 낙원에 여자들이 부족해 사나이들이 얼마나 환대할 것인지 나름대로 허풍을 떨어, 모두의 꿈을 말할 수 없이 달콤하게 부풀리고 있었다.

"알겠느냐, 광부들이 놀러 오거든 그들이 벗어놓은 헌 짚신……을 소중히 간직해야 하는 거야. 헌 짚신을 조심스럽게 씻으면 그것만으로도 일 년 동안에 사금주머니가 하나 늘게 돼."

이런 말을 섬의 영령이 듣는다면 과연 무어라 할까.

"오기만 해라, 계집들아. 거친 바다의 외로운 섬이 얼마나 무서운지 확실하게 보여줄 테다."

아마 이런 말을 할지도 모른다.

그런 의미에서 섬과 나가야스의 싸움은 이미 시작되었다. 그러나 오코와 그녀를 따라온 기녀들의 섬과의 싸움은 이제부터였다.

10

오코는 아직도 두번째 깊은 잠에서 깨어나려 하지 않았다. 새로운 에도의 동맥이 된 오카와大川에서는 아침 안개를 뚫고 벌써부터 움직이기 시작한 배가 있었다.

얼마 후면 오코 옆에서 잠들어 있는 오쿠보 나가야스도 눈을 뜰 것이다. 잠에서 깨면 곧 바쁜 하루가 시작된다. 어쩌면 그는 기녀들을 부하에게 일임하고 한발 먼저 사도로 떠날 생각인지도 모른다.

오쿠보 나가야스에게는 타다테루의 혼수준비 외에 또 한 가지 해야 할 일이 생겼다. 다른 일이 아니었다. 에도에 들어가 부랑자와 빈민촌에 있는 주인 없는 절을 찾아내어 그곳에서 빈민을 치료하면서 병원과 예배당 부지를 마련하려 하는 소텔이라는 인물을 만나볼 필요성을 절감하고 있었다.

나가야스는 사도에서 돌아온 후 소텔을 만날 생각이었다. 그런데 소텔은 그가 상상했던 이상의 수완가. 아니, 그가 상상한 이상으로 구교도 세력확장에 초조감을 느끼고 있다는 편이 옳을지도 모른다.

구교는 포르투갈의 에스이타 파, 에스파냐의 프란시스칸 파, 도미니카 파 등으로 나뉘어 있었다. 지금까지는 그들 사이에도 작은 충돌이 있었으나 미우라 안진, 곧 윌리엄 아담스가 이에야스의 측근이 된 뒤로 그들은 급속히 단결해 신교 진출을 막으려 하고 있었다.

나가야스가 본 바로는 이 구교들의 우려는 과녁을 벗어난 것이라 생각되었다. 영국인 안진은 그들이 경계할 정도로 종교색 짙은 인물은 아니었다. 오히려 그가 태어난 영국 질링엄이라는 해변 마을의 전통에 따른 일종의 모험가이며 탐험가라 할 만한 인물이었다.

그러나 이 안진이 섬기게 된 도쿠가와 이에야스는 구교 사람들의 눈에는 결코 간과할 수 없는 거대한 고래로 보였을 터. 도요토미 타이코를 대신해 일본의 지배자가 된 이 거대한 고래를 안진 혼자 요리하게 할 수는 없다……는 생각이었다.

안진이 이기리스나 오란다와 연락을 취해 그들의 배를 계속 일본에 불러들이는 사태가 발생하면 일본에서 하비에르 이래의 남만 세력은 대번에 뒤집힐 우려가 있었다. 그 불안을 대표하여 남만 세력을 일본에 뿌리박게 할 전사戰士로 소텔이 나타난 게 아닐까.

'소텔은 과연 정말 신앙인일까……?'

신앙인을 가장한 대단한 책략가가 아닌가 하고 생각했다.

'도요토미 타이코 시대에 명나라와의 화친교섭을 무산시킨 심유경沈惟敬 같은 인물이라면……'

그렇다 해도 나가야스는 결코 놀라지 않을 생각이었다. 그의 꿈은 좀 더 규모가 크다. 만약 소텔이 야심가라면 야심가일수록 이용가치도 크다는 생각. 나가야스는 눈을 뜨면 곧바로 아사쿠사의 소텔에게 달려갈 것이 분명하다……

11

오코가 눈을 떴을 때, 아니나 다를까 나가야스는 자리에 없었다.

오코는 이런 일에 익숙해 있었다. 인간 수펄은 눈을 뜬 순간 일벌이 되어야 한다고 생각한다.

"오코 님, 화장을 끝내셨나요?"

오코가 아침 화장을 끝내고 기녀들의 방으로 가려 하는데 나가야스의 부하 혼마 토쿠지로本間德次郎가 점잖은 얼굴로 들어왔다.

"부교 님이 저에게 오코 님을 모시고 오늘 이곳을 떠나라고 하셨습니다. 무언가 또 새로운 용무가 생기신 모양입니다."

"알고 있어요. 소텔인가 하는 남만인에게 가셨을 거예요."

"허어!"

토쿠지로는 눈이 휘둥그레졌다.

"오코 님에게는 모두 말씀하셨군요."

"말씀하시지 않아도 알고 있어요."

"과연 일심동체一心同體, 마음속까지 꿰뚫어보시는군요."

"그래요. 나는 여왕벌이니까."

"예……?"

"아니, 아무것도 아니에요. 그럼, 서둘러 준비시키겠어요."

"부탁 드립니다. 사나흘 안으로 부교 님도 뒤따라 오시겠다고. 이백 명 가까운 장정들이 동행할 것이니 여행길 걱정은 하지 마십시오."

토쿠지로가 이렇게 말하고 나가려 했을 때였다.

"잠깐."

무슨 생각을 했는지 오코가 불렀다.

"그대는 사도 태생이라면서요?"

"예. 대대로 내려오는 혼마 일족의 자손, 수백 년 전부터 사도에 살고 있습니다."

"그대가 볼 때 내가 데리고 있는 기녀들은…… 마음에 들까요?"

토쿠지로는 당황해 눈을 내리깔았다가 시치미를 떼면서 웃었다.

"물론 쿄토 물을 먹어 때깔이 고운 여자들이니까요."

"그럼, 그대의 마음에 드는 여자도 있겠군요?"

"그……그야 있더라도 그런 일은……"

"괜찮아요, 이름을 알아보세요. 오늘부터 그대 옆에서 자게 하겠어요. 그 대신……"

"그 대신……?"

"다른 사람들은 여자에게 접근시키지 마세요. 숙소를 따로 정해 도중에 시끄러운 일이 생기지 않도록."

"예…… 예. 그 점은 염려하지 마십시오. 그런 일이 생기면 제가 부교 님에게 목이 달아납니다."

"호호…… 그리고 은밀히 묻는데, 사도에는 배를 잘 만드는 목수가 있겠지요?"

"예. 소토카이후外海府에서는 배 없이는 마을과 마을 왕래도, 나날의 생계도 잇지 못하므로 튼튼한 배를 만들 수 있는 자가 있습니다."

"좋아요, 그것이 알고 싶었어요. 그럼, 준비를 시작하세요."

오코의 꿈은 목수의 유무를 확인함으로써 사도에서 쿄토로, 쿄토에서 인생으로 이어지는 모양이었다.

오코가 거느린 기녀들의 행렬은 나가야스보다도 한발 먼저 에도를 떠났다.

오사카大坂의 꿈

1

요도 부인은 그날도 늦게 잠에서 깨었다. 젊었을 때는 초저녁부터 잠이 왔고, 창문이 훤해질 무렵에는 상쾌한 기분으로 눈을 뜨는 체질이었다. 그러나 요즘에는 완전히 반대였다. 밤에는 좀처럼 잠이 오지 않았다. 첫닭 우는 소리는 대개 잠자리에서 엎치락뒤치락하다가 들었다. 그 때문인지 다른 사람들이 일어날 때쯤에야 깊은 잠에 빠졌다.

그럴 때면 요도 부인은 일찍 일어난 사람들이 부스럭거리는 소리에 눈을 뜨고는 몹시 짜증을 냈다.

"좀 조용히 하지 못할까."

큰 소리로 꾸짖다가 혼자 쓴웃음을 짓는 수밖에 없었다. 이미 해는 높이 떠 사시巳時(오전 10시) 가까이 되어 있었다. 이런 시각에 숨죽여 움직이라니…… 자신의 말이 무리함을 알기 때문이었다.

그날 아침에도 오노 하루나가의 어머니 오쿠라 부인은 침구 곁에 세면대와 화장도구를 갖다놓은 채 오래 앉아 기다린 모양이었다.

"깨셨습니까?"

눈을 가늘게 떴을 때 들여다보듯이 하며 작은 소리로 말했다.

"카타기리 이치노카미片桐市正 님이 쇼시다이 님을 만나고 돌아오셔서 일어나시기를 기다리고 있습니다."

요도 부인은 대답하지 않았다.

입에 담을 수도 없는 꺼림칙한 꿈의 여운이 온몸을 흥건히 땀으로 적시고 있었다.

'어째서 그런 꿈을……'

꿈속 상대가 하필이면 자기 아들 히데요리였다. 히데요리는 요즘 마구 키가 자라고 있었다. 그 자라는 모습이 예사롭지 않아 이미 6척 가까이 되어 잠들기 전에도 요도 부인은 걱정하고 있었다. 아버지 타이코는 누구나 다 아는 작은 키였다. 그런데 그 아들 히데요리는 마치 어린 대나무처럼 쭉쭉 뻗어나고 있었다. 그렇지 않아도 도련님이 타이코의 자식일까…… 이런 소문이 퍼져 있는 사실을 알고 있는 만큼 그 일이 묘하게 요도 부인의 신경에 거슬렸다.

그 히데요리가 하필이면 꿈속에서 한 이성으로 자기에게 덤벼들었다. 아니, 그 도전을 물리쳤다면 이토록 불쾌한 기분으로 눈을 뜨지 않았을지도 모른다. 그런데 요도 부인은 그렇게 하지 않았다.

'어미와 자식 아닌가…… 축생도畜生道란 이런 것이리라.'

자책감 속에 묘한 초조감으로 흙탕 속을 마구 기어다녔다.

오쿠라 부인은 일단 눈을 떴던 요도 부인이 눈을 감아버렸으므로 다시 조용히 기다리고 있었다.

오쿠라 부인도 이 불쾌한 꿈속 비밀 따위는 상상도 못할 터.

'모두 내 몸 속에 깃들인 음탕한 생각 때문이다.'

원래 여자는 뱀이라 한다. 그렇더라도 꿈속에까지 자기 자식을 불러들이다니 이 무슨 해괴한 일인가.

그런 일을 없애기 위해 요도 부인은 종종 오쿠라 부인의 아들 하루나가를 안방으로 불러들이곤 했다. 사람들은 그러한 행위를 사랑이라 부르고 총애라 하며 선망했다. 그러나 요도 부인의 마음은 그런 것이 아니었다. 자기 자식까지 꿈속에서 불러들이려는 해괴한 뱀에게 바치는 제물로 여겼다.

"생모님, 카타기리 님이 기다리고 계십니다."

오쿠라 부인이 정신을 차리고 보니 요도 부인은 눈을 크게 뜨고 천장을 노려보고 있었다.

2

요도 부인은 일어났다. 입안 가득한 가래침을 가슴에서 치미는 불쾌감과 함께 타구唾具에 뱉고는 그대로 묵묵히 아침 몸단장을 하기 시작했다.

카타기리 카츠모토片桐且元•는 요도 부인의 뜻을 받들어 쿄토에서 쇼시다이 이타쿠라 카츠시게를 만나고 돌아왔다. 백성들이 모두 놀랄 만큼 토요쿠니 신사 제례를 성대하게 치르고 난 뒤 얼마 안 되어 한 소문이 쿄토에서 킨키近畿 지방으로 퍼지기 시작했기 때문이다. 그것은 이에야스가 은퇴한다는 소문이었다.

이에야스는 올해 63세. 타이코가 세상을 떠난 나이였다. 이에야스도 그 나이를 잘 기억하고 있어, 비록 건강하다 해도 쇼군 직에서 물러나 젊은이에게 세상을 물려줄 생각인 듯하다는 소문이었다.

"인간이란 노소가 따로 없다. 타이코의 교훈을 명심하여 내가 없더라도 천하가 흔들리지 않도록 젊은이에게 무거운 짐을 지워 이를 가르쳐야 한다."

이에야스의 말이라는 이런 소리까지 덧붙여진 채 소문은 그럴 듯하게 퍼져나가고 있었다.

요도 부인은 처음에는 그 소문을 아무렇지도 않게 들어넘겼다. 타이코가 칸파쿠 직을 히데츠구秀次에게 물려주었을 때도 그랬지만, 고집스러운 노인이란 자극과 변화를 추구한 나머지 때로는 생각지도 않은 엉뚱한 말을 하게 마련.

'이에야스의 경우도 그렇겠지.'

겨우 쇼군 직에 오른 지 2년이 될까말까한 때 은퇴라니⋯⋯ 하는 정도로 가볍게 생각하고 있었다.

"결심은 확고하다는 거야. 저 성대한 제례도 첫째는 자기 치세를 장식하는 추억의 뜻이 있었던 것 같아. 타이코가 다이고醍醐에서 꽃놀이를 한 것처럼⋯⋯"

이런 말이 꼬리를 물고 이어졌을 때는 소문은 차차 깊이를 더해가며 요도 부인의 마음에 걸리기 시작했다. 만일 사실이라면 이에야스는 이미 후계자 문제 등을 완전히 구상하고 있을 것 아닌가⋯⋯ 그래서 카타기리 카츠모토에게 쿄토에 가서 사정을 알아보게 했다. 카타기리를 쇼시다이 이타쿠라 카츠시게에게 보낸 것은 그가 이에야스의 심복 중에서도 특히 사려 깊은 인물로서 각별한 신뢰를 받고 있어서 이에야스의 진심을 알고 있으리라는 추측 때문이었다.

화장을 끝낸 뒤 요도 부인은 거실에 나가 기다리게 했던 카츠모토를 들어오게 했다. 카츠모토는 상당히 오래 기다렸는데도 하루나가와 함께 뜻밖에 밝은 표정으로 들어왔다.

"오래 기다리게 해서 미안해요. 그래, 쿄토 일은?"

"예. 잘 아시는 혼아미 코에츠의 주선으로 카츠시게의 다실에서 단둘이 여러 가지 이야기를 나눌 기회를 가졌습니다."

"다행이군요. 그러면 카츠시게도 숨김없이⋯⋯?"

"예. 언젠가는 표면화될 일이므로 자기가 아는 한 숨길 필요가 없다고 모두 말씀하셨습니다."

"그럼, 쇼군 님이 은퇴한다는 소문은 사실이었나요?"

"타이코 님이 돌아가신 나이인데, 들뜬 마음으로 만족하고 있으면 미안한 일이라고 직접 그런 말씀을 하셨다 합니다."

"그래요, 은퇴시기는?"

"내년 봄으로 이미 확정했다고……"

요도 부인은 저도 모르게 무릎걸음으로 한발 다가앉았다.

3

"내년 봄에 은퇴…… 그렇다면 다음 쇼군도 결정되었겠군요?"

요도 부인은 일부러 히데요리의 이름도 히데타다의 이름도 입에 올리지 않았다. 만에 하나라도 히데요리를 세우고 히데타다가 후견인이 된다……면 카타기리 카츠모토는 지체 않고 그 말을 꺼냈을 터.

'그럴 리 없다…… 내년 봄이라면 아직 히데요리는 어리다.'

실망하지 않으려 경계하면서 눈치를 살피는데 카츠모토는 뜻밖에도 밝은 표정으로 하루나가와 마주보고 웃으면서 단언하듯 말했다.

"그야 물론 정해졌습니다. 그런데 생모님, 이것으로 도요토미 가문의 안녕도 내다볼 수 있게 되었습니다."

"아니, 도요토미 가문의 안녕을 내다볼 수 있게 되었다니요?"

"예. 이타쿠라 카츠시게는 일시적으로 무마하기 위해 거짓말을 하는 그런 경박한 사람이 아닙니다. 장래 일에 대해 자기도 여러 가지 생각이 있다면서 모두 털어놓고 이야기해주었습니다."

"다행이군요. 그렇다면 천하님과 약속한 대로 도련님이 열여섯이 되면 쇼군 직을 물려준다…… 그런 생각으로 계신단 말이겠죠?"

요도 부인 역시 마음속으로 그렇게 믿고 한 말은 아니었다. 언제부터인지 이 희망은 이루어질 수 없는 꿈이라 생각하고 있었다. 왜 그런 생각을 하느냐고 묻는다면 대답할 말이 없기는 했다.

카타기리 카츠모토는 다시 한 번 오노 하루나가와 얼굴을 마주보고 나서 미소를 지었다. 그들은 이미 그 일에 대해 먼저 이야기를 나누고 두 사람 모두 만족하고 있는 듯했다.

"생모님, 쇼군 님의 생각은 과연 탁월합니다. 저희들은 감히 상상도 못했습니다."

"그렇다면…… 쇼군 님은 천하님과의 약속을 그대로 이행하는 것은 아니군요……"

"예…… 그 약속은 이미 지부쇼유의 경거망동으로 파기된 것. 조정으로부터도 히데요리 님으로부터도 치하를 받으면서 아이즈會津 정벌에 나선 쇼군 님이 없는 틈을 타 후시미를 공격한 것은 이시다 지부쇼유石田治部少輔와 오타니 교부노쇼大谷刑部少輔입니다."

"그래요, 알고 있어요."

요도 부인은 그 다음 말을 듣기가 거북했다.

"그때 쇼군에게 적의가 있었다면 일부러 슈리修理를 오츠大津에서 나에게 보내지는 않았을 것이다, 나와 도련님은 알지 못하는 일이라면서 용서해준 날부터 사정은 완전히 달라졌다…… 슈리도 그렇게 말하고 싶겠지?"

"예."

오노 하루나가는 대답하고 짤막하게 덧붙였다.

"우선 카타기리 님 말씀을 냉정하게 들으시기 바랍니다."

"물론 들어야지. 두 사람 다 웃는데, 반드시 좋은 일이겠지."

"그렇습니다. 저희들도 진심으로 안도하고 있습니다. 쇼군 님은 도요토미 가문을 영원히 존속시키기 위해 세이이타이쇼군 직을 히데타다

공에게 물리실 때 도련님을 나이다이진에서 우다이진右大臣°으로 천거하시겠다고 했습니다."

카타기리 카츠모토는 생각에 생각을 거듭하면서 천천히 말했다.

4

"아니, 쇼군 직을 히데타다 님에게 물려주는 대신 나이다이진인 히데요리를 우다이진으로 천거한다…… 그것이 어떤 의미를 갖는다는 말인가요?"

요도 부인은 카츠모토가 한 말의 뜻을 알지 못했다.

'오노 슈리도 기뻐하고 있으니 나쁜 일은 아닌 것 같다……'

이렇게는 생각했다. 그러나 그것이 직접 도요토미 가문에 어떤 이익이 된다는 말인가……?

카타기리 카츠모토는 미소를 띠고 고개를 끄덕였다.

"참으로 장군님의 사려는 탁월하셔서…… 저희들은 한참 미치지 못합니다. 우다이진은 노부나가 공의 마지막 관직, 열세 살에 우다이진에 임명되신다는 것은 머지않아 칸파쿠나 다죠다이진이 되는 길. 그렇게 되면 도련님은 돌아가신 전하의 뒤를 이으시게 되므로……"

"그렇군요."

"더구나 앞으론 전쟁에 관계된 책임은 모두 면하게 됩니다. 세이이타이쇼군 지배 아래 있는 무장들과는 관계없이, 조정의 수호자이자 공경들의 기둥…… 일본에 조정이 존속하는 한 멸망할 우려가 없는 가문으로 격이 바뀌게 되기 때문입니다."

요도 부인은 눈을 크게 뜨고 잠시 믿을 수 없다는 표정이었다.

"조정이 존속하는 한 우리 가문은 멸망하지 않는다고요……?"

"그렇습니다."

"아사이淺井 가문도 지금은 없다. 시바타柴田 가문도…… 그 핏줄에서 태어난 내 자식은 조정과 더불어 멸망할 일이 없다니……"

"처음 그 말을 들었을 때는 다소 화가 났습니다. 너무 말이 쉬웠기 때문입니다. 그래서 카츠시게에게 말했습니다…… 이타쿠라 님, 그럼 쇼군께서는 도요토미 가문을 고작 이천 석에 불과한 근위近衛 가문, 관직뿐인 다섯 공경의 가문으로 봉쇄해버릴 생각이냐고."

"아, 그렇기도 하군요, 카츠모토 님."

"그런데 그게 아니었습니다. 카츠시게는 이렇게 말했습니다. 어떻게 그런 일을 하겠는가, 다이묘로 언젠가는 칸파쿠에도 오를 수 있는 분이 조정을 수호해준다면 바쿠후도 마음놓고 행정 임무를 다할 수 있다, 더구나 도요토미 가문과 도쿠가와 가문은 남이 아니다, 전하와 쇼군이 힘을 합쳐 평화를 이룩한 인연뿐만 아니라, 히데요리 님은 요도 부인의 아들, 타케치요 님은 그 동생의 아들로 히데요리의 처남이자 이종사촌, 그 한쪽이 칸파쿠이고 한쪽은 무사의 대들보…… 두 날개로 조정을 보좌한다면 미동도 하지 않는 나라가 이룩된다. 이것이 실은 쇼군의 국가운영 구상이라는 설명을 듣고 이 카츠모토는 쥐구멍이라도 찾고 싶은 심정이었습니다."

"그렇다면 내 핏줄과 오에요阿江與 핏줄이 일본을 굳건히……"

"쇼군께서 돌아가신 전하께 하는 새로운 형태의 약속이행이라고 이타쿠라 카츠시게는 눈물을 흘리며 제게 털어놓았습니다. 그 말을 들은 증인은 혼아미 코에츠…… 그 완고한 코에츠 녀석도 소리를 내며 울었습니다. 나는 비로소 살아 있는 신을 만났다…… 쇼군은 살아 있는 신이고 살아 있는 부처님이라고 하면서……"

정신을 차려보니 카츠모토도 울고 있었고, 요도 부인의 눈도 오노 하루나가의 눈도 빨갛게 되어 젖어 있었다.

5

"그렇군요, 그렇군요."

요도 부인은 시선을 허공으로 돌린 채, 자신의 놀람을 누군가에게 전하려는 듯한 진지한 표정이었다.

"이제 나도 알 수 있겠어요. 카츠모토, 어떤 말이 나왔건 칸토에 관한 일은 모두 그대에게 맡기겠어요. 수고가 많았어요. 나도 다시 살아난 것 같아요. 지불당持佛堂에 불을 좀 켜주세요."

카츠모토는 전신을 굳혔다.

"이제 도요토미 가문은 만만세라고…… 이 카츠모토는 저 자신에게 말하고 돌아왔습니다."

요도 부인은 몇 번이나 고개를 끄덕이면서 일어났다.

"도련님은 지불당으로 보내주세요. 이 일을 도련님께도 전해야겠어요. 그렇게 생각지 않나요? 중요한 일을 도련님에게 알리지 않는다면 나중에 오해의 소지가 될지 몰라요."

오노 하루나가도 뒤따라 일어났다.

"옳은 말씀입니다. 제가 도련님을 모셔오지요."

카타기리 카츠모토는 그 자리에 엎드려 심하게 어깨를 떨었다.

요도 부인은 거실을 나와 급히 본성과 둘째 성 사이에 있는 작은 서원으로 향했다. 타이코가 애용하던 작은 방이었는데, 타이코가 죽은 뒤 요도 부인이 불단을 마련했다. 그러나 불단이라기보다 어떤 의미에서는 그녀가 푸념하는 장소로 되어 있었다.

"천하님, 말씀을 들으셨습니까?"

요도 부인이 그 방에 들어섰을 때 시녀가 등에 불을 켰다.

"됐다, 물러가 있거라. 곧 도련님이 오실 테니까."

시녀가 머리를 수그리고 물러가자마자 요도 부인은 갑자기 묘한 소

리를 내며 울기 시작했다

"천하님, 이제 우리 가문, 도요토미 가문도 안전하게 되었습니다. 히데요리 도련님도…… 도련님도……"

6

히데요리가 아카시 카몬明石掃部을 대동하고 온 것은 요도 부인이 아직 눈물을 거두기 전이었다.

"어머님, 부르셨습니까?"

부르러 갔던 오노 하루나가의 모습은 보이지 않고, 문 앞에 버티고 서서 어머니를 부르는 히데요리는 온몸에 심한 반항의 기색을 나타내고 있었다.

"도련님이시군. 자, 이리 가까이."

"무슨 일이십니까? 지금은 제가 마장으로 갈 시각……인 줄은 알고 계실 텐데요."

요도 부인은 비로소 상대가 흥분한 사실을 깨달았다.

"다른 일과와는 비교도 안 될 중요한 일…… 그래서 부른 거야. 자, 이리 가까이."

"흥."

히데요리는 다시 어깨를 으쓱했다.

"나쁜 버릇입니다, 어머님…… 어머님이 불단 앞에서 부르실 때의 용무…… 저는 이미 너무나 잘 알고 있어요. 저도 언제까지나 철없는 아이는 아닙니다."

"원, 그게 무슨 소리냐…… 오늘은 그런 일이 아니야."

"어머님은 비겁해요. 이 히데요리를 꾸짖고 싶으시면 아버님 이름은 꺼내지 말고 당당하게 꾸짖어주세요. 그런데 늘 아버님 그늘에 숨어…… 이제 저는 정말 신물이 납니다.”

아무래도 크게 오해하고 있는 모양…… 그 오해와 심한 분노로 부르러 갔던 오노 하루나가가 돌아오지 못하게 되었는지도 모른다.

“호호호……”

요도 부인이 웃었다.

“무엇을 생각하고 있는 게야…… 이 어미가 부르러 보낸 것은 교토에 갔던 이치노카미가 아주 좋은 소식을 가지고 돌아왔기 때문이야. 자, 여기 앉아서 그 기쁜 소식을 천하님께도 전하도록 하자.”

“싫습니다!”

히데요리는 다시 소리지르고 다다미를 차면서 돌아서려 했다.

“도련님!”

나직하지만 단호한 카타기리 카츠모토의 질타가 히데요리의 행동을 막았다.

“어른이면 어른답게 행동하십시오. 이게 무슨 짓입니까. 나이다이진 정도나 되시는 분이 선 채로 어머님께 무례한 말씀을 하시다니…… 만일 이런 언동이 밖에 알려지면 어떻게 하시겠습니까?”

“흥, 히데요리는 불초자식이라 말하고 싶을 테지. 타이코 전하는 훌륭했다고 하고 싶겠지…… 알고 있어, 어머님이나 이치노카미가 하려는 말은.”

입으로는 이렇게 말했으나 카츠모토의 손을 뿌리치고 나갈 만한 배짱은 아직 히데요리에게 없었다.

히데요리는 마지못해 어머니 앞에 앉았다.

“말씀하십시오, 듣겠습니다.”

요도 부인은 모자가 단둘이 이야기할 생각으로 히데요리를 불렀다. 그런데 이렇게 되어서는 아카시 카몬도 카타기리 카츠모토도 자리를 뜨라고 할 수 없었다.

"이치노카미 님, 그대가 오늘의 중대사를 전하도록 하세요. 도련님은 내 말 같은 것은 들으려 하지 않을 테니까."

"이치노카미, 빨리 말해."

히데요리의 불 같은 재촉에 카츠모토는 갑자기 심하게 흐느끼기 시작했다.

"말씀 드리겠습니다. 말씀 드리겠으니 잘 들으십시오."

히데요리는 잔뜩 화가 난 얼굴로 불단을 노려보고 있었다.

7

"이 이치노카미는 생모님의 분부로 쿄토에 가서 이타쿠라 카츠시게 님을 만났습니다."

카츠모토가 조용히 말하기 시작했다. 히데요리는 크게 어깨로 숨을 쉬었다. 이제는 체념하고 이야기만 들을 생각인 듯.

"카츠시게에게는 무슨 일로 갔었지?"

"요즘에 나도는 소문의 진위를 알아보기 위해서였습니다. 소문…… 이라는 말에 짐작되는 것이 없으십니까?"

"소문…… 또 히데요리가 제멋대로 놀아난다는 소문인가?"

"아니, 도련님에 관한 소문이 아닙니다. 쇼군이 은퇴한다는 소문."

"뭣이, 쇼군이 은퇴를?"

"예. 그렇게 되면 다음 쇼군은……"

"잠깐, 이치노카미!"

히데요리는 갑자기 몸을 앞으로 내밀었다.

"그렇다면 기쁜 소식이란…… 다음의, 다음의 쇼군은 이 히데요리란 말인가?"

카츠모토는 저도 모르게 입술을 깨물었다. 말의 순서가 잘못되었다. 쇼군의 후계자보다 우다이진 승진 이야기를 먼저 했어야만 했다.

"아니, 그렇지 않습니다. 다음 쇼군은 히데타다 공, 그러나 도련님도 쇼군 임명에 앞서 우다이진으로 승격되실 것입니다."

"우다이진…… 그럴 줄 알았지. 그게 왜 기쁜 소식이란 말인가?"

"그렇지 않습니다…… 세이이타이쇼군은 어디까지나 군직軍職…… 유사시에는 일본 전체를 상대로 싸워야 하는 직책…… 그런 직책은 가문을 위해 맡으시지 않아야 합니다."

카츠모토는 상대가 소년이 아니었다면—

'그런 힘은 이미 이 가문에는 없습니다.'

분명히 이렇게 말하고 싶었다. 그러나 그렇게 말하기에는 너무 잔인하다는 생각이 들어 입밖에 내지 못했다.

"내가 쇼군이 되면 안 된다고 말했나, 이치노카미?"

"예, 잘 생각해보십시오…… 세키가하라 때만 해도 일본 다이묘 중에서 칠 할 이상이 쇼군 편을 들었습니다. 그로부터 사 년…… 세이이타이쇼군으로 천하를 제압할 수 있는 힘을 가진 사람은 현재 도쿠가와 가문 이외에는 없습니다."

"내가 아버님보다 못하기 때문인가?"

"그런 말씀은 삼가십시오…… 도쿠가와 가문과 이 가문은 결코 끊을 수 없는 친척…… 힘과 조건을 갖춘 친척이 전쟁을 맡습니다. 그 대신 도요토미 가문은 아버님이 계실 때처럼 새로운 섭정 가문으로 공경 위에 서서 조정을 수호하도록…… 이것이 중요한 점입니다. 아시겠습니까. 과거 예를 보더라도 무사가문은 오래 지속된 일이 없습니다. 헤이케平家 영광은 일장춘몽一場春夢, 그 뒤를 이은 겐지源氏도 불과 이 대째로 멸망했습니다. 호조北條 역시 추방되고, 이어 아시카가足利가 등장했으나 전쟁으로 세월을 보내고…… 쇼군 자신이 열 번 가까이 낙향…… 그 말로는 참으로 비참했습니다."

"……"

"그 이후 오다 가문, 다시 도요토미 가문…… 힘의 균형이 무너질 때마다 세상 표면에서 사라지고…… 이에 비해 공경들은 여전히 존속하고 있습니다. 조정이 계속되는 한 멸망하지 않은 것이 무엇보다도 좋은 증거…… 도련님은 아직 젊으십니다…… 가장 안전한 곳에 두어 무사함을 도모하자……는 쇼군의 생각입니다."

8

히데요리는 카츠모토의 말을 들으면서도 별로 표정을 바꾸지 않았다. 처음부터 히데요리가 받아들이기에는 무리한 내용이었는지도 모른다. 아니, 히데요리뿐만 아니라, 당시 일본에는 이런 이야기를 그대로 이해할 수 있는 다이묘가 별로 많지 않았다.

무력으로 정권을 잡은 자는 그가 가진 무력 때문에 역사에서 사라지고, 권력의 자리에서 떠난 황실과 공경 가문만이 남는다……

'이러한 상황은 무엇을 의미하는 것일까?'

그 수수께끼를 풀 수 있을 정도라면 인간은 애초부터 공연한 투쟁 따위는 버렸을 터……

"아시겠습니까, 도련님? 쇼군은 돌아가신 타이코 전하와 굳게 약속하셨습니다…… 타이코 전하는 도련님을 잘 부탁한다…… 잘 부탁한다, 어떻게든 도련님께 어울리는 일을…… 그래서 쇼군은 생각했습니다. 이게 도련님을 위한 최선의 길입니다."

히데요리에게는 카츠모토가 말하는 내용보다 그 길이가 문제인 것 같았다. 그는 도중에 꿈틀꿈틀 입술을 떨었다. 그리고 카츠모토의 말이 끝나자마자 어머니 쪽을 향했다.

"이치노카미의 이야기와 어머님 불평은 같은 것입니까?"

"무슨 소리를 하는 게야. 이치노카미 님 말을 알아들었어?"

"알아들었습니다. 나에게는 제후들을 제압할 힘이 없으니 센히메의 아버지에게 쇼군 직을 물려준다는 것이겠죠. 에도 할아버지까지 한통속이 되어 이 히데요리를 웃음거리로 만들고 있다…… 그런 이야기 아닙니까?"

이번에는 카츠모토가 안색을 바꾸었다.

"도련님!"

"왜 그래. 나는 순순히 그대의 말을 들어주었어."

"무슨 말씀을 하십니까. 이 카츠모토는 그저 순순히 들으시라고 말씀 드린 게 아닙니다. 내용을 잘 이해하시라고 말씀 드렸습니다."

"흥, 그대는 내가 그대 말을 이해하지 못한 줄 아나?"

"그러시면 쇼군 님의 큰 호의를 아셨다는 말씀입니까?"

"암, 알고 있지. 이 히데요리도 이젠 철없는 아이가 아니야. 에도 할아버지가 무엇을 생각하고 있다는 것쯤은 여기에 있는 아카시 카몬에게도 자주 들어 알고 있어."

카츠모토는 깜짝 놀라 카몬을 돌아보았다. 카몬은 당황하여 고개를 숙이고 몸을 잔뜩 굳혔다.

"도련님은 쇼군이 얼마나 엄격하게 아버님과의 약속을 지키고 계신지 알고 계십니까?"

"알다뿐인가. 에도 할아버지는 자기 멋대로만 행동해왔어. 세상일이란 모두 그렇고 그런 거라고 모두들 말하더군."

"도련님!"

참다못해 카츠모토는 언성을 높였다.

"그렇게 말씀하신다면 저도 말씀 드리지 않을 수 없습니다. 도대체 쇼군이 어떤 잘못을…… 어떻게 자기 멋대로 행동했습니까? 자, 말씀해보십시오. 그렇지 않으면 도요토미 가문에 큰 화가 미칩니다."

9

카츠모토의 언성이 높아지는 순간 히데요리의 반항하는 자세도 당연히 강경해졌다.

"카츠모토, 그대는 도요토미 가문의 가신인가 에도 가신인가?"

"당치도 않은 말씀을 하시는군요. 저는 돌아가신 타이코 님이 키워주신 가신, 그래서 입신출세의 꿈도 버리고 이처럼 형제와 부자 모두 계속 측근에서 모시고 있는데……"

"그렇다면 에도 할아버지 편을 드는 듯한 말은 하지 마라."

"그게 무슨 말씀입니까. 에도 할아버지 편……이라니, 그러면 도련님은 쇼군을 적이라 생각하십니까?"

"그래, 적이야. 히데요리 주위에 있는 것은 모두 나의 적이야."

카츠모토는 울고 싶었다. 히데요리의 그 한마디는 비록 키는 자랐지만 아직도 떼를 쓰는 어린아이의 응석 그것이었다.

"하하하…… 그러시면 이야기가 되지 않습니다. 쇼군은 도련님의 적이기는커녕 더할 나위 없이 믿음직하고 현명한 보호자입니다."

"그럼 됐어. 가도 되겠지? 이 불단의 향내가 싫어 견딜 수 없어."

"도련님, 아셔야 합니다. 이 불단에는 아버님 혼령이 안치되어 있습니다. 아버님의 끝없는 애정이 쇼군과의 굳은 약속이 되고, 그 약속을 쇼군이 굳게 지키고 있어 도련님은 이처럼 무사하십니다."

"그럼, 아버님께 절하고 나가면 되겠지?"

"그렇습니다…… 진심으로 아버님 애정을 마음에 새기시고 합장하십시오. 그러면 자연히 쇼군의 은혜도 아시게 될 것입니다."

카츠모토의 어조가 부드러워졌다. 히데요리 또한 감정이 풀어졌는지 의외로 양순한 얼굴로 불단 앞에서 합장했다.

'오늘은 더 이상 아무 말도 하지 말아야지……'

카츠모토는 합장하는 히데요리의 모습에 눈물이 글썽해졌다.

'앞으로 삼사 년 안에 히데요리의 기량도 인품도 결정될 터……'

이 소년에게 우다이진에서 타이코의 칸파쿠 다죠다이진으로서의 길을 걷게 하고자 하는 이에야스의 꿈이 지나치게 너그럽지 않을까. 어려서부터 여자들에게 둘러싸여 자란 히데요리로서는 도저히 난세에서 자란 거친 다이묘들을 제압할 힘이 없었다.

'……이래 가지고 과연 칸파쿠 직을 감당해낼 수 있을까……?'

그 불안 역시 작은 것이 아니었다. 어떤 의미로는 타이코 다음으로 히데요리에게 가장 큰 꿈을 걸고 있는 것은 이에야스가 아닐까…… 그런 이에야스를 '적'으로 여겨 세키가하라 이후의 울분을 풀어보려는 감정적인 공기가 아직도 이 오사카 성에는 짙게 감돌고 있었다.

"이치노카미, 아버님은 진정으로 이 히데요리를 사랑하셨을까?"

갑자기 히데요리가 카츠모토에게 물었다.

10

"천하님이 도련님을……?"

히데요리의 물음이 너무나 의표를 찔러 카츠모토보다 먼저 요도 부인이 반문했다.

"어머님께가 아니라 이치노카미에게 묻고 있습니다. 아버님은……"

다시 같은 말을 되풀이하는 히데요리 앞에서 카츠모토는 우선 요도 부인부터 제지했다.

"무리가 아닙니다. 타이코 전하가 세상을 떠나실 무렵 도련님은 여섯 살…… 분명히 기억되시지 않는 것도 무리가 아닙니다."

"그렇다 해도 아버님이 진정으로 사랑하셨느냐고 묻다니……"

카츠모토는 요도 부인의 푸념을 흘려보내고 히데요리를 향했다.

"도련님, 말씀 드리기조차 황송할 정도로 귀여워하셨습니다."

"그래, 그대가 하는 말이라면 틀림없겠지."

"이런 일이 있습니다. 태어나셨을 때 건강하게 자라시라고 오히로이……라고 불러라, 오히로이 님이라고 존칭도 쓰지 말라고."

"그렇다면 미워하신 게 아닌가?"

"당치도 않습니다. 소중히 여기면 귀신이 붙는다, 그걸 우려하셨기 때문에…… 귀여워하신 증거로 모두에게 분부하신 그 말씀을 잊고 일 년도 되지 않아 도련님, 도련님하고 자신부터 부르셨지요."

"으음."

"눈에 넣어도 아프지 않다는 것은 이를 두고 하는 말. 그렇게 바쁘시면서도 한번 안으면 좀처럼 내려놓지 않으셨습니다. 황송한 말씀이오나 전하 무릎이 도련님 소변으로 얼마나 많이 젖었는지 모릅니다."

"내가 아버님 무릎에 오줌을 눴다는 말이지?"

"예. 전하는 그 소변을 조금도 더럽게 여기지 않으시고 그 손으로 과자를 집으시고, 또 저희들에게 술잔을 내리셨기 때문에 저희들은 모두 질색을 했을 정도입니다."

히데요리는 열심히 귀를 기울이고 있었다.

카츠모토는 이때라고 생각했다.

"돌아가시기 전에도 다섯 타이로大老°를 불러 말씀하신 것은 단 하나…… 히데요리를 부탁한다…… 오히로이를 부탁한다…… 물론 쇼군에게도 거듭 당부하셨습니다. 센히메 님을 며느리로 달라고 하신 것도 전하, 반드시 도요토미 가문을 존속시키도록…… 이렇게 부탁하신 것도 전하…… 쇼군은 그 전하와의 약속을 오늘까지 하나하나 지키고 계십니다. 처음 지킨 약속은 세키가하라 때…… 전하의 말씀이 없었다면 그때 칸토 군은 이 성에서 도련님과 생모님이 모리를 따라 아키安藝로 피신하시도록 그냥 두었을 것입니다. 그때 아키로 가셨더라면, 죄송한 말씀이지만 오늘날의 도련님도 오사카 성도 없습니다. 이 모두 전하께서 간곡히 쇼군에게 부탁해두신 덕입니다. 그러한 아버님 애정을 의심하시다니 당치도 않습니다."

"그런가, 그럼 히데요리는 아버님보다 몰인정한 사람일까?"

히데요리의 이 뜻하지 않은 말에 카츠모토는 깜짝 놀랐다.

11

"도련님, 지금 무어라고 하셨습니까?"

카츠모토가 자기 귀를 의심하며 반문했다. 히데요리는 진지한 표정으로 고개를 갸웃거렸다.

"나는 아버님보다 몰인정하냐고 했어."

"그게 무슨 말씀입니까?"

"나도 오줌벼락을 맞았어. 그러나 아버님 같지는 않았어. 나는 더러운 생각이 들어 그 자리에 내던지고 말았어."

"아……"

요도 부인이 나직하게 외쳤다.

요도 부인은 히데요리가 무슨 말을 하려는지 깨달은 모양이었다. 이틀 전에 사카에가 낳은 아기를 처음 안았을 때의 일을 말하는 모양이었다. 그러나 카츠모토는 쿄토에 가 있었기 때문에 아직 사카에 출산의 말을 듣지 못했다.

“도련님이…… 어느 분을…… 더럽다고 생각하셨는지요?”

“내 자식을 그렇게 생각했어.”

“도련님의 아기를……?”

“그래, 딸이라고 하더군. 하지만 그렇게 못생긴 아기를 나는 아직 본 일이 없어. 그런데 오줌을 누기에 소름이 끼쳐 내던져버렸어.”

“그럼…… 그럼, 사카에 님이 출산하셨다는 말씀입니까?”

“이치노카미, 나는 아버님보다 몰인정한 사람일까?”

너무도 어이없는 일에 카츠모토는 어리둥절하여 어떻게 대답해야 할지 몰랐다. 언젠가 사카에가 아이를 낳으리라 예상하고는 있었다. 그러나 히데요리가 이런 자리에서 아이에 대한 자신의 애정과 타이코의 애정을 비교하리라고는 생각지도 못했다……

‘진지하게 도요토미 가문의 입장을 이해시키려고 했지만, 역시 무리였다. 이런 히데요리와 의사소통이 제대로 될 리 없다……’

카츠모토는 다시 가슴이 아팠다.

‘아직도 아이, 철없는 아이…… 아니, 아이인 채 그만 아버지가 되어버렸구나……’

“왜 대답이 없지, 이치노카미? 아버님은 그토록 이 히데요리를 사랑해주셨는데, 나는 더럽다고 생각하고 밉다고도 생각했어. 어쩌면 내 아이가 아니지 않을까 하고……”

“도련님, 그런 생각을 하시면 안 됩니다. 갓 태어난 아기는 모두 보기 흉합니다…… 그러나 곧 그 아기가 사랑스러워서 뺨을 비비지 않을 수 없게 되실 겁니다.”

“그렇다면 내가 몰인정하지 않다는 말이지?”

“예, 그렇습니다. 결코 몰인정하시지 않습니다. 인정이 많아 처음부터 아름답기를 바라신 것입니다…… 그렇지 않습니까, 생모님?"

요도 부인은 이 말에 대답하지 않았다. 아직 사카에에 대한 응어리를 풀지 못하고 있는 모양이었다……

'그렇구나, 출산을 했구나……'

카츠모토는 이 아이에 대해서도 어떤 신분으로, 어디서 길러야 하는지 결정하지 않으면 안 되었다.

히데요리는 안도한 듯 바지의 주름을 바로잡으며 일어났다.

그를 아는 자

1

히데타다의 아들 타케치요가 처음으로 에도의 산노山王 신사를 참배한 것은 케이쵸 9년(1604) 11월 8일. 쿄토에서 성대한 토요쿠니 신사 제례가 끝난 지 약 3개월 후의 일이었다. 이로써 분메이文明° 연간에 오타 도칸太田道灌°의 청원에 따라 건립된 산노 신사는 에도 성을 지키는 신사로 결정되었다.

당시 산노 신사는 한조몬半藏門 밖 카이즈카貝塚에 있었다. 타케치요는 카스가春日 부인으로 이름을 바꾼 사이토 후쿠코齋藤福子에게 안겨 모리守り°인 아오야마 타다토시青山忠俊를 비롯한 나이토 키요츠구內藤清次, 미즈노 시게이에水野重家, 카와무라 시게히사川村重久, 오쿠사 킨츠구大草公繼, 나이토 마사시게內藤正重 등을 거느리고 참배를 마쳤다. 돌아올 때는 일부러 길을 돌아 다이묘코지大名小路에 있는 아오야마 히타치노스케 타다나리青山常陸介忠成의 저택에 들렀다. 말할 것도 없이 아들의 출생을 은근히 제후와 그 가족, 그리고 백성들에게 과시하기 위해서였다.

그 일이 끝나고는 이에야스의 생모 덴즈인傳通院의 3년상이 역시 성대하게 치러졌다. 물론 토요쿠니 신사 제례의 화려함과는 비교가 되지 않았지만.

지난해부터 시작한 시가지 건립으로 에도도 이제는 세이이타이쇼군의 거주지로서 오사카에 견줄 만한 구조를 갖추게 되었다. 성곽과 그 밖의 설계는 토도 타카토라가 맡았으며, 수호신사의 결정은 당시 부슈武州(무사시武藏) 카와고에川越의 키타인喜多院에 있던 텐카이天海의 권고에 따랐다. 이로써 이에야스가 쇼군으로서 해야 될 제1기 치세의 업무는 일단 외관과 내용을 갖추게 되었다.

이제 해가 바뀌면 케이쵸 10년…… 이에야스는 64세가 된다.

'타이코가 세상을 떠난 예순셋을 넘기려 하고 있다.'

이에야스가 잠시도 잊어서는 안 될 일이었다.

인간에게는 천명이 있다. 그것을 깨닫지 못하고 사후대비를 잊어버리면 당장 천벌이 내린다……고 이에야스는 굳게 믿고 있었다.

앞으로 사흘이면 신년을 맞게 되는 날, 에도 본성 여기저기는 대청소로 바빴다. 이에야스는 이를 피해 서쪽 성 서원에서 카와고에에서 찾아온 텐카이, 토도 타카토라와 함께 차를 마시고 있었다. 서쪽 성은 아직 나무 향기가 새로웠으며 모든 것이 빛을 내고 있었다.

"올해는 바쁘기도 했으나 좋은 해였지. 이제 내년부터는 안심하고 이 서쪽 성 주인이 되어야겠어."

이에야스가 겨울철에는 보기 드문 푸른 하늘, 처마 끝을 스치며 나는 갈매기를 쳐다보고 중얼거렸다. 텐카이가 얼른 입을 열었다.

"쇼군께서는 이곳을 거처로 삼으실 생각입니까?"

"그렇소. 토도 사도가 너무나 훌륭하게 지어 은퇴한 사람이 살기에는 좀 아까울 정도이기는 하나……"

"은퇴하실 뜻은 굽히지 않겠다는 말씀입니까?"

"그렇소. 인간에게는 마음의 맹세라는 것이 있소. 나는 타이코가 돌아가셨을 때 그 나이가 될 때까지 반드시 평화의 기초를 닦겠다고 맹세했소. 그동안 칠 년이 걸렸어요. 토요쿠니 신사 제례로 그 맹세를 지킨 것을 혼령에게 보여드렸지요. 이제 깨끗이 물러나 사후의 준비를 해야 할 것이오……"

2

"일 년 후라니, 너무 이릅니다!"

이에야스의 말이 끝나기도 전에 텐카이는 토도 타카토라를 돌아보며 동의를 구하듯 말했다.

"사도 님도 같은 의견이겠지만, 일 년 후라면 너무 이르다고 소승은 생각합니다."

이에야스는 가볍게 웃었다.

"허허, 어째서 그렇단 말이오? 인간이 천명을 생각하고 준비하는 데는 너무 이르다는 말은 통하지 않을 텐데……"

"과연, 주군이 펴신 사농공상의 길은 다져졌습니다. 사람들이 안심하고 그 길을 걷기 시작했다……고 보이기는 합니다. 그러나 세키가하라 전투 이후 고작 사 년, 전투에 패한 자들의 망집은 아직도 여기저기서 꿈틀거리고 있습니다. 쇼군이 되신 지 불과 이 년. 돌 위에서도 삼 년은 기다려야 한다지 않습니까. 좀더 참으셔야 합니다."

"허어, 참. 스님에게는 내 뜻이 통하지 않는 모양이구려. 실은 그 망집을 없애고 혼령을 달래기 위해 일 년 일찍 은퇴하려 하오."

이에야스는 깨끗이 찻잔을 닦으면서 다시 웃었다.

"사실 타이코는 일 년이 늦었소. 지금도 내 귓전에서…… 나이다이진, 늦어지면 안 된다, 늦어지면 안 된다 충고하고 있소. 타이코가 일년만 더 일찍 조선에서 철군할 결심을 하고, 돌아가신 해 봄 그 다이고 꽃놀이 때 장수들을 초대했더라면 사정은 달라졌을 게요."

"과연."

토도 타카토라가 끼여들었다.

"일 년 전에 조선에서 철수했더라면 이시다 지부쇼유와 일곱 장수의 다툼은 없었을지도 모릅니다."

"바로 그 말일세."

이에야스는 조용히 찻잔을 내려놓으며 말을 이었다.

"타이코의 사소한 방심으로 세키가하라 전투의 불씨를 남기게 되었지. 이 교훈은 살려야만 해. 나는 봄이 되면 상경해 쇼군 직을 사퇴하겠다고 조정에 청원할 생각일세."

텐카이가 가볍게 혀를 찼다.

"주군의 심정을 모르는 바는 아닙니다. 그러나 아직 주군과 곤노다이나곤權大納言° 히데타다 님과는 그 무게가 전혀 다릅니다."

"그 점은 나도 알고 있소. 그러나 천명을 무시할 수는 없소."

"주군, 그 천명을 만약 천하의 거친 다이묘들이 거꾸로 생각한다면 어떻게 되겠습니까?"

"거꾸로……라니?"

"그렇다, 인간에게는 천명이란 게 있다…… 여기까지는 그들도 똑같이 생각합니다. 문제는 그 후 생각이 거꾸로 된다는 말입니다. 그래, 주군도 불로불사不老不死는 하시지 못한다, 이미 타이코가 돌아가신 연세, 좋아, 그때까지 참자, 그때까지 비위를 맞추다가 돌아가시기를 기다려 일을 벌이자…… 이런 생각을 하는 자가 나타난다면 그야말로 불상佛像을 만들어도 혼이 없는 것과 같은 일. 도리어 새로운 정치 밑바닥에 야심의 싹을 키우는 결과가 됩니다."

"그러합니다."

이번에도 먼저 맞장구를 친 것은 토도 타카토라였다. 타카토라는 두 가지 의견이 나왔을 때는 반드시 양쪽 모두에게 감탄한 것처럼 맞장구를 친 다음에야 자기 의견을 말하는 버릇이 있었다. 앞선 양자의 주장을 음미하고 나서 말하는 제3의 의견에는 그만큼 무게가 실린다는 것을 알고 있었다……

3

"그렇습니다, 도리어 야심을 키우게 하는 경우도 없지는 않겠군요."

타카토라는 자못 감탄한 듯 고개를 끄덕이며 이에야스를 쳐다보았다. 그러나 이에야스는 타카토라에게 의견을 청하지 않았다. 여전히 미소를 띠고 사방침을 끌어당기면서 말했다.

"스님은 일 년만 더 하라고 말씀하셨지요."

"그렇습니다. 일 년만 더……"

"그럼, 그 일 년 동안에 무엇을 하라는 말이오?"

"모처럼 만든 불상, 혼을 불어넣으시라……는 말씀입니다."

"어떻게 하면 혼을 불어넣을 수 있겠소?"

"약간 거칠기는 하나 새로운 정치를 이해하지 못하는 다이묘들 중에서 두서너 사람을 본보기로 제거하십시오."

텐카이는 눈썹 하나 까딱하지 않고 거침없이 말했다.

"주군의 불교에는 아직 약한 면이 있습니다. 부처 중에는 제석천帝釋天도 있고 비사문천毘沙門天도 있습니다. 진정으로 천하태평을 원한다면, 가르침에 따르지 않고 혼란을 틈타 출세를 바라는 무리는 난을 일으키기 전에 추방할 수 있는 용기와 자비가 있어야 합니다. 아직 주군은 그것이 없습니다."

토도 타카토라의 눈이 분주하게 움직였다. 아마 그 역시 텐카이와 같은 의견인 모양이었다.

이에야스는 길게 한숨을 내쉬었다.

"그렇다면 정치란 어떤 면에서는 무자비한 악이군요, 스님."

"그렇습니다…… 이 세상에 숨어 있는 악에 대해서는 악이지요. 그러나 없어서는 안 될 필요악입니다."

"허허허……"

이에야스는 갑자기 나직하게 웃었다.

"그 점에 대해서는 이 이에야스가 아주 깊이 생각한 바가 있소."

"그러시면 그 모든 것을 이미 생각하셨다는 말씀입니까?"

이에야스는 고개를 끄덕였다.

"다만 이에야스는 표면에 드러날 때까지는 손대지 않을 것이오. 그 점을 마음가짐의 첫째로 여기고 엄하게 스스로를 경계하고 있소."

"허어……"

"지금 평화를 바라지 않는 자, 실망하는 자의 수는 결코 적지 않소. 아비를 배반하고 형을 죽이고도 창 하나로 다이묘가 될 수 있는 세상…… 그 세상이 종말을 고했소. 이 때문에 안절부절못하는 난폭한 자의 수, 일일이 이름을 들라면 못할 것도 없소…… 그러나 이런 자들에게도 시대는 변했소. 알겠소? 그자들에게 너희들의 생각은 잘못되었다고 간곡히 설득한다…… 이 일은 딴 사람이 아니라, 부처를 섬기는 내 의무라 생각하고 있소. 스님도 알 것이오. 내가 내년 봄에 일찍 은퇴할 마음이지만, 결코 피하는 것도 물러서는 것도 아님을. 오히려 그 반대로 전진하기 위해서요. 내가 천명을 생각하고 은퇴한다, 이를 보고 무언가 꾀하려는 자가 있더라도 그 야심이 표면화되기까지는 손을 대지 않겠소. 그러나 만에 하나라도 표면으로 폭발할 때는 내가 아니라 히데타다에게 단호히 평정시키도록 하겠소. 그렇게 하는 편이 내가 언제까지나 쇼군 직에 있는 것보다는 평화의 길을 앞당기게 되리라 생각하는데, 어떻소?"

이에야스가 웃으면서 말했다. 무엇을 생각했는지 텐카이가 승려답지 않게 호탕한 소리로 웃었다.

4

"왜 웃으시오, 스님은……"

이에야스는 텐카이의 무례를 나무라기는커녕 그가 웃으리라 예상하고 있었던 것처럼 침착한 태도로 물었다.

"이에야스의 생각에 어딘가 아직 부족한 점이 있다는 말이오?"

"아니, 없습니다. 없습니다."

한참 웃고 나서 텐카이는 옷깃을 여미며 말했다.

"소승이 웃은 것은 주군 때문에 웃은 게 아니라, 이 사람의 기우杞憂가 우스웠기 때문입니다. 거기까지 생각하시고 결심한 것이라면 결코 말리지 않겠습니다. 주군은 확실히 한 걸음 앞서 나가십니다."

이에야스는 그 말에는 대답하지 않고 말을 돌렸다.

"이 이에야스와 타이코가 끝내 뜻이 맞지 않았다…… 이렇게 해석하는 자가 우리 가문에도, 오사카 성 안팎에도 많소."

"그렇습니다. 연작燕雀이 어찌 홍곡鴻鵠의 뜻을 알겠습니까…… 영웅이 아니면 영웅의 마음을 알지 못합니다."

"처음에는 나도 타이코를 경계했소. 노부나가 공의 뜻을 더럽히지나 않을까 하고…… 그래서 이시카와 카즈마사石川數正를 은밀히 접근시켜 안팎에서 타이코의 절도와 지조를 떠보았지요. 그런데 타이코는 결코 그런 분이 아니었소."

문득 텐카이는 생각났다는 듯이 말했다.

"참, 지금 말씀하신 이시카와 호키노카미 카즈마사石川伯耆守數正님은 그 후 어떻게 되었습니까?"

토도 타카토라가 미소지으며 이에야스 대신 대답했다.

"이시카와 님은 두 번 돌아가셨지요."

"허어, 한 인간이 두 번이나 돌아가셨다는 말이오?"

"그렇습니다. 분로쿠文祿 말년에 천하가 주군의 손에 들어올 것을 예견하고 쿄토에서 한 번 돌아가셨고, 그 뒤 케이쵸 팔년에는 정말로 주군이 천하의 주인이 되신 것을 보고 후카시 성深志城에서 다시 돌아가셨습니다."

"과연, 그래서 두 번 세상을 떠난 것이군요."

텐카이는 뚫어질 듯이 두 사람의 얼굴을 번갈아 바라보더니 비로소 납득한 모양이었다.

이시카와 카즈마사의 신슈 후카시 성 10만 석. 표면적으로 그것은 유혹에 넘어가 이에야스를 배신한 그가 오카자키岡崎 성주 대리의 지위를 버리고 히데요시에게 달아난 대가로 받은 10만 석이었다. 이에야스와는 은밀한 묵계가 있어 도망친 것이었으나, 미카와三河 무사는 액면 그대로 배신이라 믿고 계속 증오했다. 그러므로 이에야스의 천하가 되면 무사하지 못할 것이라 생각했다.

카즈마사는 분로쿠 3년(1594) 8월 쿄토 저택에서 자신의 관을 내어가게 했다. 이것도 어쩌면 이에야스와 의논한 일이었는지 모른다. 그리고 그 집안은 지금 증오도 원망도 없는 아들 야스나가康長의 대가 되었고 영지도 그대로 상속되었다.

아마 두 번 죽었다고 하는 것은 정말로 수명을 다하고 세상을 떠났다는 뜻일 터였다.

텐카이가 이시카와 카즈마사의 이야기를 납득하여 머리를 끄덕였다. 이에야스는 다시 타이코에 대한 추억을 말하기 시작했다.

"타이코는 역시 불세출의 영웅이었어. 우리들이 한참 미치지 못하는 장점을 수없이 지니고 태어나셨지……"

5

"첫째는 한없이 활달한 그 명랑성, 참으로 태양의 아들이라는 이름에 어울려."

이에야스가 타이코를 새삼스럽게 칭찬하는 바람에 토도 타카토라는 눈부신 듯이 계속 눈을 깜박거렸다. 원래 타이코의 동생 히데나가의 가신이었던 타카토라는 타이코보다 이에야스에게 심취하였고, 결국 그 때문에 출세한 인물이었으니 무리가 아니었다.

"참으로 타이코 님은 친밀감을 느끼게 하는 분이셨지요. 그러나 언행이 가볍고 허세가 많은 것이 결점이었습니다."

"그렇지 않아. 그 허세 같고 큰소리 같아 보이는 말 이면에는 열심히 자기의 일에 책임지려는 집념이 있었어. 그것이 노부나가 공 유업을 훌륭히 완수하게 한 원인이야"

"주군은 무슨 일에나 겸손하십니다."

"아니, 나는 올바르게 회상하고 있어. 나를 오사카로 불러내기 위해 효자로 유명한 그분이 어머니까지 인질로 내놓았어…… 하늘을 상대하는 사람이 아니면 못할 일이지."

"그 보답은 주군도 훌륭히 하셨습니다. 세키가하라 때 요도 부인의 죄도 히데요리 님의 죄도 불문에 부치시고."

"무슨 소리를 하는 게야, 토도. 세키가하라는 결코 아녀자가 책임질

일이 아닐세. 내가 타이코의 은혜에 보답한다고 하면…… 그건 오로지 앞으로의 마음가짐에 달렸어."

"재미있군요!"

다시 텐카이가 몸을 앞으로 내밀었다.

"앞서 한 말은 이 텐카이의 기우라 치고, 이제부터 도요토미 가문의 어린아이를 주군이 어떻게 하실 생각인지 알고 싶군요."

"나는 내년 봄 쿄토에 올라갔을 때 모든 일을 확실히 결정하고 돌아올 생각이오."

"확실히……?"

"그렇소. 히데타다에겐 다음 쇼군으로서 부끄럽지 않은 지위를 내리도록 조정에 주청하겠소. 그러나 이에 앞서 히데요리를 우다이진으로 추천하겠소."

"으음, 히데타다 님은 아직 곤노다이나곤, 쇼군이 되시더라도 나이다이진이겠군요."

"히데요리를 우다이진으로 승진시킨 뒤 히데타다에게 쇼군 직을 주청하고 나서 히데요리를 쿄토에 부르겠소."

"허어…… 그러면 두 사람이 나란히 주상에게 배알하겠군요."

"그렇소. 과연 스님은 안목이 높군요. 열세 살 히데요리도 우다이진이 얼마나 존귀한 자리인지 알 터, 그런 뒤 간곡히 타이르겠소."

"무엇을 타이르시려는지…… 여쭈려다 깨달았습니다! 그러면 도쿠가와 가문은 무사의 대들보, 도요토미 가문은 공경의 대들보, 이 두 기둥으로 새로운 정치를 영속시키려는 생각이시군요."

이에야스는 일일이 앞질러 말하는 텐카이가 다소 주체스러운 듯 쓴웃음을 지었다.

"이에 대해 스님은 어떻게 생각합니까? 어딘가 부족한 면이 있을 것 같아서 말이오……"

"과연 그것으로 도요토미 가문은 대대로 황실과 더불어 요지부동이겠지만……"

텐카이는 자못 감탄한 표정으로 무릎을 쳤다.

"그러나 오사카에서 히데요리 님을 부른다…… 그 부르는 방법에 한 가지 문제가 있을 듯하군요."

"허어, 부르는 방법에 말이오?"

"그렇습니다. 이는 관직의 문제가 아니라 세상에 영향을 주는 정치의 문제…… 어디까지나 새로운 쇼군에게 인사하러 오라…… 이렇게 되어야 하지 않겠습니까? 그래야만 천하대란을 획책하려는 난폭한 자들도 비로소 시대의 흐름을 깨달을 것이니 말입니다."

6

'히데요리를 히데타다에게 인사시킨다……?'

아직 이에야스가 생각해보지 않은 일이었다.

그렇게까지 하지 않아도 히데요리를 교토로 불러낼 구실은 두 가지가 있었다.

하나는 오래 전부터 코다이 사高臺寺를 세우고 싶다고 이에야스에게 청원한 키타노만도코로北の政所•, 곧 코다이인高臺院더러 그를 부르게 하는 일이었다. 히데요리는 공식적으로는 코다이인의 아들이다. 그러므로 요도 부인은 어디까지나 생모, '공식적인 어머니' 코다이인 쪽의 모권母權이 한 단계 위이다.

사실 코다이인은 히데요리가 태어날 때도 자기 이름으로 이세伊勢 대신궁에 순산을 위한 축원을 드렸고, 사자를 보내 참배하게 했다. 그러한 '공식적인 어머니'가 오랜만에 만나자고 하면 히데요리로서는 상경하지 않을 수 없는 의리가 있다.

둘째는 이에야스 자신이 초청하는 일이다. 이에야스는 에도의 할아버지로서 지금은 관직도 히데요리 위다. 그러므로 이에야스가 만나자고 한다면 연로한 어른을 문안하는 의미에서도 이를 거절할 수 없다.

텐카이는 그러한 호출보다도 차라리 이 기회에 새로운 쇼군 히데타다에게 인사하도록 상경을 명해야 한다고 말한다.

"그렇게까지 할 필요가 있겠소, 스님?"

"무엇보다도 모든 사람들에게 시대의 추이를 분명히 알려주기 위해서입니다."

"알겠소. 그 문제는 우리가 상경한 다음에 생각해도 좋아요…… 그런데 어떻소, 이것으로 타이코도 성불하리라 생각하시오?"

이에야스가 웃음을 거두고 묻고 텐카이는 애매하게 웃었다.

"타이코의 성불은 의심할 여지가 없으나, 살아 있는 망자亡者들은 주군이 교묘하게 천하를 기만했다고 소문을 퍼뜨릴지도 모르겠군요."

"역시 그렇게 생각하시오?"

"살아 있는 망자들은 주군처럼 생각이 깊지 못합니다. 이 대 쇼군 직을 히데타다 님에게 물려주셨다는 것에만 눈을 빛내고, 무엇 때문에 히데요리 님이 우다이진이 되는가 하는 점은 생각지 못합니다."

"그러기에 안타깝소. 나는 오늘이 있을 것을 생각하고 케이쵸 팔년 이월 십이일, 세이이타이쇼군 직을 제수받을 때 우다이진 직을 극력 사양했소. 그때는 허락이 내리지 않았으나 시월 십육일, 다시 상주해 면직을 허락받았소. 이 모두 히데요리를 우다이진으로 삼기 위한 준비였는데도 난폭한 무리들에게는 보이지 않는 모양이오."

"그들은 주군이 오사카 쪽 눈을 속이기 위한 연극으로만 받아들일 뿐 그 이상의 능력은 갖지 못했습니다."

"으음, 노부나가 공의 마지막 관직, 그리고 이 이에야스가 쇼군 직에 오른 예순두 살 때의 관직, 그 존귀한 관직을 불과 열세 살의 어린아이에게 내리는데도……"

"어지러웠던 난세의 뒤끝입니다. 그러므로 엄해야 할 때는 단호하게 해야…… 그렇지 않으면 그들은 더욱 새로운 정치를 경시합니다. 불교에서도 교화를 위한 강경책은 결코 무정無情 무자비無慈悲와 혼동하지 않습니다."

"으음. 그 점은 귀를 기울일 만한 말인지도 모르겠소."

"주군, 그보다 쇼군 직에서 은퇴하신다면 한 가지 더 여쭈어야 할 일이 있습니다. 일본을 위해 아주 중요한 일입니다."

이렇게 말하고 텐카이는 눈을 빛냈다.

7

"일본을 위해 아주 중요한 일……?"

이에야스는 반문하면서 텐카이를 바라보았다.

"나는 미비한 점이 없도록 깊이 생각한 줄로 알고 있는데 아직 중요한 게 있다는 말이오?"

"있습니다. 주군이 은퇴하신 뒤 한 무리 폭도가 오사카 성에 웅거하여 쿄토를 향해 진격했을 때는 어떻게 하시겠습니까?"

"이것 참 파격적인 상상이시군. 그때는 사와야마佐和山에서 즉시 이이井伊의 군사가 동원되어 이를 막을 것이오. 그러기 위해 이이를 그곳에 두고 동시에 하타모토 총대장도 겸하게 했는데, 그것으로도 부족하다는 말이오?"

"아니, 무슨 일에나 차질이라는 게 있으니까요."

"허어."

"만약 오사카 성에 웅거한 폭도가 그러한 주군의 마음을 읽고, 봉기와 동시에 천자를 오사카로 옮기면 어떻게 하시겠습니까?"

"뭐, 천자를 오사카에 인질로……"

"예. 그렇게 하지 않으면 대의명분이 서지 않습니다. 우선 천자를 빼앗아 칙명을 사칭한다. 그렇게 되면 출동한 이이 군사도 그를 돕는 주군도 일본에서는 역적이란 누명을 쓰게 됩니다."

"허허허."

이에야스는 웃었다. 그러나 이 가정적인 질문은 웃어넘긴다고 끝날 문제가 아니었다.

"그 옛날 겐페이源平°가 싸울 때 우세했던 요리토모頼朝° 공이 가장 두려워한 게 바로 그것이었소."

"그렇습니다. 요리토모 공이 두려워한 것은 인院°의 변덕…… 주군이 경계하셔야 할 일은 그와는 전혀 다른 내용이 되지 않을까……"

"허어, 어떠한 내용의?"

"그 당시 사람과 센고쿠戰國라는 하극상의 난세를 겪은 지금 사람들과는 조정에 대한 생각이 크게 다릅니다."

"으음."

"일단 천자를 받들고 군사를 일으키더라도 방해가 되면 무슨 짓을 저지를지 모릅니다. 만일 황실의 혈통이 끊어지는 일이 생긴다면 그야말로 주군은 앞으로 영원히 일본인의 원한을 사게 됩니다."

이에야스는 어느 틈에 눈을 감고 있었다. 이처럼 대담무쌍한 말을 할 수 있는 자는 텐카이말고는 없을 것이다.

"무엄한 예상은 황공하기 짝이 없는 일."

꾸짖어 입을 다물게 하기는 쉬운 일이었다. 그러나 절대로 그런 불안이 없다고 단언할 수는 없었다.

이이 가문은 현재 나오마사直政의 아들 나오타카直孝가 계승하고 있다. 나오타카는 그 가문에 계승된 근황勤皇 정신이나 무용武勇 면에서 결코 아버지에게 뒤지지 않았다. 그러나 나오타카가 급변을 듣고 쿄토에 달려가기 전에, 대궐에 침입하여 그런 일을 시도하는 자가 전혀 없다고는 단정할 수 없다……

"그런 자가 천자 일족을 탈취한다면 주군이나 다음 쇼군과 어떠한 교섭을 벌여도 유리한 위치에 서게 됩니다. 그럴 때는 어떻게 하시겠습니까…… 난세가 되살아날 하나의 씨앗이 떨어져 있다고는 생각되지 않습니까?"

텐카이는 또다시 거침없이 말했다.

"이시다 미츠나리가 히데요리 님을 옹립하고 군사를 일으킨 것과는 차원이 다른 일본의 중대사입니다."

8

"과연 스님답소. 무척 짓궂은 말을 하시는군."

이에야스는 눈을 감은 채 한숨을 쉬었다.

"이이 가문에 대비케 하는 것만으로는 부족하다, 혼란의 씨는 조심스럽게 미리 제거해야 한다…… 이런 말이군요, 스님?"

"그렇습니다."

텐카이는 도리어 즐거운 듯이 가볍게 대답했다.

"문단속을 소홀히 하고 도둑만 미워함은 가장 어리석은 일이라 생각합니다."

"그 문단속 말인데, 그러기 위해 히데요리 님을 다이묘와 공경을 겸하게 할 생각이오."

"그러니까 오사카 성에 그대로 두신다는 말씀입니까?"

"아니, 오사카 성이 아니오."

"그러시겠지요. 오사카에 두신다면 우선 히데요리 님이 맨 먼저 폭도의 목표가 됩니다. 도요토미 히데요리가 조정을 받들고 군사를 일으켰다…… 그렇게 되면 우매한 자들을 그러모으는 데 더할 나위 없이 유리하겠지요."

"으음."

"주군도 이 점은 잘 알고 계실 터. 그러면 히데요리 님을 오사카 이외의 어느 곳에?"

"쿄토에서 멀리 떨어져 있으면 공경 직책도, 경호 역할도 하기 어렵소. 야마토大和가 어떨까 싶어 나라奈良는 다른 사람에게 내주지 않고 지금 오쿠보 나가야스를 다이칸으로 삼아 준비하고 있으나……"

"주군! 거기까지 생각하고 계시다면, 지금 한층 더 굳은 결의를 하시는 게 중요하지 않겠습니까?"

"으음."

"오사카 성을 속히 수중에 넣으시고 나서 만일의 경우에 대비해 주상의 혈족 한 분을 에도로 모십니다. 그 일만은 끝내고 은퇴하시는 것이 순서 아니겠습니까?"

"아니, 혈육 한 분을……?"

"예."

"안 될 말이오. 그럴 순 없소. 그렇지 않아도 이에야스가 에도에 저택을 준다는 구실로 인질을 요구한다는 말이 나돌고 있는데……"

"주군!"

"안 되는 일이오. 그런 말을 하면, 이에야스가 조정에까지 인질을 요구한다, 역사상 유례가 없는 무엄한 자라는 평을 받을 것이오. 스님, 인간 세상에서 신의를 잃고는 어떠한 제도와 단속도 도움이 되지 않소. 이 일에 대해서는 두 번 다시 말하지 마시오."

텐카이는 안하무인으로 웃음을 터뜨렸다.

“와하하…… 말하지 말라고 하시면 하지 않겠습니다. 소승은 주군이 좀더 훌륭하신 분인 줄 알고 있었습니다.”

“아니…… 뭐라고 했소, 스님?”

“세이이타이쇼군 정도가 되면 자신을 소중히 여기게 되나봅니다. 그래서 사소한 일에도 세상 눈치를…… 주군, 모처럼의 새로운 정치도 앞이 보입니다. 소승은 두 번 다시 말씀 드리지 않겠습니다.”

이에야스는 눈을 크게 뜨고 시선을 텐카이에게 못박은 채 얼어붙은 듯 움직이지 않았다. 훤하게 넓은 이마였으므로 불끈 솟아오른 힘줄 또한 새끼손가락만큼 굵고 꿈틀거리는 것처럼 보였다.

토도 타카토라가 보다못해 작은 소리로 끼여들었다.

“눈이 올 것 같군요. 갈매기 울음소리가 시끄러워졌습니다……”

9

“스님!”

토도 타카토라의 말도 이에야스의 감정을 누를 수는 없었다.

“스님은 이 이에야스를 분노로 몰아넣으려 하고 있소.”

“당치도 않습니다. 일부러 주군을 노하시게 해서 무슨 소용이 있겠습니까. 그리고 노하신다 해도 겁내지는 않습니다. 겁을 낸다면 주군의 신임을 배반하는 일임을 알고 말씀 드렸습니다.”

“으음.”

이에야스는 다시 한 번 신음했다.

‘현재 내 앞에서 이처럼 대담하게 말할 수 있는 사람은 없다.’

그런 만큼 말하고 싶은 대로 허심탄회하게 말하게 해야 한다……고 알고 있기 때문에 더욱 화가 났다. 텐카이도 물론 그런 점을 잘 알고 한 말인 듯, 태연하게 정원으로 시선을 던지고 상대가 어떻게 나오든 충분히 반박할 자세였다.

"그래, 스님은 이 이에야스가 조정으로부터 인질을 잡았다…… 그런 말을 들을 각오를 하고 일을 추진하라는 말이오?"

"죄송합니다마는, 소승은 인질을 잡으라……는 말은 한마디도 하지 않았습니다."

"그러나 혈육을 칸토로 모신다…… 그렇게 되면 사람들의 입을 막을 수 없을 터인데."

"황송하지만 이 텐카이는 주군이 그러한 점에까지 신중히 대비하고 계신지 여쭈어봤을 뿐입니다. 그런데 주군은 두 번 생각해보시지도 않고 안 될 말이라 하셨습니다."

"스님, 내 말은 조정으로부터 인질을 잡았다……는 말을 듣는다면, 내가 구상하는 새로운 세상 건설에 씻을 수 없는 오점이 찍힌다…… 그래서 그런 말을 했소."

"그 정도는 이 텐카이도 충분히 생각하고 있습니다. 주군이 이룩하시려는 세상은 유교를 기둥으로 하고, 흔구정토欣求淨土, 곧 인간을 정토의 성인으로 만드시려는 의욕적인 구상 아니겠습니까."

"아니…… 그래서는 안 된다고 스님은 생각하오? 인간들에게는 어쩔 수 없는 약점, 결점이 있게 마련. 정토를 목표로 삼고 성인군자聖人君子를 목표로 삼는다 해도 그 희망은 열에 하나도 이루기 어려운 법…… 그런 관점에 서지 않는다면 이 세상은 곧 지옥으로 떨어지고 말 것이오…… 원래 학문도 법도, 또 도의라는 것도 모두 이 이치를 고려하여 지상을 신불세계로 접근시키려는 의도, 그 밖에 아무것도 아니라고 나는 믿소."

"옳은 말씀이라고 이 텐카이도 생각합니다. 바로 우리 일본의 이상

이기도 합니다. 인간은 원래 우주의 뜻으로 태어난 존재, 어쩌다 악귀로 타락하기는 했으나 하루 속히 원래의 위치로 돌아가야 합니다…… 그 위대한 진보, 생성生成이란 우주의 뜻을 잃지 않게 하려고 신이 조정朝廷을 이 지상에 옮겨 대대손손 받들게 한 우리 일본…… 그렇다면 이 조정을 잃지 않기 위한 각별한 우려는 주군의 이상에 조금도 위배되지 않습니다. 그래서 이러한 준비가 되어 있는지 그 여부를 여쭈어보았을 뿐입니다."

텐카이는 문득 토도 타카토라를 돌아보면서 가볍게 웃었다.

"그런데도 주군은 일소에 부치고 노하셨소. 주군은 성급하십니다."

10

이에야스는 다시 눈을 감고 당장에는 입을 열려 하지 않았다. 스스로 분노를 억제했는지 이마의 힘줄은 가라앉았으나 굵은 목이 더욱 짧아진 느낌이었다.

"주군……"

텐카이는 음성을 낮추었다.

"주군은 인간의 장점, 약점을 두루 아시는 분입니다. 이상理想을 꺾는다…… 그러면 인간이라는 괴물을 제어하지 못합니다. 도리어 주군이 눌리게 됩니다. 주군이 눌리실 정도라면 훗날 누구도 그 일을 감당하지 못합니다. 혈육 한 분을 칸토에 모시어 만에 하나라도 황실의 혈통이 끊어지지 않도록 반석 같은 대비를 하십시오."

"……"

"인질…… 운운하는 자가 있다고 해도 구애받으시면 안 됩니다. 아니, 인질이 아닙니다…… 지난날 하코네箱根 동쪽에 혈육을 모셨던 신사와 사찰이 있었는지 그 선례의 유무를 조사하시고 그곳으로 오시도록 청원하십시오."

"……"

"소승에게도 몇 가지 생각이 있습니다. 이 점에 대해서는 분명히 태도를 밝혀주십시오. 그리고 궁전을 에도에 건립해 특별한 경우가 아니면 거기 계시도록 한다면 어떠한 사태에도 대비할 수 있습니다."

"으음."

"이러한 조처는 만일의 경우에 대한 조심……뿐만 아니라, 그 이상의 효과도 있습니다. 주군의 조심성이 그런 데까지 미치고 있음을 알면, 서쪽에서 불순한 음모를 꿈꾸는 자도 없어집니다. 중요한 곳의 자물쇠는 단단히 잠가두는 게 도둑들을 구하는 길이기도 합니다."

이에야스는 아직도 대답하지 않았다.

텐카이는 자기 말이 이미 이에야스의 가슴을 크게 두드리기 시작했다는 것을 잘 알고 있었다. 그래서 더욱 허물없이 말을 계속했다.

"인간은 정을 버려서는 안 되지만, 정에 져서도 안 됩니다. 이상을 가져야 하지만 현실을 떠나서는 아무것도 이루지 못함과 마찬가지…… 주군 정도나 되시는 분이 은퇴를 서둘러선 안 됩니다. 물론 주군은 도피하시는 게 아닙니다. 조금이라도 빨리 다음 세대를 짊어질 인물을 키우시겠다는 진정한 뜻…… 그러기에 말씀 드립니다. 내년 봄의 상경, 주군의 행렬은 그렇다 해도 히데타다 님의 행렬만은 과거 어느 때보다도 화려하게 갖추십시오. 이만이나 삼만으로는 안 됩니다. 보는 사람 모두 도저히 이 군사에는 대적할 수 없다…… 생각할 만한 대행렬이 아니면 오히려 죄를 짓게 됩니다. 교토에 도착하시면 센히메 님의 부친, 장인이 사위를 만나고 싶다고 히데요리 님을 교토에 불러 대면하게 하실 것. 그때 주군의 관직 중에서 쇼군 직은 히데타다 님, 공경인 우다이진은 히데요리 님, 이렇게 각각 나누어 주군의 뒤를 잇게 한다고 간곡히 일깨워주실 것. 그 다음에 지금 말씀 드린 혈육에게 칸토에 내려오시도록 청원할 것…… 이 정도의 준비를 하시지 않고는 주군도 안심 못하십니다…… 그런 뒤 은퇴하여 세계의 바다로 진출하셔도 좋으리라 생각합니다마는……"

이에야스는 그저 묵묵히 듣고 있을 뿐이었다.

11

"주군 정도나 되시는 분이 표면적인 평판에 구애받아 손을 쓰셔야 할 일을 그냥 두신다…… 이렇게 되면 후세에 이르기까지 웃음거리가 될 것입니다."

텐카이의 어조는 점점 더 열기를 띠었다.

"그렇지 않겠습니까. 도요토미 타이코는 돌아가실 때 누구를 의지하셨다고 생각하십니까. 주군 이외에는 아무도 없다고 종종 말씀하셨습니다. 뜻있는 자라면 모두 인정하고 있습니다. 그런데도 주군은 무엇을 꺼리고 계시는지……"

이에야스는 돌처럼 굳어 입을 다물고 듣기만 했다.

"만약 도요토미 타이코에 대한 사양이시라면, 이처럼 그분을 욕되게 하고 무시하는 일도 없을 것입니다."

"뭐, 타이코를 욕되게 한다고……?"

"그렇습니다. 도요토미 타이코는 돌아가시기 직전 약간 실성은 하셨으나 그 웅대한 기상, 활달한 기질…… 참으로 불세출의 영웅이었습니다. 주군은 그 도요토미 타이코의 기대에 부응하지 못하고 계십니다. 주군이 부응하지 못하신다면, 도요토미 타이코 쪽에도 누가 미칩니다. 도요토미 타이코는 역시 큰그릇이 아니었다, 어쩌면 이시다 지부쇼유에게 세키가하라의 소동을 일으키게 한 것도 실은 도요토미 타이코의 지시였는지 모른다……고."

"잠깐, 스님은 무슨 필요가 있어 이 자리에서 타이코의 이름을 들먹이는 거요?"

"당치도 않은 말씀을 하시는군요. 도요토미 타이코는 주군을 천하를 맡을 만한 분으로 보고 계셨습니다. 이 신임에 부응해야만 영웅을 아는 자는 영웅……이라는 격언이 맞는다고 말씀 드리는 것입니다."

"그렇다면 타이코가 남긴 뜻은……"

"아녀자에게 계승시킬 정도로 편협한 뜻은 아니었습니다."

텐카이가 딱 잘라 말했다.

"으음."

이에야스는 다시 한 번 신음했다.

"그러니까 세상에 구애받는 것은 도리어 타이코를 욕되게 한다는 말이오?"

"그렇습니다!"

텐카이는 대답하면서 다다미를 탁 쳤다.

"그런 우려는 히데요리 님을 이용하려는 불순한 자들의 음모를 조장시킵니다. 그렇게 되면 언젠가는 진압해야 합니다. 그러나 그때 친다면 주군의 참뜻은 이 세상에 전해지지 않습니다."

"어째서요?"

"도요토미 가문과 도쿠가와 가문이 천하를 두고 다투는 야심과 야심의 사사로운 싸움이라고 여깁니다. 그렇게 되면 도요토미 타이코도 자기 자식에 대한 애정에 이끌려 초지初志를 망각한 치졸한 인물, 주군도 도요토미 가문의 후계자를 무참히 죽인 야심가…… 그래도 좋다면 뜻대로 하십시오."

이에야스의 이마에 다시 꿈틀 힘줄이 치솟았다. 그러나 이번엔 전보다 오래 지속되지 않고 이내 한숨으로 바뀌었다.

"스님, 그 말은 모두 이치에 맞소."

"이치는 맞지만 인정상 받아들일 수 없다는 말씀입니까?"

"그렇소…… 하지만 지금까지 한 말 모두 듣지 않겠다는 건 아니오. 받아들일 점도 있으나 그렇지 않은 말도 있소. 어쨌든 타이코의 기대에 어긋나지 않도록 노력은 해볼 생각이오. 이해해주시오."

이렇게 말하고 이에야스는 반쯤 울먹이는 표정이 되어 토도 타카토라에게 시선을 옮겼다.

쇼군將軍의 상경

1

이에야스가 세이이타이쇼군 직에서 물러난다는 소문은 전국에 큰 파문을 일으키면서 확산되었다.

어떤 이는 이에야스가 건강에 자신을 잃었기 때문이라 하고, 어떤 사람은 이것이야말로 도요토미 가문의 천하에 마지막 일격을 가하기 위해서라고 했다.

히데타다를 쇼군으로 천거하면 천하는 완전히 도쿠가와 가문의 세습으로 정착된다. 따라서 히데타다가 만약 쇼군의 칙명을 받으러 상경한다면 오사카 쪽에서는 니죠 성二條城을 습격하여 결코 그를 살려서 돌려보내지 않을 것이다……는 불온한 소문도 나돌았다.

“어째서 그런 위험을 무릅쓰고 굳이 지금 은퇴하려 할까?”

“물론 히데요리 님이 열여섯 살이 되기 전에 천하 대사를 결정지으려는 것이겠지.”

“그렇다면 열여섯 살이 될 때까지 기다려도 늦지 않을 텐데. 쇼군이 된 지 겨우 이 년이 될까말까……”

"거기에 이에야스의 교활한 점이 있어. 자기 체력에 자신이 있는 동안 히데타다 님에게 천하를 넘겨주고 어떻게 되는지 형세를 보다가 오사카 쪽에서 궐기하는 자가 있으면 다시 한 번 세키가하라 때와 같은 전쟁을 벌일 생각이야."

소문이란 종종 진실 이상으로 정곡을 찌르기도 하지만, 때로는 전혀 진상과는 다른 경우도 있다. 이번 경우는 후자에 가까웠다.

이러한 소문과는 전혀 다른 입장에서 보는 도쿠가와 가신들 중에서도 찬반은 반반이었다.

"아직은 은퇴하실 때가 아니야. 이미 도요토미 가문에는 천하를 손에 넣을 만한 실력이 없어. 이 사실을 히데요리 님에게 잘 납득시켜놓고 은퇴하시는 게 좋지 않을까."

"아니, 주군은 국내 일을 하루 속히 히데타다 님에게 맡기고 세계로 진출하실 생각이셔. 그렇지 않으면 세계 진출이 늦어진다…… 이를 주군에게 깨닫게 한 건 미우라 안진, 윌리엄 아담스라는 인물이야."

"그 미우라 안진이란 자가 문제일세. 그자를 미워하는 사람이 오사카 쪽에는 많다고 하더군. 지금 은퇴하여 안진과 함께 일을 하신다면 더욱 그들을 자극해 도리어 소동의 원인을 만들 거야. 주군께서 좀더 그 자리에 계시지 않으면 곤란해."

이런 소문의 공통점은 도쿠가와 가문과 도요토미 가문은 처음부터 대립하고 있다는 속단이었다. 이러한 오해는 이에야스의 생각과는 아주 달랐다. 그의 생각은 두 가문의 대립을 어떻게 하면 영원히 다투지 않을 화해로 이끌어갈 것인가에 있었다.

이에야스가 드디어 결심하고 상경하기 위해 에도를 출발한 것은 케이쵸 10년(1605) 정월 9일. 이미 히데타다나 그 측근들과는 히데타다가 상경할 때의 행렬에 대해 상세한 상의가 이루어져 있었다. 그 과정에서 텐카이와 토도 타카토라의 의견은 충분히 참작되었다.

이에야스는 도중에 하코네에서 온천을 하고 2월 5일 슨푸 성駿府城에 도착했다. 슨푸에서 잠시 휴양하면서 세상의 평과 인심의 동향을 살피다가 유유히 후시미 성으로 들어간 것은 2월 19일이었다. 후시미에서 통지를 하면 히데타다는 미리 협의했던 행렬의 규모로 에도를 출발하기로 되어 있었다.

2

이에야스가 상경하는 도중에 살펴본 인심의 동향은 반드시 낙관적인 것만은 아니었다.

'텐카이의 예측이 옳았는지도 모른다.'

어디서 그런 소문이 나왔는지 참으로 기괴한 일이었는데, 지난해 거행한 토요쿠니 신사 제례까지도 크게 곡해를 받고 있었다.

이 제례 때 쿄토 전체가 기쁨에 들떠 평화의 상서로운 기운이 넘쳐흘렀을 뿐 아니라, 고요제이後陽成 천황까지 시신덴紫宸殿°에 나와 백성들의 춤을 궁녀들과 함께 보며 기뻐했을 정도로 상하가 모두 즐긴 제전이었다.

그런데—

이처럼 이에야스와 타이코의 깊은 우정을 과시하려 한 그 제전이, 이와는 전혀 반대인 소문에 밀려나려 하고 있었다. 아직 타이코의 인기가 땅에 떨어지지 않았으니, 이런 추세라면 도요토미 가문이 다시 천하를 손에 넣는 것도 꿈이 아니라는 소문. 이 소문 이후 사이고쿠西國 다이묘들의 오사카 방문이 부쩍 늘어났다……고.

이에야스도 그만 아연실색했다. 정치의 어려움을 잘 안다고 자부하고 있었다. 그러나 민중에게 지식의 뿌리가 없다면 호의가 도리어 헛된 야심을 부채질하는 결과가 되기도 한다……

히데타다의 상경행렬도 다시 생각하지 않으면 안 되었다. 3,000이나 5,000의 인원으로는 혹시—

'지금이야말로 쳐야 할 때!'

이렇게 착각하여 소란을 유발시키게 될지도 몰랐다.

이에야스 자신의 행렬은 여전히 1만 석의 작은 다이묘에게도 미치지 못하는 검소한 규모였다. 그러나 다음 쇼군이 되어 에도로 돌아가는 히데타다 행렬은 텐카이의 말대로 한번 보기만 해도 적의도 반심도 날아가버릴 만한 것이어야 했다.

이에야스는 곧 히코네彦根에서 급히 사신을 보내 협의해놓았던 수행원은 '제3'의 수행원으로 하도록 지시했다.

'이런 형편이라면 히데요리를 우다이진에 천거할 때 또 무슨 소리들을 할 것인지……'

차라리 히데요리를 다른 다이묘들과 함께 후시미 성으로 불러 히데타다에게 축하인사를 시키는 것이 나을지도 모른다…… 히데요리를 우다이진으로 삼는 이에야스의 배려를 알지 못하는 자들은—

'조정에서도 역시 히데요리 님을 각별히 총애하신다.'

이렇게 해석하고 더욱 야심과 오해를 키워나갈지 모른다.

'그렇다, 히데요리를 후시미에 불러야겠다……'

그러나 신하의 예를 갖추게 할 수는 없다. 히데타다가 쇼군의 칙명을 받았다고는 하나 나이다이진, 히데요리는 그보다 위인 우다이진. 후시미 성에서 이 사위와 장인을 함께 윗자리에 앉히고 다이묘들의 축하를 받게 한다…… 그리고 하나는 공경, 하나는 쇼군으로서 더욱더 양가가 협력해 태평한 세상을 안정시키도록 결정했다고 히데타다의 입으로 말하게 하면 모두 승복할 터……

그러기 위해 상경할 때의 수행원은 당당한 무사 가문의 기둥으로서 위엄을 갖춘 것이 아니어선 안 된다. '제3'의 수행원이란 무려 16만에 달하는 규모로, 옛날 미나모토노 요리토모源頼朝 상경 때의 예를 본뜬 것이었다. 8만에 이르는 하타모토는 말할 것도 없고, 다테, 우에스기, 사타케佐竹 등 칸토 이북 총 군사를 합해 16만…… 이 행렬을 보면 힘으로 쇼군에게 대항하려는 꿈은 단숨에 사라지고 말 터였다.

3

가능하면 검소하고 간소하게 일을 진행하려 했다. 그러나 이 때문에 얕보여 무모한 꿈을 꾸게 한다면 전혀 다른 계산을 하지 않을 수 없었다. 어쨌거나 죽이고 빼앗는 것이 무사의 속성…… 실력주의, 폭력주의 속을 헤치고 세상에 나온 무장이요 다이묘들이었다. 그들에게 '태평'은 꿈의 상실이고 적이기도 할 것이었다.

'나에게는 힘이 있다.'

이렇게 생각될 때 그들은 언제든지 건곤일척乾坤一擲의 모험을 시도하려 할 터. 그런 생각을 버리게 하려고 깊이 생각한 끝에 단행한 '토요쿠니 신사의 제례' 마저도 역효과를 내려 하고 있다.

'나는 너무 낙관하고 있었는지도 모른다.'

평화로운 세상은 모두의 소원. 그러나 이 가운데는 약간에 지나지 않으나 이단자가 섞여 있다. 칼과 창으로 공을 세워 출세하려 하는, 불구자나 다름없는 집념과 야심이었다. 그런 야심을 지닌 자의 눈으로 보면 이에야스가 바로 그 야심의 거대한 우두머리로 보일지 모른다.

'얼마 안 되는 이단자들 때문에 낭비하는 게 아깝기는 하지만……'

이에야스는 히데타다에게 16만 수행원을 거느리고 에도를 출발하도록 지시하고 얼마 후 산본기三本木 저택으로 코다이인을 맞이하러 사람을 보냈다.

"원하시던 코다이 사 건립에 대해, 히데타다도 상경하므로 도이 토시카츠土井利勝에게 책임을 맡겨 일을 진행하게 하고 싶습니다. 구체적인 협의를 위해 후시미 성으로 오시기 바랍니다……"

이에야스는 일부러 이타쿠라 카츠시게를 사자로 삼아 서면과 구두로 청을 드리게 했다.

용건은 물론 그것만이 아니었다. 히데타다가 쇼군 직 칙명을 받은 후 오사카에서 히데요리를 상경시키고 싶은데, 이에 대해 의견이 있으면 듣고 싶다……는 뜻을 전하는 사자였다. 코다이인으로부터는 즉각 승낙한다는 회답이 왔다.

카츠시게가 주선한 약간의 수행원을 데리고 코다이인이 후시미 성에 온 것은, 16만의 히데타다 일행이 이미 에도를 출발하여 쿄토로 향하던 2월 28일. 오랫동안 국교가 원만하지 못했던 조선에서도 수교의 사신이 도착해 호코 사豊光寺에서 묵은 날로, 그때 이에야스는 접대관인 쇼타이承兌로부터 그 보고를 받고 있었다.

"그래, 코다이인이 오셨단 말이지. 그럼, 곧 뵙도록 하지."

일부러 큰방을 피하고 거실로 안내해 격의 없이 대담했다.

배석자는 이에야스 쪽에서 혼다 마사즈미本多正純와 오카츠お勝 부인뿐, 코다이인은 케이쥰니慶順尼 한 사람이었다. 수행해온 이타쿠라 카츠시게도 동석하지 않았다.

"무엇보다 코다이인 님의 건강하신 모습을 대하니 기쁩니다. 어서 들어오십시오."

"쇼군 님이야말로 더욱 건강하시니 다행입니다."

두 사람 사이에는 아무런 거리낌도 격의도 없었다. 여자의 몸이지만 코다이인만은 천하 대사의 흐름을 알고 있었기 때문이다.

"쇼군께서는 드디어 히데타다 님에게 대를 물리고 은퇴하신다는 말

을 들었습니다마는."

"예. 벌써 나이는 타이코 님이 돌아가신 예순셋을 넘었으니까요."

"참, 타이코 전하는 일월생, 쇼군 님은 십이월생이셨지요?"

4

"아니, 어떻게 제가 태어난 달까지 기억하십니까?"

이에야스는 이렇게 말하고 손가락을 꼽아보았다.

"저는 십이월 이십육일, 연말에 태어났기 때문에 오는 칠월이면 타이코 님이 돌아가신 때에 해당합니다. 그때까지 인생의 뒤처리나 해둘 생각입니다. 아니, 그렇게 하지 않으면 무엇을 하고 있었느냐고 타이코 님에게 꾸중을 들을 것입니다."

"아니, 그 연세가 되셨다고는 하지만 아직 타이코 전하보다는 좀 젊으시지 않습니까?"

"코다이인 님도 기억하시겠지요, 타이코 님의 다이고 꽃놀이를?"

"어찌 잊을 수 있겠어요. 전하의 마지막 놀이였는데."

"바로 그것입니다. 이 이에야스로서도 지금이 꼭 그 다이고의 꽃놀이 시기에 해당합니다."

코다이인도 손가락을 꼽아보았다.

"정말 꼭 그때와 같은 시기로군요."

"코다이인 님, 타이코 님이 어째서 그런 꽃놀이를 하셨는지 비로소 납득이 갔습니다. 저도 그와 비슷한 놀이를 하게 되었습니다."

"놀이를…… 쇼군 님이?"

"예. 저는 풍류를 모르는 사람. 그러므로 에도에서 십육만 행렬을 쿄토로 보내 사람들에게 구경시키려 합니다. 뜻있는 사람들의 눈에 이것이 과연 어떻게 비칠는지……"

순간 코다이인은 불안한 눈으로 이에야스를 바라보았다.

"누가…… 혹시 모반이라도……?"

"아닙니다. 누가 그런 시도를 한다 해도 무모한 짓이라고 위협을 주려는 것이지요."

코다이인은 침묵했다. 당장 오사카를 공격할 군사란 의미는 아님을 깨달은 듯.

"게다가 훌륭한 꽃놀이…… 어찌 풍류가 없겠습니까. 역시 많은 사람들에게 보여주어야 할 중요한 꽃놀이라 생각합니다."

"그렇게 생각하십니까?"

"이에 대해 쇼군 님께 여쭐 일이 있어요."

"오사카의 일이겠지요, 히데요리 님에 대한?"

"예. 쇼군 님이 보시기에는…… 히데요리 님은 어느 정도의 그릇이라 생각하시는지요?"

"하하하……"

이에야스는 밝게 웃었다.

'이분이라면 내 생각에 동의해주겠지.'

"히데타다가 쇼군 직에 오르기 전에 히데요리 님을 우다이진으로 천거할까 합니다."

"우다이진……이라면 노부나가 공의……"

"예. 이 이에야스가 쇼군 직에 올랐을 때의 우다이진, 그것을 실은 반납해두었습니다."

"그럼, 히데타다 님은……?"

"한 단계 아래인 나이다이진 세이이타이쇼군…… 이 일에 대해 코다이인 님께 부탁이 있습니다. 히데요리 님을 상경케 하시어 니죠 성이나 이 후시미 성에서 히데타다와 함께 다이묘들의 축하인사를 받도록 하고 싶습니다.”

“……”

“갑작스런 말씀이라 납득이 안 되시겠지요. 히데타다는 무력으로 무장들 위에 서는 세이이타이쇼군, 히데요리 님은 열세 살에 우다이진이므로 머지않아 타이코 님이 오르셨던 칸파쿠…… 다시 말해 공경으로 두 가문이 안팎이 되어 나라를 평화롭게 하고 싶다…… 이 시도가 어떻겠습니까?”

코다이인은 눈이 휘둥그레져 이에야스를 똑바로 쳐다보았다.

5

아직 아무도 코다이인에게 이에야스의 복안을 말한 사람이 없었는지 모른다. 한 사람은 공경의 총수, 또 한 사람은 무사를 통솔한다…… 이렇게 말하면 당장 무릎을 치며 찬성해줄 줄 알았는데 코다이인의 표정은 도리어 흐려졌다.

이에야스는 당황하여 설명을 덧붙였다. 물론 도요토미 가문의 영지와 수입은 현재 그대로 둔다, 만일 쇼군에게 잘못이 있을 때는 한 단계 위인 도요토미 가문의 주인이 문책할 수 있도록 과감하게 새로운 제도를 만들 작정이라고……

그러나 흐려진 코다이인의 표정은 좀처럼 밝아지지 않았다.

“아직 납득하시지 못한 점이 있는지요?”

이런 설명으로는 여자인 코다이인이 이해하기 어려운 게 아닐까 싶어 약간 초조해지기까지 했다.

“타이코 님의 기대를 저버리지 않기 위해 이 이에야스가 깊이 생각한 끝에 내린 단안입니다. 코다이인 님, 이해가 안 가시면 무엇이든 말씀해주십시오."

코다이인은 잠시 동안 머뭇거리다가 결심한 듯 입을 열었다.

"그러시면 쇼군께서는 히데요리의 기량이 히데타다 님에 못지않다고 생각하십니까?"

"코다이인 님, 저는 두 사람의 기량을 비교할 생각은 없습니다. 다만 도요토미 가문에는 다이묘들을 제압할 만한 힘이……"

갑자기 코다이인이 손을 들어 이에야스의 말을 제지했다.

"그렇다면 말씀 드리지요. 공경들을 통솔하려면 실은 다이묘들을 제압하는 것 이상의 기량이 없이는 감당할 수 없습니다. 저는 경험을 통해 알고 있습니다."

"아니, 히데타다 이상의 기량이 없이는……?"

"예, 불가능한 일입니다."

코다이인은 딱 잘라 고개를 저었다.

"타이코 전하도 하지 못했던 일을 히데요리가 할 수 있다고는 생각지 않습니다."

"타이코 님도 하지 못하셨던 것……?"

"모르셨습니까, 전하가 칸파쿠가 되실 때 키쿠테이菊亭 경과 여러 가지로 절충하신 일을……? 아시다시피 하시바羽柴나 키노시타木下 같은 성姓으로는 공경이 될 수 없으므로 전하는 후지와라藤原라는 성을 가지려 했습니다. 그런데 겉으로는 어찌 되었건 뒤에서 공경들이 일제히 심한 반대…… 강행한다면 역적으로 지탄받을 것이라고 해서 결국 도요토미란 성을 쓰게 되었습니다."

"으음, 그 일이라면……"

"전혀 모르시지는 않을 것입니다. 이번에도 반드시 심한 반대를 당할 것입니다. 공경들을 진정시키고 납득시키려면…… 보통 이상의 기량을 가진 분이 아니면 불가능한 일입니다."

"으음, 그 일을 우려하셔서……"

"다른 일과는 다릅니다. 만일 전쟁의 소용돌이에 휘말려 역적이란 말이라도 듣게 된다면 그야말로 큰 화근입니다."

이에야스는 갑자기 뺨이라도 얻어맞은 듯 당장에는 말도 제대로 잇지 못했다. 텐카이한테도 호되게 당했다. 그러나 이는 생각하기에 따라서는 그 이상의 문제를 내포하고 있었다.

'역시 내가 지나치게 안이했던 것일까……?'

코다이인은 양미간을 모으고 똑바로 이에야스를 바라보고 있었다.

6

몇 천 년이나 황실을 섬겨온 공경들이 그리 쉽게 자기네 기득권을 자수성가한 자에게 내놓을 리 없다……고 코다이인은 보고 있었다.

이야기를 듣고 보니 확실히 일리가 있었다. 일단 그 지위를 확보한 듯이 보였던 헤이케도 역적이라는 이름을 들으며 멸망했고, 요리토모와 그 후의 아시카가 겐지足利源氏도 어느 틈에 세상의 표면에서 사라졌다. 그러한 흥망의 족적을 이에야스는 잘 알고 있었다. 일부러 교토와 멀리 떨어진 에도에 바쿠후를 둘 결심을 한 것도 실은 요리토모의 옛일을 교훈삼아 공경들의 책동이나 음흉한 인院 정치가 초래하는 폐단을 피하기 위한 경계였다.

그러한 이에야스도 히데요시의 유언에 부응하려고 불가능한 일을 생각하고 있었던 것일까……?

'아니, 불가능한 일이 아니다……'

이에야스는 다시 생각했다.

문제는 바쿠후의 실력 여하에 달려 있다. 일본의 무력을 하나로 묶어 굳게 장악하고 있는 한, 공경들 중에서 어떠한 책략가가 나온다 해도 맞설 수 없다. 앞서 난세를 초래한 것은 늘 무력이 사분오열四分五裂 갈라져 있었기 때문이다.

"코다이인 님, 정말 좋은 말씀을 들었습니다."

"그러시면 히데요리에 대한 일은……"

"그 일은 이 이에야스에게 맡기시고 코다이인 님께서는 어떻게든지 히데요리 님의 상경을 지시해주십시오"

"공경들은 반드시 이 계획에 반대하리라고 생각하는데요……"

"부딪쳐보십시다, 코다이인 님."

이에야스는 비로소 웃는 얼굴로 돌아와 얼른 덧붙였다.

"어떤 일이든 하면 된다고 생각합니다. 모두를 위해 하는 일."

코다이인은 가만히 한숨을 내쉬었다. 그녀도 이에야스가 이처럼 자신감을 가지고 하는 일이라면…… 굳이 반대할 생각은 없는 듯했다.

"쇼군께서 그토록 말씀하시니 제가 반대할 수는 없습니다마는……"

"코다이인 님, 저는 히데타다와 히데요리 님이 사이좋게 나란히 앉은 모습을 일본의 모든 다이묘들에게 보이고 싶습니다."

"그래요, 그것으로 다이묘들의 의심은 해소될 수 있겠지요."

"다이묘들이 에도와 오사카는 둘이면서도 하나……임을 납득하는 세상이 된다면 공경들의 책동도 결코 열매를 맺지 못합니다. 아니, 공경들이 어떠한 태도를 보이는지 그것도 조용히 지켜보십시다. 그런 의미에서 참으로 좋은 의견을 들었습니다."

코다이인은 다시 한 번 길게 한숨을 내쉬었다.

"그러면 히데요리의 상경을 주선하고 나면 이 여승도 이 세상에서는 할 일이 끝나는 셈……"

"히데타다를 수행하여 도이 토시카츠가 오게 되었습니다. 토시카츠와 이타쿠라 카츠시게에게 명하여 코다이 사 공사를 단숨에 진행토록 하겠으니 그 후에는 편안한 마음으로 타이코 님의 명복을……"

이에야스는 옆에서 묵묵히 이야기를 듣고 있는 오카츠 부인과 혼다 마사즈미를 돌아보며 말했다.

"오카츠는 식사준비를…… 마사즈미는 카츠시게를 불러오게. 카츠시게는 이미 코다이 사 건립계획을 세워놓고 있을지도 몰라."

살짝 화제를 돌리며 웃었다.

7

이타쿠라 카츠시게가 부름을 받고 왔다. 그 뒤 그 자리의 화제는 히데요리에게서 떠나 오로지 코다이 사 건립에 대한 일에 집중되었다.

곤노다이나곤 히데타다가 16만의 수행원을 거느리고 상경하면, 그 행렬과 함께 오는 사카이 타다요酒井忠世와 도이 토시카츠 두 사람이 최고 책임자가 되고, 공사 감독관은 쇼시다이 이타쿠라 카츠시게가 맡기로 결정되었다. 건립 장소에 대해서는 이미 카츠시게가 마련하고 있었다. 다이토쿠 사大德寺 건립자인 다이토大燈 국사 슈호 묘쵸宗峰妙超가 수도하던 운코 사雲居寺와 호소카와 미츠모토細川滿元의 위패를 모신 레이하이 사靈牌寺 소속의 간세이인岩栖院을 다른 데로 옮기고 그 자리에 세우기로 되어 있었다.

코다이 사가 완성되면 코다이인이 앞서 생모인 아사히朝日 부인을 위해 지었던 테라마치寺町의 코토쿠 사康德寺도 옮겨 코다이 사 부속 사원으로 삼아 코다이 사 400석, 코토쿠 사 100석, 모두 500석 영지를 내려 영원히 존속시키기로 했다.

"오백 석……?"

이에야스는 코다이인이 너무 적게 요구했으므로 고개를 갸웃하며 되물었다.

"충분합니다. 절의 수명 역시 가늘고 길기를 바랍니다."

코다이인은 그 이상은 사양하겠다는 어조였다. 이렇게 되자 이에야스가 도리어 다른 명을 내리지 않을 수 없었다.

"나도 지시를 하겠지만, 후시미와 오사카 성 안에서도 코다이인과 타이코 님의 추억이 될 만한 건물은 모두 사찰 경내로 옮겨드리도록."

카츠시게는 그 점도 충분히 고려하고 있다고 했다.

가벼운 식사가 끝나고 이에야스는 카츠시게에게 코다이인을 산본기 저택까지 배웅해드리라고 이른 뒤 기다리게 했던 호코지 쇼타이豊光寺承兌를 불렀다. 역시 코다이인의 말이 몹시 마음에 걸렸다.

"그대는 어떻게 생각하나, 도요토미 가문을 공경의 우두머리에 올려놓으면 큰 반발이 있을 것 같은가?"

공경 쪽과도 친분이 두터운 쇼타이는 애매하게 말을 흐리고 명확한 의견을 말하지 않았다. 이에야스로서는 그러한 쇼타이의 태도로도 충분했다.

'과연, 좀더 깊이 생각할 문제인 것 같다.'

이야기는 조선에서 온 사신 손문혹孫文或과 승려 유정惟政을 접견할 날짜에 대한 협의로 들어갔다.

조선측에서도 지금은 이에야스의 정책을 이해하고 접근하려 했다. 이럴 때 히데타다 일행이 도착하여 당당한 위풍을 보여준다면 결코 경멸하는 태도는 취하지 않을 터였다. 지난해 토요쿠니 신사 제례도 그랬지만, 올해 히데타다 상경 역시 대내적인 의미 외에 대외적인 의미 또한 컸다.

"그런데 쇼타이, 히데타다에게 쇼군 직 임명절차가 무사히 끝나면 나는 새로운 정치가 무엇을 지향하는지 확실히 알리기 위해 다이묘 중에서 몇 명을 선발해 서양으로 갈 슈인센朱印船°의 허가장을 주려고 하는데 어떨까?"

도요토미 가문의 처리에 대해서는 말을 흐리고 있던 쇼타이도—

"소승도 그 점에는 대찬성입니다."

즉석에서 찬의를 표했다.

"새로운 쇼군 님이 국내에서 조그만 상처를 다독거리고만 있는 인상을 준다면 모처럼의 새 정치가 어두워집니다. 서양으로 가는 슈인센, 참으로 탁월하신 견식이라 믿고 크게 찬성합니다."

8

호코지 쇼타이는 현재 바쿠후의 외교 담당자와 같은 위치에 있었다. 거상巨商에게 주는 슈인센 허가장은 모두 쇼타이의 손을 거치게 되어 있으므로 교역을 원하는 다이묘들은 그에게 아첨하고 있다……는 것을 알고 묻는 이에야스였다.

"스님도 찬성한다면 새 쇼군에게 곧 허가장을 내리도록 하겠네. 그러나 다이묘들은 무력을 가지고 있어. 자신이 부적합하다는 것을 모르고 무력으로 간섭하려는 자가 있다면 번거로운 일일세. 우선 첫째로 누가 좋을까?"

"글쎄요…… 역시 사이고쿠에 있으면서 명나라와 남만인들의 사정에 밝은 자라야 한다고 생각합니다마는."

"그렇다면?"

"예. 역시 마츠우라松浦, 아리마有馬, 나베시마鍋島, 고토五島 등에게 허락하시는 것이 무난할 듯합니다."

이에야스는 약간 우습다는 생각이 들었다. 쇼타이가 말한 사람들은 이미 모두 은밀히 교역을 하고 있었다…… 하지만 그것으로 좋다고 이에야스는 고개를 끄덕였다.

쇼군이 교체되면 어떤 경우에도 총신과 권신의 교체가 뒤따르게 되어, 이 때문에 자칫하면 혼란이 따른다. 그러나 분명하게 '해외진출'이라는 밝은 목표를 제시하여, 새로운 정치의 기둥임을 깨닫게 함으로써 그 목표 아래 일본인의 힘을 집결시킬 수 있다면 나라의 초석은 굳건해진다.

'좋아, 이것으로 이에야스 은퇴 구상은 마무리되었다. 반항적인 다이묘를 제압하는 방법도 도요토미 가문에 대한 문제도, 그리고 통일국가로서 일본의 목표도……'

쇼타이에게 조선 사신에 대한 접대와 서양으로 갈 슈인센에 대한 지시를 끝내고 돌려보낸 뒤 이에야스에게는 이제 히데타다의 후시미 도착을 기다리는 일만이 남았다. 아니, 그 사이에 빠뜨릴 수 없는 은퇴 준비 두 가지가 다시 이루어지고 있었다.

첫째는 카마쿠라 바쿠후鎌倉幕府 창업 기록으로서 이에야스의 애독서이기도 했던『아즈마카가미吾妻鏡』° 활자본 간행 촉진과 후지와라 세이카藤原惺窩가 추천한 하야시 도슌林道春을 접견하는 일이었다.

전자는 무엇 때문에 세이이타이쇼군이 다이묘 위에 군림할 필요가 있는가를 반항적인 다이묘에게 알리기 위해 없어서는 안 될 치국治國의 '지침서'였다. 후자는 교학教學의 담당자가 될 인물을 평가하여 하루 속히 주자학에 기초한 유학을 널리 펴 엄격한 도덕에 의거하여 교학의 뿌리를 내리게 해야 할 필요성 때문이었다.

그만한 준비가 없다면 히데요시가 죽은 나이에 자진해서 물러나는 자의 마음가짐으로는 너무나 빈약했다. 노부나가는 결단력이라는 점에서 이에야스보다 뛰어났고, 히데요시는 명쾌한 지모에서 이에야스보다 뛰어났다. 이에야스가 그 두 사람의 장점을 취하여 합리적인 기둥을 박아놓지 않는다면 아무런 의미도 없다.

이에야스가 이렇게 생각하고 마련한 구상의 일익을 담당할 히데타다가 16만 대행렬을 거느리고 구경나온 사람들을 놀라게 하면서 후시미 성에 들어온 것은 3월 21일.

이 모습은 실로 다이고의 꽃놀이를 능가하는 엄청난 것으로, 히데타다가 궁전에 들어가 알현한 것은 3월 29일이었다. 이에야스가 쇼군 직을 히데타다에게 물려주도록 주청한 것은 4월 7일.

후시미 성에서 니죠 성으로 간 이에야스가 4월 10일 입궐해 12일에는 도요토미 히데요리를 우다이진으로 천거했다. 그리고 이로부터 나흘 뒤인 4월 16일 도쿠가와 히데타다에게 쇼군 직 칙명이 내려졌다. 이로써 이에야스의 구상은 문자 그대로 순풍에 돛을 단 느낌이었다……

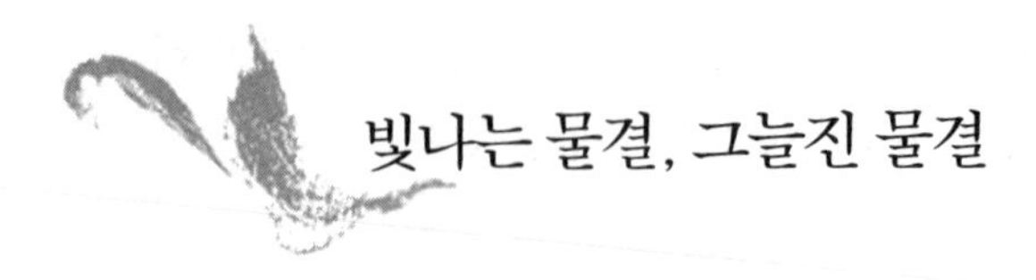

빛나는 물결, 그늘진 물결

1

이에야스가 쇼군 직에서 물러난 케이쵸 10년(1605) 4월 16일은 그가 태어난 텐분天文 11년(1542) 12월 26일부터 계산하여 62년 110여 일이 지난 때에 해당된다. 히데요시를 전해오는 얘기대로 1월 1일생이라고 한다면, 63세가 되던 해 8월 18일에 죽은 그의 생애는 62년 230일 남짓…… 두 사람의 차이는 약 120일……

히데요시가 사망한 날에 뒤지지 않으려고 이에야스가 쇼군 직을 물려준 저의는 무엇이었을까……

그 후부터 이에야스는 오고쇼大御所°로서 한동안 쇠약해지는 기색은 보이지 않았다. 이는 이에야스 자신도 계산할 수 없는 천명으로, 말하자면 이에야스로서도 이때부터는 여생이었다. 이 여생을 바쳐 그가 시작한 '새로운 질서'에 의한 생활을 실천하여 모범을 보이려는 것. 이러한 이에야스의 신변에서 불기 시작한 바람은 세상에 어떠한 소용돌이를 일으키게 될까?

인간 세상이란 언제나 이해관계가 대립된 승리와 패배, 행운과 불운이 섞인 윤회의 세계였다. 그러므로 큰 흐름은 도도하게 보이지만, 작은 흐름은 언제나 그 주위에서 역류하고 범람도 하게 된다.

그 가장 큰 파도를 만난 것이 바로 오사카였다. 성안만이 아니었다. 16만이라는 히데타다의 행렬이 오와리尾張에 들어설 무렵부터 거리에는 전쟁을 피하려는 사람들이 나오기 시작했다. 16만이라는 대행렬……은 아직 평화에 익숙지 못한 그들에게는 전투를 위한 군사로밖에 보이지 않았던 것일까……?

그런 점도 있었다. 그러나 출처가 짐작되는 유언비어의 영향도 있었다. 그 유언비어에는 세 가지가 있었다.

그 하나가 실직한 떠돌이무사들임은 말할 필요도 없다. 그들은 모두 '전쟁' 을 통해 다시 한 번 세상의 봄을 만나고 싶은 꿈을 가지고 있었다. 그 희망과 꿈이 어우러져 이런저런 말이 퍼지게 되었다.

"드디어 오사카 공격을 결심하고 쳐들어오는 거야. 그렇지 않다면 무엇 때문에 그런 대군이 필요하겠나?"

그들의 말에 따르면 히코네에서 미이데라三井寺에 걸쳐 진을 친 동군東軍이 오사카에 쇄도하는 것은 5월 초순.

또 하나의 출처는 남만 계통의 천주교 신자들이었다. 누가 퍼뜨렸는지 그들도 역시 이 대행렬을 '전쟁' 과 결부시켜서 선전했다.

"드디어 미우라 안진의 음모가 표면화되었다. 정신차리지 않으면 천주교는 일본땅에서 추방될 거야."

유럽의 신흥국이자 신교국인 이기리스 태생의 윌리엄 아담스가 이에야스에게 깊이 개입하여 에스파냐, 포르투갈 등 구교 계통 나라의 권익을 일본에서 송두리째 몰아내려는 그 시작이라고 했다. 그렇게 되면 그들은 어떤 일이 있어도 오사카를 도와 그곳을 신앙의 성채로 삼지 않으면 안 된다는 결론.

세번째는 성 안팎에 있는 부녀자들의 공포였다. 당시 에도는 여자가 부족하여 어려움을 겪고 있었다. 그러므로 심한 여자 사냥이 시작될 것이라는 어이없는 추측이었다.

요도 부인이 떠도는 소문에 두려움을 느끼고 오노 하루나가를 부른 것은 4월 17일이었다.

2

그때 이미 히데요리는 우다이진에 오르고 히데타다에게는 쇼군의 칙명이 내려졌다. 그러나 요도 부인은 아직 쇼군 직 칙명에 대해서는 잘 모르고 있었다.

"슈리, 전쟁이 일어날 것이라는 소문은 사실일까……?"

그 자리에는 하루나가의 어머니 오쿠라 부인밖에 동석하지 않았다. 하루나가는 거침없이 웃었다.

"말도 안 됩니다. 그런 일은 있을 리 없습니다."

"무슨 근거로 그렇다고 단언할 수 있나? 아카시 카몬이 몹시 근심스런 표정을 짓고 있었어."

"하하하…… 카몬이 그런 표정을 지었다면 그 원인은 다른 데 있습니다. 카몬은 미우라 안진이 쇼군을 교묘히 설득하여 자기들의 신앙을 박해하지나 않을까 걱정하고 있는 겁니다."

"……성안에는 피란민들이 우왕좌왕하고 있다는데."

"그래서 카타기리 님이 열심히 진정시키고 있습니다. 머지않아 웃으면서 조용해지겠지요."

"그렇다면 좋지만, 지금의 도요토미 집안 힘으로는……"

"생모님, 그런 말씀은 하지 마십시오. 이에야스 공이 후안무치厚顔無恥하다고 해도 자기 손으로 도련님을 우다이진으로 천거하고 그 입에

침도 마르기 전에 오사카를 공격한다…… 그런 어린아이의 손을 비트는 짓을 하면 천하의 웃음거리가 됩니다."

"뭐, 어린아이의 손을 비트는 짓……?"

"예. 현재 오사카는 측근의 일곱 무사를 총동원한다 해도 십육만의 일 할도 되지 않습니다."

"슈리, 그대는 무엄한 말을 하는군."

"과연 무엄한 말일까요?"

"그래. 바로 얼마 전까지만 해도 도쿠가와 님은 우리 가신이나 마찬가지였어. 어찌 어린아이의 손을 비트는 짓이라는가……"

"하하하…… 죄송합니다. 아니, 전혀 걱정하실 것 없다…… 이렇게 말씀 드리려다 그만……"

"좋아, 알고 있어. 그렇구나…… 이미 어린아이 손이 되고 말았구나, 도요토미 가문은."

이때 와타나베 쿠라노스케渡邊內藏助의 어머니 쇼에이니正榮尼가 들어와 카타기리 카츠모토의 등성을 알렸다. 오노 하루나가와의 이야기가 이토록 우울한 것이 아니었다면, 요도 부인은 카츠모토를 피했을지도 모른다. 그러나 대화의 초점이 흐려지기 시작했기 때문에 구원을 받은 듯이 말했다.

"그래, 만나야지. 이리 모시도록."

평소 요도 부인은 하루나가와 카츠모토의 동석을 별로 좋아하지 않았다. 걸핏하면 하루나가가 카츠모토 앞에서 말을 함부로 놓았기 때문인지도 모른다.

"이치노카미 님, 시중의 움직임은 좀 가라앉았나요?"

"예."

카츠모토는 정중하게 절을 하고 나서 말했다.

"전쟁이 벌어질 걱정은 전혀 없다, 우리 가문은 이번에 쇼군의 배려로 우다이진의 반열에 올랐다. 아무리 많은 군사가 온다고 해도 전쟁을 하기 위해서가 아니다. 대관절 쇼군이 무엇 때문에 굳이 어린아이 손을 비트는 것과 같은 짓을 하겠느냐고 간곡히 설득하고 있는 중입니다."

또 어린아이라는 말이 나와 요도 부인은 낯을 찌푸렸다. 입 언저리가 험한 선을 그리며 파르르 떨렸다.

3

"하하하……"

기분을 풀어주려고 하루나가는 웃었다.

"그것 보십시오. 이치노카미도 저와 같은 의견입니다. 우리에게 적의를 품고 상경하는 게 아닙니다."

"그럼, 무엇 때문에 상경한단 말인가?"

"말할 나위도 없이 쇼군의 위광을 세상에 알리기 위해…… 모두 요리토모 공의 선례를 따른 것이지요."

"그것 참, 히데요리는 좋은 가신들을 두었군."

요도 부인도 경련을 일으키듯 웃었다.

"도쿠가와 가문의 위광을 슈리도 이치노카미도 모두 고맙게 여기다니. 천하님이 보신다면 훌륭한 충신들이라고 칭찬하시겠어."

"당치도 않습니다……"

카츠모토 역시 웃는 얼굴로 손을 내저었다.

"천하님은 살아 계실 때 도쿠가와 가문과 도요토미 가문은 둘이면서도 하나……라는 묘수를 쓰셨습니다. 그런데 지금 새삼스레 남이라고 생각하시면 부자연스럽습니다."

"아니, 어디가 부자연스러운지 설명해보세요."

"하하하…… 우선 첫째로 이번에 새로 쇼군이 되신 히데타다 님은 천하인의 여동생이신 아사히히메 님의 양자이기 때문에 셋째아들이면서도 도쿠가와 가문의 후계자가 되었습니다. 천하님의 히데라는 글자를 따서 이름을 짓고, 전 쇼군이며 아버님인 이에야스 님에게서는 글자를 빌리지 않았습니다."

"그런 핏줄도 통하지 않은 연고가 무슨 소용인가요?"

"그렇게 말씀하신다면 생모님과 새 쇼군의 부인과는 그야말로 피를 나누신 자매 사이…… 그리고 그 양쪽 자제들이 지금 부부로서 이 오사카 성에 계십니다."

"……"

"천하님은 살아 계실 때 종종 이런 말씀을 하셨습니다. 히데요리와 센히메 사이에 아이가 생기면 나의 손자이며 이에야스의 증손이 된다…… 이것으로 도쿠가와 가문과 도요토미 가문은 완전히 한집안이 된다……고."

"생모님."

카츠모토의 말에 힘을 얻어 하루나가가 다시 입을 열었다.

"생모님은 안심하시고 풍류를 즐기십시오. 지난해 토요쿠니 신사 제례를 통해서도 알 수 있듯이 양가 사이에는 더 이상 꺼리실 문제가 없습니다. 아니, 과거에 있던 적의도 이제 깨끗이 소멸되었습니다."

하루나가의 말이 끝나기도 전에 요도 부인이 무섭게 질타했다.

"슈리! 함부로 말하면 안 돼. 천하님도 그런 말은 하지 않으셨어."

"죄송합니다. 고민하시는 게 안타까워 말씀 드렸을 뿐입니다."

요도 부인은 그 말에는 대답을 않고, 말을 돌렸다.

"이치노카미, 무슨 특별한 용무라도 있어서 찾아왔나요?"

"예."

"그럼, 어서 말해보세요."

"실은……"

카츠모토는 흘끗 좌중을 둘러보았다. 몹시 기분이 상한 요도 부인의 태도에 멈칫 했으나 마음을 가다듬고 말했다.

"실은 쿄토에 계신 코다이인 님으로부터 사자가 와 있습니다."

4

불쾌할 때는 코다이인이라는 이름도 결코 요도 부인이 달가워하는 이름이 아니었다. 아니나 다를까 요도 부인은 고개를 돌렸다.

"무슨 일로 왔다고 하던가요?"

"실은 오월 초순에 후시미 성에서 새 쇼군이 다이묘의 축하인사를 받게 되었다고 합니다."

"그것이 나와 무슨 관계가 있나요?"

"물론 생모님과는 관계가 없습니다마는, 그때 히데요리 님도 상경하시게 하라는 코다이인 님 말씀이 계셨습니다."

카타기리 카츠모토는 이제 시선을 돌리지 않았다. 그에게는 코다이인 외에도 이타쿠라 카츠시게로부터도 상세한 사정을 설명하는 연락이 있었다.

'아무리 불쾌하게 여긴다 해도 이 말은 전하지 않을 수 없다……'

이렇게 생각하고 이미 히데요리에게 말을 하고 왔다.

"그럼, 코다이인은 히데요리를 상경시켜 새 쇼군에게 인사를 시키겠다는 것인가요?"

"아닙니다. 인사라기보다…… 장인과 사위가 같이 다이묘의 축하를 받게 하고 싶다……는 뜻인 것 같습니다."

"이치노카미."

"예."

"히데타다 님이 새로 쇼군이 된 것이 어째서 히데요리에게 경사스러운가요?"

"그렇지 않습니다. 히데요리 님도 우다이진으로 승진하셨습니다. 그 축하를 받으셔도 전혀 이상할 것 없습니다."

"이치노카미, 그대는 쇼군 직을 히데타다에게 빼앗긴 게 조금도 불쾌하지 않은 모양이군요. 우다이진 따위 반납하고 싶을 정도예요."

"당치도 않습니다. 우다이진은 돌아가신 노부나가 공의 마지막 관직, 이에야스 공이 쇼군 직에 올랐을 때의 관직, 결코 가벼운 것이 아닙니다. 열세 살에 우다이진이라면 앞으로 아버님과 마찬가지로 칸파쿠를 약속받은 것과 같아 참으로 경사스러운 승진입니다."

카츠모토는 무릎걸음으로 한발 다가앉았다.

"물론 그 일은 히데요리 님도 잘 알고 계시고 우라쿠 님 역시 도요토미 가문은 만만세라 하시면서 기뻐했습니다."

"그럼, 벌써 히데요리의 대답도 들었다는 말인가요?"

"예, 이런 일을 미리 예상하고 카토 키요마사가 이에야스 공이 상경한 삼월 십구일에 즉시 후시미로 가서, 만에 하나라도 차질이 없도록 경호에 대한 만반의 준비를 해놓았다고 말씀 드렸더니, 나도 에도의 할아버지를 만나고 싶다고 하셨습니다."

"그럼, 이치노카미는 키요마사와 상의하고 우라쿠사이에게도 고한 뒤 히데요리의 승낙을 받고 나서야 내게 말하는군요."

"예. 상경에 철저히 대비해 차질이 없도록 해야 하기 때문에."

"슈리."

"예."

"그대도 이치노카미에게 그 말을 들었을 테지?"

"예. 코다이인 님으로부터 말씀이 있었다는 것은 알고 있습니다."

"그런데 어째서 지금까지 잠자코 있었어?"

여기까지는 아직 부드러운 어조였다. 그러나 그 다음은 대번에 신경질적인 목소리로 변했다.

"안 돼! 누가 뭐라 하건 히데요리 상경은 내가 허락할 수 없어."

5

요도 부인의 신경질적인 고성이 최근에는 그다지 보기 드문 일이 아니었다. 사람들은 이를 은밀히 '과부의 고성'이라 부르고 있었다. 그렇게 부르는 데는 경멸하는 뜻도 있었으나 한편으로는 동정과 연민도 포함되어 있었다.

여자로서의 요도 부인에 대해서는 참으로 동정할 만했다. 그녀는 욕구불만의 길만을 걸어온 여성이었다. 코다이인과 히데요시 사이에는 격의 없는 젊은 시절의 돈독함이 있었으나, 요도 부인에게는 그것이 없었다. 처음부터 연령 차이를 생각하지 않으려는 피정복자의 입장이었고, 겨우 그 입장을 극복했을 때는 인생의 고갯길을 오르는 자와 내려가는 자의 차이가 크게 두 사람 사이에 가로놓여 있었다.

이 차이는 히데요시에게도 큰 부담이었을 테지만, 요도 부인에게도 참을 수 없는 불만이었다. 그리고 이 불만의 결정으로서 눈앞을 막아선 것이 지금의 히데요리였다.

처음에는 히데요리를 사랑하는 것으로 모든 불만을 잊으려 했다. 그런데 히데요리는 그러한 어머니의 희망을 전혀 이루어주지 않고 멋대로 한 사나이로 성장해갔다.

'도대체 나는 무엇 때문에 살아왔을까……'

동생 오에요는 히데타다를 완전히 손에 쥐고 많은 자식을 낳았을 뿐 아니라, 드디어 3대 쇼군이 될 타케치요까지 낳았다. 그런데 요도 부인은 유일한 아들인 히데요리와도 점점 거리가 멀어져서 지금은 어머니의 의사 따위는 묻지도 않고 대사를 혼자 결정하는 데까지 상황이 바뀌고 말았다…… 실은 카타기리 카츠모토도 오노 하루나가도 그 고독감을 잘 알고 있었다.

카츠모토는 요도 부인이 고성을 지르자 흘끗 하루나가 쪽을 바라보고 입을 다물었다. 그 시선이 갖는 의미는—

'뒤를 부탁하네. 하루나가.'

이런 뜻임을 하루나가도 알고 있었다.

요도 부인의 고성은 결코 그녀의 이성理性의 소리가 아니었다. 그녀 자신도 어쩌지 못하는 육체 안의 일부 불평분자가 반역하여 지르는 소리였다.

"생모님……"

그러한 불평분자를 진압할 힘은 현재 오노 하루나가에게밖에 없었다. 하루나가가 달래면 그의 품에 얼굴을 파묻고 우는 요도 부인은 이보다 더 가련하고 순종적일 수 있을까 하고 여겨질 만큼 연약한 한 여성으로 환원되고는 했다.

"혹시 기분이 언짢으시면 이 자리에서 당장 결정할 것까지는 없다고 생각합니다."

"그……그…… 그게 무슨 뜻이지?"

"이치노카미는 히데요리 님의 상경을 오월 상순……이라고 했습니다. 아직 시일이 남아 있습니다."

"안 돼!"

"그러나 히데요리 님에게 상경할 의사가 계시다면 만류할 방법이 없지 않을까…… 말씀하신 분이 키타노만도코로 코다이인 님…… 공식적으로는 코다이인 님이 도련님의 어머님이십니다."

하루나가는 조리 있게 말하면서 말끝에 한층 더 힘을 주었다.

6

요도 부인의 고성을 가라앉히는 방법에는 두 가지가 있었다. 하루나가는 이를 잘 알고 있었다. 첫째는 부드럽게 달래는 것, 다른 하나는 냉엄하게 뿌리치고 이론으로 상대의 저항을 봉쇄하는 것.

하루나가는 오늘 요도 부인의 고성이 상당히 신경질적이어서 후자의 방법을 적용할 작정이었다. 사실 요도 부인이 오사카 성에 있으면서 정치 문제에 개입하거나 가신들에게 지시하는 것은 당치 않은 일이었다. 코다이인은 종1품이라는 위계를 가진 조정이 인정하는 히데요시의 정실, 요도 부인은 수많은 소실 중의 하나에 지나지 않았다. 따라서 정실인 코다이인이 성에서 살고 요도 부인에게는 머리를 내리고 어딘가에 은거하라고 해도 따르지 않을 수 없었다. 아니, 그보다 카타기리 카츠모토나 코이데 히데마사小出秀政가 좀더 단호했더라면 요도 부인의 정치 간섭을 처음부터 허락하지 않았을 것이다.

그런 의미에서 하루나가는 카츠모토에게도 불만을 느끼고 있었다. 다만 그 자신의 경우는 좀 사정이 달랐다. 그는 결코 요도 부인의 가신이 아니었다. 그런데도 그는 처음에 그만 착각하여 주군에게 명령받은 것과 똑같은 기분으로 규방의 상대가 되고 말았다.

'분명 정상적인 남녀관계가 아니다……'

시녀가 다이묘의 명을 받고 동침을 거역하지 못하는 것과 같이 그 또한 거부해서는 안 된다고 착각했다. 이 착각이 이어져 명목상으로는 도요토미 가문의 가신이면서도 육체적으로는 요도 부인의 하인……이라는 묘한 인정의 이중관계로 전락하고 말았다. 그러나 이번 경우는 그런 관계에 구애되어 머뭇거리고 있을 성질이 아니었다.

전 쇼군 이에야스가 상경하고, 히데타다가 16만 군사를 이끌고서 새로운 쇼군 칙명을 받으려 하고 있었다. 만약 히데요리가 후시미에 가는 것을 거부한다면, 공경으로서 쇼군 나이다이진보다 한 단계 위인 우다이진이지만, 정권을 위임받은 바쿠후에 반기를 드는 것.

'그렇게 되면 전쟁밖에 일어날 게 없지 않은가……'

세키가하라 때 이에야스가 맨 먼저 오츠에서 하루나가를 요도 부인에게 보내 안전을 보장한 그 호의는 어떻게 된단 말인가……

"생모님, 일에는 크고 작은 게 있습니다. 히데요리 님의 공식적인 어머님, 종일품 키타노만도코로이신 코다이인 님이 히데요리 님에게 상경을 촉구하십니다. 신하의 예를 갖추라는 것도 아닙니다. 새로운 쇼군과 나란히 다이묘들의 축하를 받는다…… 이를 거절할 수 있는 분은 생모님이 아닙니다. 거절하신다 하더라도 가신들과 협의하신 다음 히데요리 님이 직접 결정하시어 코다이인 님에게 정식으로 사자를 보내셔야 합니다. 더구나 코다이인 님이 재고하라고 하시면 백지로 돌려야 함은 생모님도 잘 아시는 일. 그렇지 않습니까, 생모님?"

요도 부인은 몸을 떨기 시작했다. 그 눈도 충혈되어 있었다.

7

"이 일은 도요토미 가문의 존망이 달려 있는 중대한 일, 이유 없이 거절하면 우선 히데요리 님이 불효하는 것이 됩니다."

하루나가는 말을 계속했다.

카츠모토는 꼿꼿이 상체를 세운 채 눈을 감고 있었고, 시녀들은 잔뜩 굳어 고개를 숙이고 있었다.

"생각해보십시오. 히데타다 공이 무엇 때문에 십육만이나 거느리고 상경했을지…… 단순히 요리토모 공의 선례를 따른 것만은 아닙니다. 천하 다이묘들을 굴복시키려는 것. 쇼군 실력은 이런 것이다, 무모한 짓을 꾀하려거든 얼마든지 시도하라, 일거에 짓밟아주마…… 에도 쪽에서도 약간 사려가 부족했는지 모릅니다. 도요토미 가문이 그 앞을 막고 방해하리라는 생각은 추호도 하지 않았을 텐데도…… 그런데 이쪽에서 십육만 군사를 거느리고 상경한 새 쇼군 히데타다 님 앞에 두 팔을 벌리고 막아선다, 후시미 같은 데는 갈 수 없다, 용건이 있으면 새 쇼군이 직접 찾아와라, 도요토미 가문은 쇼군 지배 따위는 받지 않는다……고 호령하는, 이는 하늘에 해가 둘 있는 것과 같아, 일단 쇼군 위엄에 겁을 먹었던 자들이 다시 혼란을 느껴 동요합니다. 아니, 과연 다이묘들이 동요하느냐 여부는 별문제로 하더라도, 이에야스 공 부자의 체면은 땅에 떨어지고…… 센히메까지 볼모나 다름없이 오사카에 보내놓았는데 세상사람들 앞에서 이런 치욕을 주다니 될 말이냐고…… 인간은 신불이 아닙니다. 물러서려 해도 물러설 수 없는 고집이 있습니다. 세상 눈도 있습니다. 에도를 떠날 때는 크게 믿고 생각지도 않았지만, 시비를 떠나 오사카를 공격하지 않으면 안 될…… 상황이 될지도 모릅니다. 그렇게 되면 어떻게 하겠습니까……? 우리에게는 전쟁준비가 전혀 되어 있지 않습니다. 십육만 군사가 성을 포위하고 담판지으려 들면 어떻게 하시렵니까?"

요도 부인은 갑자기 큰 소리로 목놓아 울었다.

'이 울음소리도 예사롭지 않다……'

오노 하루나가는 마음을 독하게 먹으려고 결심했다.

이치를 따져 상대의 저항을 막으려 할 때는 위로나 사양은 도리어 역효과를 초래한다. 말하자면 이는 요도 부인의 내부에 깃들인 병마와의 승부라고 생각했다.

"마음껏 우십시오. 그러나 굳이 말씀 드릴 것도 없이 생모님의 눈물에 못 이겨 도요토미 가문을 멸망케 하는 일은 있을 수 없습니다…… 마음껏 우시고 나서 코다이인 님 제의에 순순히 찬동하십시오. 코다이인 님은 모두 이 가문을 위해 말씀하셨습니다."

이번에는 갑자기 울음소리가 멎었다.

'겨우 이성이 감정을 이긴 모양이다……'

하루나가는 한없이 마음이 아팠다. 정상적인 관계는 아니었으나 요도 부인의 체내에 조그맣게 움츠린 채 살고 있는 가련한 여성을 잘 알고 있었다. 그리고 이것은 언제부터인지 하루나가의 마음에 가련한 덩굴을 감고 있었다.

"슈리, 내가 잘못했어……"

다시 얼마 동안 울고 나서 갑자기 요도 부인은 몸을 일으켰다. 눈 가장자리도 얼굴도 동그스름한 턱도 눈물로 더러워져 있었다.

8

하루나가도 한시름 놓았으나 카츠모토도 안도한 모양이었다. 카츠모토는 보기에 딱하다는 표정으로 하루나가와 마주친 시선을 얼른 내리깔았다.

하루나가는 다시 카츠모토가 미워졌다. 자기에게만 말을 하게 하여 일을 끝낼 작정인 것 같아서였다.

"이치노카미 님, 말씀 좀 하시지요. 생모님도 이해하신 모양이오."

"이치노카미."

이번에는 요도 부인이 불렀다.

"도련님을 불러오세요."

"아니. 도련님을……?"

"그래요, 도련님 앞에서 분명히……"

"그것이 좋겠습니다."

하루나가도 반색하며 말을 받았다.

"그러면 모든 일이 대번에 결정될 것입니다. 참, 우라쿠사이 님도 동석을 부탁하는 것이 좋겠군요."

카츠모토는 어안이 벙벙해 요도 부인을 바라보고 다시 하루나가를 보았다. 하루나가는 이 기회를 놓치지 않고 일을 결정하려 했다.

"알겠습니다."

카츠모토는 얼른 마음을 정하고 일어섰다. 아직 이때는 눈물로 얼룩진 요도 부인의 창백한 마음속에 무엇이 숨겨져 있는지를 하루나가도 카츠모토도 깨닫지 못하고 있었다.

카츠모토는 잠시 후 히데요리를 데리고 돌아왔다.

"우라쿠 님에게는 다른 사람을 보냈습니다."

히데요리는 어머니의 이상한 모습에 그만 깜짝 놀란 모양이었다. 성큼성큼 다가가 그 어깨에 손을 얹었다.

"어머님, 웬일이십니까, 이 눈물이?"

말하는 것과 요도 부인이 매달리듯 안긴 것은 동시의 일이었다.

"앗!"

오쿠라 부인이 찢어질 듯 소리를 질렀다.

"생모님 손에 단검이……"

하루나가도 카츠모토도 정신 없이 일어섰다.

"움직이지 마세요!"

요도 부인은 다시 조금 전의 고성으로 돌아갔다.

"움직이면 이대로 도련님을 찌르고 나도 자결하겠어요…… 움직이지 마세요!"

완전히 입장이 바뀌었다. 요도 부인은 히데요리의 어깨를 감은 오른 손으로 단검의 끝을 옆구리에 꼭 대고 있었다.

두 사람은 당황하며 다시 앉았다.

"어머님, 왜 이러십니까?"

"호호호……"

부릅뜬 두 눈이 마치 악마의 눈처럼 빛났다.

"도련님, 내 말을 잘 듣도록. 모두가 한통속이 되어 나와 도련님을 욕되게 만들 생각인 것 같아."

"절대로 그럴 리가……"

하루나가가 헤엄치듯 손을 저으며 말하려 했을 때였다.

"슈리는 잠자코 있어!"

요도 부인은 날카롭게 제지하고 히데요리의 귀에 소곤거렸다.

"모두들, 천하님의 외아들을 일부러 후시미 성으로 끌어내어 전국 다이묘들 앞에서 히데타다에게 인사를 시키려 하고 있어. 이제 히데요리는 도쿠가와의 가신입니다…… 말하게 하려는 거야……"

9

하루나가도 카츠모토도 완전히 의표를 찔리고 말았다. 그들은 요도 부인이 흥분을 가라앉히고 이성을 되찾은 줄로만 알고 있었다. 어쩌면 일단 진정되고 있었는지도 모른다. 그러나 히데요리의 모습을 본 순간 다시 불끈 화가 치밀었다……고 할 수 있을지도 모른다.

그들을 무엇보다 당황하게 만든 것은 요도 부인의 광기가 이미 정상적인 궤도를 벗어나 병적으로 변해가고 있다는 사실이었다. 미치광이에게 칼을 준다는 말이 있다. 요도 부인의 단검이 정확하게 히데요리의 옆구리를 겨누고 있었으므로 섣불리 입도 열 수 없었다.

'이 이상 더 흥분하면 무슨 일을 저지를지 모를 분……'

두 중신 사이에 안타까운 시선이 오갔다.

"생모님!"

역시 이런 경우에는 카츠모토보다는 하루나가가 말하기 쉽다. 하루나가는 단단히 각오하고 무릎걸음으로 한발 앞으로 나갔다.

"생모님이 그렇게까지 말씀하신다면…… 반대만 할 수도 없지요. 그럼, 이 일에 대해 도련님의 의견을 들어보기로 하지요. 우선 도련님을 놓아주시고……"

"안 돼!"

요도 부인은 크게 소리질렀다.

"도련님도 하루나가의 말을 들으면 안 돼. 모두 한패가 되어 우리 모자를 모독하려 하고 있어. 모두가 우리를 버리고 에도와 내통하고 있다니까."

"어머님!"

히데요리의 얼굴도 점점 창백하게 굳어졌다. 어머니의 흥분이 을씨년스럽게 그의 가슴을 때렸기 때문이다.

"어머님이 가지 말라고 하시면 히데요리는 가지 않겠습니다. 숨쉬기가 괴로우니 이 손을 놓아……"

"아직 놓을 수 없어. 모두가 어떤 일이 있어도 코다이인의 요구를 거절하겠다고 맹세할 때까지는 이 손을 못 놓겠어."

"생모님……"

"슈리는 잠자코 있어. 나는 도련님에게 말하고 있는 거야. 알겠나요, 도련님……? 쇼군은 도련님이 열여섯이 되면 천하를 넘겨주겠다고 돌아가신 아버님께 맹세했어. 그 맹세를 짓밟고 열여섯 살이 되기도 전에 천하를 히데타다에게 물려주다니…… 그래, 그 전에 도련님을 우다이진으로 천거한 것은 우리를 속이려는 수단이야."

"아, 숨을 쉴 수 없습니다. 우리를 속이려는 수단이라니요?"

"보나마나 뻔한 일이야. 후시미 성에 불러들여 독살하거나 암살하거나…… 그런 곳에 슈리와 이치노카미는 가라고 하고 있어…… 하지만 이 어미가 보내지 않겠어. 강제로 보내려 한다면 이 자리에서 찔러 죽이고 나도 죽겠어."

"어머님……"

히데요리도 부들부들 떨기 시작했다. 그에게는 어머님의 말을 자세히 분석해볼 만한 분별력이 아직 없었다.

"이제 알겠어요. 어째서 어머님이 노하고 계신지를. 알았습니다…… 숨이 막히니 우선 이 손을."

요도 부인은 갑자기 날카로운 소리로 웃기 시작했다. 그녀의 일그러진 신경이 이겼다고 힘차게 날개 치는 듯했다……

10

하루나가도 카츠모토도 전신에서 힘이 쭉 빠졌다. 이렇게 되면 이미 그들의 상식으로는 도저히 만류할 수 없는 다른 세계의 일.

"히데요리 님도 이제 알았겠지?"

"예, 잘 알았어요."

"아녀자라 깔보고 우리 모자를 에도로 팔아넘길 생각을 하고 있어."

"어림도 없습니다. 저는 어……어머님 편입니다."

"암, 그렇고말고. 들었나요, 슈리도 이치노카미도?"

"그, 그렇지 않습니다."

이번에는 카츠모토가 입을 열었으나 이 역시 무섭게 제지당했다.

"닥쳐요, 이치노카미! 도련님은 진작부터 이에야스와 내통하고 있는 코다이인의 말 따위는 듣지 않겠다고 했어요. 굳이 따라야 한다면 이 어미와 같이 자결하겠다고 했어요. 그대들은 우리 모자가 죽는 꼴을 가만히 보고만 있을 작정인가요?"

하루나가는 이제 혀를 찰 기분도 들지 않았다. 방심했다. 압박을 가하면 이성이 되돌아온다……고 생각했는데 설마 이렇게까지 심하게 엇나갈 줄은.

"우선 도련님을 놓아주십시오."

"그럼, 내 말을 듣겠다는 건가?"

"어떻게 듣지 않을 수 있습니까. 저흰 도요토미 가문의 가신입니다."

"뭐, 도요토미 가문의 가신. 호호호…… 그렇다면 분명히 이 자리에서 나에게 맹세해."

"무엇을 맹세하면 될까요?"

"히데요리 님의 상경은 당치도 않은 일, 도쿠가와 가문은 원래 도요토미 가문의 가신이 아닌가. 이에야스든 히데타다든 용무가 있으면 그쪽에서 찾아오라고 해…… 아니, 너무 온건해. 어째서 오사카 성으로 인사하러 오지 않느냐고 엄히 꾸짖어야 해."

"그것을 맹세하라 하십니까……?"

하루나가는 도움을 청하듯 다시 카츠모토를 보았으나 카츠모토의 시선은 이미 다른 곳으로 돌아가 있었다.

"그럼, 맹세하지요."

오노 하루나가는 달리 방법을 찾지 못하고 한숨을 쉬었다.

"히데요리 님의 상경은 불가한 일이라고 코다이인 님에게 회답을 드리겠습니다."

"그것만으로는 부족해요. 그쪽에서 인사하러 오라고 해."

"코다이인 님에게 어찌 그런……"

"무슨 소리를 하는 거야. 코다이인은 이미 도요토미 가문 사람이 아니야. 개야, 에도의 개야."

"아니, 그런 송구스런 말씀을……"

"하루나가, 무엇이 송구스럽다는 거야. 자기 스스로 성을 버리고 사라진 사람, 종일품 키타노만도코로…… 호호호…… 그 미천한 신분 출신의 여자는 천하님의 성을 지키기가 힘에 겨워 숨이 막힐 것 같아서 도망친 거야. 그런 자의 말을 무엇 때문에 들어야 한다는 거지?"

"생모님……"

"분명히 나에게 맹세하겠지?"

"예…… 예."

"좋아. 히데요리도 들었겠지? 슈리도 카츠모토도 내 명령에 따라 저쪽에서 인사하러 오도록 전하겠다고 했어. 호호호……"

비로소 요도 부인은 히데요리를 놓아주고 웃었다.

히데요리는 어머니 곁에서 떨어져 안도한 듯 카츠모토를 보았다.

11

"이치노카미, 지금 어머님이 하신 말씀을 알았겠지?"

카츠모토는 당황하여 눈물을 닦고 고개를 들었다. 요도 부인은 그렇다 해도 히데요리는 그들의 고충을 어느 정도 알았는지 모른다…… 이렇게 생각하고 애원하듯 시선을 보냈으나, 처음부터 지나친 기대였던 것 같다.

"그대들은 아직 어머님 말씀에 불만을 품고 있는 것은 아니겠지? 나도 분명히 아까 말한 것은 취소하겠어. 일부러 후시미까지 가서 목숨을 잃기는 싫어. 알겠나?"

"예, 알았습니다."

"알았다면 어째서 우는 거냐? 에도 할아버지에게 꾸중 들을 것이 두려운가?"

"도련님……"

"그것 봐, 아직 눈물을 흘리고 있잖아?"

"카타기리 카츠모토는 에도의 가신이 아닙니다. 어려서부터 천하님 곁에서 자란…… 그분이 키워주신 가신입니다."

"그렇다면……"

히데요리는 말하려다 말고 불안한 듯 어머니를 쳐다보았다.

"어머님, 이것으로 됐을까요? 카츠모토와 슈리는 분명히 거절할 생각일까요?"

"호호호……"

요도 부인은 다시 한 번 만족스러운 듯이 웃고 비로소 단검을 칼집에 꽂았다.

"그 일이라면 걱정하지 않아도 좋아. 참, 이야기는 코다이인을 통해 전해졌던 것이므로 내가 직접 코다이인에게 사자를 보내겠어."

"어머님이 사자를 보내 거절하시겠습니까?"

"그래요. 오쿠라 부인이 좋겠어. 이것 봐, 오쿠라."

"예."

어떻게 될 것인지 잔뜩 굳은 몸으로 움츠리고 있던 오쿠라 부인은 흘끗 자기 아들 하루나가를 바라보고 나서 두 손을 짚었다.

"내 말을 모두 들었겠지?"

"예…… 예."

"그대가 코다이인에게 가서, 도련님의 상경에 대해 더 이상 참견을 하면 우리 모자는 자결할 것이라 전하고 오도록."

"하지만 그 사자로는……"

어머니로서는 무리한 일이라고 느꼈는지 옆에서 하루나가가 입을 열었으나 이 역시 엄한 목소리로 제지당했다.

"입을 다물어, 슈리…… 오쿠라가 사자로 갈 수 없다면 쫓아내겠어. 오쿠라, 갈 수 있겠지?"

"예…… 예."

오쿠라 부인은 이럴 때마다 요도 부인에게 압도되어 언제나 입을 열지 못했다. 어떤 의미로는 이러한 주위 사람들의 우려와 조심성이 요도 부인의 병세를 더욱 악화시켰는지도 모른다.

"호호호…… 이제 됐어. 굳이 이치노카미나 슈리의 손을 빌릴 것도 없어. 오쿠라, 코다이인을 만나거든 이렇게 말하도록. 절을 세우려고 이에야스의 비위를 맞추는 것은 자유지만, 아첨하기 위해 도련님을 끌어들이는 건 당치도 않다, 도련님은 천하인의 유일한 아들."

오쿠라 부인은 머리를 숙였으나 이번에는 대답하지 않았다.

하루나가도 카츠모토도 더 이상 시선을 마주할 기력도 없어 그대로 고개를 떨구고 있을 뿐이었다.

이단과 정통

1

히데요리의 상경을 거절하기로 결정했으므로 그 뜻을 전 쇼군에게 잘 말하여 이해시켜달라고 코다이인에게 알려온 것은 오다 우라쿠사이의 서신이었다. 우라쿠는 자기도 노력은 해보았으나 히데요리 모자를 설득하지 못했다고 썼다. 이 일에는 카타기리 카츠모토도 오노 하루나가도 자기와 같은 의견이었으나 요도 부인의 반대가 하도 심하여, 만일 강제로 상경하라고 하면 모자가 함께 자결하겠다고 하여 모두 입을 다물 수밖에 없었다고 했다.

자세한 내용은 카츠모토나 하루나가가 가지 않는다면 우라쿠 자신이 가서 설명하려 했다. 그러나 그것도 할 수 없게 되었다. 요도 부인이 모자가 함께 자결하겠다고 말한 뒤부터는 오사카 성 안에 이상한 공기가 감돌아 함부로 말도 할 수 없게 되었다.

"얼마나 안타까운 일인가. 도련님도 생모님도 그런 각오시라면 우리도 같이……"

측근의 일곱 무사들과 시녀를 비롯하여 말단 심부름을 하는 자에 이르기까지 모두 같은 말을 하기 때문에 섣불리 반대는커녕 나무랄 수도 없는 묘한 분위기가 되고 말았다.

요도 부인은 오쿠라 부인을 사자로 보낼 예정이었다. 그러나 그녀는 카츠모토도 하루나가도 반대한다는 것을 잘 알고 있었기 때문에 졸도하여 병을 핑계로 사자의 역할을 사퇴했다. 그래서 쇼에이니를 정식으로 거절하는 사자로 보내려고 그녀를 만나려고 한다.

무엇보다 우라쿠 자신이 걱정하는 것은 성안 분위기가 밖으로 전해져 일단 진정되었던 백성들이 다시 우왕좌왕하기 시작한 일. 만약 불온한 자가 나타나 소요라도 일으키면 진압하기 위해 쇼시다이나 사카이 부교의 부하들이 출동하지 않을 수 없을 터. 출동하면 그것이 계기가 되고, 양쪽에 구실을 주어 어떤 큰 소동으로 번지게 될지 모른다. 그런 점을 충분히 감안하여 다시 한 번 히데요리 님을 위해 노력해주기 바란다.

"참으로 뜻밖의 큰일이어서 오직 놀랄 따름입니다."

우라쿠의 체질이 되어버린, 생각이 비뚤어져서 남의 말을 받아들이지 않는 사람처럼 싸늘한 시각이 곳곳에 드러나 있었는데, 그런 만큼 더욱 소름 끼치는 문장이었다.

결국 카츠모토와 하루나가, 우라쿠도 오해가 두려워 성을 나올 수 없다. 그 정도로 묘하게도 감상적인 공기가 지배적이어서 서신으로 대신하는 것을 용서해달라는 것이 본심인 듯.

코다이인은 망연자실했다. 그녀는 나름대로 가능한 한 도요토미 가문을 위해 노력을 다한 셈이었으나, 혈육을 나눈 모자가 아니라……는 큰 장벽 때문에 히데요리에게는 통하지 않았다.

"키요마사 님을 부르도록. 급히 내가 할말이 있다고."

코다이인은 케이쥰니에게 명하고 펼쳐놓았던 히데요시의 서신 등을 서둘러 문갑에 넣었다.

이에야스와 전후하여 카토 키요마사에게 후시미로 오라고 명한 것도 다름 아닌 코다이인이었다. 그래서 키요마사는 히데요리의 상경에 대비하여 경호의 일로 옛 가신들과 은밀히 접촉하며 동분서주하고 있었다. 히데요리가 오지 않는다면 누구보다도 먼저 이 사실을 키요마사에게 알려야만 했다.

2

카토 키요마사가 후시미 저택에서 말을 달려 산본기에 온 것은 해가 질 무렵이었다. 그도 오사카의 공기를 대강 알고 있었으므로, 그렇지 않아도 자기가 한번 가볼 작정이었다고 케이쥰니에게 말했다고.

키요마사는 에도의 여러 다이묘들을 위압할 정도의 거대한 저택을 마련하고는, 거리에 나갈 때는 그의 자랑인 수염을 더욱 위엄 있게 비틀어올린 모습에 항상 긴 창을 지니고 6척이나 되는 유래 없이 큰 말을 타고 다녀 사람들의 눈을 휘둥그렇게 만든다는 소문이 돌고 있었다. 그 모든 것이 히데요리에게 충성하려는 키요마사의 허세라는 것을 코다이인은 뼈저리게 알고 있었다.

요즘 거구인 키요마사의 가슴은 병마에 좀먹히고 있었다. 이야기할 때의 가벼운 기침. 어려서 그를 키운 코다이인은 이 모두를 잘 알고 있었다. 위엄 있는 수염은 아마도 병으로 수척해진 얼굴을 감추기 위한 위장, 말도 창도 도요토미 가문의 옛 신하인 카토 키요마사가 아직도 씩씩하다는 건재함을 과시하기 위해서였다.

이것만으로도 도쿠가와 가문 사람들에게 히데요리를 얕보지 못하게 하는 데 도움이 된다. 어린아이 같다고 할 수도 있었으나, 조금도 표리가 없는 충실한 키요마사였다.

그러한 키요마사가 코다이인 앞에 나타나—

"히데요리 님이 상경하시지 않는다고요?"

선 채로 소리치듯 말하고 세게 혀를 차면서 앉았다.

"우리의 성의도 이제 물거품…… 코다이인 님, 다시 한 번 이 키요마사를 오사카에 보내주십시오."

코다이인은 잠시 동안 묵묵히 키요마사를 바라보았다. 케이쥰니를 부르러 보낼 때는 그녀 역시 그럴 생각이었다. 그러나 잘 생각해보니 섣불리 왕복시켜 좋을 일이 아니었다.

"키요마사 님, 가지 마세요."

"그러면 이대로 내버려두어도……"

"내버려두지 않고 그대 정도나 되는 사람이 간다…… 가서 승낙을 받는다면 몰라도 거절하겠다는 말을 듣는다면 어떻게 되겠어요?"

"이대로는 쇼군 부자의 면목이 서지 않습니다."

코다이인은 천천히 고개를 저었다. 가볍게 웃고 싶었으나 그럴 만한 마음의 여유가 없었다.

"히고의 태수 카토 키요마사까지 다녀왔는데 거절당한다면 이에야스 님, 히데타다 님의 면목은 더욱 서지 않을 거예요."

"허어……"

"그러므로 이 일은 가볍게, 가볍게 여기고……"

"가볍게…… 끝날 일입니까, 코다이인 님?"

"끝날 일인지 아닌지는 나중의 일, 우리는 가볍게 생각하기로 해요. 그대는 아무것도 모르는 체하고, 도련님은 감기 기운이 좀 있어서 교토에 오시지 못하는 모양…… 이렇게 말하면서 경호를 부탁한 사람들에게 인사를 다녀오세요."

"그럼, 쇼군 부자에게는 코다이인 님이……?"

"그래요. 도요토미 가문의 존망이 달린 갈림길이에요. 이 여승도 일생 일대의 배우가 되어보겠어요."

"허어."

"알겠나요. 직접 이에야스 님을 찾아뵙고, 오사카 자식녀석은 회충약을 너무 많이 먹어 꼼짝도 못하게 되었다는군요, 이렇게 말하고 웃고 말겠어요. 호호호……"

3

키요마사는 코다이인이 한 말의 뜻을 당장에는 알아듣지 못한 듯. 일부러 가볍게 웃어 보이는 상대의 얼굴을 똑바로 바라보다가 이윽고 뚝뚝 눈물을 흘렸다.

"왜 그래요, 키요마사 님? 내가 직접 이에야스 님을 찾아뵙고 회충약을 먹은 후 설사가 멎지 않아…… 이렇게 말씀 드리면 이에야스 님도 사정을 깨닫고 용서하실 거예요. 걱정하지 마세요."

키요마사의 눈물은 멎질 않았다.

"저는 이치노카미를 원망합니다."

"카츠모토 님에게 무슨 잘못이라도 있다는 말인가요?"

"예…… 카츠모토는 계속 측근에 있으면서도 어째서 그런 결정을 내리도록 했는지. 이것으로 키요마사도 마사노리正則도 아사노도 또다시 고개를 들지 못할 빚이 하나 늘었습니다."

"그래요. 그대들이 이에야스 님에게 고개를 숙이는 것은 모두 도련님이 찬바람을 맞지 않도록 하려는 정성 때문이었는데."

"코다이인 님! 이래 가지고 과연 도요토미 가문이 지속될 수 있겠습니까?"

"그것은 또…… 아니, 왜 그런 불길한 말을 하지요?"

"실은 이에야스 님에게서 수염을 깎으라는 말씀을 농담삼아 들었습니다."

"허어, 그대가 자랑스러워하는 그 수염을?"

"저는 깎을 수 없다고 말했습니다. 일본에서만 아니라 조선에까지 이름을 날린 귀신 같은 장수 카토 키요마사의 상징이므로…… 그렇게 말씀 드렸더니 이에야스 님은 쓴웃음을 짓고 그러면 시대에 뒤지게 된다고 하셨습니다."

"뭐, 시대에 뒤진다고?"

"예. 시대에 뒤진다…… 평화로운 시대에 그런 것을 기르고 있음은 혹시 누군가를 위협하기 위해서가 아니냐고 말씀하셨습니다."

"아니, 정말 그런 말을……?"

"일본에는 그대가 위협해야 할 호랑이가 없다, 따라서 오해를 받을 우려가 있다고……"

"무슨 오해일 거예요. 마음에 걸리는 말이군요."

"키요마사는 병으로 얼굴이 초췌해졌다, 이제 멀지 않았다는 것을 자각하고 병세를 감추기 위한 수염, 모두 그렇게 생각하면 손해가 아니냐고 웃으셨습니다. 키요마사의 마음속을 속속들이 꿰뚫어보는 무서운 분입니다."

코다이인은 일부러 소리를 내어 웃었다.

"그처럼 생각이 깊고 눈치가 빠르신 분이기 때문에 오히려 이쪽으로서는 마음이 홀가분한 거예요. 어쨌든 내가 사과해보겠어요. 그대는 더 이상 양쪽에 거북한 일이 생기지 않도록 조심해야 할 거예요."

"그 점은 잘 알고 있습니다만……"

키요마사는 겨우 눈물을 거두고 물었다.

"그럼, 저는 오사카에 갈 필요가 없습니까?"

"맡겨주세요, 이 여승에게."

"공연한 소문이 나기 전에 모두에게 말해야겠습니다."

키요마사는 고개를 숙이고 곧 일어섰다.

실은 요즘 오사카 성에서는 전혀 사실과는 다른 소문이 떠돌고 있었다. 도요토미 가문과 인연이 깊은 다이묘들이—

"히데요리 님을 새 쇼군에게 인사시키는 건 안 될 일이다."

요도 부인과 함께 한결같이 이러한 주장을 했기 때문에 히데요리의 상경이 중지된 것이라는……

키요마사가 돌아간 뒤 코다이인은 곧 외출준비를 했다.

4

키요마사에게는 자못 자신 있게 보였던 코다이인도 마음속의 파도는 거세었다. 이대로 감정에 치우쳐 억지를 부린다면 결국 이에야스도 오사카를 버리게 될 것이다. 이시다 미츠나리가 그 좋은 보기.

그토록 계속 적의를 보였으나 일곱 장수에게 쫓겨 이에야스의 품으로 도망쳐왔을 때는 결코 죽이지 않았다. 끝까지 감싸주고 사와야마 성까지 보내주었다. 그러나 내심으로는 그때 분명히 미츠나리를 버리기로 결심했다고 보아야 했다.

무의미하게 인내하는 대신—

'천하를 위해 무익한 자.'

이렇게 확신할 때의 계산은 무서울 정도로 냉정한 이에야스였다. 따라서 아무리 은근한 말로 코다이인이 사과한다 해도 그런 홍정 따위로 판단이 무디어질 이에야스가 아니었다.

이에 비해 오사카는 얼마나 생각이 얕단 말인가. 만약 히데요시였다면 당장 혼자 찾아와 도리어 이에야스와 이에야스의 중신들을 깜짝 놀라게 했을 것이다. 말하자면 사나이와 사나이의 뱃심 싸움…… 여기에

응하지 못할 뱃심의 소유자는 여지없이 낙오되어갈 뿐.

'하다못해 나만이라도 도요토미 가문의 긍지를 지키지 않으면……'

오사카에서는 히데요리를 이에야스나 히데타다 앞에 내놓으면 긍지에 흠이 간다고 착각하고 있다. 코다이인을 믿고 히데요리를 보낸다면 코다이인은 천하의 제후들 앞에서—

"에도 할아버지도 장인도 잘하셨소. 이것으로 천하는 만만세요."

히데요리로 하여금 이렇게 말하게 할 생각이었다. 그렇게 되면 성의 크고 작음, 영지의 넓고 좁은 것은 문제가 되지 않는다.

"과연 타이코 전하의 아드님……"

인간으로서의 기량이 출중하다고 도요토미 가문의 옛 신하뿐만 아니라 대부분의 다이묘들이 눈물을 흘리며 기뻐할 터였다. 실제로 조정에서의 높은 지위가 그 좋은 예 아닌가……

지금은 그 꿈도 산산이 부서졌다. 이렇게 되면 하다못해 코다이인만이라도—

"과연 타이코의 미망인답다."

이에야스가 내심으로 혀를 내두르게 하지 않으면 오사카의 운명은 그만큼 단축될 터.

코다이인은 준비가 끝나자 곧 케이쥰니와 나란히 가마를 타고 후시미 성으로 향했다.

지금 히데타다는 니죠 성에서 히데요리의 상경을 기다리고 있었다. 히데요리가 상경하면 같이 후시미에 가서 이에야스와 동석하여 제후들의 인사를 받기로 되어 있었다.

후시미 성에 도착한 코다이인은 잠시 객실에서 기다려야 했다. 이에야스는 지금 그의 양녀 하나를 야마노우치 타다요시山內忠義에게 출가시키려고 그 일을 의논하는 중이라 했다.

"다른 분도 아닌 코다이인 님을 이렇게 기다리시게 해서 죄송하다,

실례지만 잠시 거실로 모시라는 오고쇼 님 말씀입니다."

접대에 나선 것은 놀랍게도 혼다 마사노부本多正信였다. 마사노부는 이렇게 말하고 웃으면서 덧붙였다.

"참, 아직 코다이인 님에게는 말씀 드리지 않았군요. 새 쇼군에게 칙명이 내리셨으므로 앞으로는 쇼군 님을 오고쇼 님이라 부르게 되었습니다. 모쪼록 기억해두시기 바랍니다."

5

코다이인은 표정이 굳어지는 것 같았다. 약점은 자기 쪽에 있다…… 고 생각하는 것은 이처럼 괴로운 일일까.

'낫살이나 먹고 이게 무슨 일인가……'

타이코의 얼굴을 떠올리며 웃으려 했으나, 그렇게 되지 않았다.

"혹시 감기라도……?"

이에야스는 들어오면서 곧바로 말했다.

"안색이 좋지 않으십니다. 조심하십시오. 다음 달에는 코다이 사가 완공될 터인데."

이 말에는 사돈간이면서도 처남의 부인과 시누이의 남편이라는 관계를 넌지시 풍기는 자연스러운 위로의 뜻이 담겨 있었다.

코다이인은 한층 더 안타까웠다.

"실은 히데요리에게 차질이 생겼습니다."

"그러면 상경이 어렵다는 말씀입니까?"

"예…… 지나치게 많은 회충약을 먹어 설사가 멎지 않는다고……"

웃을 생각이었다. 아마 얼굴에만은 웃음의 주름살이 생겼을 것이다. 그런데도 왠지 눈물로 주위가 뿌옇게 보였다……

"그렇군요, 상경할 수 없게 되었군요."

"용서해주십시오…… 오고쇼 님, 오고쇼 님을 뵐 낯이 없습니다."

이에야스는 그 이상 말이 없었다. 묵묵히 코다이인이 흘리는 눈물의 의미를 생각하고 있는 게 분명했다.

코다이인은 몸이 움츠러드는 것만 같았다.

"그렇군요, 올 수 없게 되었군요."

"오고쇼 님, 무척 불쾌하시지요?"

"불쾌하지 않다……고 거짓말은 하지 않겠습니다."

"모든 것은 평소 이 여승의 마음가짐이 부족한 탓입니다."

"……"

"너무 자주 얼굴을 내밀면 요도 부인이 거북하게 여길 것 같아 찾아보지 못했습니다. 어디까지나 이 여승의 불찰입니다."

조용히 눈물을 닦고 보니 이에야스는 천장을 노려본 채 눈도 깜박이지 않고 있었다. 사나이의 계산, 사나이의 생각이 가슴속에서 무섭게 소용돌이치고 있을 터.

"오고쇼 님, 기회를 보아 제가 다시 한 번 오사카에 다녀올까 합니다…… 은둔자를 자처하며 너무 불문에만 의지했습니다. 히데요리는 제 자식, 이대로 두면 죽은 남편에게 꾸중을 듣게 될 것입니다."

갑자기 이에야스가 웃기 시작했다.

"하하하…… 코다이인 님, 고정하십시오. 코다이인 님이 눈물을 보이시니 이 이에야스까지 아녀자의 감상에 젖어들겠습니다. 하하하."

이에야스는 곁에 있는 마사노부를 돌아보았다.

"무슨 일이든 첫번째 안이 차질을 빚었다고 해서 모든 게 끝났다고 생각하는 것은 어린아이일세. 첫번째 안이 되지 않으면 두번째, 두번째 안이 아니면 세번째…… 어른의 안은 무진장이어야 하는 거야."

"예…… 예."

"좋아, 타츠치요辰千代가 왔을 테니 부르도록 하게. 아니, 벌써 열네 살이니 타츠치요가 아니라 마츠다이라 타다테루松平忠輝로군. 하하하. 코다이인 님에게 타다테루를 인사시켜야겠어. 이리 부르게."

코다이인은 무엇 때문에 이에야스가 웃고, 무엇 때문에 여섯째아들 타다테루를 부르려 하는지 아직 그 뜻을 모른 채 다시 한 번 얼굴을 숙이고 남아 있던 눈물을 조용히 삼켰다.

6

혼다 마사노부가 이에야스의 여섯째아들 타츠치요, 곧 타다테루를 데리고 왔을 때 코다이인은 자기 눈을 의심했다.

은은한 색깔로 물들인 옷도 훌륭했으나, 거기에는 코다이인이 젊은 시절에 몇 번이나 넋을 잃고 바라보았던 늠름한 젊은이가 서 있었다. 누구였던가 하고 생각할 것까지도 없었다. 노부나가가 총애하던 모리 산자에몬森三左衛門의 아들 란마루蘭丸의 모습 그대로였다.

"아니, 이 도련님이 타다테루 님……?"

"그렇습니다. 열네 살로 히데요리 님보다 일 년 먼저 태어난 저의 여섯째아들입니다. 타츠치요, 코다이인 님께 인사 드려라."

"예. 타다테루입니다. 처음 인사 드립니다."

말하는 목소리도 우렁찼다.

키는 히데요리보다 좀 작을지 모른다. 아니, 코다이인은 요즘 히데요리를 보지 못했기 때문에 이쪽이 훨씬 더 성숙해 보였다. 어깨의 근육도 알맞고 크게 뜬 눈에는 생기가 넘쳤다. 무예도 상당히 연습시키고 있는 듯 손목의 굵기도 무릎에 얹은 손등도 억세게 보였다.

"요즘 아이들은 모두 부모보다 체격이 좋습니다. 히데요리 님도 벌써 육 척 가까이 되었다고 하더군요."

"정말 훌륭하군요, 타다테루 님도 훌륭한 대장부가 되시겠어요."

"평화로운 시대가 되어 음식이 달라진 까닭인지도 모릅니다. 저나 타이코 님이 자랄 무렵에는 말린 밥과 된장뿐이었으니까요."

"참으로 훌륭한……"

코다이인은 아직도 이에야스가 무엇 때문에 타다테루를 불러왔는지 깨닫지 못한 채 다시 한 번 황홀한 듯 곁에 앉은 타다테루를 쓰다듬듯 바라보고 있었다.

"그런데, 타다테루."

"예."

"실은 네가 쇼군의 대리로 오사카에 다녀와야겠다."

"오사카 성에…… 쇼군의 대리로 말씀입니까?"

"그래. 예사 사자가 아니야. 마음에 새기고 역할을 수행해야 한다."

"알겠습니다. 그런데 명하실 일은?"

"실은 말이다, 이번에 히데요리 님이 상경하셔서 쇼군과 함께 다이묘들의 인사를 받게 되었는데……"

이에야스는 거기까지 말하고 흘끗 코다이인을 보면서 웃었다. 코다이인은 다시 전신을 굳히고 숨을 죽였다. 무엇 때문에 타다테루를 불렀는지 확실히 알았기 때문이다.

"마침 출발하실 때가 되어 히데요리 님은 가벼운 병환이 나신 모양이다. 그래서 상경이 중지되었다. 네가 그 문병을 가야겠어."

"예."

"전할 말을 이르겠다. 따로 서신은 쓰지 않을 것이니 잘 기억했다가 소임을 완수하도록 해라."

"알겠습니다."

"이번 병환으로 쇼군도 몹시 놀라 직접 문병할 마음 간절하나 바쁜 일이 많아 제가 대리로 오게 되었습니다. 충분히 요양하시어 하루라도 속히 회복되시기를…… 정중하게 말씀 드려야 한다. 알겠느냐?"

그 말을 듣는 동안 코다이인은 다시 뿌옇게 시야가 흐려졌다.

7

히데요리가 상경하지 않는다는 말을 들었을 때 이에야스는 분명히 노하고 있었다. 그 기분은 코다이인도 잘 알 수 있었다. 깊이 생각한 끝에 내린 제안인데도 이를 거절한다는 말인가 하고 내심으로는 이를 갈았을 것이 분명하다.

그러한 이에야스가 코다이인의 눈물을 보고는 분노를 가라앉혔다. 겉으로는 어떻든 이 짧은 동안에 무한한 반성이 있었을 터.

'그렇더라도 어째서 한마디도 히데요리를 탓하지 않는 것일까.'

코다이인에게 이에야스의 너그러움은 괴로움이기도 했다.

책망 대신 타다테루에게 문병을 보내 격의 없는 인사를 차리게 함으로써 한집안으로서의 친밀감을 가르친다…… 이렇게 되면 코다이인은 울지 않을 수 없다. 이 눈물은 결코 이에야스의 너그러움에 감동하여 흘리는 것만은 아니었다.

'부끄럽다!'

이런 수치는 타이코가 살아 있을 때는 느껴보지 못했다. 이 눈물에는 부끄러움을 아는 사람의 분해하는 눈물도 섞여 있었다.

이에야스는 코다이인은 보려 하지 않고 조용히 눈을 감았다.

"알았느냐?"

그리고는 타다테루에게 다짐하듯 말했다.

"너는 쇼군의 동생이야. 동생이 형의 사자로 간다…… 여기에 실수가 있으면 형의 면목이 없어진다."

"예, 알고 있습니다."

"좋아, 마사노부."

이번에는 자못 무표정한 모습으로 옆에 대령하고 있던 마사노부에게 말했다.

"이런 까닭으로 타다테루를 오사카 성에 보낸다는 뜻을 니죠 성에 있는 쇼군에게 전하도록. 그리고 타다테루를 수행할 사람의 인선……은 그대에게 맡기겠어."

순간 마사노부보다 먼저 타다테루가 싱긋 웃었다. 코다이인은 깜짝 놀라 타다테루를 바라보았다.

"타다테루, 지금 웃은 것 같구나."

"예, 웃었습니다."

"뭐가 우스우냐? 나는 네게 우스운 소리는 하지 않았는데."

"아버님, 이 타다테루는 형님의 사자가 아닙니까?"

"이제 와서 무슨 말을 하느냐, 물론 그렇다."

"하하하…… 그런데도 지시는 모두 아버님이 하셨습니다. 저는 그것이 좀 우스웠습니다."

이에야스는 나직이 신음했다. 멋지게 정곡을 찔렀던 것이다.

쇼군 직을 히데타다에게 물려주었으면서도 지시는 모두 이에야스가 한다, 그렇다면 형의 입장이 어떻게 되느냐고 하는 타다테루의 항의이자 의견이었다.

"마사노부."

이에야스는 정색을 하며 말했다.

"내 말만으로는 타다테루가 불만인 모양이야. 듣고 보니 일리가 있어. 그대가 타다테루와 같이 니죠 성에 가서 쇼군으로부터 다시 지시를 받고 떠나게 하라."

마사노부는 웃으면서 고개를 숙였다.

"말씀대로 하겠습니다."

"그럼 타다테루, 마사노부와 같이 니죠 성에 가거라."

"알겠습니다."

코다이인은 가슴 가득히 선망의 눈빛으로 이에야스의 거실을 나가는 타다테루를 바라보았다.

8

타다테루와 마사노부가 물러간 뒤 이에야스는—

"코다이인 님, 이렇게 하면 되겠지요?"

코다이인 쪽으로 향했다.

"오사카의 일을 코다이인 님에게 전하시도록 한 것은 저의 잘못…… 코다이인은 불문에 귀의하신 분이었습니다. 자, 이 일은 잊어버리시고 코다이 사에 대한 이야기나 나누도록 합시다."

"오고쇼 님."

코다이인은 웃는 낯을 지으려 애썼다.

"한마디만 해주십시오, 히데요리는 나태한 자라고."

"아니, 그게 무슨 말씀이십니까? 남자의 세계와 여자의 세계는 다릅니다."

"이 여승은 히데요리가 가엾어 견딜 수 없습니다. 타다테루 님처럼 사나이답게 가르치는 자가 측근에는 한 사람도 없습니다."

"하하하…… 그렇지 않습니다. 타다테루는 타다테루대로 안심할 수 없는 위험한 요소를 가지고 있지요. 조금 전에도 이치에 어긋나는 일에는 따지고 드는 것을 보셨지 않습니까."

"그러기에 더욱 믿음직스럽습니다."

"낡았어요, 낡았습니다."

이에야스는 손을 저으며 가로막았다.

"타다테루의 눈을 보셨겠지요? 아직도 센고쿠 시대의 눈입니다. 틈만 있으면 물고늘어지려는, 수풀에서 먹이를 노리는 독사의 눈."

"어머, 어쩌면 그런 잔인한 말씀을……"

"하하하…… 평화로운 세상을 사는 사나이는 마사노부처럼 눈이 가늘어집니다. 잠자는 듯하면서도 깨어 있고 아무것도 보지 못하는 듯하면서도 모든 것을 보고 있습니다…… 물론 타다테루나 히데요리 님에게 이제부터 그렇게 되라고 한다면 욕심이 좀 지나치겠지요. 타다테루가 저를 비웃는 것도 히데요리 님이 상경을 거부하는 것도 따지고 보면 같은 뿌리에서 연유하는 젊음의 반항…… 앞으로 천천히 지켜보도록 합시다."

코다이인은 크게 숨을 내쉬고 겨우 웃는 낯을 되찾았다.

"아무쪼록 히데요리를……"

"긴 안목으로 일깨우고 돌보면 성장하게 마련. 사람이 사람을 키우는 면도 확실히 있지만, 그러나 신불이 키우는 면이 훨씬 더 큽니다."

"그러시면 오고쇼 님에게 부탁하기보다 신불에게 부탁하라는 말씀입니까?"

"하하하…… 이를테면 그렇습니다. 특히 여승님은 그러기 위해 불문에 귀의하신 것 아닙니까?"

여기서 두 사람은 소리를 모아 웃었다.

'이에야스 님은 더욱 크게 변하셨다.'

히데요시는 이러한 이에야스를 모르고 죽었으나, 이런 경지라면 정말로 히데요리를 친자식과 다름없이 보호해줄 것이다. 코다이인은 새삼스럽게 히데요시의 얼굴을 떠올리면서 합장했다.

"참, 도이 토시카츠 님이 계속 현장에서 지켜보셔서 코다이 사 공사가 뜻밖에도 빨리 진척되었습니다."

"그렇겠지요. 쇼군도 그렇게 오래 에도를 비워둘 수 없으니까요."

"물론 그렇겠지요."

"저는 그 점을 잘 알고 있기 때문에 토시카츠를 현장 부교로 보낸 것입니다. 그도 또한 쇼군과 함께 에도에 돌아가야 합니다. 따라서 공사는 빨리 진행될 수밖에 없지요."

"호호호……"

코다이인은 한마디 비꼬고 싶었다. 그것도 또한 센고쿠 시대의 전략과 이어지는 낡은 생각의 하나가 아니냐……고. 그러나 그 말은 하지 않았다. 역시 코다이인은 히데요리와 도요토미 가문을 위해 이에야스에게 자세를 낮추어야 한다고 자신의 지기 싫어하는 성질을 억제했다.

시죠四條의 강물

1

쿄토는 케이쵸 8년(1603) 이래 일찍이 없던 백성들의 안도감이 뒷받침되어 계속 번창하고 있었다. 지난해 호코쿠사이豊國祭, 곧 토요쿠니 신사 제례를 통해 한층 굳게 뿌리내리고, 케이쵸 10년인 올해 여름이 되어서는 전란은 이미 먼 옛날의 일인 듯 쿄토는 더욱 번창했다.

도중에 잠깐 차질을 빚었던 히데타다의 상경이 실은 사람들의 불안을 뿌리째 뽑아버린 결과가 되었다.

히데타다가 16만 군사를 이끌고 상경해 2대 쇼군이 된다는 소문이 나돌았을 때는 오사카만이 아니라 쿄토에서도 피란하려는 사람들이 나왔을 정도였다. 그러나 쇼시다이 이타쿠라 카츠시게를 위시한, 챠야 시로지로 키요츠구茶屋四郎次郎清次, 혼아미 코에츠, 스미노쿠라 요이치角倉與市 등의 꾸준한 설득으로 큰 소동 없이 끝났고, 이 행사가 무사히 끝날 무렵에는 코다이 사 낙성식이 성대하게 거행되었다.

뜻있는 사람들은, 히데요리의 상경이 쿄토, 오사카 방면의 다이묘들과 요도 부인의 반대로 중지되었다고 들었을 때 적지 않게 눈살을 찌푸렸다. 그러나 이에야스가 전혀 불편한 기색을 보이지 않았을 뿐 아니라, 오히려 여섯째아들 타다테루를 히데타다의 대리로 오사카에 보내 차질 없이 행사를 끝내고 에도로 돌아갔을 때—

"이미 천하는 결정되었구나."

마음으로부터 안도의 숨을 내쉬었다.

히데타다가 쿄토를 떠난 것은 6월 4일. 혼아미 코에츠도 실은 그날 팥밥을 지어 일족과 함께 축하를 했다.

"오고쇼가 계시는 한 일본은 끄떡도 하지 않을 것이다."

타이코 시대에는 아직 일말의 불안을 씻지 못했던 코에츠.

"새로운 쿄토의 생일이라 생각해도 좋다."

그러한 그도 그날만은 일가 친척들을 모아놓고, 자못 기분이 좋아 술잔을 거듭했다.

사실 히데타다가 에도로 돌아가고 그 24일 후 코다이인이 정식으로 코다이 사로 옮겼을 때 쿄토 주변 인심은 일변했다. 인심이 안정된 증거로 요즘에는 키타노北野의 텐마天滿 신궁 경내와 시죠 강변에는 놀이터가 즐비하여 뙤약볕이 내리쬐는데도 사람들의 왕래가 놀랄 만큼 많아졌다. 쿄토 사람들만이 아니라 각처에서 모여드는 참배객, 평화로운 세월을 구가하는 구경꾼들이 마음놓고 모여들었다.

그런 어느 날 혼아미 코에츠는 시죠 강가의 온나가부키 극장 앞에서 손아래 친구인 스미노쿠라 요이치를 우연히 만났다. 요이치 역시 젊은 챠야와 어깨를 나란히 하는 이름난 사업가로 내심으로는—

'이제 두고 봐라.'

이렇게 벼르며 남몰래 교역확장의 비책을 연구하고 있었다. 그 요이치는 슈인센 한 척을 다시 늘리기 위해 허가권자인 호코지 쇼타이에게 알선을 부탁하고 있었다.

"마침 잘 만났습니다. 이 근처에서 차라도 한잔……"

요이치는 이렇게 말하고 상대 의사도 묻지 않은 채 갈대로 발을 친 강변 가까이 있는 찻집으로 들어갔다.

"코에츠 님은 챠야 님을 크게 도와주시는데, 이 요이치를 모른 체하시면 섭섭합니다. 저는 어떻게 해서든지 통킹東京°을 왕래할 수 있는 슈인센 한 척이 더 있어야겠습니다."

"알고 있네, 알고 있어. 이미 내가 오고쇼 님께 말씀 드렸어."

서늘한 강바람이 불어오는 마루에 걸터앉은 코에츠는 깜짝 놀랐다.

먼저 와 있는 옆자리 손님의 얼굴이 낯익었다……

2

'누구였더라……?'

스미노쿠라 요이치의 말을 들으면서도 코에츠는 갈대발 사이로 보이는 옆자리 손님의 얼굴을 기억해내려 애쓰고 있었다. 소쇼宗匠 두건°을 쓴 쉰 안팎의 품위 있는 손님의 상대는 차림이 훌륭한 무사였다.

"잘 알겠어. 안심하게, 반드시 허가가 날 테니까."

코에츠는 다시 한 번 요이치에게 대답하고 갑자기 무릎을 탁 쳤다.

"그렇다! 타카야마 우콘노다이부高山右近大夫로군."

"예, 뭐라고 하셨습니까?"

어리둥절하여 묻는 요이치.

"쉿."

코에츠는 눈짓으로 제지하고 평상의 마루를 칸막이한 갈대발에 등을 찰싹 붙이고 앉았다.

요이치도 뭔가를 눈치챈 듯.

"누굽니까, 옆자리의 손님은?"

작은 소리로 물으며 코에츠를 바라보았다.

"일본을 천주교 나라로 만들려다 끝내 타이코의 분노를 산 타카야마 우콘노다이부일세."

"아아, 카가에서 마에다前田 가문에 의지하고 있는 다도茶道의……"

"그래. 처음에는 난보南坊, 지금은 아마 토하쿠等伯라는 이름으로 불리고 있을 거야. 다도로는 리큐利休 거사의 칠 대 제자 중에서도 첫째로 꼽히던 분이지."

"허어, 그럼 오랜만에 카가에서 유람여행을 떠나온 모양이군요."

"쉿!"

다시 코에츠가 제지했다.

타카야마 우콘과 같이 있는 무사가 마츠다이라 타다테루라고 말한 듯한 느낌이 들었기 때문이다.

타다테루는 얼마 전에 쇼군 히데타다의 대리로 오사카 성에 사자로 다녀온 후 쿄토의 화제가 된 인물…… 아니, 코에츠가 특히 그 이름에 관심을 갖는 이유는 다른 데 있었다. 자기 외사촌 여동생 오코가 그 타다테루의 싯세이로 있는 오쿠보 나가야스의 소실이 되었고, 더구나 최근 사도에서 나와 쿄토에 있다는 소문을 들었기 때문이다.

"허어, 그 타다테루 님은 기량이 뛰어난 인물이라는 말씀인가요?"

조용히 귀를 기울였을 때 타카야마 우콘의 목소리가 강물 흐르는 소리에 섞여 똑똑히 코에츠의 귀에 들려왔다. 요쿄쿠謠曲°에 단련된 목소리여서 잘 들리는 것 같다.

"그렇습니다. 저도 히데요리 님 측근에서 그 이야기를 들었습니다마는 이에야스 님 자제 중에서는 유키 히데야스結城秀康 님 못지않은 기품을 가진 분으로 보았습니다."

"으음."

"그런데 그분 미간이나 눈에서는 반골叛骨의 기운이 뚜렷이 보입니다. 재미있지 않습니까?"

동행한 무사는 이렇게 말하고 나직이 웃었다. 타카야마 우콘도 많은 흥미를 느끼는 듯했다.

"여러 형제 중에서는 뜻밖에 반역자도 나타나는 법. 그러나 다만 그것만으로는 어떻게 되지는 않지."

"물론 그렇지요. 그러나 구교 쪽의 적인 이기리스 사람 미우라 안진을 이에야스 님 옆에 그대로 두면 위험천만한 일. 언젠가 우리 교파 사람들은 그의 모략으로 일본에서 쫓겨나게 될지도 모릅니다. 천주교도들의 불안이 여간 크지 않습니다."

"으음, 그러니까 타다테루 님을 이용해 쐐기를 박자는 말이로군."

바로 그때였다.

"아, 옆자리 무사는 아카시 카몬 님입니다."

스미노쿠라 요이치가 얼굴을 가까이 대고 코에츠에게 속삭였다.

3

순간 덜컥 하고 코에츠의 가슴에 걸리는 것이 있었다. 일본을 천주교도의 나라로 만들려고 영지의 백성에게까지 그 신앙을 강요하다가 결국 타이코의 노여움을 산 타카야마 우콘이 시죠 강바람을 쐬면서 아카시 카몬과 만나고 있다. 결코 우연이라고는 생각되지 않았다. 아카시 카몬도 역시 열성적인 천주교 신자로, 요도 부인과 히데요리까지 몰래 신자로 만들려고 기회를 노리는 인물이었다.

'카몬이 우콘노다이부를 일부러 카가에서 불러냈는지도 모른다.'

그런 생각을 하면서 코에츠는 두 사람의 대화를 가볍게 흘려버릴 수만은 없다고 긴장했다.

"그래, 타다테루라는 사람이 그렇다는 말이로군……"

바로 등뒤에서 코에츠가 모든 신경을 귀에 집중시키고 있는 줄도 모르고 타카야마 우콘은 다시 중얼거렸다.

"그분은 지금 분명히 시나노信濃에 영지를 가지고 있겠지?"

"그렇습니다. 지금은 카와나카지마川中島…… 그러나 주로 에도 저택에 있고 영지에는 내려가지 않습니다."

"그렇다면, 그분과 접근할 방법이라도 있다는 말인가?"

"물론 있다……고는 단언할 수 없으나, 연줄이란 만들게 마련……이라 생각할 수도 있지 않나…… 합니다."

"으음. 그럼, 그분과 가장 절친한 다이묘는?"

"장인인 다테 마사무네입니다."

"뭐, 다테 님의 따님이……?"

"그리고 맨 처음 이 혼담을 꺼내신 분은 토하쿠 님과 친하신 사카이의 소쿤입니다."

타카야마 우콘은 다시 한 번 나직이 신음했다.

"그래서 에도에 박애병원博愛病院을 개설한 소텔이 겨우 그 다테 님과 연락을 하게 된 것 같습니다……"

"으음."

"다행인 것은 다테 님의 따님, 타다테루 님의 부인이 되실 여자가 우리와 같은 구교 신자…… 동지입니다."

혼아미 코에츠는 목이 바싹 말라 얼른 차를 입으로 가져갔다.

"이거, 뜻하지 않은 바람이 부는군. 땀을 식히다 보니 졸음이 와."

스미노쿠라 요이치에게 눈짓을 하며 더욱 긴장했다.

지금까지 들은 그들의 이야기를 요약하면 예사롭지 않은 의미가 있는 것 같았다. 타다테루의 부인이 구교 신자이므로 이를 발판으로 타다테루를 움직이고 동시에 그 장인인 다테 마사무네를 끌어들여 구교…… 즉 포르투갈의 에스이타 파, 에스파냐의 프란시스칸 파, 도미니카 파 등의 안녕을 도모하려는 생각인 듯.

말할 것도 없이 그들을 이런 책동으로 몰아넣은 직접적인 원인은 이에야스에게 세계에 대한 지식을 가르치고 있는 고문이라고도 할 수 있는 미우라 안진이 이기리스(영국) 사람이라는 데 있는 것 같았다.

이기리스와 오란다(네덜란드)는 최근 부쩍 국력을 신장시킨 유럽의 신흥세력으로, 현재 도처에서 포르투갈, 에스파냐 등의 구세력과 다투고 있었다. 양쪽 배가 바다 위에서 부딪치면 반드시 해전이 되기 때문에 양쪽 모두 군함의 호위를 받으며 항해한다는 것이었다.

이런 때 오늘 뜻밖에도 타카야마 우콘과 아카시 카몬의 밀회를 목격했으니 코에츠가 깜짝 놀라는 것도 무리가 아니었다.

4

"소텔이 박애병원을 에도에 세우고 말입니다."

카몬이 말했다.

"그 간호사 하나를 마사무네에게 바쳤다고 하는군요."

"별로 찬성할 만한 일은 아니야."

원래 성품이 지나칠 정도로 결벽한 우콘은 그 이야기만은 못마땅하다는 듯 혀를 찼다. 그러나 아카시 카몬은 짐짓 무시하고 그가 말하는 책략 쪽에 중점을 두고 있었다.

"지금은 어느 정도 불쾌해도 눈감아주십시오. 그런데 그 간호사가 이따금 다테 저택에서 병을 앓는다고 합니다."

"으음."

"그래서 한밤중에도 박애병원 의사 부르길리요를 불러들입니다. 그러면 의사를 따라 소텔도 함께 다테 저택으로 가 자연스럽게 마사무네 님과 만날 수 있지요…… 거기까지는 성공한 것 같습니다."

타카야마 우콘은 침묵을 지키고 있었다. 이교도인 니치렌日蓮° 신자로서 역시 결벽한 코에츠는 우콘이 잠자코 침묵을 지키고 있는 이유를 이해할 수 있었다. 아무리 구교의 사활이 걸린 중대한 일이라 해도 빈민구제를 위해 세운 박애병원의 간호사를 바친다거나, 가짜 환자로 꾸며 연락을 취한다는 것은 신앙을 가진 사람으로서는 있을 수 없는 치욕적 책략이 아닐 수 없었다.

"따라서 또 하나의 다른 연락망을 구축할 수 있지 않을까 하는 것이 소텔의 희망입니다."

"또 하나라니?"

"마츠다이라 타다테루, 그 사람과 소텔이 직접 만날 기회…… 이를 마련할 수 있는 인물을 알지 못하겠느냐고……"

"그런 일이라면 다테 님이나 타다테루 님 중신인 오쿠보 나가야스가 좋을 것 아닌가?"

"그 양쪽에서 모두 거절했다고 합니다."

"뭐, 양쪽이 모두 거절했다고?"

"예. 오쿠보 나가야스는 자신이 소텔을 직접 만나 주군은 아직 연소하시기 때문에 그 일은 안 된다…… 다테 님은 사위에게까지 종교를 강요하는 것이 되기 때문에 거절한다……고."

"으음. 모두 소텔이 음모를 꾸민다는 것을 간파했기 때문이겠지."

"그렇다고 팔짱만 끼고 있다가 안진이 이기리스 배라도 불러들이면 모두 허사가 됩니다."

"아카시, 잠깐. 나는 그 소텔의 속셈을 잘 모르겠군. 소텔은 타다테루 님을 직접 만나 어떻게 하겠다는 것일까?"

"물론, 해적 나라 이기리스의 본성을 납득시키려는 것이겠지요."

“그렇지만 타다테루 님은 시나노의 일개 다이묘, 아무 권력도 없는 분이 아닌가?”

카몬은 코에츠가 저도 모르게 벌떡 일어나 당황할 정도로 무서운 말을 했다.

“토하쿠 님, 타다테루는 새 쇼군을 능가하는 반골이라고 제가 말씀드렸지 않습니까?”

“그 말은 들었으나……”

“그렇다면 그분을 오사카와 손잡게 하여, 만약의 경우에는 에스파냐에서 군함을 불러들이는 경우가 있다 해도 모처럼 전파시킨 이 나라 안의 교권만은 수호해야 합니다.”

“그럼, 타다테루 님에게 모반을……?”

“쉿! 그런 준비…… 그런 준비가 되어 있다면 얼마나 마음 든든하겠습니까. 오고쇼는 이미 노경에 접어들었습니다.”

타카야마 우콘도 깜짝 놀란 듯 잠시 동안 대답이 없었다……

5

혼아미 코에츠는 당황하며 일어나 스미노쿠라 요이치의 옷소매를 잡아당겼다.

이야기가 그처럼 무서운 지경으로까지 확대되리라고는 생각지도 못했다. 당사자인 타카야마 우콘도 지금까지는 그런 이야기가 되리라고는 몰랐기 때문에 방심하고 있었을 터. 그러나 이렇게 이야기가 전개되면 자연히 주위에 신경을 쓸 것이 틀림없었다. 그렇다면 갈대발 하나를 사이에 두고 바로 옆에서 귀를 기울이고 있는 코에츠나 요이치의 모습을 깨닫지 못할 리 없었다.

"참, 오랜만에 소문이 자자한 온나가부키라도 구경하세. 여보 주인, 여기 찻값 놓고 갑니다."

그리고는 허둥지둥 강변으로 내려갔다.

아직도 가슴이 두근거렸다. 겨우 천하가 평화로워졌다고 안심하고 있었는데 엉뚱한 곳에 아직 소란의 뿌리가 남아 있었다. 더구나 코에츠가 가장 근심하던 '사나운 다이묘'와는 질적으로 전혀 다른 복병伏兵이었다.

'만일의 경우에는 펠리페 대왕의 군함이라도 불러들이려 할지 모른다……'

코에츠는 성큼성큼 앞장서서 걷다가 강둑과 가까운 찻집 앞에 이르러 다시 가슴을 두드리면서 걸터앉았다.

"스미노쿠라, 지금 그 이야기를 들었겠지?"

스미노쿠라 요이치는 코에츠만큼은 놀라지 않았다.

"들었습니다. 이런 대낮에 엉뚱한 꿈을 꾸는 자가 있군요."

"꿈은 꿈이지만, 방심할 수 없는 꿈이야."

"하하하……"

요이치는 자못 우습다는 듯이 웃음을 터뜨렸다.

"이쪽도 맨손은 아닙니다. 가령 에스파냐, 포르투갈이 대군을 거느리고 밀어닥친다……고 해도 별로 걱정할 것은 없습니다."

"그럴까?"

"이쪽 역시 선원만이 아니라 수군에도 부족함이 없습니다. 그보다 저는 유럽이 두 세력으로 갈라져 있는 것을 일본을 위해 기뻐합니다."

"그럴까?"

"그들 신교국과 구교국이 하나가 되어 몰려온다……고 하면 어떻게 하시겠습니까?"

코에츠는 대답하지 않았다.

'젊은 사람은 역시 패기가 있군……'

그 말에도 일리가 있다…… 이렇게도 생각은 해보지만 역시 두려움은 가슴에 남아 있었다.

겨우 난세가 자취를 감추려는 때 타이코는 대륙출병을 생각했다. 그때도 코에츠는 눈앞이 캄캄해지는 것 같아 지나칠 정도로 맹렬하게 반대했다. 그리고 그 결과는 자신이 생각했던 대로 타이코의 생애에 고뇌와 실패의 낙인밖에 찍어준 것이 없었다. 그런 뒤 이에야스가 지금까지 시대를 태평의 방향으로 이끌어왔다……

"스미노쿠라 요이치…… 나는 반대일세! 그런 자들을 방치하다니…… 나는 가만히 보고 있을 수 없어."

코에츠는 이상할 정도로 격앙된 목소리로 말했다.

6

스미노쿠라 요이치는 코에츠의 불안을 이해할 수 없는 모양이었다. 그는 자신이 존경하는 선배를 위로해주려는 마음이 더 강했다.

"그런 일은 걱정하실 것 없습니다. 만약의 경우에는 이기리스나 오란다를 이용하는 방법도 있으니까요. 그렇지 않아도 그들은 세계의 바다 이곳저곳에서 전쟁을 벌이고 있는 것 같아요……"

"그런 것을 가리켜 목적을 위해서는 수단방법을 가리지 않는다는 거야. 전쟁처럼 죄업이 깊은 악이란 없어. 이기리스와 에스파냐의 전쟁이라 해도 말리는 것이 인간의 본분이어야 해."

"하하하…… 이거, 꾸중을 듣게 되는군요."

요이치는 웃으면서 머리를 긁고 나서 얼른 이야기를 슈인센 쪽으로 돌렸다. 유럽의 구교국과 신교국이 서로 경쟁적으로 아시아의 바다로 진출하고 있다, 그러므로 일본도 한 척이라도 더 많은 배를 바다에 내보내 그들과 경쟁하지 않으면 안 된다고 열을 내며 이야기했다.

코에츠도 그러한 요이치나 챠야 시로지로의 혈기 넘치는 의견에 결코 반대는 아니었다. 그러나 만약 일본 국내에서 과거 잇코一向 신도°가 반란을 일으켰을 때처럼 신교도와 구교도가 대립하고, 그 배후에서 각각 무기를 공급하는 나라가 나타나면 어떻게 될 것인가 하는 불안은 사라지지 않았다.

일본이 양분되면 당연히 한쪽은 오사카, 다른 쪽은 에도라는 형태를 취하는 난세. 그렇게 되면 실직한 무사들은 때를 기다렸다는 듯이 오뉴월 파리처럼 활개를 치기 시작할 터였다……

'그때 백성들은 어떻게 된다는 말인가……'

코에츠는 강변에서 요이치와 헤어진 뒤 혼아미 거리에 있는 자기 집까지 어디를 어떻게 걸어왔는지 기억에 없었다.

『법화경法華經』에 그런 경우의 마음가짐을 가르치는 구절이 없었나 하고, 머릿속에 니치렌 선사의 모습을 그리면서 계속 걸었다.

"이제 돌아오느냐, 그런데 얼굴빛이 왜 그러냐?"

집 앞에서였다. 어머니 묘슈妙秀가 염려스러운 표정으로 물통을 든 채 물었다.

"어머님은 왜 이렇게 찜통 같은 날씨에……"

"너무 더워서 물을 뿌리고 있다…… 그것도 눈에 보이지 않는다면 제정신이 아닌 모양이구나."

묘슈는 한마디 쏘아붙이고 턱으로 안을 가리키며 생긋 웃었다.

"들어가 보아라. 네가 제일 싫어하는 손님이 기다리고 있다."

코에츠는 그래도 아직 머리가 정리되지 않았다.

'그냥 내버려둘 일이 아니다. 모두 충분히 정신차려 미연에 방지하기 위한 준비에 게으르면 안 된다……'

토방 안은 서늘했다. 별로 바람도 없는 것 같았으나 그늘에 들어섰을 때는 밖에서 안으로 희미하게 공기가 움직이고 있었다.

안방 앞에까지 가서 코에츠는—

"아……"

놀라며 걸음을 멈추었다.

안에서는 엷은 속옷바람으로 띠를 풀어헤친 채 거의 알몸으로 이쪽을 향해 앞을 벌리고 앉아 있던 여자가 당황하며 얼른 등을 돌렸다. 터질 것처럼 팽팽한 나신이 여봐란듯이 그대로 드러났다.

"아이 깜짝이야. 기척도 없이 들어오시다니."

사도에서 쿄토로 나와 있다고 소문을 들었던 외사촌 여동생 오코였다. 오코는 아마도 더위를 이기지 못해 목물을 한 뒤인 듯.

7

"역시 나와 있었구나……"

코에츠는 당황하며 눈길을 돌린 자기 자신에게 화를 냈다. 다시 오코를 노려보는 자세로 토방에 버티고 서서 말했다.

"오쿠보 님에게 쫓겨난 모양이구나."

오코는 소녀 같은 목소리로 웃었다.

"호호호…… 그런 곳에 서 있지 말고 들어오셔요. 여긴 오빠네 집이 아닌가요?"

"언제, 사도에서 나왔어?"

"그건 비밀, 말할 수 없어요. 그러나 쫓겨난 건 아니니 안심하세요."

"한심하기 짝이 없군. 마치 창녀나 광대 같은 차림으로."

코에츠는 이렇게 말하면서 뒤로 돌아서서 신발을 얌전히 벗어놓고 방으로 들어갔다.

그때는 이미 오코도 띠를 맨 뒤 무릎 위에 부채를 펴고 비스듬히 앉아 있었다.

"오빠, 쿄토에서 오쿠보 나가야스를 만나지 않았나요?"

"오쿠보 님과 같이 나왔느냐?"

"아뇨, 놀려주려고 몰래……"

"그럼, 오쿠보 님이 쿄토에 와 있는지도 모르고……?"

코에츠는 말하다 말고 갑자기 오코 쪽으로 향했다. 아까부터 계속 생각하고 있는 타카야마 우콘과 아카시 카몬보다 먼저 오쿠보 나가야스의 얼굴이 크게 떠올랐다.

"오코, 오쿠보 님은 지난번 타다테루 님을 수행하고 오지 않았는데 무슨 다른 볼일이라도 있었느냐?"

"이즈 금광에 갔을 거예요. 사월 말에 사도에서 떠났으니까."

"오코."

"왜 그러세요, 그렇게 무서운 얼굴로?"

"오쿠보 님은 네가…… 네가…… 마음에 드신다더냐?"

"추측에 맡기겠어요."

"자신있는 모양이군. 아니, 너와 오쿠보 님이라면 죽이 맞을 테지."

"그렇다면 그런 무서운 얼굴로 묻지 마세요."

풍만한 가슴을 부채로 가리고 무엇을 생각했는지 킥킥 웃었다.

"무엇이 우스우냐? 참, 오쿠보 님으로부터 다테 마사무네 님과 소텔이라는 선교사 이야기를 듣지 못했느냐?"

"호호호…… 거기에 대해서는 재미있는 이야기를 들었죠."

"으음, 들었단 말이지. 그건, 어……어떤 이야기였어?"

코에츠는 다급하게 묻고는 약간 겸연쩍은 생각이 들었다.

"네가 들은 이야기라면 물론 새로운 게 아니겠지만."

"호호호…… 그럼, 쿄토에도 그 이야기가 소문난 모양이군요."
"그 이야기……?"
"그래요. 다테 님이 오쿠보 님한테 남만 여자를 안겨주려 한 얘기."
"뭐, 다테 님이 남만 여자를……?"
"한마디로 거절했대요. 호호호…… 남만 여자는 무척이나 색을 밝혀 다테 님도 소텔에게 헌납을 받기는 했지만 견디지 못했다는 거예요. 그런데 오빠가 그런 이야기에 흥미를 느끼다니 놀라운 일이군요. 혹시 남만 여자를 원하신다면 이 오코가 다리를 놓아줄 수도 있어요."
오코는 아주 진지한 표정으로 코에츠에게 말했다.

8

근엄한 코에츠는 오코의 뺨을 갈겨주고 싶은 마음이었다. 그러나 가만히 생각해보니 근엄하기 때문에 그럴 수도 없었다. 어쨌거나 지금 오코는 오쿠보 나가야스의 소실이었다.
"호호호……"
오코는 재미있다는 듯이 다시 웃었다. 오랜만에 쿄토로 나와 몹시 들뜬 듯했다.
"일본의 다이묘들 중에서 남만 여자를 소실로 삼은 것은 다테 님뿐. 그래서 너무 색을 좋아하는 사람을 가리켜 요즘에는 다테 나으리라 부른다고 해요."
"네가 들은 이야기란 고작 그런 것이란 말이냐?"
"그런 진기한 이야기는 다른 데서는 들을 수 없을 거예요. 글쎄, 그 여자는 사랑을 나누지 않으면 당장 병이 난대요. 그렇게 되면 한밤중에도 사람을 보내 아사쿠사 병원에서 남만인 의사를 불러와야 한다는군요. 남만 여자의 울화병에는 일본 의약은 전혀 효과가 없다는 거예요."

"오쿠보 님이 그런 말을 했다는 거야?"

"물론이에요. 그 사람은 어떤 일이라도 숨기지 않아요. 다테 님도 견디다 못해 나가야스 님이 맡아주지 않겠느냐고 했다는 거예요."

코에츠는 다시 허공을 노려보기 시작했다.

이 어이없는 이야기 이면에서도 소텔과 마사무네의 접근이 느껴졌다. 아니, 그보다 타이코가 방심할 수 없는 사나이로 경계했던 다테 마사무네가 어째서 그런 여자를 소텔로부터 진상받았을까……

"세상에서는 다테 님이 억지로 여자를 요구했다는 소문이 돌고 있어요. 참, 다테 님은 그 여자와 함께 빵이라는 걸 받았대요. 아니, 빵이 탐나 여자를 받았다…… 그런 소문도 있는 모양이에요."

"뭐, 그 빵이라는 건 또 어떤 자냐?"

"사람의 이름이 아니에요. 일단 구워놓으면 상하지 않는 식량…… 전쟁이나 사냥에는 더할 나위 없이 적합한 음식이라고 해요."

"그러니까 빵이라는 게 탐나 여자를 받았다는 말이지?"

"그 여자가 빵 만드는 법을 알고 있었던 모양이에요. 좌우간 다테 님도 욕심이 많다고 남편이 웃었어요."

코에츠는 그 욕심 자체가 마음에 걸렸다.

스미노쿠라 요이치도 챠야 시로지로도 젊음이 그대로 욕심으로 이어지고 있었다. 이러한 욕심이 진보의 바탕이 되지만, 상대가 어떤 계략을 꾸미고 있을 때는 그대로 함정으로 변할 수도 있다.

'소텔은 음험한 자인 모양이다.'

그러나 이것도 먹느냐 먹히느냐 하는 상대가 있는 계략이라면 마음대로 계획을 변경할 수도 없는 입장일 터.

"오코, 실은 말이다."

"예. 말씀하세요, 오빠."

"내가 한 가지 너에게 은밀히 부탁할 게 있다."

"어머, 놀랍군요. 오빠는 이 오코 같은 것은 상대도 않는 돌부처인 줄로만 알았는데요."

코에츠는 이맛살을 찌푸리면서 혀를 찼다.

"니치렌 선사의 명이라 생각하고 첩자 노릇을 해주지 않겠니?"

"어머, 니치렌 님도 첩자 같은 걸 쓰시나요?"

"그래, 일본을 위해서라면…… 다름이 아니라, 오쿠보 님과 접촉하는 사람 중에 에도와 오사카의 불화에 관한 이야기를 하는 사람이 있으면 꼭 기억해두었다가 알려주지 않겠느냐?"

9

순간 오코는 눈에 이상한 긴장감을 띠고 코에츠를 바라보았다. 코에츠의 입에서 이처럼 진지한 말을 들은 적이 없기 때문이다.

"오빠, 다시 한 번 말해주세요. 오코는 덤벙거리는 성격이에요. 혹시 잘못 들었는지도 모르니까."

"좋아, 말해주마."

코에츠는 한층 더 굳어진 얼굴로 가만히 주위를 둘러보았다.

"너에게…… 오쿠보 댁에 출입하는 사람들을 아주 주의 깊게 관찰해 달라고 부탁한 거야."

"그렇게 하면 어떤 이득이 오빠에게 돌아오나요?"

"오코, 코에츠 개인의 이해득실이 아니야. 나는 일본에서 전란의 우려를 제거해 선사님의 정의를 실현시키고 싶은 거다."

"그러니까 그 입정안국立正安國°인가 하는 것과 연결되나요?"

"그렇다! 입정안국, 입정안국의 마음이야…… 나는 왠지 수상쩍은 전운戰雲의 냄새가 풍기는 듯한 기분이 들어 자꾸 신경이 쓰여."

오코는 코에츠를 바라본 채 어깨를 으쓱했다.

"전쟁……이라니 몸서리가 쳐져요!"

"명심하고 잘 들어. 지금 일본에서 전쟁이 일어난다……면 세 가지 큰 불씨가 있어. 전쟁은 반드시 여기서부터 싹트게 될 것이야."

"그 하나는?"

"말할 것도 없이 에도와 오사카의 반목이지. 물론 오고쇼나 쇼군과 히데요리 님이 사이가 나쁘다는 말이 아니야. 오사카에는 히데요리 님을 천하의 주인으로 받들고 세력을 펴려는 불평불만에 찬 사람이 많아. 에도 역시 마찬가지야. 하타모토 팔 만 기騎의 십중팔구는 칸토로 영지 이전 이후 계속 쌓여온 도요토미 가문에 대한 반감이 뿌리깊어."

"오빠, 그 정도는 이 오코도 알고 있어요. 둘째의 불씨는…… 둘째 불씨는 뭐지요?"

"둘째의 불씨는 남만인과 홍모인의 대립이야."

"호호호…… 홍모인이라면 일본에는 오직 미우라 안진 한 사람, 그것이 전쟁으로까지 연결된다고 생각한다면 지나친 걱정……"

"그렇지 않아."

코에츠는 목소리를 낮추면서 오코의 말을 끊었다.

"너는 잘 모르고 있는 것 같다. 남만인과 홍모인은 교리에서 대립이 있는 모양이야. 이를테면 남만인을 히에이잔比叡山 천태종天台宗이라고 한다면 홍모인은 혼간 사本願寺 잇코 종一向宗과도 같은 것…… 만약 앞으로 일본에 이 양쪽의 배가 계속 들어오게 되면 어떤 분쟁의 싹이 틀지 알 수 없는 거야."

"호호호…… 알겠어요. 다른 사람도 아닌 오빠의 걱정이니까. 그건 그렇다 치고 셋째는?"

"셋째는……"

코에츠는 말하다 말고 다시 한 번 다짐했다.

"절대로 입밖에 내면 안 돼. 이건 말이다, 선사님의 경문이 은근히 내게 알려준 암시야…… 셋째는 도쿠가와 가문 내부의 대립. 쇼군과 그 동생 사이의…… 물론 너는 그렇지 않다고 할 테지. 그래, 아직까지는 표면화되지 않았으니까. 땅 위로 싹이 움튼 것은 아니니까. 그러나 땅속에서 그 싹이 서서히 자라고 있는 것만 같아."

10

오코도 이번에는 웃지 않았다. 웃는 대신 그녀도 한층 목소리를 낮추고 물었다.

"그 쇼군의 동생이란, 저어…… 혹시 마츠다이라 타다테루 님을 말하는 게 아닌가요?"

"그래."

코에츠는 목에 걸린 가래침을 한꺼번에 뱉고 고개를 끄덕였다.

"사실은 오늘 모처에서 타다테루 님은 보통 기량을 가진 분이 아니다……고 수군거리는 자가 있었어."

"그 이야기라면……"

오코도 음성을 낮추고 살며시 사방을 돌아보았다.

"오쿠보 나가야스 님도 늘 말하고 있어요. 돌아가신 장남 노부야스 님은 몰라도 지금 장성하신 아드님들 중에서는 타다테루 님이 가장 뛰어나시다고."

"역시 그런 말을 했단 말이지?"

"예. 쇼군보다 기량이 뛰어나시다, 그분이 먼저 태어나셨다면 혼다 마사노부 부자나 도이 토시카츠 같은 자들이 일본을 마음대로 주무르지 못하게 했을 것……이라고."

"그래, 바로 그것이야."

코에츠는 성급하게 말을 꺼내다가 입을 다물었다. 순간 그는 지금까지 생각하던 것보다 더 큰 불안에 사로잡혔다.

"오코."

"예."

"쇼군보다, 에치젠의 유키 님보다 더 뛰어난 그 동생을 일본 제일의 야심가가 사위로 삼는다면 어떻게 된다고 생각하느냐?"

"일본 제일의 야심가……?"

"그래. 타이코 님조차 방심할 수 없다고, 일찌감치 점찍어놓았을 정도의 야심가가."

"다테 님인가요, 오빠?"

코에츠는 이 말에는 직접 대답하지 않았다.

"네가 그 장인이 된다면 어떻게 하겠어? 내 사위도 똑같은 오고쇼의 아들, 기량이 뛰어난 그 사위를 천하의 주인 자리에 앉히고 싶다……이렇게 생각하지 않을까?"

오코는 숨을 죽인 채 코에츠를 바라보고 있었다.

"만일 그 장인이 아까 말한 첫번째 대립, 두번째 대립을 깨닫는다면 무엇을 생각하고 무엇을 계획하겠어?"

"……"

"에도와 오사카의 반목, 남만인과 홍모인의 대립…… 이를 교묘히 이용하여…… 그런 몽상을 갖게 되지 않을까?"

오코는 당황하면서 코에츠에게 부채질을 했다. 자기 몸도 그랬지만 코에츠의 이마에서는 비지땀이 흐르고 있었다.

"일단 그 문제는 덮어두고…… 소텔과 다테, 오쿠보와 다테, 소텔과 오쿠보…… 이렇게 연결시켜보면 너는 조금은 불안하지 않느냐?"

"하긴 그래요."

오코는 비로소 양미간을 모으며 한숨을 쉬었다.

"오빠 말씀을 짐작할 수 있겠어요."

"나는 말이다, 아직 표면화되지 않은 이 싹이 커나간다면 첫째, 둘째의 원인이 곧 여기에 뒤얽혀 수습할 수 없는 사태로 번질 것만 같은 생각이 드는구나."

이때 물을 뿌리고 난 묘슈가 물통을 들고 들어왔다.

11

"오늘은 웬일이냐, 너희들이. 말다툼도 않고 오순도순 이야기를 나누고 있으니."

묘슈는 그래서 즐거운 모양이었다.

코에츠와 성격이 맞지 않는다고는 하나 오코는 묘슈에게 조카였다.

"사도가시마라는 데는 오코의 기질에 맞는 모양이구나. 오랜만에 왔으니 좋아하는 생선찜이라도 내놓아야겠어."

그러면서 우물가로 가려다 말고 다시 두세 걸음 되돌아왔다.

"오코, 오늘은 너희 집에서 자겠니, 아니면 우리 집에서 자겠니?"

오코는 대답하지 않았다. 코에츠와의 중요한 이야기가 아직 끝나지 않았다. 경우에 따라서는 사카이 치모리노미야乳守の宮 근처에서 놀고 있을지 모르는 오쿠보 나가야스에게 가지 않으면 안 될지 모른다.

"아니, 역시 말이 잘 통하지 않는 모양이구나."

묘슈는 쓴웃음을 지으며 사라졌다.

"오빠, 그러니까 오빠는 이 오코더러 남편을, 오쿠보 님을 감시하라는 말인가요?"

"감시……라고 하면 너무 모가 나. 그러나 일본이 다시 전란에 휩쓸린다면 모든 사람의 생활이 엉망이 되는 거야."

"그야 말할 나위도 없죠. 전쟁이란 남자들에게보다 여자들의 적…… 그러나 그이만은 다테 님 같은 사람에게 이용당할 분이……"

코에츠는 그 점도 잘 알고 있었다. 오쿠보 나가야스는 이용당하기보다는 항상 이용하는 유형의 인물이었다. 그런 의미에서는 나가야스 역시 결코 다테 마사무네에게 뒤지지 않았다.

그러나 문제는 바로 여기에 있었다. 이런 강렬한 성격을 지닌 두 사람이 서로 이용하고, 이용당하는 것이 두 사람의 이익에 합치된다 생각했을 때는 어떤 형태를 취할까?

"오코, 내가 두려워하는 것은 말이다, 오쿠보 님은 다테 님과 손을 잡는 것이 이익, 다테 님도 오쿠보 님을 이용하는 게 이익…… 양쪽이 서로 이렇게 생각했을 때야."

"그러나 오빠, 그게 세상이 아닌가 싶어요. 여자는 남자로 인해 살게 되고 남자는 여자 때문에 살게 된다…… 이용가치가 없는 것은 살 의미를 갖지 못한다……고. 아마 오빠의 가르침이었을 거예요."

"잠깐, 그건 선의와 선의가 만났을 때의 이야기야. 그러나 악의와 악의가 가까워질 때는 그 반대가 돼……"

코에츠는 여기까지 말하고 안타까운 듯 혀를 찼다.

"알겠니, 가령 다테 님은 어떻게 해서든지 천하를 뒤집어보려고 기회를 노리고 있다면."

"어머, 무서워라."

"여기에 오쿠보 님이 자신이 모시고 있는 타다테루 님에게 반드시 쇼군 직을 계승시키고 싶다…… 이렇게 되면? 이 두 생각이 만나기 전에는 그저 허황한 꿈에 지나지 않아. 그러나 서로 만나면 그야말로 천하를 뒤집는 가공할 음모로 바뀔 수도 있어."

"흥."

"알겠느냐, 어디까지나 가정에 지나지 않아. 그러나 여기에 만약 소텔이 가담하고 소텔의 배후인 남만국이 가담한다, 그리고 다시 천주교도인 다이묘와 수많은 신도가 가담하고 떠돌이무사가 가담하고 또 오사카 성 주인이 가담하면 어떻게 되겠느냐……?"

"그만 하세요! 이제 싫어요, 더 이상……"

오코는 갑자기 두 귀를 막고 눈을 감았다.

공포의 기억

1

오코는 정말 와들와들 떨고 있었다. 온몸의 땀이 한꺼번에 식고 혀가 바싹 말라 있었다.

세키가하라 전투 직전, 미츠나리 쪽이 후시미 성을 공격하던 어느 날의 기억이 오코에게 되살아났다.

그날 오코는 후시미 양조장으로 어릴 적 친구를 찾아갔다. 그곳에 미츠나리 쪽 군사들이 들이닥쳐 포위한 것은 성만이 아니었다.

양조장인 그 집에는 잡병들이 번갈아 드나들면서 하녀들을 차례로 능욕한 뒤 술을 마시고 돌아갔다. 아래로는 열두세 살의 어린 계집종으로부터 예순이 가까운 늙은 하녀까지 뭇 사람이 지켜보는 가운데 능욕을 당했다. 그동안 오코는 코하기小萩라는 그 집 딸과 함께 술창고 한 구석에 숨어 있었다.

두 사람을 술창고에 숨겨준 것은 열예닐곱 살쯤 되어 보이는 하녀였는데, 바깥 형편을 살펴보러 나간 후 다시는 돌아오지 않았다. 오코도 코하기도 불안해하다 얼마 후 코하기가 다시 동정을 살피러 몰래 나갔다. 이것이 이 세상에서 코하기와 오코의 마지막 이별이었다.

이윽고 어디서 불이 난 듯 오코가 숨어 있는 술창고 입구로 검은 연기가 낮게 스며들기 시작했다. 오코는 연기에 숨이 막혀 정신없이 창고에서 뛰어나갔다.

지금도 피곤할 때면 오코는 종종 그때의 꿈을 꾸고는 했다.

오코가 본 '전쟁'은 대포나 총을 쏘아대는 것도 아니고 격렬한 칼싸움도 아니었다. 커다란 술통이 늘어선 사이사이에 무참하게 살해된 채 버려져 있는 수많은 여자들의 시체였다. 전쟁이란 이름의 악마는 술을 퍼먹고 여자들을 능욕하는 것만으로 만족하지 않았다. 무참하게 욕을 보인 뒤 군감軍監의 눈이 두려웠는지 모조리 죽인 다음 불을 질렀다.

도망가던 오코는 코하기의 시체를 보았다. 코하기는 먼저 나갔던 하녀와 서로 껴안은 자세로 하반신을 멧돼지 사냥 때 쓰는 창에 꽂힌 채 피투성이가 되어 쓰러져 있었다. 오코는 그때 모처럼 대접받은 감주를 마구 토하면서 정신없이 연기를 뚫고 달아났다.

그런 일이 있은 뒤 '전쟁'이란 말만 들어도 오코의 머리에 떠오르는 것은 그날 목격한 코하기의 살해된 모습이었다.

"오빠, 제발 그만……"

오코는 무섭게 몸을 떨었다.

"이제 알았으니 오코에게 어떻게 하라고 분명히 지시만 내려주세요. 전쟁이 일어나지 않도록 하기 위해서라면 무슨 일이라도 하겠어."

"그래, 알아들었다는 말이지?"

코에츠는 오코의 반응이 너무나 컸기 때문에 도리어 깜짝 놀란 얼굴로 다짐하듯 말했다.

"그럼, 깊이 명심하도록. 다테 님과 오쿠보 님 사이에 혹시 전쟁에 관련될 만한 이야기가 나왔을 때는 잠시도 지체하지 말고 내게 자세히 알려주기 바란다."

오코는 조금도 주저하지 않고 고개를 끄덕였다.

"그럼 오빠, 오코는 당장 그 사람을 찾아나서겠어요. 사실은 나도 그 사람이 무얼 하고 있는지 알고 싶어요."

2

코에츠가 오코의 행동에 대해 무어라 말할 입장은 아니었다. 사도에서 어디를 거쳐 쿄토로 왔느냐 묻지 않았고, 나가야스와 어떻게 연락을 취할 것인지 묻지도 않았다.

그런 일은 실수 없이 해낼 터…… 이렇게 안심했기 때문. 그렇지만 자기가 원하는 정보에 관한 일만은 반복하여 다짐했다.

니치렌 신앙과 천하의 일, 이 두 가지에 대해서라면 코에츠는 눈빛이 달라지고는 했다. 아니, 그것은 두 가지가 아니었다. 입정안국이라는 선에서 하나가 되고, 여기서 벗어나면 혼아미 코에츠란 존재는 없는 것처럼 생각되기까지 했다.

'타이코 님이나 쇼군 님보다도 진심으로 나라를 생각하는 사람은 오빠가 아닐까……'

아무튼 어느 한 가지 일에 정열을 기울이는 인간은 훌륭하다. 특히 남자인 경우, 야심이건 기예技藝이건 병법이건 한눈 팔지 않고 하나의 목표를 추궁해 마지않는 모습에 오코는 무한한 매력을 느꼈다. 코에츠가 추구하고 있는 것은 위대하다. 입으로는 공연히 거역해 보이기도 하지만, 이는 결국 찬미하는 말을 뒤집어놓은 것에 지나지 않았다.

'오빠(형부)는 역시 위대하다!'

이번에도 오코는 진심으로 감탄했다. 그 감탄은 만약 상대가 언니의 남편만 아니라면 곧바로 사랑으로 이어질 수도 있었다. 그러나 그런 탈

선을 억제해준 것은 오쿠보 나가야스의 존재였다.

오코는 말할 나위도 없이 코에츠 다음에는 오쿠보 나가야스를 좋아하고 있었다. 물론 나가야스를 좋아하게 된 원인은 사나이와 여자로서 두 사람이 살아온 생활의 축적……이라는 것도 잘 알고 있었다. 그렇다 하더라도 좋아하는 남자 한 사람으로부터 또 한 사람의 좋아하는 남자를 감시해달라는 부탁을 받는다……는 것은 현재로서는 이 얼마나 신선한 자극이란 말인가……

오코는 코에츠의 집을 나와 네거리 맞은편에 있는 자기 집으로 갔다. 코에츠가 본가本家라 부르는, 어머니 묘슈의 남동생 집, 오코에게는 부모의 점포였다.

"아가씨, 하인들이 돌아와서 기다리고 있어요."

올케는 오코를 보자마자 얼른 말했다. 이 올케는 코에츠의 친여동생이었다. 이렇게 혼아미 집안은 둘이면서도 하나와 다름없었다.

"그래요, 고맙습니다."

오코는 이미 제정신이 아니었다.

이제 나가야스 앞에 불쑥 나타나 우선 그를 깜짝 놀라게 하고, 그 후 코에츠가 염려하고 있는 일을 탐색한다…… 이런 꿈에 들떠 있었다. 그녀는 긴 토방을 벗어나 뒤뜰을 아담하게 둘러싼 별채 입구까지 왔다.

"우스이臼井."

부르면서 미닫이를 열었다.

"예. 우스이 사부로베에臼井三郎兵衛, 돌아와 있습니다."

우스이 사부로베에는 오쿠보 나가야스의 영지에서 오사카로 수송되어오는 세공미를 관리하는 쿄토 태생의 점원이었다.

"그래, 그이의 숙소가 어딘지 알았나?"

"예. 지금 야마토에서 볼일을 끝내시고, 사카이 부교 나루세 마사나리 님의 별장에 계십니다."

3

"알았어, 역시 사카이…… 치모리노미야 어느 유곽에서 여자들에게 둘러싸여 계시겠군. 내가 쿄토에 왔다는 것은 말하지 않았겠지?"

오코는 그래도 소실로서의 체면은 지키려고 코에츠 앞에 있을 때와는 비교가 안 될 정도로 위엄을 갖추었다.

"예, 그야 물론…… 모처럼의 여흥에 방해가 되어서는 안 될 것 같아 크게 조심하고 있습니다."

"호호호. 그래, 좋아. 오늘밤 떠날 수 있도록 배를 마련하도록."

"저어, 오늘 저녁에……?"

우스이 사부로베에는 깜짝 놀랐다.

"그런데 이 댁에선 오늘밤 이곳에서 주무실 줄 알고 준비를……"

"호호호……"

오코는 다시 재미있다는 듯 간드러지게 웃었다.

"그런데 그렇게 하고 있을 수 없을 만큼 그이가 보고 싶어졌어."

"오코 마님……"

"왜, 배를 준비하기가 쉽지 않다는 거야?"

"아니, 배가 아닙니다. 갑자기 마님을 사카이로 안내했다가 주인님이 꾸중하시면……"

"아, 그 일 말인가?"

"예. 노토에서 모시고 온 자들도 그것을 두려워하고 있기 때문에."

"호호호…… 그런 일이라면 걱정할 것 없어. 나는 말이지, 사도에서 일부러 내가 탈 배를 만들어 가지고 올 생각이었어."

"예……?"

"하지만 그럴 필요가 없게 됐어. 광산 일꾼들 식량을 실어나르는 배가 노토에서 사도까지 왕래하고 있으니, 마음내키는 대로 편승해 그리운 남편을 만나러 온다…… 칭찬받을 일이지 꾸중들을 일은 아니야. 혹시 노하시는 일이 있더라도 내가 알아 할 테니 걱정할 것 없어."

"그렇지만…… 괜찮을까요?"

"호호호…… 그대는 내가 질투한 나머지 그이를 다그치러 온 줄 아는군. 이 오코는 그래도 쿄토에서 자란 여자. 어서 배를 준비해."

우스이 사부로베에는 똑바로 오코를 바라보다가 피식 웃었다.

"그러면 잘 부탁 드립니다."

"물론이야. 어째서 내가 그대들에게 폐 되는 일을 하겠어?"

사부로베에도 나가야스와 함께 사루가쿠의 동료였던 과거가 있었다. 그는 세상살이의 안팎을 속속들이 알고 있는 40대 사나이였다.

"그럼, 곧 준비하겠습니다."

사부로베에가 익숙하게 인사를 마치고 저물어가는 거리로 사라졌다. 오코는 손뼉을 쳐서 사도에서 데려온 하녀 두 사람을 불렀다.

"스기는 없느냐, 쿠라는?"

부름에 부리나케 모습을 나타낸 것은 그녀의 올케였다.

"아가씨가 안 계시는 동안 춤을 출 때 쓰는 부채를 사러 갔어요."

"둘씩이나…… 알았어요. 그럼 여기다 남겨두고 다녀와야겠군요. 언니, 저는 지금 곧 사카이로 가겠어요."

일단 생각하면 발등에 불이 붙은 듯이 서두르는 오코였다.

4

오쿠보 나가야스는 치모리 유곽에서 불러온 여자들에게 둘러싸여 벌써 거나하게 취해 있었다. 장소는 야도야마치宿屋町 해변 쪽에 있는 사카이 부교의 별장으로, 쿄쿠렌旭蓮 신사와 마찬가지로 사카이 부교와 동격이거나 그 이상 신분의 손님을 접대하는 곳으로 지정되어 있었다.

예로부터의 관습대로 이 숙소 경비만은 부교 휘하 무사들이 맡고 있었으나, 안에서는 손님이 편하게 이용할 수 있도록 요즘 요정에서와 같은 자유가 허용되어 있었다. 화류계 여자나 연예인도 자유롭게 부를 수 있었고, 상인들과의 면담도 신청만 하면 자유롭게 할 수 있었다.

나가야스는 이러한 자유를 가장 잘 활용할 줄 아는 사람으로 그는 쿄토, 오사카에서 나라로 나올 일이 있을 때는 이곳에서 쉬곤 했다. 사방으로 연결된 수상교통 외에 이와미나 사가미相模로 갈 때도 여기서는 해상으로 왕래하기가 편리했고, 또 하카타博多, 히라도平戶, 나가사키長崎와 같은 곳의 정보를 손바닥 들여다보듯 알 수 있었다.

"자, 오늘밤엔 모두 만취되도록 마음껏 마시고 떠들어도 좋다. 내일 나는 더 이상 사카이에 없어."

나가야스는 치모리 유곽에서 불러온 치토세千歲라는 여자의 무릎에 비스듬히 몸을 기대고 이따금 꾸벅꾸벅 졸았다.

사카이의 부교 나루세 마사나리는 그가 어제 도착했을 때, 잠시 나타나 몇 가지 의견을 나누고 간 뒤 모습을 보이지 않았다. 따라서 동석해 있는 것은 도신同心° 한 사람과 나가야스의 서기, 이와미에서 데려온 광산관계자 등 세 사람, 그 밖에는 큰북, 작은북, 월금月琴, 피리 연주자 등의 남자 연예인과 10여 명의 여자들이었다.

"좀더 흥을 돋우란 말이다. 왜 이렇게 잠을 못 잔 사람처럼 기운이 없느냐. 모두 마음껏 마시고 놀아보자구."

해가 저문 지 얼마 안 되는 시각. 창 밖을 내다보면 아마도 바다에는 고기잡이배 불빛과 정박중인 선박들의 등불, 그리고 에비스戎 섬 등대 등으로 활기에 넘치는 초저녁의 장관이 펼쳐져 있을 터.

그때 심부름하는 사람이 들어와 여자들과 한창 술잔을 주고받는 도신에게 무언가 귀엣말을 하고 나갔다. 도신은 고개를 끄덕이고 비틀거리며 나가야스 앞으로 왔다.

"총감독관님께 말씀 드립니다."

반은 진정이고 반은 농담인 듯 취한 소리로 말했다.

"뭐, 총감독관님……? 하하하…… 오늘밤엔 다이진大盡°이라고 불러, 다이진 님이라고. 다이진 님은 말이다, 이와미와 사도에서 쏟아져 나오는 금, 은 때문에 정신이 없다. 그러니 가끔은 몸에 밴 금, 은의 때를 씻어버리지 않으면 숨이 막힌다."

"예. 그런데 다이진 님."

"뭐냐, 용건은?"

"나가사키 부교 하세가와 사효에 후지히로長谷川左兵衛藤廣 님 소개장을 가지고 전에 아카시 카몬 님의 가신이었다는 분이 찾아왔습니다. 어떻게 할까요?"

"뭐, 나가사키 부교의 소개……"

"예, 그렇습니다."

"원 이런. 나가사키 부교 타로太郎 님이라면 오고쇼 님 애첩인 오나츠於奈津 님의 오빠가 아니냐?"

배우 같은 몸짓으로 치토세 무릎에서 몸을 일으키고 눈을 부릅떴다.

5

원래 놀기를 좋아하는 나가야스였다. 그런데다 요즘에는 금은 생산량이 예상보다 훨씬 많아 그의 주머니에 들어오는 배당도 엄청난 액수에 달했다. 그래서 종종 농담삼아—

"지금 일본에서 첫째가는 부자는 쇼군과 오사카 성 주인을 제외하면 나일지도 모른다."

주저하는 기색도 없이 여자들 앞에서 자랑하는 나가야스였다. 그러한 나가야스가 대낮부터의 술타령에 점점 싫증이 나던 판인데 새 내방자가 왔다는 말에 당장 그를 안주로 삼을 생각이 들었다.

"멀리서 온 손님, 소홀하게 대접해서는 안 된다. 정중하게 모셔라."

"알았습니다."

도신이 비틀거리며 나갔다. 나가야스는 호탕하게 웃었다.

"와하하…… 이제야 좀 졸음이 달아나는군. 오고쇼 님 애첩 혈육이 소개하는 손님이라면 따로 여자를 불러 모시게 해야지. 여봐라."

"예, 여기……"

역시 연극대사를 읽듯 서기가 대답했다.

"오, 여기 있었군. 수고스럽지만 치모리에 가서 쓸 만한 여자 하나를 데려오게."

"알겠습니다."

서기는 공손히 절을 하고 자세를 바로 하여 뒷걸음으로 물러갔다.

"와하하…… 이제 재미있게 됐어. 그런데, 치토세."

"예, 말씀하세요."

"나는 옛날부터 기억력이 좋은 다이묘였으나, 지금 왔다는 손님의 이름을 깜빡 잊어버렸어. 손님의 이름이 무어라고 했지?"

"호호호…… 처음부터 손님의 성함은 듣지 않으셨는걸요."

"어쩐지 생각이 나지 않는다 했지. 그대는 듣지 못한 그 이름을 생각해낼 수 없을까?"

이렇게 말했을 때였다.

"그 이름은 제가 떠올렸습니다."

옆방 장지문이 열리면서 한 여자가 방으로 들어왔다. 나가야스는 흘끗 그쪽을 바라보았으나 공교롭게도 흔들리는 촛불 때문에 취한 눈에는 그 여자가 똑똑히 보이지 않았다.

"흥, 제법 영리한 계집이 있었구나. 그래, 이름이 뭐냐?"

"오코라고 합니다."

"뭐, 오코…… 어디서 들어본 이름인데……"

중얼거리다 말고 불쑥 말했다.

"아니야, 손님은 남자일 거야. 그렇지 않다면 일부러 예쁜 여자를 구하러 사카이까지 보냈을 리가 없어. 그런데, 치토세."

"예. 왜 그러십니까, 다이진 님?"

"그 손님은 분명히 나가사키에서 왔다고 했지?"

"나가사키에서 오셨다……고 확실하게는 말하지 않았어요."

"그럼, 대관절 어디서 왔단 말이야?"

"글쎄요…… 아마 천국에서 오시지 않았을까 생각합니다."

"뭐 천국…… 그건 안 돼. 천국 손님은 때때로 붉은 머리, 푸른 눈의 여자를 선물로 갖고 와 억지로 떠맡기거든. 그건 안 돼, 그건 못써."

나가야스는 다테 마사무네의 눈이 파란 소실을 생각한 듯, 갑자기 목을 움츠리고 벌벌 떠는 시늉을 했다.

그때 도신의 안내를 받고 손님이 들어왔다.

6

"손님을 모시고 왔습니다."

도신이 말했을 때 나가야스의 눈도 어느 정도 제정신으로 돌아와 있었다. 기녀의 대답이 다테 마사무네와 소텔의 관계를 연상케 하는 바람에 그도 약간은 조심스러워진 모양이었다.

흘끗 손님에게 던진 일별은 산전수전을 다 겪은 평소의 오쿠보 나가야스로 돌아와 있었다.

“하세가와 님 소개로 왔다고……?”

“예. 여기 서신을 가지고 왔습니다……”

상대는 아직 스물대여섯 정도로밖에 보이지 않는 자못 공손한 상인다운 미남자였다.

“듣자하니 아카시 카몬의 떠돌이무사라지?”

“예…… 예. 떠돌이무사이기는 하나 병법으로 섬긴 게 아니라, 주로 이 사카이에서 나가사키까지 배를 주선하는 일 등을 맡아보았습니다.”

“하하하…… 그럼, 자네도 나와 같은 신참 무사였군. 평화로운 시대에는 소용이 되지만 전쟁 때는 쓸모가 없는.”

나가야스는 도신이 건넨 소개장을 읽어나갔다.

“자네는 천주교도인 것 같군.”

아무렇지도 않게 중얼거리고 그 반응에 신경을 집중시켰다.

상대는 자못 놀란 듯이 물었다.

“어떻게 아셨습니까?”

“모를 리가 없지. 가슴에 십자가를 단 사람을 만나면 나도 가슴이 뜨끔해지거든.”

“그러시면 총감독관님도 같은 신앙을……?”

“아니, 그렇지는 않아. 그렇지는 않지만, 일반적으로 천주교도는 인생을 생각하는 태도가 진지해.”

“죄송합니다. 그 서면에도 씌어 있을 것입니다만 저는 쿠와타 요헤이桑田與平라고 합니다.”

“음, 여기 씌어 있군. 이름은 씌어 있는데 용건에 대해서는 언급이 없어. 술을 권하기 전에 그것부터 알고 싶네.”

“감사합니다.”

상대는 약간 긴장한 표정으로 머리를 숙였다.

"실은, 저도 시라이토 왓푸白糸割符°…… 흰 실을 수입할 수 있는 권리를 얻고 싶습니다."

"허어, 그렇다면 잘못 찾아왔어. 나는 금광밖에는 관계하지 않아."

"예. 잘 알고 있습니다마는……"

"그렇다면 시라이토 왓푸 이야기는 할 필요가 없지 않나?"

"그렇지 않습니다. 실은 그 권리를 받은 분들의 면면을 보니 모두 천주교 신자가 아니었습니다."

"허어…… 금시초문일세. 오고쇼 님도 쇼군 님도 신앙은 각자의 자유라고…… 이 점은 타이코 님과는 달리 확고한 방침일세."

"사실은 그렇지 않습니다. 혹시 오고쇼 측근 중에 천주교도는 질색…… 아니, 에스이타 파, 프란시스칸 파, 도미니카 파 등의 신도를 싫어하는 분이 계실지도."

나가야스는 대번에 고개를 저었다. 그러면서 한층 더 경계했다.

'역시 미우라 안진에게 신경을 쓰고 있다.'

"그런 일은 없다고 분명히 말할 수 있네. 그런데 왜 그것을 걱정하는지 나는 도무지 알 수가 없는데……"

7

상대는 나가야스가 정말 모른다고 생각한 듯. 어깨를 떨구고 한숨을 쉬면서, 그러나 자못 진지한 표정이 되며 무릎걸음으로 다가앉았다.

"특별히 비밀스러운 일은 아닙니다. 사실을 말씀 드리자면 천주교 나라에도 두 가지가 있습니다."

"으음, 그것도 금시초문인걸."

"처음에는 같은 천주교…… 그러다가 퓨리턴(청교도)이라는 새로운 교리를 믿는 나라가 생겨, 이 신구 양교 국가들이 유럽에서 무섭게 전쟁을 하고 있습니다."

"으음, 자네는 꽤나 자세히 알고 있군."

"예. 그런데 일본은 천주교…… 구교였습니다. 여기에 신교국 배가 케이쵸 오년(1600)에 처음으로 들어왔으니."

"뭐라고 하는 배였나, 그것은……"

나가야스는 짐짓 시치미를 떼고 물었다.

"예, 미우라 안진이 타고 온 리프데 호°가 바로 그것입니다."

"허어, 미우라 안진이라면 나도 아주 모르는 사이가 아닐세. 안진은 오고쇼의 뜻을 받들어 결코 유럽 싸움을 일본으로 끌어들이지는 않겠다…… 굳게 맹세했고, 그는 절대로 그럴 인물이 아닐세. 일본 사람보다 더 완고한 옛 무사형 사나이, 염려할 것 없다고 생각하는데……"

"총감독관님은 정말 그렇게 생각하십니까?"

"하세가와 님이 그렇지 않다고 하던가?"

"아닙니다, 나가사키 부교 님도 같은 말씀을 하셨습니다."

"두 사람 모두 그렇게 믿어도 자네만은 믿을 수 없다는 건가?"

상대는 잠시 말문이 막힌 듯했다.

나가야스는 비로소 잔을 권했다.

"하하하…… 그러니까 자네는 미우라 안진이 오고쇼 측근이기 때문에 시라이토 왓푸의 상권을 얻을 수 없다…… 이렇게 생각하고 있군."

"아니, 그것만이 아닙니다."

상대는 술을 한 모금 마시고 눈을 크게 뜨면서 고개를 저었다.

"자칫 나가사키 항구가 쇠퇴하게 될지 모른다…… 그래서 하세가와 님도 총감독관님께 상의 드리는 것이 좋겠다고 하셨기 때문에."

"뭐, 나가사키 항구가 쇠퇴하게 될지도 모른다고……?"

"예, 바다는 넓습니다. 총감독관님 앞에서 이런 말씀 드리기는 죄송합니다마는 교역에는 은밀히 하는 교역도 있습니다."

"그렇다면 도대체 어떻게 된다는 얘긴가?"

"다이묘들의 밀무역이 성행하게 됩니다. 물론 발각되면 처벌받지만, 철저하게 감시하기는 어렵습니다…… 따라서 일본 교역은 구교국을 상대하기로 결정하시는 게 좋지 않을지…… 그렇지 않으면 일본 근해에서 양쪽의 해전이 되풀이될 뿐만 아니라, 그 여파로 일본 쪽 슈인센이 침몰할 우려가 있을지도 모릅니다."

"으음. 그럼 이 오쿠보 나가야스더러 어떻게 하라는 말인가?"

"전망을 여쭈어보고 싶습니다. 오고쇼 님은 그래도 신구 양교 나라 모두와 교역을 하실 생각이실까요?"

나가야스는 부르르 몸을 떨었다.

8

놀라울 정도로 예리한 오쿠보 나가야스의 두뇌였으나, 이에야스가 생각하는 천주교는 천주교, 교역은 교역…… 다시 말해서 종교와 경제를 분리하는 방침이, 이런 데서 벌써 커다란 소용돌이가 되어 있을 줄은 미처 생각하지 못했다.

"그럼, 자네는 일본 교역은 구교 쪽으로 국한하는 것이 이익……이라고 생각한다는 말이지?"

쿠와타 요헤이는 무릎걸음으로 다시 한 걸음 나앉았다.

"그렇지 않으면 유럽 싸움을 그대로 일본에 맞아들이는 결과가 되지 않을지, 걱정스럽습니다."

"자네는 조금 전에 바다는 넓기 때문에 밀무역을 방지할 수 없다고 했지 않은가?"

"그렇습니다."

"나가사키나 사카이가 아니라면 어디서 거래를 한다는 말인가. 히라도나 하카타인가?"

"죄송합니다마는 히라도나 하카타 정도라면 충분히 감시할 수 있겠지요…… 그러나 고토가 되고, 이키壹岐와 츠시마對馬가 되고, 또한 류큐琉球와 타카사고토高砂島(타이완)가 된다면……"

"알았네, 알았어. 멀리 떨어진 섬은 아주 많으니까, 그런 데까지 나가서 거래를 한다면 나가사키 부교도 손이 닿지 못하겠지. 그런데 자네가 구교국에 국한하라……고 한 것은 자네가 구교 신자이기 때문인가?"

질문은 부드러웠으나 쿠와타 요헤이의 가슴을 예리하게 찌른 듯.

"물론 그렇지 않다고는 하지 않겠습니다. 하지만 그렇게만 단정하신다면 뜻밖이라고 생각합니다."

"허어, 어째서 그런가?"

"저희가 여러모로 조사한 바로는 신구교 양국의 국력에는 아직 큰 차이가 있고, 일본 가까운 곳에 훌륭한 근거지를 가지고 있는 나라는 모두 이 구교국이기 때문입니다."

"으음, 그렇겠군."

"마카오는 포르투갈, 루손(필리핀) 섬은 에스파냐, 그리고 더 저쪽에는 멕시코가 있고 다시 유럽 본국과 구교의 대본산인 로마가 있습니다. 신교국도 인도를 비롯해 자바, 샴(태국) 등으로 차차 손을 뻗치고는 있으나 아직 두 세력의 차이는 큽니다. 큰 세력과 손을 잡는 것이 일본의 장래를 위하는 길이라고 생각하기 때문에."

"알겠네. 알겠어."

나가야스는 고개를 끄덕이면서 다시 잔을 권했다.

"나는 며칠 안으로 오고쇼 님을 뵐 것일세. 그때 여러 가지로 말씀 드리겠어. 그런데 쿠와타 요헤이……"

"예."

"자네에게 한 가지 물어볼 게 있네. 어디까지나 가정이네만, 미우라 안진이 신교국과 손을 잡고 구교세력을 일본에서 몰아내려는 속셈을 가졌다고 하면 어떻게 되겠나?"

"죄송하오나, 구교 선교사는 바로 그 점을 경계하고 있습니다."

"흥, 안진은 아직 속셈을 드러내지 않았으나 언젠가는 그렇게 되리라 믿는다는 말이지. 그럼, 그때는 어떻게 할 작정인가?"

"그때는……"

기세 있게 말하다가 요헤이는 씨익 웃으며 입을 다물었다. 동석한 사람들을 경계하는 모양이었다.

나가야스는 고개를 끄덕였다.

9

'내가 생각했던 것보다 훨씬 더 복잡한 모양이군.'

이런 생각을 하는 순간 나가야스는 쿠와타 요헤이라는 사나이가 크게 보이기 시작했다.

"그때는……"

말을 꺼내다가 입을 다물고 대담하게 웃는 사나이, 그때는 그때대로 충분한 대비책을 세우고 있다는 듯한 자신만만함.

"그래, 자네 용건은 대충 알았네. 오늘은 친구를 얻었다는 뜻에서 실컷 마시세."

나가야스는 자신도 몇 번이나 크게 고개를 끄덕이면서, 들고 있던 잔을 단숨에 비우고 오른쪽에 있는 기녀 앞으로 내밀었다. 관심이 쿠와타 요헤이에게 집중되어 있었기 때문에 —

"어서 따르지 않고 무얼 하느냐."

이렇게 명하듯이 기녀의 턱밑에 술잔을 내밀었으나, 그 시선은 다른 곳을 향하고 있었다.

기녀는 킬킬 웃으면서 술을 따랐다. 나가야스는 아직도 기녀의 얼굴을 보려고 하지 않았다. 요헤이가 어떤 연줄을 구하기 위해 왔는지에만 관심이 집중되어 있었다.

"자, 한잔 더 드십시오."

나가야스 오른쪽에는 언제 왔는지 치토세와는 다른 기녀가 와서 몸을 찰싹 붙이듯이 하고 앉아 있었다.

나가야스는 잠자코 다 마신 잔을 내밀었다.

"아니?"

고개를 갸웃했다.

"너는 못 보던 여자로구나. 이름이 뭐냐?"

"오코라고 합니다."

"오코…… 으음, 어디서 듣던 이름이긴 한데……"

나가야스는 왼쪽에 있는 치토세를 돌아보았다.

"너희 집에 있는 여자냐?"

"예."

치토세는 시치미를 떼면서 안주를 젓가락으로 집어 나가야스의 입에 밀어넣었다.

이때 기녀들이 우르르 몰려왔다. 이렇게 되면 나가야스의 방탕한 버릇은 천장이 얕다 하고 치솟는다.

"하나, 둘, 셋, 넷…… 넷이 왔구나. 자, 내 앞에 나란히 와서 선을 보여라. 어느 꽃이 제일 예쁘냐?"

"어머, 다이진 님은 이 치토세를 차버릴 생각인가요?"

“아아, 늦가을 지나는 비인가, 등대 섬 안개가 내리는가…… 좀 가만히 있지 못할까. 그렇게 자꾸 움직이면 품평을 할 수 없지 않느냐.”

일부러 한 눈을 찡긋 감았다가 취한 눈을 크게 뜨면서 —

“자, 손님, 마음에 드는 사람을 고르게. 두 사람 골라도 좋고.”

짐짓 취한 체 쿠와타 요헤이에게 농을 걸었다.

요헤이는 몸을 약간 긴장시켰다.

“호의는 감사합니다마는 저는 십자가를 간직하고 있으므로……”

“아내 이외 여자는 손대지 않는단 말이군. 와하하하…… 나도 마찬가지네. 바라보기만 할 뿐 범하지는 않아. 천국에 가고 싶으니까.”

그러면서 다시 오른쪽 여자에게 술잔을 내밀었다. 이렇게 되면 이미 나가야스의 주량은 한이 없다.

“아니, 너는 신참이로군. 이름이 뭐냐?”

“오코라고 합니다.”

“뭐, 오코…… 어디서 분명히 들은 이름인데.”

이것으로 세번째, 오코의 눈썹이 꿈틀거리기 시작했다.

10

사도에 있어야 할 오코가 사카이의 술자리에 기녀 차림으로 나타난다…… 물론 나가야스가 단번에 눈치챌 리 없다.

오코로서는 미리 계산된 일…… 이렇게 놀라게 하는 것이 실은 그녀의 즐거운 목적이기도 했다. 그런데 ‘오코’라는 이름을 세 번이나 듣고도, 사도에 남겨두고 온 사랑스런 소실의 이름임을 나가야스는 아직 모르고 있다…… 그러니 오코의 마음이 편할 리 없다.

“저어, 다이진 님.”

"왜, 잔을 달라는 말이냐?"

"혹시 다이진 님은 챠야 시로지로 키요츠구라는 분을 아십니까?"

"아, 삼 대 챠야 말이군…… 알고 있지. 그에게는 형이 있었는데 그 사람이 이 대 시로지로 키요타다였어. 그런데 스무 살이 지나고 얼마 안 되어 죽고 말았지."

나가야스는 오코가 꺼낸 챠야에 대한 화제를 그대로 손님 쿠와타 요헤이에게 들려줄 생각인 모양이었다.

"그래서 자네를 나에게 소개한 나가사키 부교 하세가와 사효에 후지히로에게 양자로 갔던 시로지로 키요츠구를 오고쇼 분부로 다시 불러들여 삼 대 챠야로 삼았지. 아직 젊지만 상당한 기량을 가진 사람일세."

"저어, 다이진 님."

오코는 나가야스에게 무시당하자 이번에는 그의 얼굴을 자기 쪽으로 돌려놓았다.

"그 기량 좋은 챠야 키요츠구 님이 지금 어디에 있는지 아세요?"

"물론 알지. 지금은 나가사키에…… 사실은 나가사키 부교보다도 더 중요한 임무를 띠고 갔어."

"어머, 그 중요한 임무란……?"

"하하하…… 너는 키요츠구와 좋아하는 사이인 모양이군. 챠야 키요츠구는 오고쇼 명으로 나가사키 부교 직속이 되었어. 예전엔 양아버지였지만 지금은 키요츠구가 오고쇼가 직영하시는 상관商館 책임자야."

"다이진 님!"

"왜 그래, 젊은 남자에 대한 것만 묻고?"

"그 나가사키 부교가 슈인센에 대해 상의할 일이 있는 손님을 어째서 같은 나가사키에 있는 챠야 님에게 소개하지 않고 다이진 님에게 소개했을까요? 다이진 님은 슈인센을 관장하는 분이 아닌데 말이에요. 광산 총책임자가 아닌가요?"

나가야스는 약간 고개를 갸웃했다. 오코가 말하는 뜻을 당장에는 소화하지 못한 듯. 소화했더라면 당연히 오코를 눈여겨보았을 터.

오코가 말했듯이 슈인센에 대한 문제라면, 나가사키 부교는 광산 책임자에게 소개하기보다 나가사키에 와서 이에야스의 무역 담당관과 같은 입장에서 일하는 챠야 키요츠구에게 말하는 편이 훨씬 더 해결이 빨랐을 것이었다.

"다이진 님, 술이 좀 지나치신 것 같군요."

오코는 다시 한 번 나가야스의 얼굴을 자기 쪽으로 돌려놓았다.

나가야스는 한 눈을 지그시 감으면서 오코에게 속삭였다.

"어때, 오늘밤 나하고 같이 자지 않겠어? 금화 두 장을 줄 테니."

11

이번에는 오코도 눈썹을 치켜올렸다.

'아직도 내가 누군지 깨닫지 못하고 있다……'

그보다 새로운 여자만 보면 유혹하려드는 나가야스의 언동이 오코에게 심한 굴욕감을 느끼게 하였다.

"두 장으로는 안 된단 말인가? 그럼 석 장을 주지. 하하하…… 그 이상은 안 돼. 그 이상은……"

그 이상의 가치는 없다는 의미일 터. 나가야스는 오코를 바라보면서 한 눈을 찡긋하고 히죽히죽 웃으며 고개를 저었다.

바로 그때였다.

"총감독관님, 그 여자를 저에게 양보하십시오."

그때까지 가슴에 십자가를 걸고 있다는 등 도도한 태도로 기녀를 거절했던 쿠와타 요헤이가 진지한 표정으로 몸을 앞으로 내밀었다.

"뭐, 손님도 천주교 계율을 깨뜨리고 놀아보겠다는 건가?"

"예…… 예. 실은 저도 아내를 가진 적이 있으나 상처를 하고…… 지금은 부끄럽게도 홀아비 신세입니다."

"하하하. 그래? 홀아비가 마음에 드는 여자를 만났다는 말이군."

"예…… 비로소…… 죽은 아내를 닮은 여자를 만났습니다."

"좋아!"

나가야스는 오코의 손목을 난폭하게 움켜쥐고 요헤이 쪽으로 내던지듯 떼밀었다.

"자, 금화 두 장짜리 여자는 손님의 것으로 낙착되었어. 나는 저것…… 저것이 좋다. 야, 이리 와."

나중에 몰려온 기녀 중 하나를 쓰러질 듯한 자세로 손짓해 불렀다.

오코는 낯이 화끈거렸다. 남에게 지기 싫어하고 장난을 좋아하며, 남이 오른쪽이라고 하면 자기는 왼쪽이라 우기는 성격의 오코였으나, 이런 자리에서는 어쩔 도리가 없었다.

"호호호……"

순간 치토세가 갑자기 미친 듯이 소리지르면서 일어나 나가야스가 부른 기녀의 손목을 끌어당겨 자기가 앉았던 자리에 앉혔다.

"이 치모리 유곽의 치토세가 오늘은 완전히 다이진 님에게 소박맞았네요. 소박맞은 밤 독수공방에 비오듯 쏟아지는 눈물. 호호호…… 그 대신 다이진 님, 이 아가씨를 뜨겁게 사랑해주세요."

말투도 몸짓도 호들갑스러워 오코도 더 이상 말할 여지가 없었다. 그보다 오코가 깜짝 놀랐을 때는 이미 쿠와타 요헤이의 오른손이 그녀의 어깨를 힘껏 움켜잡고 있었다.

"이름이 오코라고 했지?"

"예…… 예…… 그래요."

"그대는 내가 맡겠어. 참, 아까 그대가 뭐라고 했더라. 삼 대 챠야 님을 잘 안다고 했지?"

다그치듯 묻는 바람에 오코는 비로소 움찔했다.

'이 사나이는 나에게 급소가 찔린 모양이다.'

나가야스에게 그녀가 더 이상 무슨 말을 할지 몰라 두려웠던 듯.

'그렇다면, 이 사나이의 정체는 무엇이란 말인가?'

일단 두뇌가 회전하기 시작하면 오코도 평범한 여자가 아니었다.

"예. 그 챠야 님은 저의 오랜 단골이에요."

오코는 몸을 떨면서도 분명하게 말했다.

12

"뭐, 챠야 님의 단골이라니 반갑군. 오늘밤은 정말 운이 좋은걸."

요헤이가 오코의 귓전에다 대고 속삭였다.

오코는 더욱 당황했다. 챠야 시로지로 키요츠구를 알고 있다……고 말하면 상대가 깜짝 놀라 손을 뗄 줄 알았다.

"아이, 숨 막혀요. 이 손을 놓아주세요."

사나이의 팔에서 빠져나온 오코는 다시 한 번 나가야스 쪽을 바라보지 않을 수 없었다.

나가야스는 보통 음험한 사람이 아니다. 오코인 줄 알고도 그녀 이상 짓궂은 장난으로 시치미를 떼고 있다면, 오코의 입장은 어떻게 될 것인가. 그야말로 벗어날 길 없는 누명을 쓸 수밖에 없다.

"원 이런, 너무 쌀쌀맞군……"

쿠와타 요헤이는 또다시 오코에게 접근했다.

"아, 총감독관님도 마음에 드는 여자의 무릎을 베고 누우셨어. 우리도 그만 자리를 옮기는 것이 좋겠어."

"기……기……기다려주세요."

오코는 만약의 경우에는 혼자라도 이 자리에서 빠져나갈 생각이었다. 그러나 아직 거기까지는 결단을 내리지 못했다. 쿠와타 요헤이라는 사나이의 정체가 점점 더 수상해졌기 때문이다.

'무슨 속셈으로 일부러 나가야스에게 접근하려는 것일까?'

나가야스나 혼아미 코에츠를 위해 확실히 밝히고 싶었다.

"아 참, 손님은 술 한 잔도 따라주지 않았어요. 자, 한 잔 주세요."

오코가 잔을 내밀었다. 상대는 마지못해 다시 앉아 술병을 들었다.

"그렇다면 따라주지. 인연을 굳히는 술이야."

"호호호…… 아직 인연을 맺기는 일러요."

"아니, 어째서…… 총감독관님도 일부러 말씀하셨는데……"

오코는 단숨에 잔을 비우고 이번에는 억지로 요헤이에게 잔을 건네고 노래를 부르기 시작했다.

일곱 살 난 계집애가
깜찍한 말을 했네
사내가 그립다고 노래했네
아니, 이 아이는
어느 누구의 딸이기에……

노래를 하면서 상대의 잔에 몇 번이나 술을 따랐다. 머릿속으로는 이 사나이를 어떻게 요리할지 필사적으로 생각하면서……

"이봐, 총감독관님은 벌써 코까지 골기 시작하셨어. 우리도 그만 자리를 바꾸는 것이 어때?"

오코는 노래를 부르면서 일어섰다.

협죽도와 헤어지기 서러워

헤어지기 서러워

거룻배에 실어

데려가야 하리

칸자키神崎로, 칸자키로

나가야스는 기녀의 무릎을 베고 정말 잠이 들어버렸다.

오코도 그대로 물러날 여자가 아니었다. 일부러 요헤이의 손을 한 차례 뿌리쳤다. 다시 덤비려 하는 요헤이, 그녀도 취한 체하고 이번에는 아양을 떨며 기대는 시늉을 했다.

"아직 술이 부족해요. 자기 전에 마시고 싶어요. 호호호……"

13

오코는 쿠와타 요헤이와 다른 방으로 옮겼다. 그리고는 다시 요헤이에게 술을 강요했다.

요헤이도 술은 제법 강한 편이었다. 그러나 오코의 능란한 솜씨에는 나가야스보다 훨씬 다루기 쉬운 어린 토끼였다.

"자, 우리 두 사람뿐이에요. 분명하게 고백하세요. 어째서 갑자기 나를 이곳으로 유인했나요?"

"아, 그것은 총감독관님께……"

"말도 안 되는 소리예요. 호호호…… 처음부터 여자 같은 것은 안중에도 없던 분이 챠야 님 이야기가 나오자 갑자기 달라지더군요. 묻고 싶은 것이 있을 거예요, 이 오코에게……"

다시 억지로 요헤이 입에 술잔을 들이댔다.

"당신은 나가사키에서 오지 않았어요. 아카시 카몬이나 타카야마 우콘의 첩자…… 호호호…… 이 치모리의 기녀는 장님이 아니에요."

오코가 짐짓 거창하게 말했다. 금방 반응이 있었다.

"그런 것은 눈치를 챘다 해도 입밖에 내면 못써. 우린 총감독관님이 어떤 인물인지 알려고 접근한 것이니까."

이렇게 말하면서 요헤이는 얼른 금화 세 닢을 꺼내 오코의 안주머니에 찔러넣었다. 그런 뒤 마치 어린애를 다루듯 입을 열게 하려는 속셈인 것 같았다.

"원래는 저도 천주교도……"

약간 운만 떼면 상대는 열심히 신의 은총을 이야기하고 그들의 불안을 호소할 터. 역시 오고쇼가 된 이에야스 곁에 신교국 사람인 미우라 안진이 있는 것이 불안해 견딜 수 없어서였다.

"오고쇼는 공평한 분. 그러나 연세로 보아 언제 돌아가실지 알 수 없어. 그때 만약 안진이 쇼군 님을 움직여 구교를 금하는 명령이라도 내린다면 어떻게 되겠어. 그야말로 일본은 또다시 난세가 되지."

오코는 그 말을 듣는 동안 졸음이 왔다. 같은 말을 코에츠에게 들었을 때처럼 자극을 느낄 수는 없었다. 마음에 걸리는 것은 오히려 오쿠보 나가야스에 대해서였다. 나가야스도 지금쯤은 침실로 옮겨졌을 것이다. 아직 얼마 동안은 술기운으로 깊이 잠에 떨어져 있을 테지만 잠이 깨면 그 뒤가 위험했다.

오코는 요헤이의 편을 드는 체하면서 잇따라 술을 따르면서 나가야스가 벌일 잠자리의 광경을 상상해보았다.

어서 요헤이를 요리해야 한다. 그래서 그녀도 유곽을 빠져나가면 천주의 자식이 되겠다고, 안진의 독무대가 되지 못하도록 나가야스나 사카이 부교의 속셈 따위를 알아내겠다고 말하기도 했다.

이 계산은 오직 하나 중요한 곳에서 잘못되어 있었다. 차차 취기가 오른 상대는 결국 악마의 포로가 되어 오코와 정을 통하겠다는 생각이 든 모양이었다.

“나는 정말 그대가 좋아졌어.”

오코의 목을 꼭 끌어안고 요헤이는 귀동냥으로 배운 노래를 웅얼거리기 시작했다.

사카이 거리는 재미가 있네
가는 곳도 사카이, 돌아오는 곳도 사카이
마음이 남는 곳도 사카이

살아 있는 증거

1

요즘 오쿠보 나가야스는 아무리 취해 잠이 들어도 꿈을 꾸었다.

'꿈은 오장이 피로하기 때문……'

이렇게 단정하고 평소에는 상당히 건강에도 주의하는 편이었다. 그리고 심하게 피로하다는 자각도 없었으나 잠이 들기만 하면 나가야스는 곧 꿈속을 헤매고는 했다.

그 꿈도 젊었을 때처럼 정체를 알 수 없는 것에 쫓겨다니거나 깊은 연못 밑바닥으로 빠져드는 그런 불쾌한 꿈이 아니었다. 황홀한 행복감에 젖어 숨쉬고 있는 꿈이어서 더더구나 이상했다. 특히 그는 이 꿈속에서 세상에는 실재하지 않는 커다란 자기 궁전을 가지고 있었다. 그 궁전은 금과 은으로 만들어져 있고, 높은 누각 아래에는 맑은 호수가 펼쳐져 있어 앉은 채로 갖가지 물고기를 낚아올릴 수 있었다.

'내 꿈에서처럼 한번도 본 적이 없는 것들이 꿈속에서 나타날 수 있단 말인가……?'

처음 보는 화려한 궁전에서 수없이 많은 미희들의 시중을 받으며 마음대로 잉어나 도미를 낚아올리고 있는 자신을 도무지 이해할 수 없는 나가야스, 그는 여러모로 생각해보고는—

'아, 노부나가 공 초청으로 사루가쿠를 공연하던 아즈치 성安土城인지도 모른다……'

이런 생각을 한 일도 있었다.

요즘 나가야스는 잠이 들기만 하면 곧바로 그 궁전으로 가곤 했다. 그러니까 잠이 깨어 있는 그가 현실에서 생활하고 있는 것과 같이 잠이 들었을 때 이와는 전혀 다른 또 하나의 생활을 하고 있어 언제나 곧장 그곳으로 가고는 했다.

잠이 깨어 있는 동안의 나가야스에게는 물론 즐거움도 있었지만, 인사 문제 등으로 불쾌감이나 슬픔이 없는 게 아니었다. 그러나 꿈속에서 그에게는 불쾌감이나 비탄 따위는 전혀 없고 행복한 충족감만이 있을 뿐이었다. 그래서 잠이 깨고 나면 도리어 불안해졌다.

'죽을 날이 가까워졌다는 영혼의 가르침이 아닐까……'

꿈속에서는 나가야스가 욕구하는 거의 모든 것이 갖추어져 있었다. 아니, 욕구한다기보다 꿈속의 그는 깨어 있을 때의 그처럼 탐욕스럽지 않은지도 모른다.

궁전에서 내려다보는 풍경의 아름다움, 주위의 금은장식에 황홀해지며, 맛있는 술에도 여자의 아름다움에도 만족한다…… 인간의 마음에 열반이라거나 서방정토西方淨土라는 경지가 있다면 십중팔구 꿈속의 자신이 누리는 경지가 바로 그런 게 아닐까……?

나가야스는 잠든다는 것이 대단히 즐겁고, 잠에서 깨는 순간은 묘하게도 쓸쓸했다. 오늘밤도 그 꿈속의 궁전에서 낚시를 드리우고 있다가 그 낚싯줄이 헝클어지는 순간—

'아아, 깰 때가 된 모양이구나……'

스스로 생각했다.

'아니 잠깐, 나는 어젯밤에 무엇을 했더라……'

그렇다. 사카이 부교의 별장에서 치모리 기녀들을 불러 법석을 떨었다…… 어째서 그런 법석을 떨었을까.

꿈속의 자신과 현실의 자기 사이에 가로놓인 틈을 메우기 위해 나날이 더 화려하게 노는 것은 아닐까……

이런 생각을 했을 때 함께 자고 있던 여자의 팔이 나가야스의 목덜미에서 부드럽게 움직이기 시작했다.

2

나가야스는 그래도 움직이려 하지 않았다.

이미 꿈속에서는 반쯤 떠나 현실로 되돌아와 있었다. 현실로 돌아왔을 때 꿈속에서는 느끼지 못했던 갈증이 먼저 되살아났다. 물을 마시고 싶은 현실의 갈증이고 여자의 육체를 그리는 육욕의 갈증이었으며, 뭔가 먹지 않으면 지쳐버린다는 피로에 대한 경계이기도 했다.

인간에게 갈증이 있다는 것은 살아 있다는 증거이고 동시에 여러 가지 불안의 싹이기도 했다.

'나는 이처럼 일과 방탕 사이를 왕래하다가 결국은 늙어 죽을 뿐이란 말인가……?'

인생이란 하찮은 꿈만도 못한 덧없는 것이란 말인가.

다시 나가야스 옆에서 여자가 움직였다. 이번에는 상대가 충분히 촉감을 의식하고 다리를 감아왔으며, 또 한쪽 팔을 등뒤로 돌려왔다.

이렇게 되면 나가야스는 섬뜩해진다. 잠이 깬 후의 공허감을 달래주기 위해 여자의 육체가 있는 듯한 느낌.

'여자를 사랑할 수 없게 되었다면 인간은 이미 끝난 것……'

이런 섬뜩한 생각에, 그러나 큰 실감 따위가 있을 리 없다. 그렇게 단정하고도 같은 일을 되풀이하는 그 '습관'이 어쩌면 인생의 실체인지도.

나가야스는 다시 어젯밤의 기억을 더듬었다.

손님이 찾아왔다. 이름은 쿠와타 요헤이…… 요헤이는 슈인센이니 시라이토 왓푸니 하는 말을 했다. 그는 그 사나이를 핑계삼아 다시 기녀들을 불러오도록 했다. 치토세라는 기녀의 육체에 이미 싫증을 느끼고 좀더 신선함을 찾겠다는 욕심에서였다.

그는 한 사람을 이 정도면 된다고 스스로 택했다.

'그렇다. 작은 꽃이 밀집되어 비에 젖어 있는 패랭이꽃 같은, 묘하게도 딱딱한 느낌을 주는 기녀를 택했다……'

여기까지 생각해내고는 역시 식욕이 동함을 느꼈다.

'누가 이렇게 만든 것일까……?'

상대를 애무한다는 것은 같은 실망과 후회를 되풀이하는 데 지나지 않는다. 알고 있으면서도 싫증도 내지 않고 잇따라 건드리고는 또 후회를 한다…… 그런 식으로 인간 육체가 만들어졌다는 것에 화가 난다.

'그렇다고 해서 달리 무슨 방법이 있단 말인가……'

나가야스는 가만히 상대의 몸을 더듬기 시작했다.

'별로 색다른 것은 없다. 이것도 저것도……'

"이런 육체라면 나는 수없이 많이 알고 있어."

나가야스가 작은 소리로 말했다.

"역시 마찬가지야, 모두."

그 말이 그대로 탄식이 되어나온 듯.

"실망하셨지요?"

"그래."

그가 작은 소리로 대답한 순간 한쪽 뺨에 느닷없이 상대의 손바닥이 날아와 세게 올려붙였다.

나가야스가 깨닫지 못한 사이에 같이 잔 여자는 어느 틈에 오코로 바뀌어 있었다……

3

"아……"

나가야스는 뺨을 만지면서 속으로는 도리어 안도했다.

'모르는 여자가 아니다……'

칼로 찌를까 죽여버릴까 하는 위험한 적의가 아니라, 교태를 부리는 치정의 분노였다.

"무, 무슨 짓을 하는 거야."

나가야스가 말했다.

"내가 잠든 사이에 몰래 바꿔치기를 했군."

"내가 누군지 아세요?"

오코는 핏발이 선 눈으로 역시 적지않게 당황했다. 모처럼 꾸고 있던 꿈과는 거리가 먼 사태.

"모를 리 없지. 나는 그럴 줄 알고 있었어."

"이름을 분명하게 말해보세요, 내 이름을."

"그래, 좋아."

나가야스는 뺨을 쓰다듬으면서 말했다.

"치토세지 누구겠어. 이거, 뺨이 화끈거리는군."

상대는 충격을 받은 듯 어깨를 축 늘어뜨렸다. 등잔불은 희미하고 게다가 불빛을 등지고 있었기 때문에 얼굴을 확인할 수는 없었다.

순간 나가야스도 온몸에 소름이 돋았다.

'이건 치토세도 아니다!'

반사적으로 이렇게 깨닫는 동시 공포가 전신을 스치고 지나갔다.

'살해될지도 모른다……'

이번에는 분명히 살기등등한 공기의 변화를 깨달았다. 여자는 잠시 잠자코 있었다. 증오에 불타 나가야스를 응시하고 있을 터.

'누구일까, 이 여자는……'

생각해낼 수 있기만 하면 좋다. 그러면 곧 여자의 마음에서 살기의 원인을 제거시킬 수 있다. 그런데 도무지 그 정체를 알 수 없었다.

"어째서……"

얼마 후 여자가 말했다.

"어째서 내가 여기까지 쫓아왔는지 모르는군요."

오코로서는 예기치 않은 양보였다. 아니, 그것이 여자의 약점. 아직도 상대가 깨닫지 못했다는 사실을 안 순간 감당할 수 없을 정도로 불안과 외로움이 커졌다.

'나는 완전히 상대를 손아귀에 넣고 있는 줄 알았는데, 나가야스는 나 같은 것은 염두에도 없었다.'

어떻게 하면 좋단 말인가. 정말 두 푼이나 한 냥으로 살 수 있는 여자와 같은 취급을 받고 있는 것이라면……

"나는 걱정되어 견딜 수 없었어요. 당신 앞에는 큰 함정이 놓여 있어요. 그것도 모르고 있다니…… 그래서 일부러 뒤를 쫓아왔는데……"

'아!'

나가야스는 마음속으로 외쳤다.

일부러 뒤를 쫓아왔다…… 그 한마디가 비로소 안개를 몰아냈다. 안개가 사라지는 동시에 나가야스는 얼른 마음의 고삐를 당겼다.

"내가 모를 리 없지. 그대가 오코임은 진작에 알고 있었어……"

놀려주려고 했다는 말은 차마 하지 못하고 살며시 눈앞의 그림자와 선의 반응을 살폈다.

4

"아무것도 모르고 있군요."

오코는 이제 필사적이었다. 여자의 자위본능인지도 모른다.

"지금 표적이 되고 있는 것도 모르고 진탕 놀기만 하고 있어요."

"……"

"소텔이 어떤 꿈을 품고 에도로 갔는지 아세요? 아니, 다테 님이…… 무슨 생각으로 사랑하는 자기 딸을 카즈사上總(타다테루) 님과 연분을 맺게 했는지 그 야심의 그물을 깨닫지 못했나요?"

나가야스는 이미 누구인가 생각해볼 필요도 없었다.

'역시 오코였구나……'

그러나저러나 오코가 어째서 이런 말을 하는 것일까?

"지금 일본은 남만인과 홍모인이 교의를 둘러싸고 무섭게 대립해 있어요. 한쪽에선 미우라 안진을 오고쇼 님 측근에 들여보내 남만인을 일본에서 몰아내려 책동하고, 다른 한쪽에서는 이를 봉쇄해 남만인 천하로 만들고자 필사의 계략을 꾸미고 있어요. 오사카 성을 보세요. 새로 고용하는 자는 모두 남만 계통 천주교도. 그들은 오고쇼 님이 홍모인 편을 든다고 깨달으면 오사카에 웅거해 쓰러뜨리려 할 거예요."

"……"

"아니, 그것만으로는 아직 오사카 쪽에 승산이 없어요. 그래서 사이고쿠의 천주교 다이묘뿐 아니라 다테 님도, 그리고 당신도 모두 자기편에 끌어들이려고 온갖 유혹의 손길을 뻗치고 있어요."

나가야스는 저도 모르게 숨을 죽이고 있었다.

그런 움직임이 있다는 것은 진작부터 알고 있는 나가야스였다. 그렇더라도 오코는 어디서 이런 말을 들었단 말인가……?

'이상한 일이야……'

잠자코 있는 상대에게 오코는 더욱 기세를 올렸다.

"지금 남만 쪽에서 노리는 건 첫째가 오사카 성 주인, 둘째는 다테 님…… 아니, 어쩌면 카가 님일지도. 타카야마 우콘 님과 나이토 죠안 內藤如安 님을 비호하고 있는 마에다 토시나가前田利長 님은 오래 전에 남만 편이 되어 있을지도 몰라요. 네번째가 당신…… 오고쇼 님은 비록 홍모인을 편들지 않으신다 해도 벌써 고령, 현재 쇼군 님 동생으로 다테 님의 사위 카즈사 님 편에 선 쪽이 천하의 주인이 될 것은 손바닥을 들여다보듯 뻔한 일이에요. 그 카즈사 님을 죽일 수도 살릴 수도 있는 사람이 바로 당신. 당신은 지금 일본 천하만이 아니라 남만인가 홍모인가 하는 세계의 열쇠까지 쥐고 있어요. 그런 분이 이처럼 주색에 넋을 잃고 계시다니…… 다테 님이 오쿠보 나가야스 일이라면 내게 맡겨라…… 이렇게 말한다면 어떻게 하겠어요?"

나가야스는 점점 몸이 굳어졌다. 싸늘한 새벽 공기 때문만은 아니었다. 과연 그 자신이 생각하고 있던 이상으로 무서운 태풍의 소용돌이 속에 내던져진 것인지도 몰랐다.

오사카의 히데요리에게 다테와 마에다 두 다이묘가 가담하면, 원래부터 도쿠가와 가문에 강한 반감을 품고 있는 츄고쿠中國의 모리, 큐슈九州의 시마즈…… 여기에 쇼군의 동생이 가담한다면……?

나가야스는 눈을 감았다.

5

오코의 말에는 몇 가지 모순과 독단이 포함되어 있었다. 신교국 쪽인 이기리스나 오란다가 미우라 안진을 일부러 이에야스 측근에 들여놓았다는 것은 지나친 억측이었다.

안진은 아무것도 모르고 분고豊後 해변에 표류했고, 다테 가문과 이에야스의 여섯째아들 타다테루의 혼인도 마찬가지였다. 이에야스 쪽에서 다테 마사무네와 제휴하려는 의사가 있었고, 마사무네로서도 이에야스의 비위를 맞추려는 타산이 있기는 했으나, 처음부터 타다테루를 사위로 삼아 소요를 일으키겠다는 속셈은 있었을 리 없다.

그런데도 불구하고 오코의 말은 그냥 흘려버릴 수 없는 진실을 내포하고 있었다.

소텔이 미우라 안진과 이에야스를 이간시키려고 일부러 에도에 온 것은 움직일 수 없는 사실이고, 그 소텔에게 무엇 때문인지 마사무네가 접근하고 있는 것도 사실이었다. 이를 나가야스는 남만의 늙은 너구리와 일본 늙은 너구리의 힘겨루기라 생각하고 있었다. 이 두 늙은 너구리가 만약 황금을 털어놓고 손을 잡는다면……?

신구 양교에 의한 세계 분열의 파도 속에 그대로 일본을 끌고 들어가 두 쪽으로 갈라놓는 것도 결코 불가능한 일이 아니었다. 내심으로 도쿠가와 가문에 대해 좋지 않은 감정을 품고 있는 토자마外様° 다이묘는 오코가 지적한 것보다 훨씬 많다. 그들이 남만이라는 외세와 제휴하여 오사카의 히데요리를 맹주로 삼아 궐기한다면 충분히 바쿠후와 대항할 수 있는 큰 세력이 될 수 있다.

그렇게 되면 마츠다이라 타다테루의 싯세이이고 일본의 황금을 지배하는 자이기도 한 오쿠보 나가야스의 거취는 정말로 그 양대 세력의 승패를 결정하는 열쇠라고 할 수 있다……

'이상한 소리를 하는 여자야, 오코는……'

나가야스의 가슴은 묘한 긴장으로 얼어붙을 것 같았고, 드디어 온몸이 부들부들 떨리기 시작했다.

"당신은 말입니다……"

오코는 다시 분노와 불평, 원망과 탄식을 그대로 퍼부었다.

"나라를 대란으로 이끄느냐 평화로 이끄느냐의 갈림길에 서 계십니다. 정신을 차리고 있으면 평화가 유지되겠지만, 이처럼 정신 못 차리고 나날을 보낸다면 결국은 다테 님에게 몰려 궁지에 빠질 거예요."

"잠……잠깐, 오코."

나가야스는 비로소 오코를 달래기 시작했다.

"그대가 하는 말, 반은 납득이 가지만 반은 이해할 수 없어. 무츠노카미가 무엇 때문에 이 나가야스를 궁지에 몰아넣으려 한다는 거야?"

"뻔한 일이에요. 나가야스가 카즈사 님을 업고 오사카 쪽에 가담했다…… 그렇게 결정되었다고 소문을 퍼뜨리면 어떻게 하겠어요?"

나가야스는 또다시 가슴에 커다란 못이 박혀 섬뜩했다.

'다테 마사무네라면 능히 그럴 수 있다……'

우선 그런 소문을 퍼뜨린 다음 은근히 토자마 다이묘들의 반응을 살핀다…… 그렇게 하기를 좋아하지 않을 리 없는 기질의 마사무네.

"아시겠어요, 소문을 퍼뜨린 다테 님은 일이 탄로났다고 여기면 시치미를 떼고 물러서겠지요. 당신에게 씌워진 혐의는 어떻게 하죠?"

오코는 어느 틈에 나가야스의 옷깃을 두 손으로 움켜잡고 있었다.

6

일단 싸늘해졌던 나가야스의 몸이 뜨겁게 타오르기 시작했다. 모성으로 돌아온 오코의 몸이 나가야스를 감쌌기 때문만은 아니다. 나가야스의 가슴속에서 또 하나의 타산이 크게 눈을 떴다.

'한번 연극을 꾸며볼 만한 일이다!'

나가야스가 지금까지 분골쇄신粉骨碎身하며 충성을 바쳐온 것은 무엇 때문이었을까. 4만 석의 총감독관…… 단지 그 꿈 때문에 몇 번이나 거친 파도를 헤치며 사도로 건너갔으며, 이와미나 이즈의 산속에서 독사들과 싸웠던 것일까? 그렇지는 않다.

오사카 성에서 그 거대한 황금 훈도分銅°를 본 날부터 나가야스에게는 누구도 생각지 않은 꿈이 있었다. 그것은 땅속에서 잠자고 있는 일본 황금을 활용하여 세계의 바다에 군림하는 교역왕의 꿈……

나가야스는 그 꿈을 이에야스의 밑에서 이룰 작정이었다. 그런데 현실은 좀처럼 뜻대로 되지 않았다. 배를 만들거나 교역의 일에는 챠야 시로지로 키요츠구와 이에야스의 소실 오나츠 부인의 오빠 하세가와 사효에 후지히로가 적임자로 나가사키에서 활약하고 있다.

해외지식에 관한 고문에는 나가야스보다 남만과 홍모의 사정에 밝은 이기리스의 미우라 안진이 중용되었다…… 나가야스는 부지런히 황금만 캐낼 뿐, 황금을 마음대로 사용하는 것은 챠야이고 후지히로이며, 또 이에야스이고 안진이었다.

'이제야 납득이 되는군.'

나가야스는 어느 틈에 오코의 가슴에 꼭 안겨, 아직도 장황하게 무언가 호소하고 있는 오코의 잔소리를 자장가로 들으면서 숨을 죽이고 자기 자신에게 말했다.

'내 인생이 한계에 다다랐다고 지레짐작하며 낙담하고 있었어.'

그 때문에 주량도 늘었고 방탕도 심해졌다. 하지만 그렇지 않았다. 그에게는 또 하나, 그 자신도 모르는 사이에 전개되고 있던 새로운 도박의 계기가 주어져 있었다. 물론 세계를 뒤흔들거나 일본에 전란을 불러오려고 하는 것은 아니다. 그와는 반대로 챠야 시로지로도 하세가와 사효에도 이에야스도 안진도 히데요리도 타다테루도, 그의 존재를 무시하지 못할 살아 있는 증거를 보여줄 길이 열려 있었다…… 다테 마사무네나 소텔을 교묘하게 조종해 그들과 더불어 모험의 흥분을 맛보면서 그들의 야심을 일본을 위해 봉쇄해나가는 길.

'그렇다. 생각해보면 다테도 소텔도 재미있는 장난감이 될 수 있다.'

"미안해, 오코."

남녀간의 정담에도 때라는 것이 있다. 이쯤에서 오코를 애무해주지 않는다면 그녀에게 속마음이 드러날지도 모른다.

"나는 착한 사람이 되겠어, 오코. 그대의 충고로 눈을 떴어…… 나는, 나는 일본을 위해 좀더 진지하게 살아가겠어. 알겠지, 오코……?"

거칠게 등으로 손을 돌리는데 오코는 훌쩍훌쩍 울기 시작했다.

7

오코는 나가야스가 이제는 자기를 인정하고 애정어린 마음으로 돌아온 줄 알았다. 그러나 나가야스는 전혀 다른 희망에 불타며 거칠게 오코에게 도전하고 있었다.

이것으로 쌍방 모두 '살아 있는 증거'에 다다른 셈. 인간은 역시 죄 없는 꼭두각시이다.

"다시는 이 오코를 잊지 않겠지요?"

오코가 말했다.

"어찌 잊을 리가 있겠어, 나는 그대 덕에 다시 살아났는데."

나가야스는 타다테루의 얼굴을 떠올리며, 또 고로하치히메의 얼굴을 떠올리고 있었다. 양쪽 모두 쇼군과 그 부인이 되어도 전혀 손색이 없는 인품이었다.

"오고쇼 님은 어쨌거나 연세가 많으신 분."

이 말을 마음속으로 떠올렸을 때, 벌써 그 뇌리의 영상은 야심에 찬 다테 마사무네의 외눈박이 얼굴로 바뀌어가고 있었다.

"타이코 님이 돌아가신 것은 예순셋, 그보다 훨씬 더 몸을 혹사하고 계신 오고쇼 님…… 오고쇼 님은 세키가하라 전투가 일어나기 전날 밤에 벌써 가벼운 뇌졸중 증세를 보이셨어요…… 오래 사신다 해도 고작 앞으로 오 년이나 칠 년쯤이 아닐까 하고……"

이 말을 떠올렸을 때 나가야스는 체면도 부끄러움도 잊고 있는 오코에게 문득 연민을 느꼈다.

'여자란 이 얼마나 무력한 것인가……'

"오고쇼 님이 타계하시면 과연 쇼군 님은 오고쇼 님이 생각하셨던 것과 같이 남만인도 홍모인도 제압할 수 있는 기백을 가지고 세계를 상대로 교역을 계속할 기량을 지녔을지……"

나가야스가 이렇게 말했을 때 애꾸눈 마사무네는 오만하게 웃었다.

"하하하. 알고 계실 거요. 일본을 위해서도 도쿠가와 가문을 위해서도 오고쇼 님 뜻을 이을 만한 분을 키워야 할 것이오. 굳이 내가 그런 기량을 가진 분이 누구냐……고 말할 필요는 없겠지요. 그래서 이렇게."

나가야스는 지금 자신과 오코의 몸이 어떠한 모양으로 포옹하고 있는지 깨끗이 잊고 있었다. 그 정도로 남자의 행위 중에서는 야심의 꿈이 더 강렬한 것일까……?

반드시 그렇다고는 할 수 없을 터. 그는 지금 꿈속에서 남녀관계의 황홀감마저 탐닉하려는 욕심 많은 자가 되어 있는지 모른다.

"홍모인 쪽에는 측근에 미우라 안진이 있으므로 언제든지 영역을 넓힐 수 있습니다. 경우에 따라서는 남만인과의 교역을 우리가 확실하게 장악해놓아야 합니다. 당연히 소텔도 주군의 힘을 등에 업고 상권을 잃지 않으려고 필사적이므로…… 이때……"

이렇게 말하면 다테 마사무네도 무언가 눈치챌 것이 분명하다.

치밀하게 이어지는 제2대 쇼군의 암살이건, 오사카를 선동해서 반란을 일으키는 일이건…… 여기까지 꿈꾸었을 때 오코가 느닷없이 나가야스의 어깨를 깨물었다.

"아, 아, 아야……"

이때만은 나가야스도 잠시 꿈을 버렸다.

8

나가야스는 완전히 젊어진 느낌이었다. 철저히 정복당한 오코의 모습이 한층 더 그를 격앙된 생기 속으로 몰아넣는 힘이 되었는지도.

이런 방침으로 나가면 다테 마사무네도 큰 야심의 꼬리를 나가야스에게만은 드러내보일 터. 자기 사위를 쇼군으로 만들어 그 사위와 오쿠보 나가야스라는 보기 드물게 걸출한 인물을 양팔에 품고 세계 무역을 지배한다…… 아무리 큰 야심의 그릇이라도 가득 찰 터였다.

아니, 비록 걸려들지 않을 경우가 있다 해도 나가야스는 조금도 겁낼 필요가 없었다. 나가야스는 그의 귀여운 사위의 싯세이이고, 일이 탄로 났을 때는 사위도 딸도 장인도 나가야스도 같은 운명…… 마사무네의 입에서 누설되는 일은 절대로 있을 수 없다.

'그 반대인 경우는……?'

다테 마사무네가 이 이야기에 편승했을 경우. 그렇게 되면 나가야스는 일본 광산에서 금은을 캐내는 작업을 잠시 중단해도 좋고 캐낸 것을 그대로 어딘가에 파묻어놓는다. 교역은 금은이 없는 한 생명이 없는 것과 마찬가지. 전세계 사람들이 일본에 기대하고 있는 것은 오로지 마르코 폴로가 기록한 황금의 섬 지팡구(일본)에 대한 꿈이 아니었던가.

"성급한 일, 이 나가야스는 동의할 수 없습니다."

따끔하게 한마디만 해도 다테 마사무네는 결코 나가야스를 무시하지 못할 것이다.

'마사무네만이 아니다.'

나가야스가 다시 한 번 깜짝 놀라 주위를 돌아보았을 때, 작은 요부妖婦 오코는 이미 충족을 느끼고 잠들어 있었다.

나가야스는 벌떡 일어나 그 근처를 걸어다니고 싶은 충동에 사로잡혔다. 그러나 삼가는 편이 좋을 것 같았다. 오코의 두뇌도 여자로서는 보기 드물게 예리한 감수성을 가지고 있었다. 완전히 구상이 이루어질 때까지는 섣부르게 마음속을 드러내서는 안 되었다.

'나는 마음만 먹으면 쇼군만이 아니라 오고쇼도 움직일 수 있다.'

"금은 산출량이 적어졌습니다. 광맥을 잘못 찾은 모양입니다."

황금줄기를 착실하게 확보해 지배할 수 있을 뿐만 아니라, 이에야스의 아들 타다테루와 다테 마사무네의 딸도 한손에 거머쥐고 있다. 타다테루의 어머니 챠아 부인은 지금도 이에야스 측근에 있으며, 다테 마사무네가 움직인다면 토자마 다이묘들도 동요시킬 수 있다.

'토자마 다이묘 배후에는 오사카 성이 우뚝 솟아 있다……'

나가야스는 갑자기 부들부들 떨기 시작했다.

모반이 아니다!

배신도 아니다!

다만 자기가 처한 위치는 그 어느 쪽을 택할 수도 있는…… 그야말로 거대한 봉우리 위에 세워져 있다.

나가야스는 숨이 답답해져서 서둘러 오코를 흔들어 깨웠다. 이번에는 자신의 꿈에서 벗어나기 위한 애무였다.

거목巨木의 생각

1

이에야스는 자기 마음을 이해하지 못하는 자들이 주위에서 불온한 공기를 조성하고 있는데도 깨닫지 못했다. 만일 직접 전쟁과 이어지는 성질의 불온함이었다면 그는 아마 피부로 느꼈을 것이다.

평화로운 시대의 밑바닥에서 새로 태어나는 불온의 싹은 그로서도 경험한 적이 없다. 다소 마음에 걸린 점이 있다면, 히데타다가 상경할 때 히데요리가 인사하러 오기를 거부한 일이었으나, 때가 지나면 저절로 해결되리라 가볍게 생각하고 있었다.

그 이전부터 오사카에서는 다소 설치는 느낌이 없지 않았다. 이에야스가 에도 성 증축을 명령했을 때 오사카에서도 갑자기 방을 개축하여 다다미 1,000장짜리 방으로 만들었다. 지금까지는 타이코가 다다미 1,000장 운운했으나, 800장 남짓한 크기밖에 되지 않았다.

생각해보면 웃음을 자아내는 어린아이 같은 경쟁심의 표현이라 해도 좋았다. 다다미 1,000장이라 했으므로 꼭 1,000장이어야 한다고 어린 히데요리가 우겼는지도 모른다.

"어떻더냐, 히데요리 님은?"

형 히데타다의 대리로 오사카에 갔던 타다테루가 임무를 끝내고 후시미에 돌아왔을 때, 이에야스는 타다테루가 히데요리를 어떻게 보고 있는지 슬쩍 물어본 적이 있었다.

그때 히데요리보다 한 살 위인 타다테루는 고개를 갸웃하고 잠시 생각하는 듯하다가—

"좀 허약해 보였습니다."

이렇게 말했다가는 얼른 그 말을 정정했다.

"키는 저보다 컸습니다. 이대로 가면 육 척 장신의 대장부가 될 것 같습니다. 타이코 전하는 그렇게 키가 큰 분이었습니까?"

"아니, 타이코 전하는 그렇게 큰 분이 아니었어. 타다테루 너도 아비인 나보다 훨씬 더 크지 않느냐. 전쟁이 없는 세상에서 마음놓고 자랐기 때문이겠지."

웃으면서 이렇게 대답했다. 아마 타다테루의 눈에 비친 히데요리는 기질에서 약간 가볍게 보인 듯했다.

그래서 이에야스는 두 사람의 관직에 대해 그 차이를 은근히 말해주었다. 우다이진이라고 하면 타다테루의 현직인 사콘에쇼쇼左近衛少將°와는 비교도 안 될 정도로 차이가 있다, 그러므로 어디까지나 고위에 있는 사람에 대한 예의를 잊어서는 안 된다……고.

그 뒤에도 이에야스는 다다미 1,000장짜리 방에 앉아 위엄을 떨고 있는 큰 키의 소년을 상상하고는 저도 모르게 혼자 미소를 띠곤 했다.

그 히데요리가 이번에는 다이고 산보인三寶院에 인왕문仁王門을 기증한다고 했다. 산보인은 타이코가 호화찬란하게 마지막 꽃놀이를 한 유서 깊은 곳이다.

"아버지를 잊지 않고 있는 갸륵한 정성……"

이렇게 칭찬하면서도 이 역시 경쟁심의 발로가 아닐까…… 문득 이런 생각을 하기도 했다. 한 달 전에 코다이 사가 준공되어 키타노만도코로의 정숙함이 쿄토에서 화제가 되고 있었기 때문이다. 그러나 물론 그러한 것은 지금의 이에야스에게는 가슴을 스치고 지나가는 평화로운 봄의 미풍에 지나지 않았다……

2

지금 이에야스가 가장 관심을 기울이고 있는 것은 두 가지였다. 후지와라 세이카의 추천으로 그 앞에 나타난 하야시 도슌이라는 젊고 청렴한 유학자의 이야기를 듣는 일과 교역의 확장이 그것.

하야시 도슌은 과연 세이카가 추천할 만큼 깨끗한 품격을 보여주었을 뿐 아니라, 이에야스가 질문하는 초점을 정확히 파악하고 있었다. 원래 교육이란 인간을 만물의 영장으로 인정하는 데 근거를 둔 것. 그러므로 새로운 세상을 개척하려는 사람은 인간을 존중하는 경건한 마음가짐이 모든 일에 선행되어야 한다고 이 20대 청년은 예순네 살인 이에야스를 엄히 가르치는 어조로 대했다.

"그 점이라면 잘 알고 있네. 나는 인간은 모두 불성佛性을 가졌다고 젊었을 때부터 생각해왔네."

이에야스가 이렇게 말했을 때였다. 그는 뜻밖의 말을 꺼냈다.

지금까지 길을 잃고 전란의 황야에서 피묻은 칼을 들고 방황하는 사람들을 모두 성인으로 갱생시킬 수 있는 결심이 서 있는지 과감하게 따지고 들었다.

"그렇게 하지 않으면, 태평한 세상은 지속되지 않습니다."

이에야스는 쓴웃음을 금할 수 없었다. 말하려는 뜻은 잘 알 수 있었다. 그러나 이 세상 사람이 모두 성인이 될 수 있는 것도 아니며, 또 만들 수도 없다는 현실의 어려움을 잘 알고 있었기 때문이다.

인간에게 선악과 함께 생각하는 능력이 주어졌음은 어떤 경우에도 살아남을 수 있게 하려는 하늘의 뜻. 선이라 믿고 악을 행하는 자가 있고, 악을 두려워하면서 선을 행하는 자도 있다. 이는 자신의 지혜만으로 어떤 혼돈에도 견딜 수 있게 하려는 깊은 자비. 따라서 이것만 옳은 길이라 강요하는 일은 하늘을 두려워하지 않는 태도. 그러므로 학문에도 여러 유파가 생기는 게 아닌가…… 이런 말을 꺼내면 도슌은 낯을 붉히며 항변했다. 아니, 항변이라기보다 미숙한 제자를 꾸짖는 어조였다.

"그러한 결심으로 무슨 일을 할 수 있겠습니까. 인간은……"

도슌은 안타깝다는 듯이 혀를 찼다.

"모두를 성인으로 만들려고 해도 고작 몇 사람의 의인義人밖에 만들지 못합니다…… 처음부터 미지근하게 시작한다면, 교학教學에 대한 정열이 샘솟지 않습니다. 정열이 함께하지 않는 교학은 썩은 생선과 같은 것…… 중독을 일으킬지언정 몸에 좋은 영양가는 전혀 없습니다."

이에야스는 그 젊은 정열을 귀하게 생각했다. 확실히 그의 말이 옳았다. 시대를 바로잡으려는 사람이라면 먼저 그릇됨이 없도록 사전에 선택을 엄히 해야 한다. 그리고 이만하면 되었다고 생각했을 때 모든 사람에게 베풀 만한 결심 없이는 시대는 바로잡히지 않는다.

"좋아, 그렇게 하세. 일본인 전부를 성인으로 만들어보세."

이에야스가 이렇게 말했을 때 비로소 그는 긴장을 풀었다.

"그러시다면 이 하야시 도슌도 이 땅에 성인의 나라를 이룩하기 위해 저의 일생을 주군에게 바치겠습니다. 주군도 맨 먼저 성인의 길을 걸으시도록……"

도슌의 가르침 속에 성인이 되려 하고 있는 이에야스는 또한 지금 교역이라는 돈벌이에 전념하고 있는 셈이었다.

평화로운 시대를 살아가는 방법…… 창을 들고 돈을 버는 방법밖에 모르는 자에게 우선 다른 생활방법이 있다는 것부터 실증해 보이는 도리밖에 없었다……

3

하야시 도슌은 이에야스의 이러한 교역 제일주의에 대해서는 별로 찬성하지 않았다.

"황송합니다마는, 타이코 전하가 생존하셨을 때의 시책 가운데 무엇이 결여되어 있었는가를 깊이 반성하시기 바랍니다."

그 말에 이에야스도 흥미를 느끼고 반문하지 않을 수 없었다.

"선생은 무엇이 결여되었다고 생각하나? 경건하게 듣고 싶은 일 중의 하나일세."

젊은 도슌은 당당하게 말했다.

"바로 예禮입니다."

"허어, 예라고……?"

"타이코 전하도 주군 못지않은 열의로 일본 통일과 평화를 바라셨습니다. 화和는 항상 예와 더불어 있지 않으면 단단하게 뿌리를 내리지 못하게 마련…… 그 당연한 사실을 모르셨다고 생각합니다."

"으음……"

"쇼토쿠聖德 태자°가 말씀하신, 화和를 소중히 여기라고 한 뜻을 고립된 구절로 생각하고 받아들이시면 큰 잘못…… 예절이 그 화를 유지하는 데 없어서는 안 된다는 확실한 의미를 깨달으셔야 합니다."

"으음. 난세를 살아온 난폭한 자들을 성인으로 만들기 위해서는 우선 예절부터 가르쳐야 한다는 말이로군. 선생, 이에 앞서 또 하나 중요한 게 있다고는 생각지 않나. 의식衣食이 있고서야 예절도 있다는……"

"황송하오나 그 역시 같은 것이라 생각합니다. 마음속에 예절이 없다면 의식이 충분해도 그 넉넉함을 알지 못합니다…… 인간의 욕망은 한이 없습니다. 소인小人이 분에 넘치는 재물을 가지면 자칫 죄를 짓기 쉽다는 말처럼 타이코 전하가 키운 장수들이 타이코 서거 후 도리어 그 결속을 무너뜨린 예조차 있습니다."

이에야스는 그 말 역시 들어둘 만한 의견이라 생각했다.

"그렇다면 선생은 나의 부국富國 정책에 이의가 있다는 말인가?"

"예, 크게 이의가 있습니다. 교역을 활발하게 하여 백성을 부유하게 한다…… 그 자체는 훌륭한 선정善政, 그러나……"

"그러나 그것만으로는 잘되지 않는다는 말인가?"

"예. 의식이 충분하면서도 나라가 어지러워진 예는 얼마든지 있습니다. 의식이 부족하더라도 예는 잃지 않는다…… 교학에 이렇듯 엄한 규범이 없다면 부유함이 오히려 욕망과 야심을 부추겨 세상을 소란케 하는 원인이 될 수도 있습니다. 주군께서는 먼저 예를 바로 하시어, 예절 있는 자가 부를 얻을 수 있도록 도모하심이 긴요한 줄 압니다."

이에야스는 도슌이 무슨 말을 하려는지 잘 알 수 있었다.

'타이코는 확실히 그 때문에 실패했다……'

타이코가 베풀기를 좋아한다는 것은 세상이 다 아는 일. 누구하고라도 어깨를 두드리며 이야기를 나누었고, 걸핏하면 상을 내렸다. 그러한 태도는 확실히 새롭고도 훌륭한 기풍이었다. 그러나 사람들은 반드시 감복한 것만은 아니었다. 활달한 패기의 밑바닥에서 방종한 낭비벽과 무엄한 대담성이 동시에 싹터 타이코 죽음 뒤 격렬한 반동이 노출되었고, 서로 싸우기 시작했다. 그것이 도슌이 염려하는 '예절'의 결여 때문임은 이에야스도 진작 간파하고 있었다.

"선생의 가르침은 깊이 마음에 새겨두겠네. 부유하게 하는 일과 예절을 병행시키지 않으면 부富가 부가 되지 않는다는 말이겠지."

4

"부가 사람을 행복하게 하지 않고 오히려 방종으로 몰아넣어 질서를 어지럽힌다…… 주군은 결코 원하시지 않을 것입니다."

젊은 도슌은 끈질기게 이에야스를 물고늘어졌다.

'예절'이 질서의 핵심이므로 진심으로 평화로운 나라를 이룩하려 한다면 무엇보다 먼저 도덕의 쐐기를 박아넣어 선과 악의 구별을 무사들에게 인식시켜 이를 엄히 실천시키지 않으면 안 된다고 했다.

"주군의 마음가짐과는 다릅니다. 주군 스스로는 어느 정도 선이라 생각하시는 것도 천하 사람들 모두 악이라고 말할 때는 과감하게 바꾸실 마음가짐이 중요함은 말씀 드릴 필요도 없습니다."

"그야 그럴 테지만 선과 악은 판별하기 어려울 때도 있네."

"교학의 방침에 그러한 망설임이 있어서는 질서가 유지되지 않습니다. 그러므로 시비를 옳게 가려 누구 앞에서도 이치는 이치, 잘못은 잘못이라고 분명하게 밝히셔야 합니다."

"알았네. 그게 바로 사물의 표리일세. 마음가짐은 전자, 이의 실행이 후자, 그리고 모든 사람을 차별 없이 사랑하는 것이 곧 성誠이겠지."

도슌은 이 대답을 듣고 겨우 만족한 듯. 이에야스 자신이 일본이라는 성스러운 나라의 주인임을 잊지 말고 행동해달라고 했다. 어디까지나 교장은 이에야스이고 하야시 도슌은 교사에 지나지 않는다. 교장이 엄히 도道를 행할 마음이 없다면 도슌이 아무리 애를 써도 교학의 질서는 잡히지 않는다고.

"깊이 마음에 새겼네……"

이에야스는 웃으면서 말하고는 몇 번이고 고개를 끄덕였다.

"주인 된 자는 항상 구멍이 뚫린 배를 타고, 불타는 지붕 밑에서 잠을 잔다는 마음가짐이 긴요하겠지. 이 이에야스가 선생을 배반하는 일은 없을 것일세. 나도 육십 평생 많은 생각을 해온 사람이니까."

이에야스는 자신의 감회를 말했다.

"이 몸의 도리를 말하면 천지에 가득할 것이고, 천지의 도리를 축소시키면 내 한몸에 안을 수 있어."

사람과 천지는 원래가 일체, 그것을 깨닫고 어리석은 자나 가난한 자를 모두 자기 몸처럼 생각하고 살아가는 것이 이에야스의 신조이며 깨달음이라고 했다. 도슌은 눈을 빛내며 이번에는 크게 감동했다.

"참으로 놀랍습니다. 바로 그렇습니다. 주군은 그야말로 인간의 거목巨木. 거목은 치우쳐서는 안 됩니다. 아니, 치우쳐서는 무성하게 자라지 않으므로 사방으로 가지와 잎을 크게 뻗는 거목으로…… 이 하야시 도슌은 그 거목 밑에서 기꺼이 성誠의 길을 넓히겠습니다."

이에야스는 그 이후 근시의 눈에도 약간 거만해진 듯한 자세가 되었다. 도슌도 젊은이다운 정열을 불태우고 있었으나, 공을 이루고 이름을 떨친 이에야스에게도 아직 소년과 같은 데가 남아 있었다.

9월 3일 스미노쿠라 요이치에게 통킹과 교역할 허가증을 줄 때, 이에야스는 엄한 얼굴로 말했다.

"예를 바르게 해야 한다. 외국의 멸시를 받는 것도 존경을 받는 것도 모두 예에 달려 있어."

5

이에야스가 '예'에 대해 깊은 관심을 보이기 시작한 것은 확실히 하야시 도슌의 영향이었다. 그때까지 이에야스는 어딘지 모르게 히데요시의 격의 없는 대인관계에 막연하게 동경을 품고 있었는지도 모른다. 자연스럽게 누구의 어깨라도 툭툭 두드리며 흉금을 털어놓고 이야기한다…… 이런 일을 히데요시는 할 수 있었으나 이에야스는 못했다. 그런 만큼 선망을 느꼈는지도.

이제 그러한 태도는 짐짓 인간을 경박하게 만들어 합리적인 선에서 이탈시키기 쉽다고 생각하기도 했다. 그 이후 이에야스는 밤에 잡담을 할 때도 설교조 말에 일종의 중후함이 더해졌다. 이상하게도 자기 자랑이 섞인 그 설교가 왠지 장엄한 경문처럼 모두의 귀에 들리곤 했다.

혼다 마사즈미가 가끔 농담 비슷하게 말했다.

"드디어 주군은 살아 있는 조사祖師님이 되신 것 같아."

젊은 타케고시 마사노부竹腰正信는 최근 이에야스에게 불려 그 앞에 나가면 정말 그 위광에 눌려 몸이 저절로 마비된다고 했다. 아니, 타케고시 마사노부만이 아니라, 슈인센 허가 외에 외국과의 문서를 담당하고 있는 호코지 쇼타이 같은 사람도 이에야스가 어느 일에 대해 이렇다고 말하면 혀가 굳어 제대로 말이 나오지 않는다고 했다.

"역시 오고쇼 님 생각이 이치에 맞기 때문인 거야."

이런 말을 하고 있었다.

이에야스는 한 나라 정치에는 개인의 성격을 초월한 '예'가 있어야 한다고 생각했다. 새로 군령軍令 13개조를 제정했다. 그와 함께 다이묘법 8개조를 정해 다이묘들에게 엄수하도록 명한 것도 그 무렵이었다.

이러한 조처는 사람들에게 근거해야 할 기준을 마련하는 동시에 구속이 되었다.

"오고쇼도 드디어 거들먹거리기 시작했어."

"그래. 이제는 아무도 두려운 자가 없어. 그래서 누가 뭐라고 해도 개의치 않는 거야."

그 결과 동료로 알고 있던 오래된 다이묘들 사이에 이런 험담이 퍼지는 것은 불가피한 일이었다.

이에야스는 스미노쿠라 요이치를 통해 통킹과의 교역을 허가하고,

뒤이어 루손에 대해서도 해마다 4척의 상선 내항을 허가하여 일본 근해에서의 안전을 보증한다는 답서를 주었다. 이는 말할 것도 없이 소텔이나 구교 계통 사람들의 불안에 답한 것으로, 이에야스가 종교와 교역을 분리하여 생각하고 있다는 증거가 되었다.

요즘 소텔은 다테 마사무네의 알선으로 쇼군 히데타다를 배알했다. 그리고 아사쿠사의 병원은 이미 준공되었고, 마사무네의 딸과 타다테루의 혼례도 박두했다.

이에야스는 국내의 '예'를 바로잡으면서 더욱더 해외발전에 열의를 보여 차차 결실을 맺기 시작했다.

캄보디아 국왕으로부터도 서신과 선물이 왔고 안남(베트남)에서도 국서國書가 도착했다……

6

이에야스의 무역확대 정책은 백성들 사이에 평화가 정착되었다는 안도감을 주었다.

이와 병행하여 오사카 쪽 여러 사찰과 신사에 대한 수리작업 역시 그 무렵의 큰 특징이라 할 수 있었다. 히데요리의 이름으로 다이고 산보인의 인왕문 조영이 끝났으며, 그 뒤 곧 쇼코쿠 사相國寺 법당 종각을 조영, 기증했다. 그 공사가 끝나기도 전에 다시 다이고의 서대문을 건조했으며, 또 키즈키杵築 신사를 세우고 있었다. 이렇듯 오사카 쪽에서도 무엇에 홀리기라도 한 듯 불사佛事를 계속하고 있었다.

그동안에 다이고 사에서는 화재가 일어나 여의륜당如意輪堂, 오대당五大堂, 어영당御影堂이 불탔다. 이 또한 재건해야 했으므로 공교롭다고 보면 공교롭기 짝이 없는 일이었다.

세상에서는 당연히 이에 대한 온갖 소문이 퍼졌다.

"오사카 쪽에는 인물이 없어. 이러다가는 모처럼 타이코 전하가 축적한 막대한 군자금을 모두 사찰과 신사에 써버리겠는걸."

이런 말을 하는 자가 있었다. 그런가 하면 이와는 전혀 반대되는 소문도 퍼졌다.

"도련님의 생모는 전국 사찰과 신사에 도쿠가와 가문의 멸망을 기원하는 기도를 드리게 할 모양이야."

이에야스는 그동안 하야시 도슌을 독려하여 열심히 경서를 간행케 했다. 그러면서 안남, 루손뿐 아니라 새로 중국과의 무역을 부활시키기 위해 힘을 쓰고 있었다.

일본인들 중에는 에도와 오사카가 대립하고 있다고 보는 전시적인 시야밖에 갖지 못한 자가 많았다. 그러나 유럽인 선교사들의 눈에는 당시 일본이 아주 다르게 비쳤던 듯. 『일본 서교사西教史』에는—

"쿠보公方(이에야스)는 성실하고 진실한 군주임을 나타내고 있다. 그는 힘써 자신의 아들 히데요리(타이코 유언으로 히데요리를 자식으로 말함)를 보호하는 성의를 보이려고 그 사부이자 오사카 부교인 두 제후(카타기리 카츠모토, 코이데 히데마사)에게 명하여, 혹시 독살하려는 자가 있을지 모르니 세심히 경계하게 했다. 그리고 오사카 약방 및 의사에 대해서도 절대로 독약을 매매하지 못하도록 명했다……"

그들의 눈에 이에야스는 참으로 나무랄 데 없는 히데요리의 보호자였으며, 지금 일본은 그에 의해 통일된 국가 형태를 급속히 갖추어나가고 있다……고 보였다.

하야시 도슌은 기회 있을 때마다 이에야스에게 성인도聖人道 실천을 강요했다. 이에야스 자신도 그 철저한 보급에 노력을 아끼지 않았으며, 그 실천으로 서적 간행에 힘쓰고 있었다. 오사카 쪽 사찰과 신사 공사도 한 단계 높은 데서 보면 이에야스가 수립하려는 새로운 질서에 요도 부인도 히데요리도 열심히 협력하고 있는 측면으로 볼 수도 있다.

그러던 어느 날—

혼아미 코에츠가 후시미 성에 불려왔다.

이에야스가 명령했던 안남국 왕에게 증정하기 위한 칼의 장식을 가지고 오라는 독촉이었는데, 아직 완성되지 않았다. 따라서 코에츠는 이를 변명하러 온 형식이었는데……

코에츠가 타케고시 마사노부의 안내로 옆방에 들어갔을 때였다. 그날도 이에야스는 거실인 작은 서원에서 진지한 표정으로 도슌에게 『논어論語』 강의를 듣고 있었다.

7

코에츠는 도슌의 강의가 한 대목 끝날 때까지 옆방에서 공손히 기다리고 있었다. 생각하면 우습기도 했고, 묘하게 장엄한 느낌이 들기도 했다. 이미 70세에 가까운 일본의 늙은 권력자가 20여 세의 청년 유학자에게 자세를 바로 하고 강의를 듣고 있다.

'돌아가신 타이코 전하였다면 어떠했을까……'

도슌으로서도 황송하여 강의를 할 수 없었겠지만, 그럴 용기가 있었다 해도 타이코는 겸연쩍어 들으려 하지 않았을 게 틀림없다. 그런 면에서 이에야스는 아주 둔한 인물이었다. 아니, 둔한 것이 아니라 속을 알 수 없는 시골뜨기인지도 몰랐다. 『논어』의 말 그대로 아침에 도道를 들으면 저녁에 죽어도 후회하지 않겠다는 진지한 표정으로 한마디 한마디를 온몸으로 수긍해 보이고 있었다.

강의가 끝났다.

도슌도 눈치가 빨랐다. 그는 강의가 끝나는 순간 멀찌감치 뒤로 물러나 머리를 조아리면서 순식간에 스승에서 가신의 위치로 돌아갔다.
"실은 항간에 이상한 소문이 퍼지고 있습니다."
도슌은 두 간쯤 뒤로 물러난 뒤 비로소 세상 이야기를 꺼냈다.
"이상한 소문이라니?"
"세이카 스승께서 저를 천거하심은 주군께 불만이 있었기 때문이라는 소문입니다."
"허어, 그건 또 어째서일까?"
"주군은 기회를 보아 히데요리 님을 제거하겠다는 저의를 가지고 계시다, 스승께서는 이를 간파하셨기 때문에 자신은 교묘히 빠지고 대신 저를 천거했다는 소문입니다."
"으음, 상당히 우회적인 소문이군."
"저도 감탄했습니다. 소문의 밑바닥에는 무언가 일이 벌어지기를 바라는 난세의 생각을 하고 있는 인간의 검은 그림자가 느껴집니다."
"괜찮아, 나는 성인일세. 성인은 소문에 현혹되지 않아."
이에야스의 말이 떨어지기가 바쁘게 코에츠는 웃음이 터질 것 같았다. 순간 당황하며 엄숙한 얼굴을 지었다.
'웃어서는 안 된다……'
"그럼, 물러가 쉬도록. 나는 코에츠와 할 이야기가 있어."
도슌이 공손히 절하고 물러간 뒤 이에야스는 코에츠를 불렀다.
"가까이 오게, 코에츠. 어때, 완성되었나?"
"저어, 이삼 일 더 여유를 주십시오."
"좋아. 일본의 수치가 되지 않도록 정성들여 만들어주게. 나나 자네는 머지않아 이 세상에서 사라지겠지만 세공품은 일본인이 만든 가보로 안남국 왕가에 오래도록 살아남는 거야. 조잡한 것을 남기면 우리 후손들이 불쌍해."
"깊이 명심하고 있습니다."

"그리고 말일세, 코에츠. 나는 좀 있다가 슨푸에 성을 쌓고 그곳에 은거할 생각이야. 은거한다 해도 역시 손님이 찾아올 것 아닌가. 그때 쓸 선물용 칼에 우리 가문 문장紋章을 넣으려는데, 그대가 새로운 시대에 맞는 것으로 구상해주었으면 좋겠어."

"그럼, 이미 슨푸로……"

코에츠는 미간을 찌푸렸다.

8

"불만인 모양이군, 코에츠."

이에야스는 재빨리 코에츠의 기색을 읽고 미소지었다.

"은거는 좋지만 아직 이르다……는 말은 아니겠지?"

코에츠는 공손히 머리를 숙이면서 말했다.

"주군께서 꿰뚫어보고 계시므로 숨길 수 없군요. 말씀하신 대로 은퇴하시기에는 아직 이르다고 생각합니다."

"나는 말일세……"

이에야스는 코에츠의 말을 무시하고 불쑥 말했다.

"내가 은거할 슨푸 성 공사에도 공식적으로 부역을 명할 생각이야."

"아, 과연……"

코에츠는 그 말에 깜짝 놀란 듯. 은거한다 해도 이에야스는 결코 '한 개인'으로 돌아갈 생각은 없다고 받아들였기 때문이다.

"나는 오백에 한 사람씩의 비율로 일할 일꾼들을 부과시키려 하는데 너무 과중할까, 코에츠?"

"오백 석에 한 사람씩의 비율이라면 오만 석에 백 사람, 오십만 석에 천 사람…… 결코 과중하다고는 생각지 않습니다. 주군의 거성이라면 그 두 배라고 해도 모두 기꺼이 동원할 것입니다."

"그럴까? 그럼 한 가지 더 묻겠는데, 그 부담을 오사카에도 똑같이 제안하고 싶어. 어떻게 생각하나?"

이에야스는 태연하게 말하고 코에츠의 반응을 기다렸다. 이에야스는 코에츠의 비평을 가장 공평한 백성의 소리로 생각하고 있었다.

코에츠는 눈이 휘둥그레졌다.

"주군, 그 일 말씀입니다마는……"

"그럼, 오사카는 예외로 하라는 말인가?"

"아닙니다. 주군께서 그 결단을 내리시지 않기 때문에 커다란 불안의 뿌리를 세상에 남기고 있다는 말씀입니다."

"허어, 그러니까 자네는 부과하는 것을 찬성한다는 말인가?"

"주군! 도요토미 가문과 도쿠가와 가문의 관계는 사사로운 것입니다. 그러나 쿠보公方 님과 오사카는 사사로운 감정과 혼동해도 좋은 관계는 아닙니다. 오사카 도련님이 아무리 귀여우시더라도 부역을 면제한다……는 공사公私의 혼동이 얼마나 세상을 혼란케 할 것인지 저는 여간 불안하지 않았습니다."

이에야스는 똑바로 코에츠를 바라본 채 잠시 말이 없었다.

"주군, 이 일을 분명하게 깨닫도록 하는 것이 오사카 도련님을 진정으로 사랑하시는 일입니다. 오사카 도련님은 신분이 높은 공경인 동시에 오쿠보 님 지배 아래 있는 다이묘이기도 합니다. 다이묘로서는 다른 제후들과 같은 반열, 그렇게 하시지 않으면 일본에 질서가 잡히지 않습니다. 오백 석에 한 사람씩의 부과는 당연한 일입니다."

이에야스는 길게 한숨을 내쉬었다.

"사사로운 감정의 개재는 일절 허용치 않는다는 말이지…… 편치 못하군, 나의 만년도."

"신불에게 선택받은 분에 대한 부역, 그런 뜻에서 진실한 부역은 공평하다고 생각합니다."

"좋아, 자네가 그렇게 말한다면 나도 결심하겠어. 그리고 또 한 가지, 나는 슨푸로 옮길 때 오사카에 있는 사루가쿠 연예인들을 슨푸로 데려갈 작정인데, 이에 대해서는 어떻게 생각하나?"

이번에는 코에츠도 신중하게 고개를 갸웃거렸다.

사루가쿠 연예인을 슨푸로 데려간다, 아직 그런 것까지는 생각해본 일이 없었다……

9

사루가쿠 연예인들은 히데요시가 천하 제후들을 위로하기 위해 오사카 성 안에 두게 했다. 물론 연예인이 왕자王者의 측근에 있어야 한다는 규정은 없었다. 다만 우연히 그렇게 되었을 뿐이다. 그런데도 사람들은 연예인들은 왕자 측근에 있어야 한다고 생각했다. 그래서 이에야스는 슨푸로 옮겨 문안 오는 사람들의 접대에 충당하려 한다 하고 있다…… 코에츠는 그렇게 받아들였다. 그래서 더욱 쉽게 대답할 수 없었다.

코에츠는 냉엄한 이론가로 자부하고 있었다. 따라서 다른 무장 출신의 다이묘와 마찬가지로 히데요리에게도 부과되는 일정한 부역은 공사 구별을 명백히 한다는 점에서 이치에 맞았다. 그러나 법제와는 아무 관계도 없는 사루가쿠 연예인들의 경우는 문제가 달랐다. 이는 개인적인 취미에 관한 일에 지나지 않았다.

'그런 연예인들을 일부러 히데요리 수중에서 빼앗으려 하다니, 무슨 이익이 있단 말인가……?'

"황송하오나, 그 일은 삼사 년 뒤로 미루시면 어떻겠습니까?"

코에츠는 조심스럽게 고개를 갸웃거리고 나서 말했다.

"부역을 명하시고 그 뒤 또 사루가쿠 연예인을 데려가신다면 오사카 도련님은 혹시 주군이 자기를 미워하신다고 오해하게 될지도……"

이에야스는 그 말을 듣고 갑자기 웃음을 터뜨렸다.

"하하하. 이제 안심이 되는군. 자네 말대로 하겠어."

"예."

"그런데 코에츠…… 자네 정도나 되는 사람도 내 함정에 꼼짝없이 걸려든다는 사실을 알았네."

"주군의 함정에?"

"그래. 나는 이렇게 물어보고 싶었던 거야. 코에츠, 자네는 이 이에야스가 몇 살까지 살 수 있다고 생각하느냐고."

"예……"

"정면으로 묻는다면 자네는 결코 앞으로 일 년이나 이 년이라고는 말하지 않을 거야. 그래서 사루가쿠 이야기를 꺼내 넌지시 탐색해보았네. 그랬더니 앞으로 삼사 년 더 기다리라고 대답했어. 어떤가, 자네가 보기에 나는 아직 삼사 년은 문제없이 더 살 수 있다는 말 아닌가?"

"원, 이런……"

코에츠도 그만 머리를 긁적이며 푸념을 했다.

"주군은 너무 짓궂으십니다. 그런 질문이신 줄은 정말……"

"그런데, 코에츠."

"예."

"삼사 년 더 살 수 있다면 나는 결코 사루가쿠 따위를 즐기고 있지 않겠어. 일본 요소마다 성을 공고히 하여 세계에 진출할 나라로서 자세를 바로잡아나갈 생각이야."

"그러시면 또 다른 곳에 성을……?"

"그래. 하지만 제후들 자신을 장식하게 하기 위한 성은 아니야. 그렇게 하도록 허락하면 반란의 원인이 될지도 몰라. 일본을 위해, 또 천하를 맡은 자로서 외국과 일을 벌이게 되었을 때의 대비책으로 쌓겠다는 것일세. 그렇게 하지 않고는 자손대대로 내려가면서 안심하고 교역할 수 없어. 어떤가, 여기에 대한 자네 생각은?"

10

"어떤 일을 생각하는 데 두 가지 방법이 있다는 것을 나는 최근에야 깨달았어. 내가 일본 장래를 염려하고, 백성이 바라는 평화가 흔들리지 않게 하면 그에 따라 우리 가문도 안정된다는 것일세."

이에야스가 묘한 말을 했기 때문에 코에츠는 전신으로 받아들이기 위해 몸을 앞으로 내밀었다.

"과연, 그렇겠습니다."

"아니, 가문의 번창도 나라의 번영도 결국은 하나로 귀결된다……는 내 멋대로의 생각을 말하려는 것은 아니야. 좀더 의미심장한 감동일세. 나는 이미 히데타다에게는 사내아이가 태어나지 않을 줄 알고 체념하고 있었어. 그런데 타케치요가 태어나더니 이어서 또 쿠니마츠國松가 태어났어…… 인간의 지혜로는 계산할 수 없는 일. 좀 부끄러운 일이지만, 나는 나잇살이나 먹고도 고로타五郎太 밑으로 계속해서 셋이나 아이가 태어났을 때는 세상에 미안한 생각이 들었네. 설마 내 아들로 태어난 자에게 이만 석이나 삼만 석을 주어 어물어물 넘길 수도 없는 일 아니겠나. 그러다 보면 저 늙은이는 제 자식만 생각한다……고 말하는 자가 나타나더라도 변명을 못할 거야. 제 자식이 귀여운 나머지 이에야스나 되는 인간도 사사로운 정에 이끌렸다…… 이렇게 되면 도슌 선생의 성인도에 금이 갈 것 아닌가……"

"하지만 그것은……"

"좀 기다리게. 그래서 실은 나잇값도 못하고 고민했네. 그런데 최근에 와서 내 생각이 큰 잘못이란 사실을 깨달았어…… 사람이 이 세상에 태어나는 일은 내 자식이건 남의 자식이건 모두 인간의 지혜를 초월한 신불의 뜻임을 깨달았다는 말이네."

코에츠는 빙긋이 웃고 고개를 끄덕였다. 원한다고 자식이 태어난다면 노후의 히데요시가 그토록 초조해하지는 않았을 터. 아니, 대륙출병도 세키가하라 전투도 없었을 터, 역사는 완전히 달라졌을 터였다.

이에야스나 되는 사람이 그러한 점을 최근에야 비로소 깨달았다는 사실이 이상할 정도였다.

"그래서 주군께서는 어떻게 생각을 바꾸셨습니까?"

"코에츠, 인간의 마음이 성장하는 데는 크게 보아 세 단계가 있는 것 같네."

"세 단계……뿐일까요?"

"아니, 자세히 따지면 더 많을 테지만, 우선 처음에 인간은 자기 자신을 위해 일하는 것일세."

"그렇습니다…… 대부분의 인간들은 평생 동안 자기를 위해 살다가 끝나겠지요."

"그 다음에는 어떻게 하면 사사로운 마음을 버릴 수 있을까 하고 고심하지. 사리사욕을 위해 살아가는 한심한 모습이 마음에 걸려 못 견디는 시절이 계속되게 마련이야."

"옳으신 말씀입니다."

"입으로는 천하를 위하고 가신을 위한다고 하면서 실은 내 자신의 욕심뿐…… 이런 생각을 하면 차마 신불 앞에 얼굴을 들 수 없지. 그런데 이런 시기가 지나면 또 하나 큰 깨달음…… 이 세상과 나라는 개인은 결코 별개가 아니라는 사실 말일세. 알겠나? 이 몸의 도리를 알면 천지의 도리를 알게 되고, 천지의 도리를 압축하면 이 몸에 그 도리가 채워지게 되네. 잘 연마한 사심私心은 그대로 천지의 도리가 되는 것일세."

문득 이에야스는 말을 끊고 똑바로 코에츠를 바라보았다.

11

코에츠는 온 신경을 귀에 모으고 그 말을 이해하려고 숨을 죽였다.

"다시 말씀해주십시오, 주군. 이 몸의 도리를 알면 천지의……"

이에야스는 시선을 코에츠에게 못박고 같은 말을 되풀이했다.

"이 몸의 도리를 알면 천지의 도리를 알고, 천지의 도리를 압축하면 이 몸에 그 도리가 채워지는 게야."

"그러시면, 사람과 천지는 일체……라는 말씀입니까?"

"그래. 자식이란 부모의 의사나 희망만으로 태어나는 게 아니야. 부모의 영위에 천지의 큰 뜻이 담길 때 비로소 태어나는 것. 자식은 인간의 자식인 동시에 천지의 자식이기도 한 게야, 코에츠."

"과연…… 그렇다면 사심私心은 곧 천지의 마음, 공심公心 또한 천지의 마음, 둘 사이에는 차이가 없다……는 말씀이시군요."

"나는 어렸을 때 슨푸 린자이 사臨濟寺에서 셋사이雪齋 대사에게 자주 그 말씀을 들었어. 한 톨의 쌀에도 우주가 고스란히 깃들여 있다고…… 그 가르침을 그만 잊어버리고 사심을 완전히 버리지 않으면 위인이 될 수 없다고 잘못 생각했지……"

코에츠는 이에야스의 말을 자기 입장으로 바꾸어 생각하다가 그만 얼굴이 붉어졌다. 지금 코에츠의 수양은 그 수준에 머물러 있는 듯. 계속 무언가에 화가 나서 자신을 학대했다.

'주군은 그 다음 단계의 경지에 대해 말하려는 모양이다.'

"코에츠, 잘 연마된 사심은 그대로 우주의 마음이 될 수 있어. 나는 그 뒤부터 훨씬 더 마음이 편해졌네. 그렇다고 방심하여 방치하고 있지는 않아. 내 자식이라도 엄하게 키우고 기량 있는 부하를 딸려 요소요소 맡긴다면 큰 구실을 할 수 있게 될 걸세. 아니, 내 자식 남의 자식 구별할 필요는 전혀 없어. 원래 이들은 모두 천하의 자식인 거야……"

코에츠는 비로소 무릎을 탁 쳤다. 깨달으면 당장 그렇게 하는 것이 그의 버릇, 이때 이미 그의 생각은 다음 세계로 뻗어가고 있었다.

"알겠습니다. 주군은 이제 어느 누구도 꺼리시지 않고 일본의 요지라 생각되는 곳에 계속 견고한 성을 쌓으시겠다는……"

말하다 말고 코에츠는 껄껄 웃었다. 이상하게도 우스운 생각이 떠올라 무례하다고 생각하면서도 당장에는 웃음이 멎지 않았다.

"우스운가, 코에츠?"

"예. 주군 정도나 되시는 분이 그토록 세상 이목에 신경을 쓰셨던가 생각하니. 하하하……"

"고약한 녀석, 나를 웃음거리로 삼다니."

"주군. 그래서 타다테루 님에게도 고로타 님에게도 큰 성을 맡기신다…… 이것으로 아버님이신 주군도 만족하신다, 일본의 장래에도 도움이 된다…… 사심은 공심, 공심은 사심…… 이런 말씀이시겠군요."

이에야스는 약간 얼굴을 붉혔다.

"그 대신 나는 마음을 계속 닦겠어, 연마 속도를 늦추지 않겠어."

12

코에츠는 웃고 난 뒤 이번에는 가슴이 뭉클했다.

'무엇이든 생각대로 하실 수 있는 분인데……'

이에야스는 마지막까지 싸울 상대를 자기 자신에게서 찾고 있다. 정직하게, 어린아이같이……

"주군, 저도 그 말씀을 듣고 조금은 눈이 뜨인 것 같습니다. 내 자식, 남의 자식의 구별은 있을 수 없다, 오직 힘껏 연마시켜 분수에 맞게 살아가게 해야…… 함을 절실하게 깨달았습니다."

"코에츠."

이에야스는 다시 엄숙한 표정으로 돌아왔다.

"단지 그것만으로는 아직 부족해."

"예?"

"그렇지 않은가, 내 자식 남의 자식의 구별은 없다……고 보는 것은 바로 공평한 하늘의 눈이야."

"예."

"인간이 모두 하늘의 눈을 가질 수 있다……고 생각하는 자체가 엄청난 교만. 하늘이 어째서 그 자식을 부모에게 맡겼느냐, 알겠나…… 그것도 아버지 한 사람에게만도 또 어머니 한 사람에게만도 아니고, 왜 아버지와 어머니에게 맡겼는가…… 바로 이 대목에 무한한 뜻이 있네. 부모는 결코 자식을 미워하지 않는…… 이런 형태로 만들어 맡겼다…… 그러므로 내 자식은 남의 자식보다는 더 사랑해도 좋아."

"예……?"

코에츠가 이번에는 자기도 모르게 귀에 손을 갖다 댔다. 앞서 한 말과는 정반대로 들렸기 때문이다.

"묘한 표정 짓지 말게, 코에츠. 내 말은 내 자식이라 해서 망설일 것은 없다, 하늘이 맡기신 것이므로 마음껏 사랑하도록 하라, 다만 그 사랑이 치우쳐서는 안 된다……고 말하는 것일세. 하늘의 눈으로 볼 때는 내 자식이나 남의 자식이나 똑같이 귀여운 자식. 여기에도 사물의 표리와 깨달음이 있어. 사람은 원래 일체야. 어리석은 자도 천한 자도 무시하지 마라……는 의미가 되겠지."

"예……"

"거목의 가지는 어느 한 쪽에 치우치는 일 없이 사방으로 뻗어나는 것일세. 아니, 치우치지 않고 자라는 것만이 거목이 될 수 있다고 할 수 있겠지. 좀더 요약해서 말하면 모든 사람을 구별 없이 사랑한다, 이것이 실은 하늘이 정하신 성誠의 길이야."

이에야스는 이렇게 말하고 다시 웃는 얼굴이 되었다.

"원 이런, 또 이에야스의 못된 버릇이 나왔군. 내 말만 하고 자네 말은 들으려고도 하지 않다니. 모든 사람에게 말하게 해 훌륭한 이야기를 듣고 행하는 게 정말 지혜 있는 자인데…… 특히 지혜 있는 자가 따로 있는 건 아니야. 자, 뭔가 진귀한 세상 이야기라도 들려주지 않겠나?"

"황송합니다."

코에츠는 한숨을 내쉬면서 새삼스럽게 이에야스를 쳐다보았다.

"과연 지혜가 있는 자란 다른 사람의 훌륭한 이야기를 듣고 행하는 자…… 분명히 그러합니다."

"그래. 그런 점에서 자네는 이 이에야스에게 지혜를 가르치는 훌륭한 친구일세."

"그렇게 말씀하시니 그만 우쭐해집니다. 실은 저도 주군께 말씀 드려야겠다……고 생각한 것이 있습니다."

코에츠는 오코의 얼굴을 떠올리면서 입을 열었다.

13

"그래? 그럴 테지, 어서 말하게."

이에야스는 사방침을 앞으로 끌어당기고 앞으로 몸을 내밀었다.

"실은 제 친척 중에 오코라는 여자가 있습니다."

코에츠가 말했다.

"오코……?"

"예. 원래 여자답지 않게 성격이 괄괄한 여자인데, 실은 오쿠보 나가야스 님의 눈에 들어 그 소실이 되었습니다."

"아, 그것이었군. 사도에 쿄토 여자들을 데려갔다는 말이."

"그렇습니다."

"좋아, 나쁜 일은 아니야. 여자가 없으면 살벌해져서 안 돼."

"그 오코가 제게 귀에 거슬리는 말을 했습니다."

"사도에서 무슨 말을 했다고?"

"아니, 오코가 쿄토에 나왔을 때의 일입니다."

"허어, 뭐라고 하던가?"

"오쿠보 님을 천주교 신자들이 노리고 있다고 합니다."

"나가야스를 천주교도가?"

"예. 그들은 주군 측근에, 홍모인 미우라 안진 님이 있는 것을 몹시 못마땅하게 생각하고 있는 모양입니다."

"그 일이로군. 그건 오래 전부터의 일일세. 천주교도들은 그가 분고 해안에 표류했을 때부터, 이기리스와 오란다 사람은 모두 해적, 처형해야 한다고 강변했을 정도였어."

"실은 그 불이 아직 꺼지지 않은 모양입니다."

"그리 쉽게 꺼지지는 않겠지. 안진의 말대로 이기리스와 오란다, 에스파냐와 포르투갈은 서로 싸운다더군. 더구나 교리의 차이도 있고."

"바로 그것입니다. 그 교리의 차이, 원한이 뿌리깊은 것 같습니다."

"허어……"

"일본에 있는 천주교도는 남만 계통입니다. 안진 님이 주군의 총애

를 빌미로 남만 계통 천주교를 금지시킨다…… 전에 타이코 전하께서 금지시켰을 때처럼 되지 않을까 몹시 두려워하고 있습니다."

"그렇게 될지도 모르지."

"그래서 오쿠보 님을 노리고 있다……고 오코가 말했습니다."

"으음, 그런 말을 하던가?"

"예. 오쿠보 님을 통해 주군께 호소하여 남만계 천주교의 무사함을 도모하기 위해 안간힘을 쓰고 있다…… 오코는 이렇게 말했습니다."

코에츠의 말에도 이에야스의 얼굴에는 별로 불안해하는 기색이 보이지 않았다. 코에츠는 한층 더 말에 힘을 주었다.

"이 천주교도가 만약 잇코 신도와 같은 폭동…… 무엄한 행동을 일으킬 우려는 없을까, 그 소용돌이에 오쿠보 님이 휩쓸리면…… 하고 염려해서 오코가 저에게 호소해왔습니다."

이에야스는 웃으면서 고개를 끄덕였다.

"바로 그것일세, 거목의 가지는 치우치지 않는다고 한 말은. 나로서는 남만도 홍모도 없어. 양쪽 모두 골고루 교역해나갈 생각이야. 걱정 말게, 이 이에야스는 충분히 대비하고 있네."

코에츠는 달리 더 말을 할 수 없게 입을 봉쇄당하고 말았다. 갑자기 분위기가 무척 어색해졌다.

14

"주군께 한두 가지 교훈을 얻고 싶습니다만, 허락해주시겠습니까?"

코에츠는 아직도 큰 불안을 느끼고 있었다. 이에야스는 남만, 홍모의 종교적 대립을 잘 알고 있는 듯. 그러나 모르는 것이 두 가지쯤 있었다. 그 하나는 다테 마사무네의 성격에 대해서, 또 하나는 오쿠보 나가야스라는 인간에 대해서였다.

이에야스처럼 입장이 다른 여러 층의 인간에 대해 잘 알고 있는 사람도 드물다. 그러나 인간은 누구에게나 몇 가지 맹점이 있게 마련.

노부나가에게는 새로운 것을 좋아하여 어느 정도 색다른 활동이 아니면 곧 싫증을 내는 버릇이 있었다. 그 때문에 아라키 무라시게荒木村重로 하여금 배반하게 하고 사쿠마, 하야시 등 옛 신하를 추방하는가 하면 아케치에게 배반당하기도 했다.

히데요시에게도 그런 면이 있었다. 특히 리큐 거사를 할복케 한 만년에 이르러 그러한 현상이 심해져, 아부하는 자들에게 속아 간언이 귀에 들어오지 않는 오만의 지옥으로 떨어져갔다. 히데요시 자신 진심으로 노부나가에게 심복하지 않았으면서도 아부와 재치로 일을 꾸려왔다. 만년에는 성격에 그러한 점이 나타났다고 코에츠는 생각하고 있었다.

이에야스는 그들에 비해 결점이 적었다. 인간에게 이 이상 빈틈없는 완벽을 기대한다는 자체가 무리인지도 모른다고 생각했다. 그러면서도 작은 맹점이 눈에 띄는 것 역시 현실이었다.

"주저할 것 없어, 말해보게."

이에야스는 담담한 표정으로 말했다. 코에츠는 잠시 긴장했다. 그러나 긴장할수록 말하지 않고는 견디지 못하는 게 그의 버릇이기도 했다.

"다른 일은 말씀 드릴 게 없습니다…… 단 하나 이 코에츠의 마음에 걸리는 것은 교리에 대한 주군의 태도입니다."

"뭐, 교리에 대한 일……? 코에츠, 자네는 나에게 개종하라는 말은 아니겠지?"

"아니, 개종하실 정도로 주군의 신앙이 얕다고는 생각지 않습니다. 그러나……"

말꼬리를 흐리면서 코에츠는 무슨 말을 할까 하고 잠시 망설이다 대담하게 입을 열었다.

"다른 종교에 너무 관대하십니다. 달리 말씀 드리자면 아직도 신앙을 너무 가볍게 보시지 않나…… 하여 마음에 걸립니다."

"허어……"

이에야스는 묘한 말을 하는구나 하는 표정으로 잠시 침묵했다.

"주군, 저는 역시 어떤 교파와도 다투지 않고 어떤 종교와도 평등하게 교역을 한다…… 그러한 태도는 너무 낙관적이시지 않나 생각합니다마는 어떠신지요?"

"으음."

"아니, 결코 주군에게 니치렌 신자가 되시라는 말씀은 아닙니다. 같은 천주교 중에서도 남만과 홍모 두 파가 서로 맹렬하게 싸운다…… 이런 상황이므로 주군도 그 교의를 잘 검토하시어, 겉으로는 어쨌든 속으로는 그 싸움의 여파가 일본에 미쳤을 때 어느 쪽을 택하고 어느 쪽을 버릴지…… 분명히 결정하실 필요가 있지 않을까요?"

코에츠는 말하는 동안 점점 더 흥분하여 이마에 땀방울이 맺혔다.

15

이에야스는 잠시 묵묵히 생각하고 나서 말을 이었다.

"코에츠, 자네는 사람에겐 저마다 기질이 있다고 말하곤 했지?"

"예. 하지만 그것과 교리는 같이 논할 바가 아니라고."

"좀 기다리게. 심한 폐해를 초래하는 사교邪教라면 문제가 달라. 그러나 이 우주와 연결되는 인간 생명을 소중하게 생각하여 자비와 사랑을 호소하고 정의와 조화를 역설한다…… 이런 근원적인 마음에 부합되는 신앙을 가진 자는 신앙이 없는 자보다 훨씬 우리와 가까운 게야."

"주군, 고루한 말씀 같습니다만, 사람에 따라서는 신앙이 두렵다……

고삐 풀린 말이 되고 비방하는 무리가 되며 사이비 종교의 무리가 된다면, 신앙 없는 자보다 한층 더 처리하기 어렵지 않을까 합니다……"

"아니, 자네 말이 이치에 닿지 않는다는 생각은 아닐세. 자기만 깨달았다고 마귀처럼 날뛰는 인간도 결코 적지 않겠지. 그렇다고 이것을 믿어라, 저것은 믿지 말라는 말은 무리일세. 사람은 저마다 기질의 차이도 있고 용모의 차이도 있어. 용모가 다른 것처럼 마음의 움직임에도 차이가 있지. 어떤 종파에서 왔건 우선 믿을 만한 자는 믿어보자…… 이것이 나의 출발점일세."

"주군! 이 코에츠는 그 점에서 마음에 걸리는 게 있습니다. 주군은 지금 마귀라고 하셨습니다. 주군께서 그렇다는 말은 결코 아닙니다. 주군 손톱에 낀 때만큼의 신앙도 갖지 못하고 여덟 개 종파의 효능을 운운하며 신神 유儒 불佛 등 모르는 것이 없는 체하는 학자라 자칭하는 자가 세상에는 아주 많습니다"

"없다고는 할 수 없겠지, 이를테면 작은 마귀가."

"예. 작은 마귀라고 할 수 있겠지요. 그 사람들은 알고는 있으나 믿음이 없습니다. 그러므로 어떤 흐름에도 쉽게 휩쓸리는, 말하자면 강가에 걸려 있는 나무토막입니다."

"으음……"

"비가 와서 물이 불어나면 대번에 떠내려갑니다…… 저는……"

코에츠는 이미 자제할 수 없는 순수성을 드러내면서 그 눈을 무섭게 빛내고 있었다.

"주군 정도로 신앙을 가지신 분에게 개종……을 권하지는 않습니다. 다만, 이런 나무토막들은 망설이지 않고 접근해온다고…… 그 나무토막들에게 모처럼 쌓아올린 소중한 둑이 파손되면 그야말로 하류에 있는 인간들은 견디지 못합니다. 그러니 이 작은 마귀를 각별히 조심하시라고 말씀 드립니다."

이에야스는 갑자기 크게 고개를 끄덕였다.

"그래, 알 것 같기도 하군."

그리고 잠시 사이를 두었다가 나직하게 말했다.

"코에츠, 자네는 오쿠보 나가야스를 별로 좋아하지 않는군."

코에츠는 깜짝 놀랐다. 놀라기는 했으나 후회는 하지 않았다. 그가 작은 마귀라는 말을 썼을 때 뚜렷이 떠오른 모습은 나가야스의 얼굴이었다. 나가야스에게는 진지한 신앙 대신 새로운 지식만이 잡다하게 들어차 있었다. 그리고 그는 이것에 기대어 오만하게 살아가고 있었다...... 아니, 살아가는 줄 알고 있었다.

"어떤가, 코에츠는 다테 마사무네를 좋아하나?"

이에야스는 또다시 탐색하듯 불쑥 한마디했다.

16

정면으로 질문받고 그만 코에츠도 당장에는 대답하지 못했다.

다테 마사무네를 꺼려서가 아니었다. 그의 마음속에 크게 살아 있는 니치렌 대선사 때문이었다. 사람이 사람을 미워한다는 것은 좋은 일이 아니다. 그러나 지혜에 의지하고 무력을 악용하여 농간을 부리고 야심을 펴려는 자에게 코에츠는 결코 관대할 수 없었다.

그런 의미에서 오쿠보 나가야스와 다테 마사무네는 이질적이었다. 양쪽 모두 몹시 탐욕스러웠다. 나가야스에게는 허풍을 떠는 경향은 있어도 살기는 없었다. 마사무네는 유연하면서도 그 주변에는 센고쿠 시대 이래의 소름끼치는 살기가 감돌며 떠나지 않았다. 이에야스도 이러한 점을 깨닫고, 일부러 타다테루와의 혼인을 생각하지 않았을까.

그렇다고 지금 코에츠로서는 분명히 입밖에 내어 비난할 수 있을 만큼 확고한 증거가 있는 것도 아니었다.

“이거, 내가 잘못했군. 아무리 인간이 자신의 기호나 좋고 나쁜 감정 따위를 말해본들 별수가 있는 것도 아닌데.”

“아닙니다, 주군. 주군께서 그렇게 말씀하시니 저도 말씀 드리지 않을 수 없습니다. 이 코에츠에게는 다테 님이 무시무시한 분으로 보입니다. 무서워 보이기에 좋아하지 않는다…… 고 하면 안 된다…… 마음속에 살아 계신 존귀한 분이 이렇게 가르치고 있습니다. 그래서 선불리 대답을 못 드렸습니다.”

“알았네, 잘 알았어. 그 마음속에 계신 분을 소중히 모시게.”

이에야스는 잠시 쉬었다가 말을 이었다.

“염려하지 말게. 나는 방심하고 있지 않아. 쇼군에게도 늘 그 말은 하고 있네. 대장 된 자는 구멍이 뚫린 배를 타고 불타는 지붕 밑에 누울 정도의 마음가짐이 필요하다고…… 자네의 말로 나는 그 배에서 구멍이 뚫릴 만한 곳 두 군데를 발견했네.”

코에츠는 그 이상 아무 말도 하지 않았다.

무력을 갖게 하면 위험해지는 자도 있고, 권력을 주면 다루기 어려워지는 자도 있다. 그러나 진정한 인간은 벌거숭이 그대로가 무섭고 또한 벌거숭이 그대로가 친근감을 준다.

코에츠가 히데요시를 무섭다고 생각한 것은 그가 자신의 권력에 의지하여 칸파쿠 히데츠구와 그의 처첩들을 죽였을 때였다. 지금 코에츠가 이에야스를 무섭다고 생각한 것은 이에야스의 가슴에 자신의 벌거벗은 모습이 그대로 비치고 있음을 깨달은 두려움이었다. 그 두려움에는 그리움 또한 수반되어 있었다.

“그래, 내가 생각하고 있는 정도보다 종파의 대립이란 훨씬 더 집요한지도 몰라.”

“죄송합니다.”

"그러나 나도 제법 집요하네. 어떻게 해서라도 흔들림 없는 평화…… 를 이룩하면 우리 가문도 안전하다. 그래서 이에야스는 내 가문만을 위해 노력했다…… 그런 말을 듣지 않을까 하여 걱정했는데, 이제 그런 미망에서는 벗어났어, 코에츠."

"그렇게 되지 않으면 훌륭한 칼은 만들지 못할 듯합니다."

"그럼, 그 안남국 왕에게 보낼 칼 장식을 정성껏 완성해주게."

"명예로운 일입니다. 일본을 대표하는 기풍과 아름다움, 주군의 풍요로운 마음을 반드시 재현해보겠습니다."

"부탁하네, 코에츠."

코에츠는 공손히 머리 숙여 절하고 자리에서 일어났다.

거미의 재치

1

오사카의 히데요리에게도 500석에 한 사람 비율로 슨푸 축성공사를 위한 일꾼들을 차출하라는 말이 쇼시다이 이타쿠라 카츠시게로부터 카타기리 카츠모토에게 통보되었다. 그 통보에 카츠모토는 도리어 안도했다.

'잘된 일이야. 이렇게 되어야 좋은 거야.'

그는 히데타다 상경에 맞추어 히데요리가 찾아가 인사하지 않고 거부했을 때 섬뜩했다. 솔직히 말해 이에야스가 어떤 분노를 터뜨릴 것인가 하고 조마조마해하고 있었다. 그런데 이에야스는 조금도 노한 기색을 보이지 않았다. 오히려 카즈사노스케 타다테루를 쇼군의 대리로 오사카 성에 보내 문병하게 했다⋯⋯ 그때의 꺼림칙한 느낌이라니⋯⋯ 그 느낌은 과거 그 어떤 경우와도 비교할 수 없을 만큼 컸다.

누가 생각해도 오사카 쪽에 명분이 서지 않았다. 장인 히데타다가 바쿠후의 주인으로서 세이이타이쇼군이 되었다. 그에 대해 사위 히데요리가 인사를 거부한다는 것은 일종의 도전이었다. 도전할 만한 실력도 없는 자가 제후들이 주시하는 가운데 감히 그런 일을 했으니, 그야말로 무례하기 짝이 없는 일이었다.

'그런데도 전혀 화내지 않는다……'

이는 있을 수 없는 일로, 분노의 뿌리는 이에야스의 가슴에도 히데타다의 가슴에도 씻기 어려운 모욕으로 남아 있다고 카츠모토는 생각했다. 굳이 들추지 않았던 것은 센히메라는 인질이 오사카에 있기 때문이었을 터. 언젠가는 그 응어리만은 물에 씻어버려야만 한다고 카츠모토는 남몰래 생각하고 있었다.

이번 부역에 대한 통보는 카츠모토를 안도하게 했다. 그렇게 되어야만 하는 일이었고, 또 서먹서먹해하는 오사카의 비위를 맞추려는 듯한 느낌이 없었기 때문이기도 했다.

"잘 알았습니다. 아마 도련님은 그 이상의 협력도 제의하실 것이 틀림없습니다."

그 후에도 계속 사찰과 신사에 시주를 하고 있는 오사카였다. 그 지출에 비한다면 이번 부역 따위는 아무것도 아니었다. 카츠모토는 이타쿠라 카츠시게에게 쾌히 승낙한다는 대답을 하고 돌아오는 길에 이것저것 선물에 대해 생각했을 정도였다.

히데요리도 순순히 승낙했고 요도 부인으로서도 별로 이의가 없었다. 그런데 생각지도 않았던 곳에서 반대의 목소리가 터져나왔다.

요도 부인의 측근에 있는 여자들이 그 불씨. 말을 꺼낸 사람이 와타나베 쿠라노스케의 어머니 쇼에이니인지 아에바 부인인지는 알 수 없었다. 그 소리가 카츠모토의 귀에 들어왔을 때 오쿠라 부인도 반대했고 오쿠라 부인의 아들 오노 슈리노스케 하루나가까지—

"어려운 시기에 힘든 일을 맡으셨군요."

분명히 카츠모토를 탓하는 어조로 말했다.

"어려운 시기……라니 그게 무슨 뜻이오?"

내전에서 까다로운 문제가 생긴 것은 아닌지 카츠모토는 즉시 반문했다. 하루나가는 말꼬리를 흐린 채 설명을 피하고 말았다.

주인이나 다름없는 도요토미 가문에 대해 다른 제후와 똑같이 부역을 명하다니, 무례하기 짝이 없다, 속히 카타기리 님에게 일러 거절해야 한다, 그렇게 하지 않으면 좋지 않은 선례를 남긴다……고 했다.

"당치도 않은 일…… 부역이란 말이 마땅치 않으면 도움을 주는 것이라 생각해도 될 텐데……"

카츠모토는 다시 본성으로 히데요리를 찾아갔다.

2

히데요리는 요즘 각종 예능인을 성안으로 불러들이는 버릇이 생겼다. 사루가쿠 무리가 가르쳐주었는지 때때로 쿄토에서 온나가부키 배우까지 불러들이기도 했다.

이에 대해 오다 죠신織田常眞이 충고했는데, 히데요리는 도리어 죠신에게 역정을 냈다.

"어머니는 어떻게 하고 있나, 거기에도 말하고 왔어?"

죠신은 아무 말도 못하고 물러나 우라쿠에게 그 일을 한탄했다. 우라쿠는 카츠모토에게 이렇게 말했다.

"자네가 증오의 대상이 되어주어야겠네."

우라쿠로서도 어쩔 수 없다는 뜻도 되었고, 해야 할 말은 좀더 과감하게 하라……는 빈정거림일 수도 있었다.

다행히 오늘은 그러한 자들이 와 있지 않았다. 그 대신 사카에 부인이 침울한 얼굴로 대기하고 있고, 히데요리는 동자승과 코쇼小姓°들을 불러 바둑을 두고 있었다.

사카에 부인과 말다툼이라도 한 듯—

"차나 가져와, 차나……"

신경질적인 목소리로 사카에 부인을 꾸짖고 있었다.

"도련님, 좀 복잡한 이야기가 있습니다. 측근을 물리쳐주십시오."

카츠모토가 채 말을 끝내기도 전에 바둑판 위 돌이 마구 뒤섞였다.

"모두 물러가라."

코쇼와 동자승들은 물러갔다. 그러나 사카에 부인과 또 한 사람 하야미 카이노카미速水甲斐守는 남았다.

카츠모토는 두 사람에게도 손을 내저었다. 이 자리에서 좀더 엄하게 부역에 대해 반대한 자가 누군지 히데요리에게 물어볼 생각이었다.

"이치노카미, 어서 용건이나 말해."

"뭔가 심기가 불편하신 일이라도 있습니까?"

"그래, 방금 사카에가 불쾌한 소리를 했어."

"불쾌한 말이라니요?"

"나에게 어머니에게 놀러 가서는 안 된다, 시중 잡배를 불러들여도 안 된다, 함부로 코쇼들과 장난쳐도 안 된다…… 안 된다고만 해서, 그럼 어떻게 하느냐고 꾸짖고 있었어."

"안 된다는 말만 했습니까?"

"그래. 에도 할아버지는 나를 걱정하여 오사카에서 독약도 못 팔게 했다더군. 그런데 이 독약보다 더 무서운 것이 지금 시중에 유포되고 있다는 거야. 카츠모토, 사실인가?"

"독약보다 더 무서운 것이라니요……?"

"천연두야. 걸리면 열 명 중에서 일고여덟 명은 죽는다는군. 낫더라도 심한 곰보가 되니 함부로 어머니 곁에 가지 말라는 거야."

카츠모토는 씁쓸히 웃으면서 고개를 끄덕였다.

"그래서 사카에 부인을 꾸짖으셨습니까?"

"그래. 어머니가 병을 퍼뜨리는 게 아니지 않느냐, 네가 그런 소리를 하기 때문에 어머니와 사이가 벌어진다, 말을 삼가라고 꾸짖었어."

"그렇지 않습니다. 생모님께는 성밖에서 출입하는 자가 많습니다. 혹시 나쁜 병을 옮기는 자가 있으면 하고, 경계한 말입니다. 도련님을 생각하고 한 말이니 칭찬해주셔야 합니다."

히데요리는 똑바로 카츠모토를 노려보았다.

"그대도 병의 씨앗을 가지고 왔군. 얼굴이 얽은 것처럼 보여."

3

일반적으로 소년기에서 청년기로 접어드는 어느 시기의 변화에는 정해진 궤도가 있다. 첫째로 이유 없이 반항하는 시기로 사춘기. 이때가 지나면 몹시 허세를 부리게 된다. 자못 어른스러운 듯이 행동하고, 반감이라고까지는 할 수 없어도 계속 지식을 내세우고 야유를 일삼는다. 말할 나위도 없이 그 모두는 속이 들여다보이는 자기 주장이며, 그 이상으로 사려분별과는 거리가 멀다.

지금 히데요리가 카츠모토에게 제법 어른 같은 비꼬는 말로 상대하고 있지만, 어떻게 보면 바로 그 점이 카츠모토를 따르고 인정하고 있다는 표현이기도 했다. 자기 쪽에서도 인정하고 있으므로 그쪽에서도 자기를 인정해달라는 실토정.

카츠모토는 요즘에 와서야 겨우 그러한 히데요리의 마음을 알게 되었다. 알게 된 뒤로 히데요리가 더욱 애처로웠다.

'그 나이에 타이코나 나는 무엇을 하고 있었을까……'

히데요리와는 비교도 안 될 만큼 자유로운 세계를 뛰어다니고 있었다. 타이코 전하는 하치스카 코로쿠蜂須賀小六에게 업혀살면서 밤낮

없이 모험을 즐겼고, 카츠모토는 히데요시의 용맹스런 코쇼 중 한 사람으로 이번 전투에는 몇 명을 죽이고 몇 명의 목을 자르겠다고 장담하며 창을 휘두르고 말을 달리면서 날뛰고 있었다. 그런데 히데요리는 이 거대한 성벽 안에 갇혀 무언가 하려고 할 때마다—

"그러시면 안 됩니다."

이렇게 간섭을 받으며 숨도 제대로 쉬지 못하고 있다.

타이코의 소년 시절은 가난했기 때문에 그 어떤 것에도 구속받지 않는 자유와 행복을 누릴 수 있는 시기였다. 히데요리는 태어났을 때부터 부와 지위에 억눌린 죄수의 몸.

"저는 이미 늙었으므로 어떻게 되건 상관없습니다. 그러나 도련님은 그렇지가 않습니다. 나쁜 병이 있는 곳은 가까이 가지 마십시오."

"이치노카미, 그대는 내가 비꼬는 줄 모르고 있군. 병이 가까이 오는 것이 두렵기 때문에 그대도 오지 말라고 한 거야. 그대도 성밖으로 나다니는 몸이 아닌가."

"이것 참, 심한 말씀을 하시는군요."

카츠모토는 별로 놀라지도 않았고 황송해하지도 않았다.

"저는 도련님에게 모든 것을 말씀 드려야 할 책임이 있습니다."

"그럴 테지. 내 얼굴만 보면 늘 그런 말을 하니까."

"도련님, 도련님은 슨푸에 성을 쌓고 은퇴하시는 오고쇼 님을 어떻게 생각하십니까?

"어떻게 생각하다니…… 그야 늙은 사람이라고 생각하지."

"농담은 그만두십시오. 적이라고 생각하십니까 우리편이라 생각하십니까? 아니…… 싫어하시는지 좋아하시는지 묻고 있습니다."

"인간을 그렇게 어느 한쪽으로 치우쳐서 생각해서는 안 돼. 같은 사람이라도 좋은 면이 있는가 하면 나쁜 면도 있어. 나를 너무 어린아이로 취급하지 마."

"예, 그러면 도련님, 어떤 점이 좋고 어떤 점이 안 좋은지 그것을 여쭈어보겠습니다."

"그걸 알아 뭐하게? 쓸데없는 문답 같은 것은 하고 싶지 않아."

히데요리는 언성과는 달리 점점 기분이 좋아지고 있었다.

4

"계속 엄한 말씀만 하시는군요."

카타기리 카츠모토는 언제부터인지 히데요리와의 대화가 즐거운 일 중의 하나가 되었다.

"이 이치노카미가 쓸데없는 말을 여쭐 리 있겠습니까. 중요한 일입니다. 의견을 말씀해보십시오."

"그렇다면 말하지. 에도 할아버지도 돌아가신 아버님도 여간해서는 세상에 나타나지 않을 거물이야."

"그러기에 좋아하신다는 말씀입니까?"

"그래. 좋아한다기보다 존경해야 할 분이라고 생각해. 그런데 이 오사카에는 오고쇼가 훌륭하다는 사실을 모르는 자가 너무 많아."

카타기리 카츠모토는 자기 귀를 의심했다. 필요 이상으로 어른스럽게 위장한 말이기는 했으나, 이런 말을 들을 줄은 생각지도 못했다.

"과연 그렇다……고 이치노카미도 생각합니다. 도련님, 저는 앞서 오백 석에 한 사람 비율로 부역을 하는 일에 대해 도련님께 쾌히 승낙을 받았습니다."

"바로 그 일이야. 나도 그 후에 생각해보았는데, 거절하는 편이 좋을지 모르겠어."

"그럼, 도련님의 생각이 그동안 바뀌셨습니까?"

히데요리는 고개를 끄덕였다.

"성안에서 반발이 너무들 심해. 그 사람들의 말을 듣고 보니 과연 일리가 있더군."

"그 일리……라는 것을 말씀해주십시오."

"이건 일곱 무사들에게서 들은 이야기인데, 우리는 지금 여러 사찰과 신사에 대한 기부와 수리로 많은 비용을 지출하고 있기 때문에 어느 한쪽은 중지해야 한다는 것이었어."

"허어……"

"도요토미 가문은 보통 다이묘들과는 다르다, 그렇다고 양쪽 짐을 모두 짊어진다면 스스로 시들어버리려는 생각과 같다는 것이었어."

"부담이 과중하다……는 것입니까?"

"바로 그것이었어. 그래서 나는 기부를 중지하자고 했지. 아니, 나에게 그렇게 권고한 자의 의견도 마찬가지였어. 어째서 예로부터 내려오는 미신 때문에 그런 거액을 낭비하느냐고…… 그래서 나도 기부를 중지할 생각이었는데 여자들이 그렇게 하면 당장 신벌, 부처의 벌이 한꺼번에 내린다고 반대하는 것이었어. 이치노카미, 나는 말이야, 여자들의 미신에는 정말 손을 들었어."

카츠모토는 새삼스럽게 히데요리를 바라보았다.

'그런 데 원인이 있었구나……'

사찰과 신사 수리를 중지하지 않으려고 슨푸 성 부역에 반대한다……이야기를 듣고 보니 과연 여자들이 생각할 만한 일이 아닌가.

이때 히데요리가 다시 묘한 말을 했다.

"천주교에도 예로부터 내려오는 일본 사찰이나 신사에서와 같이 축원하는 길이 있으면 좋겠는데, 그런 것은 없다면서?"

"예…… 천주교에 축원이?"

"그래. 그런 것이 있다면 여자들은 돈이 드는 사찰이나 신사 수리를 그만두고 천주교로 종교를 바꾸어도 좋다고 하지만, 그게 없어 선뜻 마음을 정하지 못하고 있어. 모두 나를 위해 기도하고 기원하지 않으면 못 견디는 마음, 진심에서 나온 미신이지. 생각해보면 여간 가엾지 않아. 그렇지, 이치노카미?"

카츠모토는 저도 모르게 무릎을 움켜잡고 앞으로 몸을 내밀었다.

5

"도련님, 그렇다면 여자들은 천주교로 신앙을 바꿀 수 없기 때문에 슨푸 성 공사를 반대한다……는, 참으로 이해하기 어려운 기괴한 대답이 되겠군요."

카츠모토의 또박또박한 반문에—

"그렇게 되나?"

히데요리는 애매한 표정으로 고개를 갸웃했다.

"만약 돈이 안 드는 천주교로도 도련님의 안태를 기원할 수 있다……고 하면 어떻게 될까요?"

"으음, 그러면 사찰과 신사에 대한 지출이 적어지겠지…… 지출이 적어지면 슨푸 공사에 반대할 이유도 없어질 테고……"

히데요리는 일일이 자기 마음에 새기듯이 손가락을 꼽으면서 중얼거리고는—

"옳지, 내가 천주교도가 되더라도 내 몸은 안전…… 아니, 내 몸을 지킬 수 있다고 말해줄까? 그럼 여자들이 반대할 이유가 없어질 테니까."

진지하게 말하면서 카츠모토의 얼굴을 바라보았다.

카츠모토는 세게 고개를 저었다.

"그건 이상합니다. 이야기가 묘하게 꼬여 있습니다."

“그래, 나도 그렇게 생각해. 나는 오고쇼를 위해 기꺼이 무언가를 해주고 싶어. 알고 있어, 많은 애를 쓴 노인이야.”

“도련님, 맨 먼저 이 일에 반대한 자는 누굽니까?”

“아에바 부인이야.”

“그러면 또 한 사람, 사찰과 신사에 대한 기부를 중지하라고 말한 일곱 무사는 누굽니까?”

“그건 하야미 카이.”

“하야미는 천주교도지요. 하야미와 아에바 부인은 평소에 사이가 좋지 않습니까?”

“아니, 그렇지는 않아. 두 사람은 아주 친한 것 같아.”

문득 히데요리는 다시 고개를 갸웃거렸다.

“이건 좀 이상한데, 이치노카미?”

“그렇습니다.”

“두 사람은 그 후에도 아주 친해. 나도 잘 알고 있지. 사실은 두 사람이 의가 상할 수도 있을 텐데……”

“도련님, 겨우 수수께끼가 풀렸습니다.”

“아니, 어떻게?”

“그러니까 하야미는 도련님을 천주교도로 만들고 싶었겠지요.”

“흥, 그래서 사찰이나 신사에 대한 기원은 미신이라고 했군.”

“다른 한쪽은 아에바 부인. 어쩌면 아에바 부인도 은밀히 천주교도가 되어 있는지 모릅니다.”

“그것 이상하군. 아에바는 반대했어, 사찰과 신사에 대한 기부를 중지하는 일에 대해서……”

카츠모토는 허공을 노려보며 잠시 생각했다.

겨우 수수께끼가 풀렸다.

이렇게 되면 아에바 부인의 신앙을 몰래 조사해보는 수밖에 없다. 그녀가 가슴에 십자가를 걸고 있다면, 이번 기회에 히데요리를 자기 신앙으로 끌어들이겠다는 선의에서 나온 하나의 획책이었는지도 모른다.

"좋습니다. 우선 저는 아에바 부인을 만나보겠습니다."

6

히데요리는 아직도 부역에 대해서는 찬성하고 있었다. 따라서 그에 대해서는 설득할 필요가 없었다. 다만 히데요리는 여자들의 반대에 요도 부인까지 휩쓸렸기 때문에 이것저것 망설이고 있었다.

맨 처음에 반대하고 나섰다는 아에바 부인과 요도 부인은 아사이 가문 쪽 혈연, 두 사람은 같은 핏줄로 이어진 복잡한 관계였다. 요도 부인도 그렇지만 아에바 부인 역시 혈육으로서의 신뢰, 친근감에서 오는 질투와 묘하게 얽혀 있었다. 어떤 때는 이해를 초월한 주종主従이면서도 어떤 때는 사사건건 서로 반발하는 감정의 대립도 보이고 있었다.

"도련님, 이 문제는 의외로 손쉽게 해결될 것 같습니다."

카츠모토는 일단 히데요리 앞에서 물러나 그 길로 내전을 향했다. 아에바 부인이 불씨라면 끄기도 쉽다. 그녀 역시 오랜 독신생활로 모난 성격이기는 했으나 그런 만큼 약한 면도 빈틈도 있었다.

긴 복도를 건너는데 오늘은 신기하게도 요도 부인 내전이 조용했다.

'시중에서 들어온 내객이 없는 모양이군.'

무리가 아니라 싶으면서도, 점점 일상생활이 화려해지고 방종으로 흐르는 것이 카타기리 카츠모토로서는 여간 안타깝지 않았다. 그런 만큼 한시름 놓으면서 출입구 시녀에게 말을 걸었다.

"정원 햇살이 따스하군."

시녀에게 안내를 청하지 않고 이곳을 드나드는 자가 요즘 부쩍 늘었다. 이전에는 키시와다岸和田 성주 코이데 히데마사와 카츠모토 두 사람뿐이었으나 지금은 10여 명에 달했다. 물론 요도 부인의 명에 의해서였다. 따라서 그녀의 신임을 받는 자와 그렇지 못한 자의 구별을 말단에 있는 시동까지도 확실히 알게 되었다.

아에바 부인은 요도 부인이 낮잠을 잘 때라고 자기 방에 있었다.

"어머, 카타기리 님. 이 시각에 무슨 일이신가요?"

아에바 부인은 이내 그 용건의 내용을 깨달은 눈치였다.

"방해가 되지 않을까요?"

"호호호…… 카타기리 님이신데 설마 의심하는 자가 있겠어요?"

방석을 준비하면서 아에바 부인은 벌써 경계하는 눈빛이었다.

"아니, 부인은 진기한 것을 목에 걸고 계시는군요."

카츠모토는 역시 그랬었구나 하고 끄덕이면서 말했다.

"실은 나도 하야미 님 권유로 신앙을 바꿀까 하던 참이었죠."

물론 거짓말이었다. 그 거짓말에 어떤 반응일지 은근히 탐색하는 수법만은 카츠모토도 평화로운 세상이 되어 눈에 띄게 능숙해져 있었다.

"어머…… 그럼, 카타기리 님도?"

"그렇소. 인생은 진지하고 깨끗하게…… 나일 먹은 때문일 게요."

그 한마디로 아에바 부인도 금방 환해지며 친근한 얼굴이 되었다. 미인이라고는 할 수 없었으나 확실히 시원스럽고 풍만했다.

7

"그런데 이해가 안 되는군요. 내가 잘못 들었을까요?"

카츠모토는 일부러 크게 고개를 저었다.

"그럴 리가 없는데 말입니다."

"어머, 무엇이 이상하다는 말씀인가요?"

그녀는 경계를 푼 밝은 얼굴로 카츠모토의 미끼에 걸려들었다.

"역시 잘못 들었을 테죠. 다름이 아니라, 히데요리 님 입에서 사찰과 신사에 대한 기부를 중지시킨다는 말이 나왔다고요?"

아에바 부인은 표정이 약간 굳어졌다.

"그런 말은 저도 들었습니다마는."

"그런데 이에 반대한 것이 부인이라는 소문이더군요. 이상한 일 아닌가요…… 부인은 천주교 신자, 그렇다면 사찰이나 신사에 대한 기부를 중지하는 일에 반대할 리가 없을 텐데."

아에바 부인은 난처한 듯 잠시 시선을 돌리고 눈을 깜박거렸다.

"나는 생모님의 무료함을 생각하여 별로 강력하게 말하지는 않았지만, 요즘 사찰과 신사에 대한 기부는 좀 정도가 지나치지 않은가 해요. 기부하는 게 아까워 이 이치노카미가 천주교로의 개종을 권한다……는 그런 말을 듣는다면 어이없는 일이라서 말은 삼가고 있소만, 신앙은 마음의 구원만으로 충분하지 않을까요?"

"이치노카미 님, 제가 사찰과 신사에 대한 시주를 중지해선 안 된다고 했다고 누구에게 들으셨나요?"

"글쎄, 우라쿠사이였던가?"

"사실 제가 중지하는 것을 반대했어요."

"허어, 왜죠? 어째서 천주교도의 적 편을 들려고 했지요?"

"이치노카미 님, 그럴 만한 사정이 있어요."

"점점 더 의외의 말을…… 어디 들어봅시다."

"실은 이번에 슨푸에서 부역 이야기가 나왔다고 하더군요."

"그렇소, 확실히 그렇소."

"현재 도요토미 가문으로서는 결코 반대할 수 없는 것 아닌가요?"

"아마 그럴 테지요. 반대하면 바쿠후의 지시를 거역하게 되니까."

"부역이냐 사찰과 신사에 대한 기부냐 하는 이야기나 나왔을 때, 저간의 사정을 고려해 일부러 기부는 중지할 수 없다고 했습니다."

"이상하군요…… 알 것 같으면서도 아직 모르겠군요."

"이치노카미 님, 저는 반대 주장을 끝까지 밀고나가려 합니다. 이치노카미 님은 부역을 거절하다니 당치도 않다고 계속 주장해주십시오."

"더욱더 모르겠소. 그렇게 되면 나와 부인은 도련님이나 생모님 앞에서 언쟁을 벌여야 합니다. 그럼 서로가 난처할 텐데요."

시치미를 뗀 얼굴로 반문했다. 아에바 부인은 비로소 생긋 웃었다.

"한쪽은 절대로 거절할 수 없는 도요토미 가문의 흥망이 걸린 부역, 다른 쪽은 고작해야 미신…… 정말 효과가 있을지 어떨지도 모르는 미신이 이길 리 없지요. 저는 이치노카미 님의 주장에 말문이 막혀 입을 다문다…… 그래야만 비로소 도련님도 생모님도 눈을 뜨시게 됩니다. 결코 천주님을 배반하는 게 아니지요."

카츠모토는 마음속으로 어이없어 하면서도 감탄했다.

'과연 이것이 여자의 지혜란 말인가……'

8

용케 이런 생각을 해냈다. 이런 생각도 시간이 남아돌기 때문에 가능한 것이었을까.

아에바 부인은 처음부터 부역은 거절할 수 없다는 생각으로 요도 부인이나 히데요리 앞에서 논쟁을 벌일 작정이었다. 그리고 자기가 패배해보임으로써 모자를 천주교에 접근시키려는 깊은 계획.

이 계획은 과연 부인 한 사람의 지혜였을까, 하야미나 그 밖에 성안에 있는 같은 신앙을 가진 사람들의 지혜가 모아진 것일까……?

"으음, 납득이 되는군요."

카츠모토는 일부러 크게 고개를 끄덕이고 말을 이었다.

"그렇게 하면 생모님이나 히데요리 님도 참다운 신앙으로 들어서게 될지도 모르지요."

"그리고 기부에 필요한 수많은 비용이 절약되고 또 슨푸와의 사이도 원만해집니다."

"참으로 놀라운 일이오. 과연 부인은 훌륭한 지혜를 가졌소. 도저히 나는 따르지 못하겠소."

"호호호…… 그런 말씀은 하지 마세요, 이치노카미 님. 어디까지나 이치노카미 님은 부역, 저는 기부를 주장하지 않으면 안 됩니다."

"그러니까 부역에 대해서는 결코 반대하지 않는다는 말이군요."

"반대해서 될 일과 안 될 일이 있어요. 현재 도요토미 가문이 어떻게 바쿠후의 명을 거역할 수 있겠습니까?"

"그 말을 듣고 안심했소. 안 되는 일인 줄 알면서도 크게 반대하셨다…… 그렇게 생각하고 나는 떨리는 가슴으로 찾아왔는데."

"호호호…… 그 점은 걱정하지 마시고……"

"그럼, 두 분이 질문하시면 우리는 마음껏 언쟁을 벌입시다."

카타기리 카츠모토는 묘하게도 안타까워지는 마음의 그늘을 숨기고 일어났다.

아에바 부인은 그를 복도까지 배웅하며 다시 한 번 들으란 듯이 다짐했다.

"저는 기부를 중지하는 일에 대해서는 반대합니다."

한낮의 조용한 복도에 그 목소리가 크게 울리면서 카츠모토의 가슴에 와닿았다.

'이 성은 시간이 남아도는 한가한 여자들의 장난감이 되려 한다.'

새로운 땅을 개간하기 위해 흘리는 땀도 없거니와 무엇이 선정善政

인가에 대한 비판도, 근로도 존재하지 않는다. 일본에서는 이곳만이 둥둥 구름 위에 뜬 지루하기 짝이 없는 천국이 되어 있다.

지금 일본에 이런 곳이 있다는 사실이 이상하게 여겨져 오히려 카츠모토를 불안하게 만들었다.

'도대체 누가 만들어낸 공동空洞일까……?'

일하지 않는 자는 먹지 말라는 엄격한 새 질서를 세운 이에야스. 그런 이에야스가 타이코 전하의 자식이라 해서, 이곳만은 현실의 바람을 보내지 않기 때문이 아닐까……? 그렇다면 이에야스 또한 히데요리와 센히메를 나란히 놓고 남몰래 즐기는 뜻밖에도 철저하지 못하고 어정쩡한 사람이 아닐까……

"아니, 그렇지는 않다."

중얼거리면서 카츠모토는 다시 요도 부인의 거실로 걸음을 옮겼다.

"비록 이에야스가 너그럽게 봐준다 해도 현실의 바람이 여기만을 피해갈 수는 없다."

카츠모토는 요도 부인의 거실 앞에서 꺼리듯이 옆방을 향해 말했다.

"누구 없느냐, 시녀들은 없느냐?"

급히 장지문을 연 것은 와타나베 쿠라노스케의 어머니 쇼에이니였다.

9

"쇼에이니 님, 생모님은 아직 잠을 깨시지 않았습니까?"

카츠모토가 거실의 기척에 귀를 기울이면서 물었다. 쇼에이니는 주위를 꺼리는 듯한 목소리로 대답했다.

"예. 요즘은 기분이 언짢으셔서인지 낮잠을 오래 주무십니다."

"그럼, 나중에 다시 올까요?"

말하다 말고 카츠모토는 고개를 저었다.

"아니, 빠를수록 좋겠어. 미안하지만 깨워주지 않겠소? 이제 일어나셔도 될 때가 됐는데."

쇼에이니는 잠시 고개를 갸웃하고 생각했다. 그러나 상대가 카츠모토라면 거절하지 않을 것으로 여겨 고개를 끄덕이고 침실로 들어갔다.

침실은 거실 안쪽에 있었다. 이윽고 그 방향에서 기침소리에 이어 요도 부인의 목소리가 들려왔다.

"암, 일어나야지. 아까부터 깨어 있었어."

그 목소리는 확실히 지금까지와는 달랐다. 활력에 넘치는 카랑카랑한 젊은 목소리였는데, 요즘은 그렇게 생각해서 그런지 몹시 지치고 잔뜩 가라앉은 느낌이었다.

"이치노카미, 뭘 망설이나요. 자, 어서 이리 가까이."

"실례하겠습니다."

카츠모토는 시키는 대로 거실에 들어가 곧 흰 부채를 폈다.

"생모님, 혹시 요즘에 신앙을 바꾸라고 권하는 자는 없습니까?"

"아니. 신앙을 바꾸라고……?"

"예, 천주교로 바꾸시면 어떻겠느냐고."

"호호호…… 무슨 소리를 하는 거예요, 이치노카미?"

요도 부인은 이치노카미가 그녀의 소행에 대해 간언하러 온 줄로 생각한 듯 갑자기 강한 대항의식을 미간에 새겼다.

"내가 어쨌다는 거예요. 측근에 있는 자를 약간 총애했다 해서 그게 어쨌다는 거예요. 여자에게 미쳐날뛰는 남자들과 비교해보세요."

사실 그 무렵에는 남자가 소실을 두듯 미망인이 된 여주인이 젊은 사나이를 규방에 불러들이는 예는 얼마든지 있었고, 그것을 나무라는 사람도 별로 없었다……

카츠모토는 당황했다. 그런 의미로 물었던 게 아니었다. 혹시 성안에 요도 부인까지 개종시키려는 자가 있지 않은지 알아보려 했을 뿐.

"죄송합니다. 실은 도련님에게까지 천주교 신앙을 권하는 자가 있는 것 같아 생모님께는 어떤가 하고 여쭈었을 뿐입니다."

요도 부인은 문득 의아해하는 얼굴이 되었다가 곧 불쾌함에서 오는 긴장을 풀었다.

"아, 그 이야기였군요. 호호호…… 있을 수 없는 일이에요. 나는 타이코 전하와 마찬가지로 그 궁색한 계율이 싫어요. 그리고……"

조용히 합장을 하고 나서 말했다.

"여러 가지 걱정도 있고 해서 사찰과 신사에 사람을 보내 참배케 하고 있다는 것을 그대는 잘 알잖아요?"

"그렇습니까. 아니, 혹시나 하고 여쭈어본 것뿐…… 이번 슨푸 성에 대한 부역 말씀입니다마는, 생모님께서는 진심으로 반대하시는지 그 점을 이 카츠모토에게 솔직하게 말씀해주셨으면……"

"쉿!"

갑자기 요도 부인은 입에 손을 대고 제지했다. 쇼에이니가 눈을 가늘게 뜨고 두 사람의 대화를 듣고 있었다……

10

"쇼에이니, 사카이에서 보낸 남만 과자가 있을 텐데, 이치노카미에게 대접하도록."

요도 부인은 이렇게 말하여 쇼에이니를 자리에서 물러나게 한 뒤 한층 목소리를 낮추고 말했다.

"슨푸 성 부역을 거절하면 큰일이 생긴다…… 이 말이겠지요?"

카츠모토는 이 물음에 직접 대답 않고 말을 돌렸다.

"생모님 측근에 이상한 생각을 갖고 있는 자가 있는 듯합니다."

"이상한 생각이라니?"

"부역은 거절할 수 없다, 그런 점을 알고 있으면서도 반대한다, 그 목적은 바로 사찰과 신사에 대한 기부를 중지시키려는 데 있다……"

카츠모토는 과감하게 말하고 요도 부인의 반응을 살폈다.

요도 부인은 이상하다는 듯 카츠모토를 바라본 채 눈을 깜박거렸다.

"그게 무슨 말인가요?"

"사찰과 신사에 대한 기원이나 축원은 쓸데없는 미신……이라 믿고 있는 자의 생각인 듯싶습니다."

그러나 상대는 아직 납득한 기색이 아니었다. 아니, 이 정도의 말로는 이해하지 못한다…… 알고 있으면서도 카츠모토는 일부러 다음 이야기를 서두르지 않았다. 서둘러 말했다가 상대의 비위를 건드리면 통할 이야기도 통하지 않게 된다.

"이치노카미."

요도 부인은 잠시 사이를 두었다가 말했다.

"부역에 대해서는 내가 모르는 일로 하고 그대 뜻대로 처리해주세요. 그래서 쇼에이니를 일부러 내보냈어요…… 알아듣겠지요? 오고쇼에게는 의리를 지켜야만 해요."

카츠모토는 뜻하지 않은 말을 듣고 저도 모르게 무릎걸음으로 한발 앞으로 나갔다.

"그래…… 그렇게 해도 괜찮겠습니까?"

요도 부인은 무엇을 꺼리는지 다시 한 번 주위를 둘러보고 나서 고개를 끄덕였다.

"세상에선 내가 이에야스 님을 몹시 증오하고 있다…… 그런 소문이 자자하다고 해요. 하지만 당치도 않아요…… 슨푸 성이 완성되면 나도 한번 찾아갈까 하는 생각까지 하고 있어요."

카츠모토는 더욱 뜻하지 않은 말을 듣고 그만 시선을 내리깔았다.

'본심에서 나온 말일까……?'

선불리 맞장구를 쳤다가, 여기에도 또한 아에바 부인처럼 깊은 뜻을 가진 함정이 있다면……?

"이치노카미, 나는 깊이 생각해보았어요."

"예……?"

"히데타다 님이 상경했을 때 도련님을 쿄토에 보내지 않은 것은 내 잘못, 나는 죄가 많은 여자였어요……"

요도 부인의 술회에는 거짓이 없어 보였다. 말투에도 표정에도 거세면서도 고독한 여자의 진심이 엿보였다.

카츠모토는 숨을 죽이며 고개를 끄덕였다.

"어제 오랜만에 소쿤이 찾아와서 내게 말하더군요. 이에야스 님은 센히메의 안부를 묻기 전에 반드시 내가 잘 있느냐고 묻는다고요. 그런데도 나는 좁은 소견으로……"

정말로 뉘우치고 있는 것 같았다. 두 눈이 붉게 충혈되고 목소리까지 떨리고 있었다.

카츠모토는 저도 모르게 그 모습에 이끌려 가슴이 뜨거워졌다.

11

카츠모토는 여자 불행의 대부분은 상대의 마음을 독점하려는 강렬한 애정에 치우쳐 있기 때문이라 생각하고 있었다. 그 정도는 거센 기질인 자일수록 과격하고 강렬했다. 요도 부인이 화를 내고 남에게 거칠게 대할 때는 그러한 여자의 숙명이 역력히 드러나고는 했다.

타이코에게도 그랬지만 히데요리나 이에야스에 대해서도 예외가 아니었다. 아니, 남자만이 아니라 말단 시녀에 이르기까지 그녀와 소원해지는 것을 용서하지 않았다.

그런 만큼 지금의 술회를 듣기란 여간 안타깝지 않았다. 조금이라도 이에야스가 그녀에게 호의를 보였다는 말을 들으면 곧 뉘우치고, 그 반대의 경우에는 즉시 격렬한 분노를 나타낸다.

오늘 카츠모토의 목적은 이미 달성되었다. 뜻밖에도 순순히 부역에 대해서는 자신의 임의로 처리해도 좋다고 승낙했다. 그러나 그는 자신이 그렇게 하는 것이 중신으로서 당연한 일이며, 요도 부인의 간섭이 잘못의 근원이라고 단언할 수는 없었다. 그런 의미에서 카츠모토는 성격상 이미 요도 부인에게 제압당하고 있었다.

"이치노카미, 이의 없겠지요? 그 대신 사찰과 신사에 대한 기부는 눈감아주세요. 우다이진 히데요리와의 약속이니까요."

카츠모토는 아에바 부인에 대해 좀더 자세히 말할 생각이었으나 단념했다. 요도 부인에게는 그럴 필요가 없을 것 같았다.

"안심했습니다. 생모님의 뜻이 충분히 통하도록 조치하겠습니다."

"쉿, 쇼에이니가 돌아온 모양이에요."

다시 눈짓으로 제지했다. 카츠모토는 웃으면서 어제 다녀갔다는 소쿤의 이야기로 화제를 돌렸다.

"소쿤은 때때로 찾아오는지요? 저는 최근에는 전혀 만나지 못했습니다마는……"

"오랜만에 왔기에 도련님도 청해 한잔 나누고 돌려보냈어요. 참, 쇼에이니가 가져온 이 남만 과자를 소쿤도 맛보고는 아주 칭찬하더군요. 입안에서 봄눈처럼 살살 녹는 그 풍미가 아주 놀랍다면서."

기분이 좋을 때의 요도 부인은 나무랄 데 없는 분인데…… 카츠모토는 그 착한 심성이 해가 지날수록 이 여자의 것이 될 듯한 마음이 들어 경건하게 과자를 하나 집었다.

남만 과자는 과연 맛이 있었다.

"어때요, 차만으로는 부족할 거예요. 술도 한잔 드릴까요?"

"아니, 사양하겠습니다…… 아직 할 일이 남아 있어서."

그 얼마 후. 최근 사카이에 들어온 포르투갈 배와 포도주 종류가 많다는 등의 이야기를 나누고 있을 때 키무라 히타치노스케 시게코레木村常陸介重茲의 아들 시게나리重成가 허둥지둥 달려와 히데요리의 갑작스런 발열을 알려왔다.

"아뢥니다. 도련님은 카타기리 님과 대담하신 후 기분이 언짢다고 하시면서 잠자리에 드셨습니다마는, 그 후 갑자기 열이 올라 천연두일 우려가 있다고 합니다."

"뭣이, 천연두?"

카츠모토는 자기도 모르게 흰 부채를 떨어뜨렸다. 그럴 것이었다. 바로 전에 천연두가 시중에 번지고 있다는 이야기를 하고 왔는데……

처녀 아내

1

인간 각자가 경험하는 시간의 흐름이 지닌 내용만큼 기묘할 정도로 차이가 많은 것도 달리 없다. 사람들은 각각의 경험을 저마다 인생이라고 부르지만, 같은 세월의 흐름 속에서도 서로 얼굴이 다르듯이 전혀 다른 내용을 지닌다.

'히데요리 님의 와병……'

오사카 성 안에 이 소식이 퍼졌을 때 사람들은 깜짝 놀라 저마다 자신의 처지와 입장을 생각했다.

"무슨 병일까요?"

"천연두라고 합디다."

"원 이런, 천연두라니. 그래, 생명에는 지장이 없을까요?"

묻는 사람도 질문을 받는 사람도 절대로 히데요리가 무사하기를 원하지 않는 비정한 사람이라고는 할 수 없었다. 그러나 사람들은 당시 천연두가 얼마나 사망률이 높은 무서운 병인지 잘 알고 있었다. 열 사람 중에서 여덟 사람까지는 살아날 수 없고, 다행히 살아난 두 사람 역시 이전의 얼굴로 돌아갈 수 없다고 알고 있었다.

코쇼나 시녀들은 무엇보다 회복된 뒤 보게 될 히데요리의 얽은 얼굴을 두려워했는지도 모른다. 그러나 어른들의 우려는 대부분 히데요리의 죽음에 관련되었다.

'히데요리의 죽음'

이는 오사카 성에서 그를 섬기고 있는 사람들의 신상에 크게 또는 작게 헤아릴 수 없는 변화를 초래할 것이기 때문이다.

카타기리 카츠모토는 즉시 병이 발생한 본성 한 구역을 대나무로 울타리를 만들어 출입을 엄하게 차단했다. 그리고 히데요시를 마지막으로 진맥했던 의원들에게 차례로 사람을 보냈다.

물론 의원만을 의지하지는 않았다. 요도 부인은 각지의 사찰과 신사에 기도를 드리게 하고, 성내에서는 목욕재계, 백일기도, 부적 등 온갖 방법을 강구했다. 그러나 아무도 '죽음'의 공포감에서 벗어나지 못했다.

타이코의 단 하나뿐인 혈육. 이 핏줄이 허황하게 끊어진다면 이 오사카 성은 어떻게 되는 것일까?

측근의 코쇼나 시녀들이 성을 떠나면 그만……이라는 간단한 문제가 아니었다.

양자를 세우지 않는다면 당장 바쿠후의 손길이 뻗칠 터. 이에야스나 히데타다의 온정도 히데요리가 있기 때문에 기대할 수 있었는데…… 그 중심을 잃은 뒤에는 무엇이 남을 것인가……

가문이 단절되거나 도쿠가와 가문의 가신이 성주 대리로 오거나 하면 요도 부인과 측근의 일곱 무사들은 어떻게 되는가?

이런 데서 오는 공포와 상상도 각양각색, 그 동요가 세상에 알려지지 않을 리 없다. 모두 순식간에 근심에 싸였으며…… 그 근심이 겉으로는 하나인 것 같지만, 나타나는 동요와 걱정은 서로 달랐다.

맨 먼저 에도로 가던 길이었다고 하면서 후쿠시마 마사노리福島正則

가 달려왔다. 물론 병실에는 들어가지 못하고, 요도 부인을 만나 눈물을 흘리고 있을 때 큐슈의 다이묘 타카하시 모토타네高橋元種가 나타났다. 두 사람은 함께 성안에 있는 오다 죠신의 저택을 방문하여 장시간 밀담을 나눈 후 돌아갔다.

이어서 후시미 성에서 이에야스의 중신 오쿠보 타다치카大久保忠隣가 문병의 사자로 온다는 기별이 있었다.

2

오사카 성 중신들을 크게 당황하게 한 것은 이 오쿠보 타다치카의 문병이었다.

카타기리 카츠모토는 만일의 경우와 전염의 위험성을 고려하여 거의 모든 중신들도 히데요리에게 가까이 가지 못하게 했다. 일단 성안에 들어온 의사도 밖으로 내보내지 않았다.

이러한 상황에 혼다 마사노부와 같은 비중을 가진 이에야스의 중신 오쿠보 타다치카가 온다고 한다. 단순한 문병이라기보다 저쪽 역시 만약의 경우 어떻게 할지 탐지하러 오는 게 아닐까…… 하는 추측도 이 경우에는 결코 이상하지 않았다.

오다 죠신의 저택에 오노 하루나가, 하야미 카이, 호리 츠시마노카미堀對馬守 세 사람이 모였다. 그들이 이 성의 원로에 해당하는 오다 우라쿠사이도 불러야 한다고 했을 때는 그들의 가슴에도 이미 만일의 경우에 대한 복안이 준비되어 있는 듯했다.

오다 죠신은 즉시 우라쿠를 불러오게 했다. 그리고 여전히 비뚤어져 있는 우라쿠를 앞에 두고 그들은 바로 비밀회의를 시작했다.

"카츠모토 님이 우리를 병실에 접근시키지 않는 것은 만일의 경우

서거를 감추기 위한 준비인 듯한데 어떻습니까?"

오노 하루나가가 입을 열었다. 지체 없이 하야미 카이가 말했다.

"저도 그럴 것으로 생각합니다. 슈젠노쇼主膳正(카츠모토의 동생)도 만일의 경우 이치노카미는 어떻게 할 작정일까 하고 은근히 떠보았다가 형에게 꾸중을 들었다고 합니다."

"아직 그런 말은 입에 담지 마라, 요도 부인의 귀에 들어가면 어떻게 하겠느냐……고 하셨답니다."

옆에서 하야미 카이가 덧붙인 것은 동석해 있는 우라쿠에게 빨리 사정을 알려 자기들의 의견을 말하기 위해서였다.

"사실은……"

하루나가가 그 뒤를 이어 말했다.

"후쿠시마 님은 만일 서거하시는 경우 즉시 오고쇼에게 청해서 지금 오와리 키요스淸洲 성주로 있는 넷째아드님 시모츠케노카미 타다요시下野守忠吉 님을 양자로 세우도록…… 하자는 의견이었습니다마는…… 실은 그 타다요시 님도 현재 병환 중입니다."

우라쿠는 무뚝뚝한 표정으로 좌중을 둘러볼 뿐이었다.

"우리 세 사람이 여러 가지로 의논한 결과, 오쿠보 타다치카 님이 오셨을 때 선수를 쳐서 이 성에도 한 번 오신 일이 있는 여섯째아드님 타다테루 님, 이분을 만일의 경우 양자로 주시도록 은밀히 부탁……"

여기까지 말했을 때였다.

"무엇 때문에?"

우라쿠가 불쑥 비꼬듯이 되물었다.

"물론, 도요토미 가문의 존속을 위해서입니다."

"그것만이 아니겠지. 도요토미 가문 존속을 위해서라면 일단 타이코가 양자로 삼았던 유키 히데야스 님에게도 아드님이 있는데."

"그분은 오고쇼나 쇼군과도 그다지 사이가…… 좋지 않은 모양입니다. 그래서 좀……"

"그럼, 센히메는 어떻게 할 셈인가? 설마 숙부인 타다테루 님과 혼인시킬 수야 없지 않은가."

우라쿠는 요즘 기르고 있는 가느다란 턱수염을 만지면서 반문했다.

3

"그렇소. 여자들의 불행은 더 이상 볼 수 없어요. 요도 부인은 납득한다고 해도 센히메의 일이 뒤에 남습니다."

죠신이 말했다. 우라쿠는 흘끗 죠신을 바라보고는 눈짓으로 그 입을 막았다.

"나는 타다테루 님은 찬성할 수 없다는 게 아냐. 단지 너무 자기 속셈만 차리다가 중요한 생각을 빠뜨리지 말라고 주의를 주고 있는 거야."

"자기 속셈?"

하루나가가 따졌다. 우라쿠는 하야미 카이에게 눈길을 돌렸다.

"타다테루 님이라면 천주교도가 될 수 있는 분……이라는 계산은 하고 있지 않나? 그분은 이미 부인을 맞이했어. 다테 무츠노카미 님의 딸을. 그분은 호소카와 타다오키細川忠興의 부인 가라시아ガラシア 님과 마찬가지로 열렬한 천주교도가 된 모양이던데."

하야미 카이의 얼굴이 벌겋게 물들었다. 물론 수치심에서가 아니었다. 반대로 투지가 치솟는 그런 표정이었다.

"그럼, 부인이 천주교도이기 때문에 반대하신다는 말씀인가요?"

"아니, 서두르지 말게. 만일의 경우에는 도요토미 가문의 존속이 우선인가, 아니면 나 자신의 종교를 위해 일하는 것이 우선인가를 확실히 결정하고 일을 처리해야 하지 않겠나? 그보다 센히메를 어떻게 할 작정인가, 분명하게 오쿠보 님에게 말하지 않으면 오고쇼가 불쾌하게 여기실 거야. 타다테루 님은 자기 아들이니까 귀여울 테지만 센히메는 손녀일세. 손녀라면 쇼군에 대한 의리도 있을 것이고 세상 체면도 있지."

"으음……"

하루나가가 중재하듯 입을 열었다.

"그렇다면 우라쿠 님은 센히메에 대한 일을 잘 처리하면 타다테루 님의 양자 영입을 굳이 반대하지 않겠다는 말씀입니까?"

우라쿠가 이번에는 비웃었다.

"한 가지 더 생각해두지 않으면 곤란한 일이 있어. 타다테루 님은 요도 부인과는 완전한 남남. 그러나 센히메는 조카딸 아닌가. 어떤가, 조카딸을 쫓아내고 남을 맞아들인다…… 피는 물보다 진하지 않나?"

"그 점이라면……"

하루나가는 말하다 말고 입을 다물었다. 자신은 요도 부인의 총애를 받고 있다…… 잠자리를 같이하는 정부로서 그녀를 납득시킬 자신이 있다…… 이렇게 받아들인다면 곤란했다.

"잘 알았습니다. 그런 일이 없기를 빌어야겠지요. 그러나 오쿠보 님 질문에 대답할 말을 준비해놓아야 할 것 같아서."

"잠깐, 그전에 또 한 가지 있네."

"그전에……?"

"카타기리 이치노카미 말일세. 그에게 이의가 있는지 없는지 확인해서, 결코 오쿠보 님에 대해 보조가 흐트러져서는 안 돼."

바로 그때였다. 죠신의 시동이 나타나 마루에 두 손을 짚었다.

"아룁니다. 지금 센히메 님이 사카에 님을 데리고 우라쿠 님을 뵈러 이리 오시고 계십니다."

"뭐, 센히메가……?"

죠신이 놀라며 말했다. 모두 얼굴을 마주보았다.

"무슨 일일까, 이 늙은이에게…… 좋아, 드시도록 해라."

우라쿠는 이마에 깊은 주름을 새기면서 고개를 갸웃거렸다.

4

일부러 찾아왔는데 거절할 이유는 없었다. 우라쿠의 대답으로 센히메가 곧 여러 사람 앞에 나타났다. 그녀 역시 놀랄 정도로 키가 자라 있었다. 물론 아직 부부생활을 할 만한 몸은 아니었으나 볼록한 가슴은 전혀 소녀라고만 할 수 없는 신선한 느낌을 주었다.

"어서 와요, 요즘에는 어떻게 지내지요?"

우라쿠가 손을 잡듯이 하여 상좌에 앉혔다. 센히메는 미리 생각하고 온 듯한 말을 우라쿠에게 했다.

"이치노카미를 꾸짖어주세요. 이치노카미는 나에게 도련님의 문병을 못하게 했어요."

"무슨 말인가요. 천연두는 전염병, 이치노카미가 아니라 누구라도 말리는 게 당연하지요. 이 우라쿠도 이치노카미와 같은 의견입니다."

우라쿠는 그런 말이 나올 것이라 생각하고 있었기 때문인지 강하게 거절했다. 센히메는 상대의 말을 전혀 들으려고 하지 않았다.

"도련님은 이 센히메의 남편이에요. 병이 옮는 게 두려워서 아내가 남편을 문병하지 않는다면 여자의 도리가 아니에요."

"그, 그런 말을 누가 했나요?"

"소쿤도 말했어요. 글씨를 가르치러 오는 쇼사이松齋도 말했어요. 또 도보同朋° 이시아미石阿彌까지도 그런 말을 했어요."

"그 사람들이 아직 그 병이 얼마나 무서운지 모르기 때문입니다. 그렇지 않나, 사카에? 가령……"

우라쿠는 좌중을 돌아보았다. 그러나 공교롭게도 모인 사람 중에는 얽은 얼굴은 한 사람도 없었다.

“문병을 하다가 전염되면 목숨은 비록 살아난다고 하더라도 그 구슬 같은 얼굴이 짓밟힌 말똥처럼 되고 맙니다. 그래도 괜찮은가요?”

센히메는 아무렇지도 않다는 듯 고개를 흔들었다.

“걱정 마세요, 나에게는 천연두가 옮지 않아요.”

“허어, 어떻게 알 수 있지요?”

“난 정원에 검정콩을 나이만큼 심어놓았거든요. 그렇지, 사카에?”

“검정콩을?”

“그래요, 잘 볶아서 새까맣게 된 콩을.”

“원, 이런. 그것은 또 어째서?”

“그 콩에 싹이 날 때까지는 나에게 천연두가 걸리지 않도록…… 그래서 콩을 심어놓았으니 걱정하지 마세요.”

“사카에.”

어이가 없어 우라쿠는 사카에 쪽을 보았다.

“그대였군, 센히메 님에게 그런……”

사카에로서는 뜻밖인 혐의였다.

과연 그녀는 히데요리의 딸을 낳았다. 다시 센히메 곁으로 돌아와 그 딸을 기르고 있기는 하나 그 이후에는 결코 히데요리의 부름에 응하지 않았다. 자기가 낳은 젖먹이는 열 살인 센히메의 자식으로서 키우고 있었다. 그에 대한 후회와 자책감이 마음에서 떠날 날이 없어 사카에는 조용히 사람들의 그늘에 숨어 살아가고 있었다.

우라쿠는 오해한 모양이었다. 사카에가 히데요리를 만나고 싶으므로 아무것도 모르는 센히메를 선동하고 있다……고.

사카에는 고개를 떨구고 대답하지 않았다. 우라쿠는 다시 센히메 쪽으로 시선을 돌렸다.

5

“그런 허황한 미신이 효험이 있다고 생각하나요? 과연 새까맣게 볶은 콩은 싹이 안 나옵니다. 그래도 병자 옆에 가면 그 얼굴에 콩알 같은 것이 생겨요. 나중에는 그게 얼굴 전체에 퍼져 터지게 됩니다.”

우라쿠는 필요 이상 얼굴을 찌푸리고 말했다. 그러나 센히메는 고개를 가로 저을 뿐이었다.

“그래도 좋아요. 나는 문병을 하겠어요.”

“사카에와 함께 말인가요?”

“사카에는 데려가지 않겠어요. 사카에는 도련님 아내가 아니니까.”

“그럼, 기어코 혼자서 문병을……?”

“그래요, 얼굴만 보면 그걸로 좋아요. 그리고 도련님 나이만큼 볶은 콩을 처마 끝에 심고 오겠어요. 그러니 이치노카미를 꾸짖어주세요.”

귀여운 동작으로 고개를 갸웃했다. 우라쿠는 약간 난처해졌다.

“그렇게도 도련님이 좋은가요?”

센히메는 주저 없이 고개를 끄덕였다.

“나는 도련님께 죄를 짓고 있다는 거예요.”

“죄를 짓다니?”

“그래요. 나는 너무 어려서 아내이면서도 도련님 곁에 가지 못해요. 그래서 도련님이 말할 수 없는 고생을 하신대요.”

우라쿠는 어이가 없어 다시 한 번 주위를 둘러보았다.

“아니, 누가 그런 말을 하던가요, 센히메 님?”

“말씀하신 것은 바로 도련님……”

그리고는 다시 잠깐 생각하다가 말을 이었다.

“참, 어머님께서도 말씀하셨어요. 빨리 자라서 아이를 낳아주지 않으면 곤란하다고.”

우라쿠는 당황해 고개를 젓기도 하고 끄덕이기도 했다…… 세상 풍파가 미치지 않는 곳에서 자란다는 것은 기묘한 일. 가르쳐준 일이 좋고 나쁜 데 대해 비판이 없음은 할 수 없다 치더라도 세상의 상식적인 수치감이나 거리낌이 전혀 다른 감정과 감각을 지니게 되는 듯.

"으음, 그럼 도련님은 가끔 센히메 님 곁에 가시는 일이 있군요?"

"언제나 친절해요. 어서 같이 살 수 있게 빨리 자라라고 하셨어요."

우라쿠는 당황하여 화제를 돌렸다.

"무슨 일이 있어도 문병을 단념하시지 않겠다는 말이군요."

"단념할 일이 아니에요. 병이 옮아 죽는 한이 있어도 할 일은 해야 해요. 지금 당장 나하고 함께 가서 이치노카미를 꾸짖어주세요."

한번 말을 꺼낸 이상 물러서려 하지 않았다. 삶도 죽음도, 사랑도 공포도 모르고 양지 쪽에서 헤엄치고 있는 아름다운 한 마리 금붕어.

"그렇다면 안내는 하지요. 그리고 이치노카미를 꾸짖기도 하겠소."

"부탁하겠어요. 그럼, 사카에."

들뜬 모습으로 일어나 사람들에게 인사했다.

"실례했어요. 여러분도 회복을 빌어주세요."

"예!"

사람들은 일제히 대답했다.

6

우라쿠는 마지못해 일어나 앞서 걸으면서도 여간 가슴이 답답하지 않았다. 인간 생활이란 왜 이렇게 귀찮은 거미줄에 얽혀 있는 것일까.

히데요리가 병에 걸렸다…… 단지 그뿐인데도 오사카 성만이 아니라 전국 여기저기서 불온한 소동이 벌어지려 하고 있었다. 모두 진심으로 히데요리의 몸을 염려해서가 아니었다. 히데요리라는 장식품이 없어지면 그 대신 무엇으로 장식할까 하는 걱정뿐. 이는 결코 순수한 애정이라고는 할 수 없었다.

그런 점에서는 오히려 센히메의 일편단심이 도리어 많은 진실을 간직하고 있었다. 병이 얼마나 무서운지 모르는 탓도 있겠지만 죽어도 좋으니 문병을 가야겠다는 마음에서는 티를 찾아볼 수 없었다.

"저어, 이치노카미를 직접 만나기 전에 또 한 분과 담판을 짓는 편이 좋을 것 같군요."

"또 한 사람…… 그게 누구죠?"

"어머님입니다. 이 우라쿠가 어머님께 부탁해드리지요. 그래서 어머님과 함께 이치노카미를 꾸짖도록 합시다."

"정말 그게 좋겠어요."

"그러나, 잠깐."

우라쿠는 걸어가면서 점점 더 안타까워졌다. 상대가 순진하면 할수록 더더구나 병실에 들여보내서는 안 된다는 생각 때문이다.

우라쿠로서는 보기 드문 일이었다. 아니, 우라쿠의 진면목이라 해도 좋았다. 상대가 비뚤어진 사람이라면 그 이상 애를 먹이고서도 아무렇지 않은 우라쿠였으나 청순한 것, 아름다운 것 앞에서는 농담 한마디도 할 수 없게 되는 것이 그의 본질인지 모른다.

"센히메 님, 또 한 가지 소중한 것을 잊고 있어요."

"소중한 것…… 무엇을 잊어버렸을까요?"

"도련님 자신입니다. 가령 어머님과 이치노카미가 문병을 양해한다고 해도 도련님이 안 된다고 하실 경우를 아직 생각해보지 않았어요."

"도련님은 그런 말은 하시지 않아요. 나는 잘 알고 있어요."

"아니, 그건 지레짐작이오. 도련님은 센히메 님을 사랑스럽고 소중하게 생각하고 계시거든요. 그러므로 자기 병이 센히메 님에게 옮는다면 큰일이라 생각하고 못 오시게 하는 경우가 없다고는 할 수 없어요."

우라쿠의 말이 급소를 찌른 모양인지 센히메는 얼른 대답하지 못했다. 그는 일부러 뒤돌아보지 않고 햇빛을 부채로 가리면서 본성 모퉁이를 지나갔다.

"하여간 모든 것은 어머님께 여쭙고 도련님 허락을 받은 후 결정할 일이오. 자, 빨리 가도록 합시다."

센히메는 그 말에도 아직 대답이 없었다. 히데요리 자신이 만나지 않겠다고 거절할 경우의 일이 무척 근심되는 모양이었다.

우라쿠와 센히메, 사카에 세 사람은 묵묵히 내전으로 들어갔다. 사카에를 대기실에 남기고 요도 부인의 방에 들어갔다. 그곳에는 카타기리 카츠모토가 와 있었고, 아에바 부인, 오쿠라 부인, 쇼에이니 등이 얼굴을 맞대고 무언가 이야기하고 있는 중이었다.

7

"오오, 우라쿠 님……"

쇼에이니가 뒤돌아보고 인사를 할 때, 그 뒤를 따르는 센히메를 본 카츠모토는 얼른 머리를 숙였다.

"센히메 님도 함께 오셨군요."

"어머님, 안녕하셨어요?"

센히메는 여느 때처럼 먼저 요도 부인에게 인사하고 당연한 것처럼 그 옆에 앉았다.

"아니, 왜 이렇게 나다니지? 고약한 병이 나돌고 있는 때인데……"

요도 부인은 이렇게 한마디했으나 결코 못마땅한 기색은 아니었다.

"도련님의 병이 염려되어 찾아왔을 테지?"

"예."

센히메는 분명하게 대답했다.

"꼭 문병을 해야겠는데 이치노카미가 허락하지 않아요. 그래서 우라쿠 님에게 의논하러 갔습니다."

우라쿠가 얼른 말을 받았다.

"이 병에는 아무도 가까이하지 않아야 한다, 그러므로 이치노카미의 제지는 당연하다고 했으나 납득하지 않아요. 남편의 병을 아내가 문병하지 못하다니 말이 안 된다, 비록 죽는 한이 있어도 문병하는 것이 도리……라면서 이치노카미를 꾸짖어달라고 합니다."

"어머…… 센히메가 그런 말을……"

요도 부인의 눈시울이 붉어졌다.

'그렇구나. 여기도 진정으로 히데요리를 걱정하는 사람이 있구나.'

우라쿠는 그 시선을 피하듯이 —

"그래서 이치노카미의 말과 센히메의 말 중 누가 옳은지 생모님께 여쭈어보자……고 같이 왔어요. 이치노카미가 잘못했다면 생모님이 꾸짖어주시고, 센히메는 도련님 곁으로 데려가십시오."

여자들은 그 말에 무언가 크게 감동한 듯 서로 속삭였다.

카타기리 카츠모토는 약간 당황한 모양이었다.

"결코 무리가 아니라고 생각합니다…… 그런데 잠시 우라쿠 님께 드릴 말씀이 있습니다. 우라쿠 님, 잠깐 별실로……"

"나를 좀 보자고? 그러나 나에게 만나지 못하게 하겠다고 해도 소용이 없을 텐데."

그는 흘끗 센히메 쪽을 바라보았다.

"생모님이 누구의 말이 옳다고 하시는 대로 결정될 테니까."

이렇게 말하면서 자리에서 일어나 카츠모토를 따라 복도로 나갔다.

카츠모토는 재빨리 복도 한가운데서 걸음을 멈추었다.

"우라쿠 님, 실은 도련님의 병환은 천연두가 아닙니다."

"뭐, 뭐라고? 그럼 병은……"

"쉿……"

카츠모토는 사방을 둘러보았다.

"그런 진단이 내려진 것은 어제입니다. 생각했지요. 아직 얼마 동안 그대로 두고 성안 인심이 어떻게 움직이는지 살펴보자고 말입니다. 도련님이 돌아가실 거라 지레 판단한 사람들의 동향을 엿볼 수 있으니까요. 하늘이 베푼 혜택, 움직이는 물결의 방향을 확인해두지 않으면……"

카츠모토는 진지한 표정으로 다시 사방을 돌아다봤다.

8

우라쿠는 아연실색했다.

'히데요리의 병은 천연두가 아니었구나……'

카츠모토의 말은 생명에는 지장이 없다는 뜻, 지금까지 그들이 소란을 떤 것은 공연한 연극이었다.

그런 줄도 모르고 우라쿠는 사람들을 꾸짖고 다녔다.

시중에서 유행하는 전염병이 어떻게 쉽게 성안에 들어왔는가…… 성안 풍기가 문란해진 탓이 아니고 무엇이란 말인가. 무사들은 실직한 떠돌이무사들이나 상인들을 가까이하기를 예사로 하고 심지어 여자 예능인들까지 불러들이는 등 정신을 못 차리고 있다. 시녀들도 마찬가지. 광대나 연예인들을 불러들여 넋을 잃고 색에 빠져 있다…… 그 천벌이 도련님에게 떨어졌다……고 요도 부인도 들으라는 듯 떠들어댔다.

'그런데 진짜 천연두가 아니었다……'

"허허허……"

우라쿠는 참지 못하고 걸음을 멈춘 채 웃음을 터뜨렸다.

"이치노카미, 자네도 아주 못된 사람이군."

"쉿!"

"아니, 그렇지 않을지도 몰라. 이 우라쿠도 똑같은 일을 했을지도…… 일단은 진짜 천연두라고 믿었다, 이 때문에 여러 가지 풍파가 일어나고 점점 크게 소용돌이치기 시작했을 때 그렇지 않다고 판명되었다…… 그렇게 되면 누구라도 자네처럼 장난기가 생기겠지. 아니, 이것은 말일세, 이치노카미. 자네처럼 고지식하게 인심의 동향을 알아본다고 하지 말고 자연의 익살로 알고 재미있게 받아들여야 할 것이야."

"그 말씀을 듣고 저도 마음이 가벼워졌습니다. 아무튼 슨푸 성 부역에 대한 일은 해결되었습니다."

"으음, 어쩌면 도련님의 운이 열리는 서광인지도 몰라."

"그런데……"

카츠모토는 겸연쩍은 듯이 말했다.

"이런 일을 생모님이나 일반에게 발표해도 좋을까요?"

"허허허……"

우라쿠는 다시 크게 웃었다.

"이렇게 된 이상 나도 한몫 끼어 공포를 쏘아봐야겠네. 정말 근래에 없는 멋진 연극거리야."

"무슨 말씀인지요……?"

"지금까지는 자네가 재미를 보지 않았나. 이번에는 이 우라쿠가 즐겨야겠어. 자아, 돌아가서 한번 공포를 쏘아보세."

우라쿠는 또 한 번 껄껄 웃고 나서 얼른 엄숙한 얼굴로 돌아와 요도 부인의 거실로 돌아갔다.

거실에서는 모두 긴장한 채 숨죽이고 기다리고 있었다.

"이거, 큰일났군!"

들어서자마자 우라쿠는 자리에 앉기도 전에 말했다.

"벌써 도련님은 십중팔구…… 아니, 이런 말은 필요도 없지. 이렇게 된 이상 전염하고 않고 가릴 계제가 아니오. 도련님을 문병하지 않고는 죽을 수 없다는 사람이 있다면 먼저 센히메에게 문병을 하게 한 뒤 빠짐없이 모두 문병을 드리기로 했소. 그렇지요, 이치노카미?"

"그, 그렇습니다.."

"그럼 센히메, 이 우라쿠가 안내하지요. 모처럼 진정에서 우러나는 문병이니 뺨을 비벼도 좋고 뭐든지 해도 좋아요."

"예, 그럼 어서……"

센히메는 얼른 일어났으나 요도 부인은 눈을 크게 뜬 채 얼어붙은 듯이 꼼짝도 하지 않았다.

9

이치노카미는 진지했으나 우라쿠는 완전히 장난하는 기분이었다. 죽을 염려가 없다고 알게 된 다음의 착안이었기 때문에 더 한층 지독한 장난이 되었다.

우라쿠는 잔뜩 굳어 있는 요도 부인은 거들떠보지도 않고 센히메를 데리고 얼른 복도로 나왔다.

카츠모토는 일어나려야 일어날 수도 없어 잠시 머뭇거렸다.

"참, 나도 입회를 해야지."

혼자 중얼거리고는—

"실례합니다."

자못 걱정스러운 표정을 짓고 도망쳐나왔다.

그 자리는 물을 끼얹은 듯 조용해졌다.

"게 누구 없느냐, 참새들을 쫓아버려라. 귀찮아 못 견디겠다."

짜증스런 요도 부인의 목소리에 모두 깜짝 놀라 얼굴을 들었다. 과연 정원에서는 참새들이 지저귀고 있었다.

"훠이!"

시녀 하나가 황망히 일어나 소리지르고 탁탁 손뼉을 쳤다. 그러나 사람을 두려워하지 않는 성안 참새들이 이 정도로 날아갈 리 없었다.

"훠이……"

다른 시녀가 소리를 질렀다.

"시끄럽다! 그냥 두어라."

두번째 짜증이 터졌다.

로죠老女°들은 오히려 마음을 놓았다.

어차피 기분이 좋을 리 없다. 화를 낼만큼 내게 하고 나서…… 그러나 뭐라고 위로해야 좋다는 말인가……? 다시 한 번 '히데요리'라는 존재가 얼마나 큰지 깨닫게 될 뿐이었다. 히데요리가 없다……면 이 오사카 성은 도대체 무슨 뜻을 지닐까……?

'타이코 님의 유일한 혈육……'

이 사실은 눈에 보이지 않으면서도 실은 이 성을 지탱하는 전부였다. 후계자가 없다는 것은 가문이 사라진다는 뜻. 모두 그렇게 생각은 하고 있었지만 히데요리의 존재는 그 정도가 아니었다. 히데요리가 없다면 요도 부인도 없고 모든 사람의 꿈도, 생활도, 의지도, 대립도 흔적도 없이 사라질 수밖에 없었다.

지금까지 막대한 황금을 기증하며 몇 십 군데나 되는 사찰과 신사 수리와 건립을 해온 일은 어떻게 될까…… 쇼에이니의 생각이 이에 이르렀을 때 갑자기 요도 부인이 경련하듯 울음을 터뜨렸다.

필시 같은 생각에 모정의 애달픔이 겹친 탓이리라.

"마님, 아직 완전히 희망이 사라진 것은 아닙니다……"

아에바 부인은 말하고 가슴에 성호를 그으며 열심히 기도했다.

"아에바, 그만둬. 이젠 아무도 의지하지 않겠어."

"그렇다고, 이대로 도련님을……"

"듣기 싫어! 신불이 모두 내게 등을 돌려도 좋아. 이젠 의지하지 않겠어. 아무도 믿지 않겠어……"

요도 부인은 이렇게 부르짖고 찢어질 듯 입술을 깨물며 다시 온몸으로 울었다.

"이렇게 될 줄 알았다면 방법은 얼마든지 있었는데. 오카메 자식이나 오만의 자식이라도 데려다놓았더라면 좋았을 텐데……"

말하고 보니 그 역시 푸념이었다.

10

요도 부인의 가슴에 인생의 비수悲愁라는 회오리바람을 일으켜놓고 출입을 금지시킨 히데요리의 침소에서는 우라쿠가 느긋한 마음으로 장난의 그물을 더욱 크게 펼치고 있었다.

센히메를 데리고 들어간 그는 얼른 시의들을 밖으로 내보냈다.

"자, 도련님의 손을 꼭 잡으세요. 그러면 도련님의 고통이 센히메의 몸으로 옮겨져 도련님은 아주 편안해집니다."

장난을 하는 데도 인품이 나타나게 마련. 우라쿠는 요도 부인에게만이 아니라 센히메에게까지 심술 사나운 극한의 고통을 주어놓고 그 결과를 즐기려는 생각이었다.

센히메는 시키는 대로 히데요리 손을 잡았다. 히데요리는 열이 내린 모양인지 수척하고 퀭한 눈으로 센히메를 물끄러미 쳐다보고 있었다.

"정신을 차리세요. 도련님."

어린 아내는 진지한 표정으로 그 눈동자 위로 얼굴을 가져갔다.

"좀 편해졌나?"

우라쿠가 다시 입을 놀렸다.

"센히메는 괴로워졌나요? 고통스러워지는 만큼 도련님은 편해지는 거예요."

센히메는 자기 심장의 고동소리를 들어보려는 듯 숨소리까지 죽였다. 자기 몸으로 히데요리의 고통을 헤아리려 애쓰는 모습이 못 견디게 애처로웠다.

"어때요, 조금은 괴로워졌나요?"

센히메는 안타까운 듯 고개를 흔들었다.

"흐음, 아직 고통이 옮겨지지 않았군. 그렇다면 진심이 통하지 않았는지 모르겠군요."

"어떻게 하면 좋을까요?"

이때 카타기리 카츠모토가 들어왔다.

"쉿!"

우라쿠는 카츠모토를 제지했다.

"글쎄. 지금쯤은 차츰 고통스러워질 때가 됐는데."

센히메의 눈에 이슬이 맺히더니 주르르 뺨을 흘러내렸다. 히데요리는 다시 눈을 감고 있었다. 그 두 사람의 모습을 우라쿠는 한참 동안 눈을 가늘게 뜨고 바라보았다.

"아, 참."

우라쿠는 중얼거렸다.

"볶은 콩을 가지고 왔겠지요, 센히메?"

센히메는 고개를 끄덕이면서 한 손으로 가만히 가슴을 더듬었다.

"그 볶은 콩을 심으세요. 내 몸으로 대신해도 좋으니 도련님을 구해 주세요…… 이렇게 빌면서 심어야 합니다. 그렇게 빌면 이번에는 병이 옮겨올지도 모르니까, 그렇게 돼도 좋다고 생각하면 말이오……"

센히메는 잠시 우라쿠가 한 말의 뜻을 생각하다가 고개를 끄덕였다.

"센히메, 대신 죽어도 좋은가요?"

센히메는 긴장한 얼굴로 진지하게 고개를 끄덕였다. 그리고 가만히 히데요리의 손을 놓고 입을 꼭 다물면서 오른손으로 새까맣게 볶은 콩을 꺼내들었다.

"처마 밑에 심으면 되겠지요?"

그만 우라쿠도 애처로워졌는지 일어나 같이 마루로 나갔다.

"나이 수만큼 심으면…… 됩니다."

"예…… 벌써 세어놓았어요. 이 싹이 나지 않으면 도련님도 살아나실 거예요."

"아니, 그것만이 아니죠. 대신 몸을 바치겠다는 그런 진정을 가지고 심어야 병이 낫지요."

우라쿠는 드디어 센히메에게 지기 시작했다.

11

센히메는 우라쿠가 건넨 작은 칼로 처마 밑에 구덩이를 파고 한 알 한 알 새까맣게 탄 콩을 심어나갔다. 마음속으로 열심히 기도를 드리는 듯 조그만 입술이 움직이다가는 멈추고 그럴 때마다 눈을 감았다.

"이제 그만, 열네 알이 심어졌어요. 자, 손을 씻으세요."

우라쿠도 이제는 의심할 줄 모르는 순진함에는 손을 든 듯. 마루 끝에 서서 바라보는 그의 눈도 역시 붉어져 있었다.

"이렇게 하면 나을까요?"

"암, 낫지 않을 리가……"

우라쿠는 센히메를 마루 위로 올라오게 하여 직접 물통에서 바가지로 물을 끼얹어주었다.

"자, 이제 한 번 더 도련님의 손을 꼭 잡아보세요."

여기까지는 우라쿠의 장난도 아직 질이 나쁜 것은 아니었다. 센히메의 순진한 언동에 감동을 받고 나서부터는 더욱 비뚤어진 본바탕을 드러내기 시작했다.

센히메가 다시 히데요리의 손을 잡았을 때였다. 우라쿠는 카츠모토의 귀에 입을 가져다대고 말했다.

"시의 한 사람을…… 단 내 말에 고개만 끄덕거리고 말하면 안 된다고, 아무 말도 하지 말라고 엄하게 일러 이리 부르도록."

그리고는 난폭하게 히데요리를 흔들어 눈을 뜨게 했다.

"도련님! 오오, 안색이 몰라보게 좋아졌습니다. 이건 기적이야! 기적이 일어났어. 어떻습니까? 훨씬 편해졌다고요…… 그럴 테지요. 좋아요, 좀 일어나는 편이 좋겠어요."

난폭하다고 해도 이렇게 난폭한 노인은 다시없었다. 영문도 모르고 멍하니 있는 히데요리를 억지로 안아 일으키더니 등에 이불을 받쳐주었다.

우라쿠도 노부나가와 마찬가지여서 일단 생각하면 그냥 가만히 있지 못했다. 이상한 피가 흐르고 있는지도 모른다. 노부나가는 그것을 '천하포무天下布武' 라는 목적에 응집시켜 밀고나갔으나 우라쿠의 인생에는 그럴 필요가 없었다. 그는 모든 일을 비꼬기만 하면서 인간의 허점, 어리석은 점을 헐뜯으며 겨우 만족을 얻고 있는지도 모른다.

"아, 시의, 이리 오게."

우라쿠는 큰 소리로 말했다.

"도련님의 병세가 변했네. 누가 가서 속히 생모님에게 전하도록. 악화된 것은 아니야. 단번에 활력을 되찾으신 얼굴이야……"

그때 이미 시의 한 사람이 들어와 있었다. 카츠모토가 불러왔다.

눈앞에서 당황하고 있는 상대에게—

"어서 이리 오게."

우라쿠는 사방이 쩌렁쩌렁 울리는 소리로 불렀다.

"어떤가, 이 기적이…… 이래도 의원들은 중태라고 하겠나? 아니, 그렇지 않아. 확실히 나으셨어. 놀라운 기적이라고! 암, 그렇고 말고. 이건 모두 센히메의 지성이 통했기 때문이야."

말하다 말고 그만 우라쿠는 엇나가버렸다. 너무나 기뻐하며 히데요리를 들여다보는 센히메가 얄미워졌다.

"이거, 큰일이군. 그 대신 센히메가 기절했어."

12

우라쿠처럼 극단적이지는 않아도 사람은 누구나 조금은 비뚤어진 데가 있는 법. 그렇더라도 우라쿠는 정상적인 궤도를 벗어나 있었다. 센히메의 진지한 태도에 그만 확 열을 올렸다가, 상대가 기뻐하면 이번에는 또 땅속으로까지 끌어내리려고 한다.

"이거, 안 되겠어. 어디 손을 내밀어봐요. 아, 맥이 없어. 이거 큰일 났어, 숨이 끊어졌다."

우라쿠의 버릇임을 잘 아는 어른이라면 껄껄 웃어넘겼을지 모른다. 그러나 상대는 완전히 우라쿠의 말에 말려들어 자신의 기도가 통한 줄로 믿는 센히메였다.

"으응……"

순간 센히메는 히데요리의 손을 잡은 채 쓰러졌다.

"우라쿠 님, 이 일을 어떻게……"

당황하며 부축해 일으키려는 카타기리 카츠모토를 뿌리치듯 제지하고, 우라쿠는 히데요리의 맥을 짚으려는 의사를 꾸짖었다.

"멍청한 것! 병자는 이쪽이야. 빨리 정신차릴 약을 주지 못하겠나!"

의사는 허겁지겁 센히메를 안아 일으켜 맥을 짚으면서 의식을 회복시키려 했다.

히데요리는 더욱 눈을 크게 뜨고 센히메와 의사를 쳐다보았다.

우라쿠는 자세를 바로 한 채 사냥꾼에게 쫓기는 교활한 여우 같은 얼굴이었다. 요도 부인의 거실에서 달려올 발소리를 기다리고 있었다.

"오오, 들리는군, 이치노카미."

"예, 로쥬들이 모두 달려오는 모양입니다."

"알겠지, 설명은 모두 내게 맡기도록. 그 여자들에게 사실을 말해주어도 아무 소용 없으니까."

카타기리 카츠모토도 그럴 것 같아 고개를 끄덕였다.

"의사들도 입을 열면 안 돼."

아무튼 천연두가 아니란 것을 한동안 숨겨온 장본인은 카츠모토. 그런 상황을 우라쿠가 놀라운 재치로 멋지게 마무리해준다면 고지식한 카츠모토로서는 큰 도움이었다.

"아니, 도련님이 일어났다고?"

어지러운 발소리가 들려오고 이어 장지문이 열리는 순간 우라쿠는 머리를 조아렸다.

"생모님, 축하 드립니다. 있을 수 없는 기적이 일어났습니다."

요도 부인은 순간 자기 눈을 의심하듯 걸음을 멈추었다. 당장 숨을 거둘 것 같다는 말을 들었던 히데요리가 일어나 앉아 자기를 쳐다보고 있으니 놀랄 수밖에 없었다.

"의사들 말로는 앞으로 반 각(1시간)이 아니면 일 각……이라 하기에 센히메에게 손을 잡으라고 했지요…… 센히메는 기도를 드렸어요. 자기 몸에 병이 옮겨오게 하고 도련님을 살려달라고……"

요도 부인은 의사가 부축하고 있는 센히메를 바라보았다. 센히메는 정말 핏기가 가신 채 숨을 몰아쉬고 있었다.

"생모님, 그렇게 서 계시지 말고 여기 앉으십시오."

"아아……"

갑자기 요도 부인은 양쪽에 무릎을 꿇고 있는 로죠들을 내려다보며 그만 울음을 터뜨렸다.

13

우라쿠 자신도 숨을 죽이고, 요도 부인으로부터 히데요리, 센히메, 로죠들을 차례로 둘러보았다. 그의 눈시울과 얼굴도 붉게 물들기 시작했다. 그에게는 더할 나위 없이 재미있는 연극의 한 토막이었다. 그런 의미에서 배우도 갖추어져 있고 줄거리도 인생의 절박한 문제를 담고 있는 완벽한 것이었다.

요도 부인은 선 채로 울다가 이번에는 미친 듯이 히데요리에게 다가갔다. 동작도 목소리도 흥분해서 히데요리를 붙들고 무어라 하는지 알아들을 수도 없었다.

"신불은 역시 계셨던 거야. 신불은."

아마 여러 사찰과 신사에 기도한 것이 결코 헛된 일이 아니었다는 감회였을 터. 계속 같은 말을 되풀이하면서 히데요리의 얼굴에 자기 얼굴을 마구 비볐다. 아에바 부인은 경건하게 십자가를 그었고, 쇼에이니는 합장을 하고 염불을 외우기 시작했다.

우라쿠는 하마터면 웃음을 터뜨릴 뻔했다.

필시 아에바는 천주님의 가호라고 보았을 것이고, 쇼에이니는 관세

음보살의 자비로 받아들였을 터. 오직 한 사람 카타기리 카츠모토만이 몹시 당황하고 있었는데, 연출자로서 약간 고지식했기 때문이다.

주연인 히데요리는 퀭한 시선으로 아직도 센히메를 바라보고 있었고, 센히메는 의사에게 부축을 받은 채 거의 탈진상태에 빠져 있었다.

오다 우라쿠사이라는 한 장난꾸러기 노인이 그려낸 인생 희극. 인간이 이처럼 갖가지 모습으로 자신의 알몸을 보여주었으니 우선 놀라운 효과라고 할 수 있겠다.

이윽고 요도 부인은 비로소 센히메의 존재를 깨달았다. 지금까지 그녀는 히데요리밖에 눈에 띄는 것이 없었고, 히데요리밖에는 심중에 없었던 모양이다.

"오오, 센히메가."

히데요리의 몸에서 손을 떼었다.

"센히메가 어떻게 했다……고 말한 것 같은데요, 우라쿠 님?"

우라쿠는 드디어 자기가 나설 차례가 됐다고 생각했는지 엄숙한 자세를 취했다.

"그렇습니다. 이 기적, 이와 같은 기적을 오늘날까지 이 우라쿠는 본 적이 없습니다."

"센히메가 어떻게 했다는 말인가요?"

"먼저 도련님의 손을 잡았습니다."

"그래서요?"

"제일 먼저 이렇게 말했습니다. 천지신명이시여, 도련님의 목숨을 제 목숨과 바꾸어주십시오."

"그, 그때까지는 도련님이 중태였다는 말인가요?"

"예. 사경을 헤맸습니다. 그렇지 않은가, 이치노카미?"

"그……그렇습니다."

"그런데 센히메의 기도와 동시에 놀랍게도 불가사의한 보랏빛 구름…… 예, 초록도 아니고 푸른색도 아니었습니다. 엷은 보랏빛 구름이 연기처럼 줄을 당기듯이 정원에서 흘러들어왔습니다."

"어머, 보랏빛 구름이?"

"그리고 천천히 소용돌이치면서 도련님과 센히메의 몸을 감쌌습니다. 그 순간, 으, 으, 으 하고 도련님 입에서 소리가 흘러나왔습니다. 그렇지 않은가, 이치노카미?"

카츠모토는 어깨를 늘어뜨리고 겸연쩍은 듯 고개를 끄덕였다.

14

카타기리 카츠모토는 우라쿠의 짓궂은 장난기를 잘 알고 있었다. 그러나 이처럼 철저하고 거침없는 거짓말의 천재임은 알지 못했다.

'이분은 소로리曾呂利 정도가 아니야……'

더욱 난처한 것은 그 어처구니없는 이야기 중간마다 일일이 맞장구를 치도록 요구해오는 일이었다.

나름대로 우라쿠로서는 훌륭한 성의 표시의 하나였다. 어떻게 해서든지 센히메가 대표하는 오사카의 도쿠가와 편과 이쪽 사람들이 화목하도록 하고 싶다는…… 그런 의향을 충분히 짐작하고도 남음이 있었지만, 그렇다고 보랏빛 구름 운운하는 말을 끌어들이다니 정말 어쩌지 못할 낯간지러운 일이었다.

이러한 카츠모토의 모습 또한 우라쿠에게는 흥취를 돋우는 자료였는지도 모른다. 그는 정말 눈앞 공간에 무언가 떠돌고 있기라도 한 듯 더욱 눈을 크게 뜨고 말을 계속했다.

"정말 말로는 설명할 수 없는 불가사의입니다. 도련님이 신음소리를 낼 때마다 물에 붉은 물감을 떨어뜨린 듯 혈색이 살아나고, 그 신음소리가 날 때마다 센히메 님의 안색은 점점 창백해졌어요…… 정말이지 백주에 눈앞에서 인간의 정기가 삽시간에 바뀌어버리다니…… 이런 일은 나나 이치노카미도 이 나이 되도록 본 일이 없어요. 안 그런가, 이치노카미?"

"정……정말입니다."

"그러고 나서 센히메는 뭔가 영계靈界의 소리를 들은 것이 틀림없어요. 벌떡 일어나 소리 없이 정원으로 내려갔지요."

"그럼, 발소리도 내지 않고?"

요도 부인은 엄숙하게 옷깃을 여미면서 물었다.

"그래요. 나도 너무 이상한 일이라 망연자실하여 혹시 소리를 못 들었는지는 모르지만. 그러나 무엇보다 확실한 증거는 저기에 저처럼 흙을 판 자국이 있어요."

"아……아니, 어떻게 된 일인가요?"

"거기에 잘 볶은 콩을 도련님의 나이만큼 심었지요. 그 콩의 싹이 틀 때까지 도련님은 절대로 천연두에 걸리는 일이 없다……고 하면서 방 안으로 돌아왔다고 생각했는데, 어느 틈에 도련님은 벌떡 자리에서 일어나고 그 대신 센히메가 그 자리에 쓰러졌어요."

"어머나……"

"이거 큰일났군! 새삼스럽게 생각해볼 것도 없이 센히메의 지성이 하늘에 통해 생명을 건지셨는데, 그 대신 센히메를 죽게 한대서야 말이 되느냐…… 이번에는 나와 이치노카미가 기도를 했지요. 아니, 기도드리려고 해도 평소에 신앙을 갖지 못한 자들…… 우리는 당황하여 『반야심경般若心經』을 외우면서 이제는 우리 목숨을 줄이시더라도 좋으니 부디 센히메의 목숨을……"

우라쿠도 약간은 쑥스러워졌던지 그만 머리를 긁적이며, 줄줄이 쏟아놓던 말을 얼버무렸다.

"아니, 이 말은 하지 않아야 하는데 그랬습니다. 우리들의 자랑이 되기 때문에…… 아무튼 이렇게 해서 센히메가 소생했을 때 여러분들이 들이닥치셨다…… 이것으로 도요토미 가문은 만만세, 우리들의 눈이 미치지 못하는 곳에 은밀한 신불의 가호가 있다…… 이제는 이 우라쿠와 같은 신앙심이 없는 자도 믿을 수밖에 없게 됐어요."

우라쿠는 다시 카츠모토를 돌아보며 동의를 구했다.

"안 그런가, 이치노카미?"

15

우라쿠는 어리둥절한 채 움츠리고 있는 카츠모토를 보고는 과연 때를 놓치지 않았다.

"아 참, 잊어버렸군. 이건 우리들만 기뻐하고 있을 일이 아니야. 이 자리는 생모님에게 맡기고 나와 이치노카미는 근심하고 있는 사람들에게 이 기쁨을 알려야 해. 이치노카미, 센히메 님을 데리고 어서 나가도록 하세. 센히메 님은 잠시 거실에서 안정을 취해야 할 것일세."

아직도 망연해 있는 센히메와 카츠모토를 재촉해 얼른 복도로 나가버렸다. 그리고 별실에서 기다리게 했던 사카에 부인에게 센히메를 맡기고 땀을 닦으면서 카츠모토가 있는 대기실로 들어갔다.

"아아, 이제 끝났군."

카츠모토가 어이없어하는 얼굴로 우라쿠 앞에 앉았을 때 그는 부채를 부지런히 놀리면서 말했다.

"그런데, 이치노카미."

"왜 그러십니까?"

"나는 오늘부터 절대로 자네를 믿지 않겠네."

정색을 하고 말했다. 카츠모토는 맞장구를 치는 솜씨가 서투르다는 뜻인가 싶어 얼른 말했다.

"나름대로 힘껏 노력했는데요."

우라쿠는 대답하지 않았다.

"자네는 놀라운 거짓말쟁이야. 그런 조작극에 웃지도 않고 척척 손발을 맞추다니 이만저만 검은 배짱이 아니거든. 나는 앞으로 절대로 자네 말은 믿지 않겠어. 정말 대단해, 자네는."

"뭐, 뭐라고 하셨습니까, 우라쿠 님? 그럼, 그 자리에서 웃어야 옳았다는 말인가요?"

"그게 아니야. 자네는 사람을 속이는 명인이란 뜻일세."

"당치도 않습니다. 그런 엄청난 거짓말을 늘어놓은 것은 내가 아니라 바로 우라쿠 님이었습니다."

"무서워. 그런 엄청난 거짓말을 늘어놓을 수밖에 없도록 만든 사람이 누구인가. 정말 엄청난 사람이야, 이치노카미는."

우라쿠는 시동이 차를 가져오자 진지한 얼굴로 마셨다.

"이젠 나는 죽어도 안심할 수 있겠네."

그리고는 다시 안하무인인 태도로 이야기를 계속했다.

"이 정도로 속이 검은 이치노카미가 측근에 있는 한 히데요리 님도 그렇게 쉽게는 속아넘어가지 않을 거야. 칸토의 여우에 사이고쿠의 너구리, 시코쿠四國의 캇파河童°, 또 하구로羽黑의 도깨비가 덤벼들어도 도저히 자네와는 상대가 되지 않을 테니까. 앞으로도 잘 부탁하네."

카츠모토는 기가 막혀 벌린 입을 다물지 못했다. 물론 그 자신도 우라쿠가 선의로 한 말인 줄은 알았다. 그렇지만 가끔은 화가 치미는 것은 한도 끝도 없는 비아냥 때문이었다.

"그럼, 우라쿠 님은 평소에 이 이치노카미가 하는 일이 못마땅하셨다는 말씀입니까?"

"천만에. 마음으로부터 감탄하고 있네. 정말일세. 자네의 지혜로 앞으로의 일이 볼만하다는 말이야."

"앞으로의 일?"

"그래. 도련님이 돌아가실지…… 모른다는 것만으로도 성안 충신들이 모두 속마음을 드러냈어. 이제부터 그 하나하나를 음미해본다…… 정말 카타기리 이치노카미는 못된 지혜를 가졌어. 이 우라쿠도 하마터면 꼬리털의 수까지 알려질 뻔했어. 하하하……"

—26권에서 계속

《 주요 등장 인물 》

다테 마사무네伊達政宗

텐쇼 18년(1590) 오다와라 전투를 통해 히데요시의 수하로 들어간다. 히데요시 사후에는 도쿠가와 이에야스의 아들 타다테루에게 장녀인 고로하치히메를 시집보낸다. 쇼군 이에야스에게 복종하지 않고 남만인과 홍모인 세력을 이용하여 이에야스와 대립하기 위해 소텔과 접촉한다.

도요토미 히데요리豊臣秀頼

도요토미 히데요시의 차남으로 어머니는 히데요시의 첩 요도 부인이다. 센히메의 시녀 사카에와의 문제로 여전히 어머니와 대립한다. 이에야스가 히데타다의 쇼군 취임 축하를 위해 상경을 요구하지만 어머니 요도 부인의 광기 어린 반대에 부딪혀 결국 상경하지 않는다. 얼마 후 히데요리는 천연두에 걸려 오사카 성을 긴장시키지만, 천연두가 아닌 것으로 판명된다.

도쿠가와 이에야스德川家康

이에야스는 히데요시가 사망한 나이에 맞추어 세이이타이쇼군을 사임하고 쇼군 자리를 아들 히데타다에게 양위한다. 동시에 히데요리를 우다이진으로 승격시킴으로써 도요토미 가문의 안녕을 도모한다.

센히메千姬

도쿠가와 히데타다의 장녀. 도요토미 히데요리와 결혼한다. 히데요리가 천연두에 걸렸다는 것을 알고 문병하려 하지만 카츠모토가 반대한다. 순진한 센히메는 볶은 검은콩을 나이만큼 심으면 병에 걸리지 않는다며 문병할 것을 고집한다.

소텔

남만인 선교사. 홍모인인 미우라 안진이 이에야스의 곁에 있음으로써 남만인이 위태롭다고 여긴 소텔은 에도에 박애병원을 개설하는 한편 다테 마사무네에게 남만 미녀를 바치고 접근하여 남만인의 세력을 키우려 한다.

오다 우라쿠사이織田有樂齋

오다 노부나가의 동생으로 이름은 나가마스. 요도 부인의 외숙부로서, 다도를 즐기며 오사카 성에 은거하고 있다. 때때로 거침없는 독설로 주위 사람들을 당황하게 만들기도 한다. 히데요리가 천연두에 걸렸다는 소문이 오사카 성 사람들에게 어떤 영향을 미치는지를 관찰하며 즐거워한다. 한편 히데요리가 천연두에 걸리지 않았다는 사실을 알게 된 우라쿠는 순진한 센히메를 이용해 한 편의 연극을 꾸민다.

오코於こう

혼아미 코에츠의 외삼촌인 혼아미 코세츠의 딸로, 결혼에 실패하고 코에츠의 집에서 살고 있다. 오쿠보 나가야스의 소실로 들어가 그의 주변에서 벌어지는 다테 마사무네와 남만인 세력의 움직임을 눈치챈다. 혼아미 코에츠의 부탁으로 오쿠보 나가야스 주변 상황을 탐지하여 혼아미 코에츠에게 알리기로 약속한다.

오쿠보 나가야스大久保長安

광대 생활을 전전하던 쥬베에 나가야스는 우연히 이에야스에게 발탁되어 오쿠보라는 성姓을 받고, 또한 그 능력을 인정받아 부교에 임명된다. 사도의 광산 책임자가 되어 사도가시마를 서양인들이 말하는 황금의 섬으로 만들고자 한다. 자신의 야망을 키우기 위해 다테 마사무네에게 접근하지만, 소실 오코는 거꾸로 다테 마사무네에게 이용당할 것이라고 경고한다. 하지만 오쿠보 나가야스는 이 상황을 역이용하려 한다.

요도淀 부인

아명은 챠챠. 도요토미 히데요시의 측실로 히데요리의 생모. 이에야스가 히데타다의 쇼군 취임 축하를 위해 히데요리에게 상경을 요구하지만 요도 부인은 신하들이 보는 앞에서 히데요리의 옆구리에 칼을 겨누고 죽는 한이 있어도 히데요리를 상경시키지 않겠다며 광기어린 행동을 보인다.

카타기리 카츠모토片桐且元

관직명은 이치노카미. 오사카 성의 행정 총책임자. 이에야스가 명한 슨푸 성 부역에 대해 고마워하며 당연히 참가해야 한다고 생각하지만 의외로 오사카 성에서는 이를 반대한다. 하지만 반대의 원인이 종교 문제에 있음을 알고 슬기롭게 일을 풀어나간다. 한편 히데요리의 병이 천연두가 아님을 오다 우라쿠사이에게 말하고, 그와 함께 연극에 동참하지만 융통성 없는 카츠모토는 매우 난처해한다.

키타노만도코로北の政所

네네라고도 불린다. 히데요시의 부인으로, 히데요시 사후에는 코다이인이라 이름을 바꾸고 비구니가 되어 쿄토에 은거한다. 도요토미 가의 안녕을 위해 이에야스에게 적극 협조하며 노력하지만, 히데요리의 상경 거부로 이에야스에게 눈물을 흘리며 사과한다.

혼아미 코에츠本阿彌光悅

칼 감정가로 유명하며, 미술 공예 부문에 금자탑을 쌓은 예술가다. 철저한 니치렌 종의 신자로, 불의에 굽히지 않는 강직한 성품을 지녔다. 시죠 강가에서 타다테루를 이용해 입지를 강화하려는 구교도의 밀담을 몰래 듣고, 여동생 오코를 이용해 그들의 정보를 탐지하여 이에야스에게 이들의 움직임을 알린다.

《 에도 용어 사전 》

겐페이源平 | 전국이 겐지源氏와 헤이시平氏로 양분되어 싸우던 것을 가리킨다.

곤노다이나곤權大納言 | 다이나곤은 우다이진右大臣 다음의 정부 고관으로, 다이죠칸太政官의 차관. 곤權은 관직 앞에 붙어, 정원定員 이외의 신분임을 나타내는 말.

군감軍監 | 군대를 감독하는 직책.

나이다이진內大臣 | 다이죠칸의 장관. 료게令外 관직의 하나. 천황天皇을 보좌하는 사다이진과 우다이진 다음의 지위. 헤이안平安 시대부터 원외員外 대신으로서 상치常置.

남만南蠻 | 무로마치室町 시대에서 에도江戶 시대에 이르기까지 해외 무역의 대상이 된 동남아시아나 그곳에 식민지를 가진 포르투갈 · 스페인을 일컫는 말. 또, 그 시대에 건너온 서양 문화(기술, 종교). 네덜란드를 홍모紅毛라고 한 데 대한 말.

니치렌日蓮 | 니치렌 종日蓮宗. 니치렌 선사가 창시한 일본 불교 12대 종파의 하나로 『법화경法華經』을 기본 경전으로 삼는다.

다다미疊 | 일본식 주택의 바닥에 까는 것으로 짚으로 만든 판에 왕골이나 부들로 만든 돗자리를 붙인 것. 일반적으로 크기는 180×90cm이며, 일본에서는 현재도 방의 크기를 다다미의 장수로 나타내는 경우가 많다.

다이묘大名 | 넓은 영지와 많은 부하를 둔 무사의 우두머리.

다이진大盡 | 유흥가에서 돈을 마구 뿌리는 사람.

다이칸代官 | 에도 시대 다이묘가 연공 징수와 지방 행정을 맡게 하던 관리. 또는 바쿠후의 직할지를 다스리던 지방관.

다죠다이진太政大臣 | 정치를 통괄하는 다이죠칸의 최고 벼슬.

도보同朋 | 쇼군이나 다이묘를 섬기며 신변의 잡무나 예능상의 여러 가지 일을 맡아보는 사람.

도신同心 | 에도 시대에 경찰 업무를 맡던 하급 관리.

로죠老女 | 쇼군이나 영주의 부인을 섬기는 시녀의 우두머리.

리프데 호 | 1600년, 분고 우스키에 정박한 네덜란드의 배. 로테르담 동방 무역회사의 탐색선 5척 가운데 하나.

모리守り | 아기를 돌보는 사람.

바쿠후幕府 | 무신 정권 시대에 쇼군이 집무하던 곳, 또는 그 정권.

부교奉行 | 행정, 재판, 사무 등을 담당하는 무사의 직명.

분메이文明 | 일본의 연호 1469~1487.

사공육민四公六民 | 봉건 시대에 농민 수확의 4할을 연공으로 거둬들이던 일.

사루가쿠猿樂 | 일본의 중세 시대에 행해진 민중 예능. 익살스러운 동작이나 곡예를 주로 하다가 차츰 연극화되어 노와 쿄겐으로 갈라졌다.

세이이타이쇼군征夷大將軍 | 무력과 정권을 장악한 바쿠후의 실권자. 쇼군의 정식 명칭.

소쇼宗匠 두건 | 예능인이 주로 쓰던, 양쪽에 길게 끈을 늘어뜨린 두건.

쇼군將軍 | 무력과 정권을 장악한 바쿠후의 실권자. 정식 명칭은 세이이타이쇼군.

쇼쇼少將 | 코노에후近衛府의 차관次官.

쇼시다이所司代 | 에도 시대에 쿄토의 경비와 정무를 맡아보던 사람.

쇼토쿠聖德 태자 | 574~622. 593~622년에 스이코推古 천황의 섭정. 황권을 강화하고 집권적 관료국가를 준비하였다.

숏키續紀 | 『쇼쿠니혼기續日本紀』의 약칭으로 『니혼쇼키日本書紀』에 이어 편찬된 한문 편년체의 정사 기록물.

슈인센朱印船 | 쇼군의 주인朱印이 찍힌 해외 도항 허가장을 받아 동남아시아 각지와 통상을 하는 무역선.

스이코推古 | 재위 592~628. 6세기 말부터 7세기 초까지의 여제女帝.

시라이토 왓푸白糸割符 | 1604년 포르투갈 상인의 폭리를 억제하기 위해 수입 생사(시라이토)를 일괄 구입하여, 판매하던 권리.

시신덴紫宸殿 | 궁중의 정전正殿. 새해의 조하朝賀를 비롯하여 공사公事를 행하는 궁전.

싯세이執政 | 로쥬老中 또는 카로家老를 이르는 말.

아즈마카가미吾妻鏡 | 카마쿠라 바쿠후鎌倉幕府의 사적을 일기체로 기록한 책.

오고쇼大御所 | 은퇴한 쇼군이나 그의 거처.

오야시마大八洲 | 일본의 옛 이름.

오타 도칸太田道灌 | 시와 학문에 뛰어난 15세기 초의 무장.

온나가부키女歌舞伎 | 가부키는 에도 시대에 발달하고 완성된 일본 특유의 민중 연극이며, 온나가부키는 여자가 중심이 되어 연기를 하던 가부키다. 풍기상의 이유로 1629년에 폐지되었다.

요리토모賴朝 | 1147~1199. 미나모토노 요리토모源賴朝. 카마쿠라 바쿠후鎌倉幕府의 초대 쇼군將軍으로 무신정권의 창시자.

요쿄쿠謠曲 | 노가쿠能樂의 사장詞章에 가락을 붙여서 부르는 것. 또는 그 사장.

우다이진右大臣 | 다이죠칸의 장관. 사다이진 다음의 직위.

인院 | 은퇴한 후에도 계속 권력을 행사하는 상황, 근황의 거처. 또는 이들을 일컫는 말.

입정안국立正安國 | 정의를 바로 세워 이로써 나라의 평안을 도모해야 한다는 니치렌 선사의 사상.

잇코一向 신도 반란 | 정토진종 혼간 사本願寺의 신도가 킨키, 토카이, 호쿠리쿠 지방 일대에서 일으킨 반란. 오다 노부나가에게 저항한 이시야마 혼간 사와 이세 나가시마, 도쿠가와 이에야스에게 대항한 미카와 잇코 반란 등 각지에서 다이묘에 대항했다.

쥰토쿠인順德院 | 쥰토쿠 천황順德天皇. 1197~1242. 와다 요시모리和田義盛의 거병擧兵 · 3대 쇼군 미나모토노 사네토모의 암살 등 바쿠후의 동요를 보고 바쿠후 타토를 계획하지만 실패하고 이로 인해 1221년에 츄쿄 천황仲恭天皇에게 양위한다. 다음달 죠큐承久의 난을 일으키지만 실패하고 사도佐渡로 유배되어 21년 뒤인 1242년에 유배지에서 죽는다.

츄죠中將 | 코노에후近衛府의 차관次官.

카마쿠라鎌倉 시대 | 1192년에 미나모토노 요리토모源賴朝가 바쿠후幕府를 연 이후 1333년에 멸망할 때까지의 무신정권 시대.

카이아와세貝合わせ | 360개의 진기한 조가비를 왼쪽 짝과 오른쪽 짝으로 갈라, 제짝을 많이 찾아서 맞춘 편이 이기는 부녀자의 놀이.

칸파쿠關白 | 천황을 보좌하여 정무를 담당하는 최고위의 대신.

캇파河童 | 일본의 상상의 동물. 서너 살 정도의 어린이 크기만 하고, 뭍과 물에 살며 정수리에 물이 담긴 접시가 있는데, 다른 동물을 물로 끌어들여 그 피를 빤다고 한다.

코쇼小姓 | 주군을 측근에서 모시며 잡무를 맡아보는 무사.

타이로大老 | 무가 정치에서 도요토미 히데요시 및 도쿠가와 가문을 보좌하던 최상위 직급. 히데요시 시대에는 다섯 부교 위에 다섯 타이로를 두었고, 에도 시대에는 당시 로츄老中 위에 타이로 한 명을 두었다.

타이코太閤 | 본래 섭정攝政 또는 다죠다이진太政大臣의 경칭敬稱. 나중에는 칸파쿠의 직위를 그 자식에게 물려준 사람에 대한 높임말. 여기서는 히데요시를 가리킨다.

토자마外樣 | 카마쿠라 시대 이후의 무가 사회에서 쇼군의 일족이나 대대로 봉록을 받아온 가신이 아닌 다이묘나 무사.

통킹東京 | 프랑스 식민지 시대의 베트남 북부를 가리키는 이름. 베트남인들에 의해 공식 지명으로 쓰이지 않는다.

하카마袴 | 일본옷의 겉에 입는 아래옷. 허리에서 발목까지 덮으며 넉넉하게 주름이 잡혀 있고, 바지처럼 가랑이진 것이 보통이나 스커트 모양의 것도 있다.

하타모토旗本 | (진중에서) 대장이 있는 본영. 또는 그곳을 지키는 무사.

홍모인紅毛人 | 붉은 머리털을 가진 서양인을 가리키는 말. 구체적으로는 네덜란드 인을 가리킨다.

훈도分銅 | 비상시에 대비하기 위해 저울추 모양으로 만든 금괴나 은괴.

《 유녀遊女 》

유곽 거리의 모습이다. 강제로 손님을 끌어들이려는 유녀, 유녀를 끌어안고 있는 남자의 추태 등이 대담하게 묘사되어 있다. 「낙중낙외도洛中洛外圖」(도쿄국립박물관장).

유녀 중에서도 최고위에 '타유太夫'라 불리는 유녀가 있어 이름을 세습하게도 하였다. 타유 다음 등급에는 '텐진天神' 등이 있었다. 특히 타유는 손님을 보내고 맞이하는 데 있어서도 이로카고色籠와 같은 호화로운 바구니를 사용하고 '카무로禿'라는 어린 소녀가 시중을 들게 된다. 카무로는 타유의 말상대나, 손님의 접대, 잠자리 준비 등을 통해 장래 자신의 직업에 대한 노하우를 쌓게 된다. 옆 그림에 보이는 어린 소녀가 카무로다.

「타유의 여행도」 쵸키長喜 작(도쿄도립중앙도서관장)

「유곽 미인도」 에이시마榮島 작.

●유곽의 성립

일본에 유곽을 처음으로 도입한 사람은 도요토미 히데요시豊臣秀吉로 텐쇼 17년(1589) 쿄토 니죠二條 야나기쵸柳町에 유곽 설립을 허가했다. 이를 이어받은 도쿠가와 바쿠후德川幕府는 에도의 요시와라吉原, 쿄토의 시마바라島原, 오사카의 신마치新町, 나가사키長崎의 마루야마丸山에 유곽을 공인하였고, 그 외 각지의 교통요충지, 나루터 등에 수많은 유곽이 있었다. 이들 유곽 문화는 근세 일본에 있어서 독특한 문화 공간을 형성하였으며, 일본의 문학 작품과 우키요에浮世繪 등에 영향을 끼치기도 했다.

「신요시와라新吉原」 히로시게廣重 작(일본 국립국회도서관장)

일본의 대표적인 유곽 거리인 신요시와라의 밤거리 풍경.
「우키요 신요시와라 요미세노 후케이浮世新吉原夜見世之風景」 시게나가重長 작.

●에도 시대에는 여성이 성을 파는 것은 공식적인 하나의 직업으로 인정받고 있었다. 특히 에도는 각지의 사무라이들이 모여 근무하였기 때문에 남녀 비율이 7:3 정도로 남성 쪽이 압도적으로 많았다. 이렇게 유녀를 직업으로 하는 여성이 많은 이유는 아래와 같다.

1. 빈부의 격차가 심한 세상에서 흉년 혹은 도박이나 재해 등으로 한꺼번에 재산을 잃은 사람이 많아 종종 딸을 팔 필요가 있었다.
2. 여성의 직업이 한정되어 있었다.
3. 위에서 말한 바와 같이 압도적으로 남성이 많아 유녀의 수요가 많았다.

강제로 손님을 끄는 유녀들. 「낙중낙외도洛中洛外圖」(개인 소장).

목욕하는 유녀. 「색경염부자色競艶婦姿」
토리이 키요나가鳥居清長 작.

화장하는 유녀. 「색경염부자色競艶婦姿」
토리이 키요나가鳥居清長 작.

● 토카이도의 여관과 유녀의 거점

카마쿠라鎌倉 말기까지의 토카이도東海道 여관 중에서 주요한 것을 나타내고 그 중에서 유녀의 거점이었던 것이 문헌으로 밝혀진 것을 구별했다.

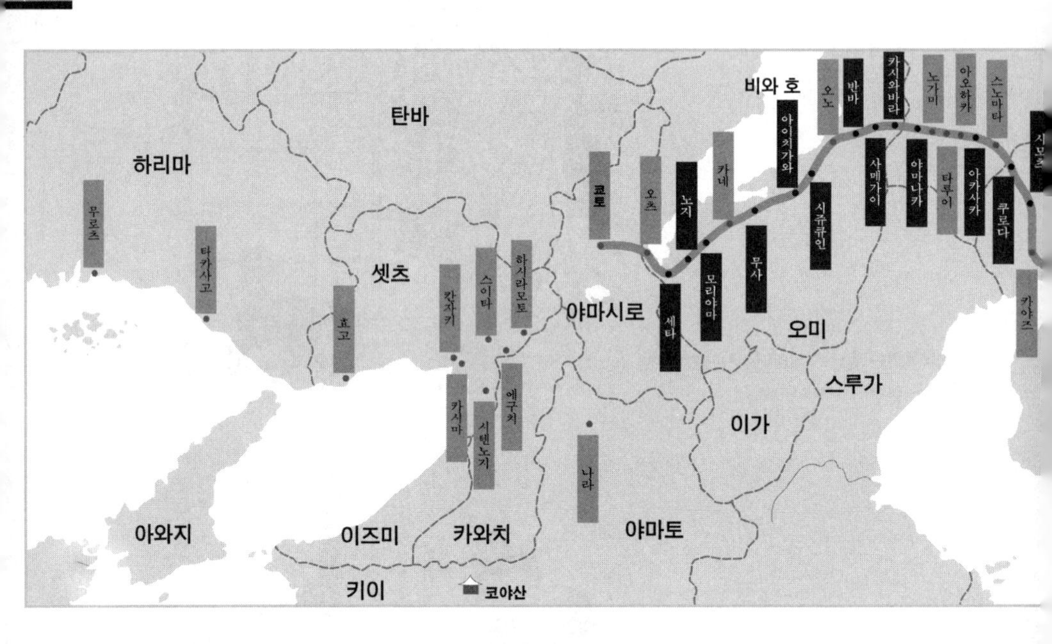

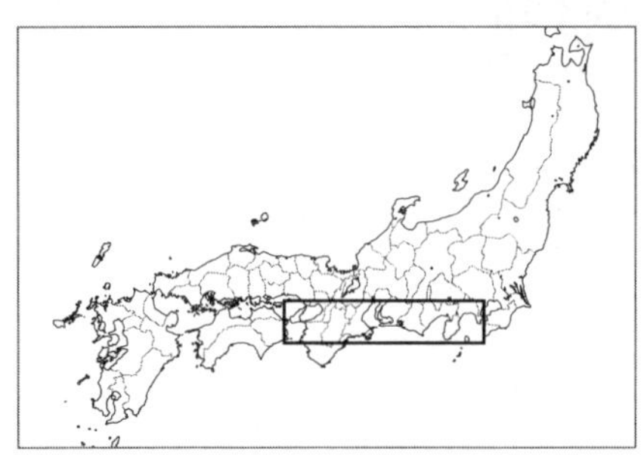

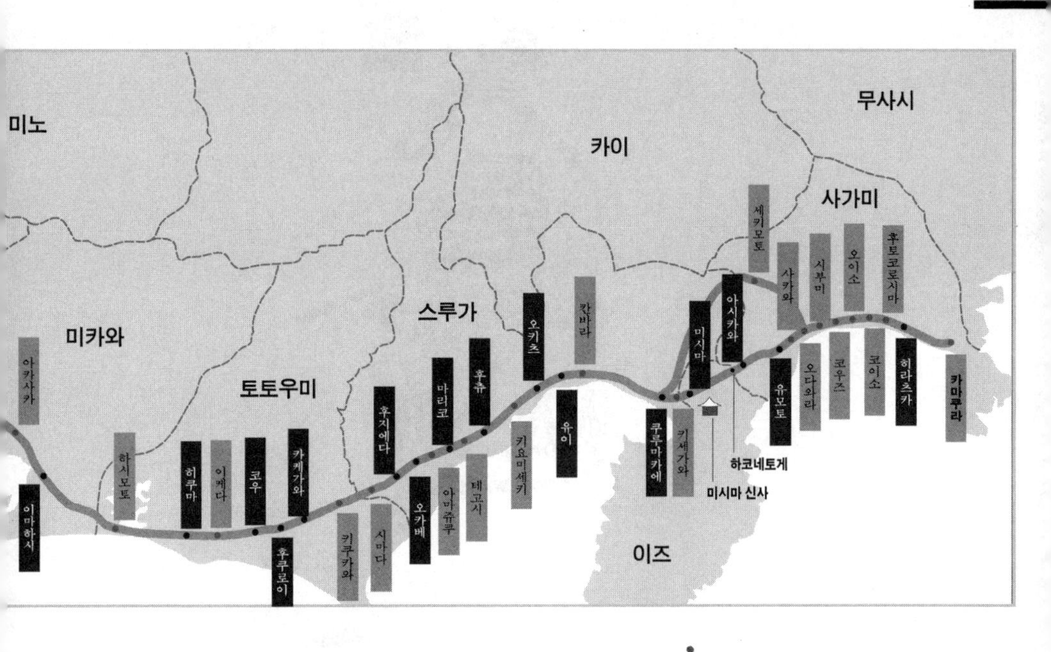

유녀의 거점이었던 것이
문헌으로 밝혀진 여관

《 에도 시대의 복식 》

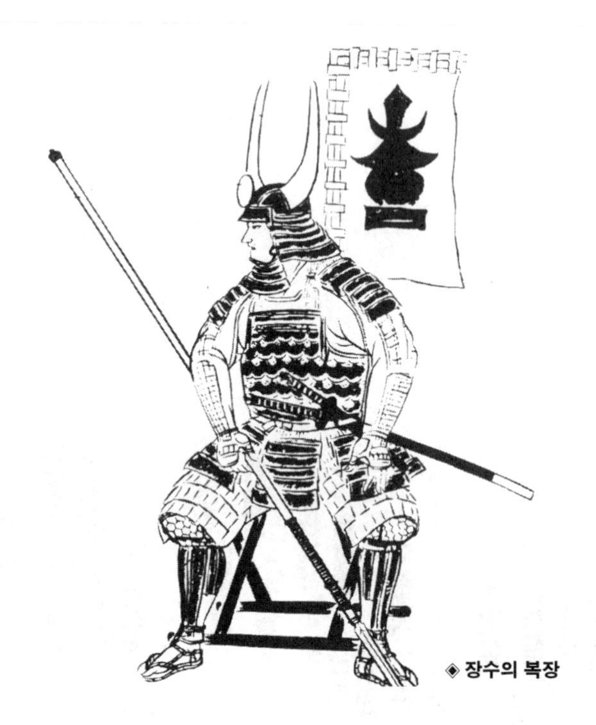

◈ 장수의 복장

◈ 아시가루의 복장

◈ **하오리하카마**
하오리와 하카마를 입은 정장.

◈ **하오리**
일본옷 위에 입는 짧은 겉옷.

◈ **카미시모**
에도 시대 무사의 예복(관례 전).

◈ **나가카미시모**
에도 시대 무사의 예복(다이묘).

◈ **우치카케**
에도 시대 귀부인의 정식 복장.

◈ **코소데**
에도 시대 약식 복장.

◈ **토메소데**
기혼 여성의 예복.

《 도쿠가와 이에야스 관련 연보(1604~1607) 》

◈—서력의 나이는 도쿠가와 이에야스의 나이

일본 연호		서력	주요 사건
케이쵸 慶長	9	1604 63세	2월 3일, 바쿠후는 모리 테루모토에게 나가토 하기에 축성을 허락한다. 3월 20일, 치쿠젠 후쿠오카 성주 쿠로다 나가마사의 아버지 죠스이(요시타카)가 사망한다. 향년 59세. 3월 29일, 이에야스가 상경하여 후시미 성으로 들어간다. 5월 3일, 바쿠후는 쿄토, 사카이, 나가사키에 이토 왓푸 담당자를 두고, 생사 무역의 제도를 정한다. 6월 20일, 히고 히토요시의 사가라 나가츠네가 그의 어머니를 인질로 에도에 보낸다. 6월 22일, 이에야스가 입궐한다. 7월 1일, 이에야스는 이세, 미노, 오와리 등 7개 지역의 다이묘에게 이이 나오츠구(나오카츠)를 도와서 오미 히코네 성을 축성하도록 한다. 7월 17일, 히데타다의 둘째자식 타케치요(이에미츠)가 에도 성에서 태어난다. 어머니는 아사이 씨(오에요 부인). 같은 날, 이에야스는 이나바 미치시게의 양녀 사이토 씨(카스가 부인)를 타케치요(이에미츠)의 유모로 삼는다. 8월 15일, 쿄토 시민이 토요쿠니 신사의 제례를 위해 춤을 준비한다. 18일, 고요제이 천황이 시신덴에서 춤을 관람한다. 11월 8일, 타케치요(이에미츠)가 처음으로 에도 산노 신사에 참배한다. 이해, 바쿠후는 토카이, 토후쿠, 호쿠리쿠 등의 여러 도로를 수리하고, 이치리즈카를 짓는다. 이해, 히데요리는 쿄토 히가시 사의 남대문, 셋츠 카

일본 연호		서력	주요 사건
케이쵸 慶長			츠오 사 등 영토 및 그 근방의 여러 신사와 절을 조영한다. 이해, 바쿠후는 히젠 나가사키에 토츠지(중국어 번역관)를 둔다. *이해, 프랑스가 동인도회사를 설립한다.
	10	1605 64세	정월 9일, 이에야스가 상경을 위해 에도를 출발한다. 2월 19일, 이에야스가 후시미 성으로 들어간다. 2월 24일, 히데타다가 상경을 위해 에도를 출발한다. 2월 28일, 코다이인(히데요시의 후실 스기하라 씨=네네)이 후시미 성에 온다. 3월 21일, 히데타다는 16만 병사를 이끌고 상경하여 후시미 성으로 들어간다. 이달, 이에야스는 활자판 『아즈마카가미』를 간행한다. 4월 12일, 히데요리가 우다이진이 된다. 4월 16일, 히데타다가 세이이타이쇼군이 되고, 나이다이진을 겸한다. 5월 10일, 이에야스는 코다이인을 통해 히데요리의 상경을 요구한다. 히데요리의 생모 아사이 씨(요도 부인)가 이를 거부한다. 이날, 마츠다이라 타다테루가 이에야스의 명을 받고 히데요리를 방문한다. 6월 4일, 히데타다는 쿄토에서의 행사를 끝내고 에도로 향한다. 6월 28일, 코다이인은 코토쿠 사를 히가시야마로 옮기고 코다이 사로 개명하여 그곳으로 옮긴다. 7월 21일, 이에야스는 하야시 라잔을 니죠 성으로 초대하여 회견한다.

일본 연호		서력	주요 사건
케이쵸 **慶長**			8월 10일, 바쿠후는 다이묘 법도 8개조를 제정한다. 이달, 바쿠후는 군령 13개조를 제정한다. 9월 3일, 바쿠후는 스미노쿠라 요이치 등에게 토쿄 도항의 슈인을 준다. 10월 8일, 히데요리는 쿄토 쇼코쿠 사 종루 등을 기부한다. 11월 17일, 히데요리는 야마시로 다이고 사 서대문을 조영한다. 12월 2일, 바쿠후는 처음으로 쇼인반을 설치하고, 미즈노 타다키요 등 4인을 쇼인반의 우두머리로 삼는다. 이해, 이에야스는 열한번째아들 츠루마츠(요리후사)에게 히타치 시모츠마의 당 10만 석을 준다. *이해, 에스파냐 세르반테스가 『돈키호테』 1권을 출판한다.
	11	**1606** 65세	3월 1일, 바쿠후는 여러 다이묘에게 명하여 에도 성을 증축한다. 3월 15일, 이에야스는 상경을 위해 에도를 출발, 20일에 슨푸에 머물며 성곽을 둘러보고 이곳을 은거할 장소로 정한다. 4월 19일, 야마토 야규 마을의 야규 무네요시가 사망한다. 향년 80세. 5월 14일, 코즈케 타테바야시 성주 사카키바라 야스마사가 사망한다. 향년 59세. 같은 날, 이에야스의 측실 우도노 씨(니시고리 부인)가 사망한다. 6월 1일, 히데타다의 셋째자식 쿠니마츠(타다나가)가

일본 연호		서력	주요 사건
케이쵸 慶長			에도 성에서 태어난다. 어머니는 아사이 씨(오에요 부인). 이달, 히데요리는 다이고 사의 여의륜당, 오대당을 재건한다. 8월 2일, 이에야스는 니죠 성에서 노가쿠를 공연하고, 코다이인 등을 대접한다. 이달, 쿄토 사람 스미노쿠라 요이치가 야마시로 오이가와의 배 운송을 개통한다. 11월 4일, 이에야스가 에도 성으로 돌아온다. 12월 24일, 이에야스의 여섯째자식 시나노 마츠시로 성주 마츠다이라 타다테루가 다테 마사무네의 딸(고로하치히메)에게 장가를 든다.
	12	1607 66세	정월 1일, 이에야스의 다섯째딸 이치히메가 태어난다. 어머니는 오타 씨. 정월 11일, 히데요리가 우다이진의 직위를 끝낸다. 2월 17일, 바쿠후는 에치젠, 오와리, 미노, 미카와, 토토우미 등의 다이묘에게 슨푸 성을 수리할 것을 명한다. 2월 20일, 이즈모의 무녀 오쿠니가 에도에 와서 굿을 했는데, 이에야스와 여러 다이묘들이 이를 관람한다. 3월 5일, 이에야스의 넷째아들 마츠다이라 타다요시가 사망한다. 향년 28세. 3월 25일, 바쿠후는 거듭 영내 및 근처 지역의 다이묘에게도 슨푸 성 수리를 명한다. 4월 17일, 하야시 라잔이 쇼군의 시강侍講을 한다. 윤4월 1일, 바쿠후는 칸토, 오우, 신에츠의 여러 다

일본 연호	서력	주요 사건
케이쵸 慶長		이묘에게 에도 성 텐슈카쿠의 수리를 명한다. 윤4월 8일, 이에야스의 둘째자식 에치젠 키타노쇼 성주 유키 히데야스가 사망한다. 향년 34세. 아들 타다나오가 대를 잇는다. 윤4월 26일, 바쿠후는 카이 코후 성주 도쿠가와 요시토시(요시나오)를 오와리 키요스로 영지를 옮기게 하고, 히라이와 치카요시를 이누야마 성으로 옮겨 요시토시의 정무를 대행하게 한다. 5월 2일, 바쿠후는 오쿠보 나가야스를 사도로 파견하여 금광의 감독을 맡도록 한다. 7월 3일, 슨푸 성 수리를 끝낸다. 이에야스가 이곳으로 옮긴다. 12월 22일, 슨푸 성에 화재가 발생한다. 12월 27일, 쇼코쿠 사의 승려 사이쇼 쇼타이가 입적한다. 향년 60세.

옮긴이 **이길진**李吉鎭

1934년 황해도 출생. 1958년 서울대학교 사회학과를 졸업하였다.
일본 문학 작품 및 일본 문화에 관련된 많은 책들을 유려한 우리말로 옮겼다.
주요 역서로는 가와바타 야스나리의 『설국』, 이마이 마사아키의 『카이젠』,
오에 겐자부로의 『사육』, 기쿠치 히데유키의 『요마록』,
야마오카 소하치의 『오다 노부나가』, 『사카모토 료마』 등이 있다.

| 부록의 자료 제공 및 감수는 고려대학교 일어일문학과 최관 교수님께서 해주셨습니다.

도쿠가와 이에야스 제25권

1판 1쇄 발행 2001년 6월 15일
2판 3쇄 발행 2023년 5월 1일

지은이 야마오카 소하치
옮긴이 이길진
펴낸이 임양묵
펴낸곳 솔출판사

주소 서울시 마포구 와우산로29가길 80(서교동)
전화 02-332-1526
팩스 02-332-1529
이메일 solbook@solbook.co.kr
홈페이지 www.solbook.co.kr
출판 등록 1990년 9월 15일 제10-420호

ISBN 979-11-86634-50-9 04830
ISBN 979-11-86634-22-6 (세트)